Auf Sylt staut sich die Hitze, alles redet vom Jahrhundertsommer, als innerhalb weniger Tage drei kleine Mädchen spurlos verschwinden. Es gibt keine Zeugen, keine Hinweise, keine Lösegeldforderung. Die Polizei arbeitet auf Hochtouren. Aber es sind nicht die Ermittler, die dem Täter gefährlich nahe kommen. Es sind drei Menschen, die auf den ersten Blick nichts verbindet: Ein alternder Journalist, alkoholabhängig und seit Jahren auf der Suche nach der ganz großen Story. Eine ehrgeizige Maklerin, die für ihren Erfolg ihr Leben aufs Spiel setzt. Und eine junge Frau, die sich um ihre Kindheit betrogen fühlt und nachts lautlos und ohne Spuren zu hinterlassen in eine Villa am Watt einbricht, um an fremdem Leben teilzuhaben.

Eva Ehley hat als ausgebildete Katechetin schnell erkannt, dass das Gute nicht ohne das Böse existieren kann. Nach einem Studium der Literaturwissenschaften ist sie diesem Spannungsverhältnis in ihrem Kriminalroman auf den Grund gegangen. Die Autorin lebt mit Mann und Kindern auf einem idyllischen Grundstück im Norden der Republik.

Unsere Adresse im Internet: www.fischerverlage.de

eva
Ehley

Engel sterben

Kriminalroman

Fischer
Taschenbuch
Verlag

MIX
Papier aus verantwortungsvollen Quellen
FSC
www.fsc.org
FSC® C083411

6. Auflage: Februar 2013

Originalausgabe
Veröffentlicht im Fischer Taschenbuch Verlag,
einem Unternehmen der S. Fischer Verlag GmbH,
Frankfurt am Main, Mai 2011

Satz: Pinkuin Satz und Datentechnik, Berlin
Druck und Bindung: CPI – Clausen & Bosse, Leck
Printed in Germany
ISBN 978-3-596-18998-4

Engel
sterben

Prolog
Das Haus am Watt

In all ihren Grüntönen erstreckt sich die bucklige Sylter Heide zwischen Braderup und Kampen. Im Westen wird sie vom Golfplatz und einigen Weideflächen begrenzt, im Osten führt sie bis hinunter zu dem schlickigen Strand am Watt. Silbergrau schimmert dort das Wasser zwischen Insel und Festland, wo man im glasigen Dunst einige Windräder ahnen kann. Es ist schon Abend, blaue Stunde. Auf der Braderuper Seite der Heide schmücken einzelne Friesenhäuser wie hingetupft eine schmale Stichstraße. Der Asphalt ist noch aufgeheizt von der Sonne des Tages, es hat seit Wochen nicht geregnet. Da weder Autos noch Fußgänger zu sehen sind, wirkt die Straße wie ausgestorben. Trocken, dürr, tot. Doch plötzlich öffnet sich eine der blau-weiß gestrichenen Friesentüren.

Eine junge Frau tritt heraus. Sie trägt einen unfrohen Ausdruck im Gesicht, der sich aufhellt, als sie beginnt, eine Melodie vor sich hin zu summen. Noch bevor die Tür hinter ihr ins Schloss gefallen ist, hat sie die leichte Weste zugeknöpft und ein Paar Latexhandschuhe übergestreift. Gleich darauf sind ihre Hände in den Westentaschen verschwunden. Sie will nicht aussehen wie ein Killer auf Urlaub.

Ihr Wohnhaus ist eines der letzten vor dem Braderuper Watt. Nach einhundertundachtzehn Schritten – die junge Frau hat den Zwang, ihre Schritte zu zählen, noch nie unterdrücken können – verlässt sie die schmale Straße, die zu dem Parkplatz am Beginn des Naturschutzgebietes führt, und biegt in den Heideweg ein. Hier kann man quer durch die duftende Landschaft bis hinauf nach Kampen wandern. Nach einigen Minuten kommt ihr die alte Overbeck mit ihrem übergewichtigen Setter entgegen. Die Alte hat den Körper aus jahrzehntelanger Gewohnheit weit nach vorn gebeugt, als liefe sie gegen einen Sturm an.

»Guten Abend, Frau Overbeck, ganz schön schwül heute, was.«

»Moin, Karoline. Hundswetter.«

Schon ist sie vorbei, immer im Gleichschritt mit dem keuchenden Tier. Wenig später taucht an der Kante zum Watt Wilhelmsen mit seiner Dogge auf. Karoline weiß, dass die anderen drei Hundebesitzer ihre Runde schon gedreht haben, denn ihr Fernglas ist ausgezeichnet. Und das Dachzimmer ihres Friesenhauses bietet nach Norden einen ungehinderten Blick über Heide und Watt. Alle Bauten zwischen Braderup und Kampen, die etwas erhöht stehen, lassen sich von dort aus hervorragend beobachten – vor allem das Haus am Watt, zu dem Karoline jetzt unterwegs ist. Ihre Hüfte schmerzt bei jedem Schritt. Würde sie hinken, wie sonst immer, wäre der Schmerz zu ertragen. Aber man würde ihre Fußspuren auf dem sandigen Weg erkennen können. Das wäre zwar gut für die Hüfte, aber schlecht für ihr Vorhaben.

Wilhelmsen grüßt gar nicht. Er tut einfach so, als sähe er sie nicht. Karolines Mutter hat ihm vor Jahren einen nicht ganz echten Stich verkauft. Ganz so blöd, wie sie dachte, war der Mann aber doch nicht. Er machte Ärger, bis die Mutter schließlich vorgab, selbst betrogen worden zu sein, und den Druck zurücknahm. Seitdem guckt Wilhelmsen in die Luft, wenn er Sigrid Noeltes Tochter begegnet. Vor der Mutter hat er zusätzlich ausgespuckt. Immerhin, das bleibt Karoline erspart.

Ein ganz leichter Windhauch kommt von vorn, die Luft riecht feucht und salzig und muffig zugleich. Karoline keucht leise vor Anstrengung. Die Stufen der Holzbohlentreppe scheinen seit gestern Abend höher geworden zu sein, jeder Schritt ist ein Stich in ihre Hüfte. Karoline krallt sich am Geländer fest und hält auf jeder zweiten Stufe inne, damit der Schmerz abklingen kann. Ein unerkannter Bruch der Hüfte in der Kindheit, der schlecht verheilt ist, sagen die Ärzte. Irgendwann um ihren zehnten Geburtstag herum setzten die Schmerzen ein. Es dauerte Jahre, bis Karoline dem Großvater davon erzählte. Die Mutter war ohnehin selten zu Hause. Der Antiquitätenhandel boomte, und Sigrid Noelte profitierte davon. Ihre Tochter wusste sie bei dem eigenen Vater gut aufgehoben, er liebte die Enkelin mit Hingabe und machte sich schon lange nichts mehr aus dem Handel mit alten Bildern, Porzellan und Besteck, der seit zwei Generationen in der Familie üblich war. »Sigrid und ihr Trödel«, pflegte er zu sagen, obwohl er genau wusste, dass es sich meistens um echte und eher selten um nicht ganz so echte Wertstücke handelte. »Lass deine Mutter das mal machen, liebe Line«, pflegte er die Enkelin zu besänftigen, wenn sie nach der abwesenden Mutter fragte. »Sie braucht etwas, das sie ablenkt, nachdem ihr der Mann weggelaufen ist.«

»Weggelaufen« war vielleicht nicht ganz der richtige Ausdruck, denn um wegzulaufen, musste man vorher da gewesen sein. Aber einen Vater hatte es für Karoline nie gegeben. Die Mutter weigert sich bis heute konsequent, zu diesem Thema Auskunft zu erteilen, selbst in Karolines Geburtsurkunde steht »Vater unbekannt«.

Vielleicht hat Karoline darum dem Großvater über Jahre

nichts von den zunehmenden Hüftschmerzen erzählt. Sie schienen dem Mädchen ein passender körperlicher Makel zu dem längst vorhandenen seelischen zu sein. Mit einem Bein zu hinken, das war ein stimmiges Bild für ein Kind, dem das zweite Elternteil fehlte, fand Karoline damals.

Als kurz vor ihrem Schulabschluss die Schmerzen fast unerträglich geworden waren, das Hinken sich nicht mehr verbergen ließ und nun doch eine ganze Reihe von Ärzten konsultiert wurde, waren die Hüftknochen längst schief verheilt. Die Sechzehnjährige hätte sich die Hüfte noch einmal brechen lassen müssen, was sie energisch ablehnte.

Seitdem humpelt sie auch öffentlich, wenn man bei ihrem zurückgezogenen Leben auf der Insel überhaupt von Öffentlichkeit sprechen kann. Tagsüber ein sitzender Job in der Kurverwaltung und abends die langen Gespräche mit dem Großvater, viel mehr Abwechslung hat es in den letzten zehn Jahren in Karolines Leben nicht gegeben.

Doch vor wenigen Monaten ist der Großvater, obwohl erst in den Siebzigern und noch ziemlich rüstig, sehr plötzlich gestorben. Hat am Morgen steif und kalt in seinem Bett gelegen, Opfer eines Herzschlags, wie der Notarzt feststellte. Als der Mediziner sich anschließend unterstand, das Klischee vom schönen Tod zu bemühen, hat Karoline ihn hinausgeworfen.

Seitdem wohnt sie allein in dem alten Heidehaus. Die Mutter ist nur zur Beerdigung gekommen, sie konnte mit ihrer seltsamen Tochter noch nie viel anfangen, obwohl Karoline ihr einziges Kind geblieben ist.

Karoline vermisst die Mutter nicht, dafür den Großvater umso schmerzlicher. Ein wenig Trost hat sie nach seinem Tod in ihren abendlichen Wanderungen gefunden. Über die

Straße in Richtung Watt, dann den sandigen Weg entlang bis zur Treppe, die den Heidehügel hinaufführt. Nach dem beschwerlichen und schmerzhaften Aufstieg eine Pause auf der Holzbank. Vor wenigen Wochen hat die Kurverwaltung das alte bemooste Exemplar durch ein neues ersetzen lassen. Karoline kann sich nur schlecht an das glatte Holz der neuen Bank gewöhnen. Zum Glück ist die Aussicht dieselbe geblieben, dieser unvergleichliche Blick über die Heide.

Die sich kreuzenden Wege liegen im schattenlosen Licht der Dämmerung vor ihr wie eine Landschaft gewordene Straßenkarte. Sauber gezeichnet und vollkommen menschenleer. Karolines Blick geht über die Hügel, bis zu dem Haus mit dem halbrunden Erker. Es wurde vor etwa vierzig Jahren von einer Industriellenfamilie aus Düsseldorf erbaut. Karoline kennt den Namen der Besitzer nicht, aber alle hier am Watt wissen, dass das Haus seit vielen Jahren leer steht. Und vermietet wird es auch nicht. Dabei ist beim Bau an nichts gespart worden, Geld scheint in der Familie ausreichend vorhanden gewesen zu sein. Trotzdem muss es irgendwelche Zerwürfnisse oder Scheidungen gegeben haben. Das alles ist schon lange her, nur die Alten erinnern sich und würden vielleicht davon erzählen. Aber was interessieren Karoline die Probleme anderer Leute? Ihr reicht es vollständig, zu wissen, dass das Watthaus unbewohnt ist und niemand sie heute Nacht stören wird.

Der Schlüssel für die Eingangstür liegt unter einem Findling neben der Garage. Das hat Karoline als Kind entdeckt, auf einer übermütigen Streiftour durchs Watt, bei der sie eine Schulfreundin begleitet hat. Die beiden Mädchen wollten ein improvisiertes Picknick auf der Terrasse des damals schon unbewohnten Hauses abhalten. Auf der Suche nach einem geeigneten Tischersatz hatte Karoline versucht, den Findling anzuheben. Aber der Stein war viel zu schwer, so dass das Mädchen ihn lediglich zur Seite kippen konnte. Dabei hat es den Schlüssel gefunden und sein Geheimnis seitdem für sich behalten, ohne jemals von diesem Wissen Gebrauch zu machen.

Doch als Karoline wenige Tage nach dem Tod des Großvaters auf einem langen Spaziergang wie von selbst den Weg zu dem Watthaus fand, lag der Schlüssel immer noch unter dem Findling. Es war am Abend nach der Beerdigung, und Karoline war außer sich vor Trauer über den Verlust und ebenso außer sich vor Wut über die Kälte, mit der ihre Mutter die Veranstaltung hinter sich gebracht hatte. Längst saß diese wieder im Zug nach Hamburg, wie von Furien gehetzt war sie aus dem Haus ihres verstorbenen Vaters geflohen. Karoline war allein zurückgeblieben, allein mit ihrer Trauer und ihrer Wut, die sie durch einen langen Fußmarsch besänftigen wollte. Doch als die Hüfte zu schmerzen begann und gleichzeitig der Schlüssel des Spökenhauses, wie es längst von den Syltern genannt wurde, so verlockend präsent war, hatte sie zugegriffen. Aus dem einen Besuch waren viele und die Villa am Watt war für Karoline zum tröstlichen Ziel ihrer Spaziergänge geworden.

Gern würde Karoline jetzt die Handschuhe ausziehen, um das kühle Metall auf der Haut zu spüren, aber sie ignoriert den Impuls. Eine blödsinnige Vorsicht hält sie ab. Sie dreht den Schlüssel im Schloss, wobei sie die Tür leicht anheben muss. Gleich darauf schließt sie die Außentür sorgfältig hinter sich. Auf ihrem Weg in den Erker befällt Karoline ein irritierendes Schwindelgefühl, und sie gönnt sich die ersten hinkenden Schritte. Welche Erleichterung.

Wie immer knirscht der Sand unter ihren Schuhen, Nordseesand, der im Lauf vieler Jahre durch die wenig dichten Fenster geweht worden ist. Nordseesand, der eine Verbindung zwischen Haus und Insel bildet und sich in leichten Dünen auf den Bodendielen ablagert. Nordseesand, ein feiner Belag, in den Karoline in den vergangenen Wochen und Monaten ihre Fußspuren eingegraben hat. Es sind viele Fußspuren, denn Karoline verbringt häufig ihre Abende hier. Längst ist sie der Einsamkeit und dem morbiden Charme des Hauses verfallen, und außerdem ist der Blick durch den Runderker hinüber zum Watt selbst durch ungeputzte Fensterscheiben unvergleichlich schön.

Doch eines fehlte ihr in den ersten Wochen zum Glück. Musik. Die Schallplattensammlung im Wohnraum ist wie alles andere in diesem Haus in den siebziger Jahren steckengeblieben. Märchenplatten und James-Last-Potpourris. Karoline achtet sorgsam darauf, dass immer die gleiche Märchenplatte auf dem Teller liegt, wenn sie das Haus verlässt. Es scheint ihr, als sei sie diesen Liebesdienst den drei Mädchen vom Foto auf dem Kamin schuldig, die für Karoline die einzigen Bewohnerinnen des Hauses sind. Gern stellt sie sich vor, dass die drei ihre kleinen Schwestern sind und in der oberen Etage in ihren Betten liegen und schon schlafen, so tief und fest, dass auch die laute Musik, die Karoline gleich aufdrehen wird, sie nicht stören kann. In den letzten Wochen hat Karoline einige Schallplatten mitgebracht, die ihre Mutter vor vielen Jahren im Haus des Großvaters zurückgelassen hat, vor allem Popklassiker aus den achtziger Jahren.

Zwitschernd, als handle es sich um ein Kinderlied, beginnt Annie Lennox ihren Song. Dada-duda-dadada. Karoline weiß genau, dass sie den Lautstärkeknopf der Musiktruhe bis zum Anschlag aufdrehen kann, denn das Haus ist ausgezeichnet isoliert und das Grundstück groß.

Dada-duda-dadada.

Die sinnlosen Silben hüpfen durch den Raum, springen auf den Polstern herum wie ausgelassene Kinder und wirbeln den Staub von Jahrzehnten auf.

»It's an orchestra of angels, playing with my heart …«

Würde die Hüfte nicht so schmerzen, würde auch Karoline im Takt von Annie Lennox' Worten tanzen und hüpfen. Und vielleicht, wer weiß, kämen sogar ihre drei Schwestern von oben herunter, um sich in den wilden Tanz einzureihen.

Dienstag, 21. Juli, 16.05 Uhr, Wattvilla, Kampen

Über der Sylter Heide liegt der Glanz eines Sommernachmittags. Die Luft ist erfüllt vom Duft der Kräuter, vom Salz des Meeres und vom Modergeruch des Schlicks am Wattrand. Die Stille wird nur vom Triumphgeschrei der Möwen unterbrochen. Und von dem stockenden Wortwechsel zwischen einer Maklerin und einem Villenbesitzer.

Vor wenigen Minuten haben sich Mona Hofacker und Markus Rother auf der Einfahrt eines verwilderten Grundstücks an Kampens Wattseite getroffen. Sie sind gemeinsam die Stufen zum Haus hinaufgestiegen und haben auf dem Hügelkamm schweigend die Aussicht genossen. Mona Hofacker hat sofort den besonderen Wert dieser Immobilie erkannt. »Unverbaubarer Rundblick« wird sie später im Exposé schreiben. Auf der einen Seite kann man weit über die Felder und den Golfplatz bis hinüber zum alten Leuchtturm sehen. Auf der anderen Seite liegt das Naturschutzgebiet.

»Der Blick ist traumhaft. Es ist durchaus möglich, dass wir ziemlich schnell einen Käufer finden werden.«

Mona Hofacker sagt es leise, lässt die Worte in die Hitze des Sommertags tropfen, wo sie ungehört zu verglühen scheinen. Monas Gesprächspartner jedenfalls ist mit seinen Gedanken weit weg.

Eine erste Besichtigung bleibt immer ein sensibles Geschäft, das weiß die Maklerin sehr gut. Sie ist keine Anfängerin, sondern seit mehr als sechs Jahren in der Branche. Und obwohl sie seit vier Jahren die Niederlassung der Firma hier auf der Insel betreut, hat sie noch nie ein Angebot wie dieses gehabt.

Das Haus auf dem Hügel ist im Friesenstil erbaut, natürlich reetgedeckt, wie es die Bauvorschriften erfordern. Es wirkt trotz seiner Größe nicht protzig, aber sehr solide. Genau das, was die bestsituierten unter Mona Hofackers Kunden suchen, denn hier handelt es sich eindeutig um ein Objekt, das mehrere Millionen wert ist. Niemand verkauft ein solches Kleinod ohne Not oder sonst einen zwingenden Grund. Und natürlich fragt sich die Maklerin: Warum will Markus Rother diese Villa verkaufen?

Ein knapper Seitenblick bestätigt Mona in ihrer ersten Einschätzung des Eigentümers. Rother wirkt glaubhaft vermögend, guter Haarschnitt, teure Uhr, teure Schuhe, bewusst saloppe Kleidung, auf dem Kopf eine Schiebermütze aus leichtem Stoff, wie sie bei Cabrio-Fahrern modern ist.

Auch Rothers Wagen mit dem Düsseldorfer Kennzeichen gehört in die sehr gehobene Kategorie. Wenn Mona sich nicht ganz täuscht, handelt es sich um das größte Cabriolet, das Mercedes-Benz derzeit im Angebot hat. Der Wagen ist nagelneu. Kein Notverkauf also. Ein Erbfall, hat Rother in ihrem kurzen Telefonat vor wenigen Tagen erklärt. Doch es war etwas in seinem Tonfall, das sie zweifeln ließ.

Dies ist Monas erstes Treffen mit dem neuen Kunden, und sie hat sich auf ein längeres Gespräch eingestellt. In der Regel sind die Verkäufer äußerst redewillig, fast schon geschwätzig in ihrem Bemühen, ihre Immobilie im besten Licht erscheinen zu lassen. Doch Markus Rother schweigt. Und es ist nicht nur seine Wortkargheit, die irritierend auf Mona wirkt, es ist vielmehr seine gedankliche Abwesenheit, die angesichts des Werts dieser Villa sehr sonderbar ist.

Jetzt zum Beispiel steht er seit mindestens dreißig Sekunden neben ihr vor der Tür des Friesenhauses und starrt auf den Schlüssel in seiner Hand.

»Sie klemmte immer«, murmelt Rother. »Susanne konnte es nicht lassen, sich mit ihrem ganzen Gewicht an die Klinke zu hängen und, die Tür zwischen den Beinen, hin und her zu schaukeln.«

»Susanne?«

»Meine Schwester. Sie lebt nicht mehr.«

Mit einer hastigen Bewegung schiebt Rother den Schlüssel ins Schloss und will ihn drehen. Nichts.

»Vielleicht hat das Salz in der Luft das Schloss angegriffen«, hilft Mona. »Sie sagten ja, das Objekt habe lange leer gestanden.«

»Dreißig Jahre.«

»Oh.«

Während die Maklerin versucht, sich einen Reim auf diese Information zu machen, rüttelt Markus Rother an dem Knauf oberhalb des Schlosses. Nichts. Dann hebt er ihn und damit die ganze Tür ein winziges Stück an. Jetzt dreht sich der Schlüssel im Schloss, die Tür schwingt auf. Mona erwartet, dass der Eigentümer als Erster das Haus betreten wird, doch Markus Rother macht keinen Schritt. Vielmehr starrt er wortlos in die geräumige Diele, als komme von dort etwas auf ihn zu. Nur was? Die Diele ist leer.

»Darf ich?«

Zögernd betritt Mona das Haus. Die Luft ist stickig und schwer vom Staub vieler Jahre. Eine feine helle Schicht ruht auf Möbeln und Boden. Es wirkt wie Schimmel. Oder wie der erste Schnee zu Beginn des Winters. Im Näherkommen sieht Mona, dass es sich um Sand handelt, den der Wind Jahr für Jahr durch die Ritzen der Fenster gedrückt haben muss. Mehrere Reihen von Fußspuren führen durch den hellen Sand. Vermutlich ist Markus Rother schon einige Male im Haus gewesen, ohne sich um die Beseitigung der feinen Dünenlandschaft auf dem Fußboden zu kümmern.

»Haben Sie jemanden an der Hand, der hier einmal durchputzen kann? Sonst könnte ich eine zuverlässige Hilfe vermitteln. – Herr Rother?«

Fragend sieht Mona sich um.

Markus Rother steht immer noch in der Tür. Sein Blick scheint die Treppe zu erklimmen, die sich links von der Eingangstür befindet. Es ist ein Blick, der sich Stufe für Stufe hinauftastet – auf den Spuren einer Erinnerung, die Mona nicht teilt und an der Rother die Maklerin deutlich sichtbar auch nicht teilhaben lassen wird.

Auf einer der oberen Treppenstufen liegt eine reinweiße

Feder. Sie ist etwa zehn Zentimeter lang und hat einen kräftigen Stiel. Bei ihrem Anblick weiten sich die Augen des Hausbesitzers für Sekunden. Dann stürmt Rother in die Diele, eilt die Treppe hinauf und greift nach der Feder.

»Sie müssen nicht aufräumen«, erklärt Mona leichthin. »Oft mögen es die Interessenten, wenn die Objekte bewohnt aussehen.«

»Bewohnt«, echot Rother und fährt mit den Fingerspitzen den Federkiel entlang. »Dieses Haus ist schon lange nicht mehr bewohnt, das habe ich Ihnen doch gerade gesagt.« Seine Stimme klingt aggressiv.

»Ja, natürlich. Ich hab's nicht vergessen.«

Mona atmet tief durch und denkt, schwieriger Kunde, schwierige Situation, hoffentlich ist nicht auch noch ein Haken an dem Haus.

Aber sie redet entschlossen gegen ihre Irritation an.

»Wo beginnen wir mit unserer Besichtigung? Sie haben doch nichts dagegen, wenn ich mir ein paar Notizen mache? Und wenn Sie noch einen Grundriss hätten, würde ich gern eine Kopie davon ziehen. Fürs Exposé.«

Nur die Ruhe bewahren und immer professionell bleiben. Makler ist ein Dienstleistungsberuf, da muss man auch mit eigenwilligen Auftraggebern klarkommen. Die Provisionen sind stattlich und entschädigen für manches. Allein die Vermittlung dieses Verkaufes könnte Mona mehr als hunderttausend Euro einbringen. Das ist ein guter Grund, so manche Schrulligkeit zu tolerieren. Außerdem scheint Markus Rother sich jetzt auf den Grund ihrer beider Anwesenheit zu besinnen. Seine Gestalt strafft sich, als er die Stufen hinuntersteigt, doch dann bleibt er plötzlich stehen und mustert die Fußspuren im Sand.

»Sieht aus, als sei ab und an doch jemand hier gewesen.«

»Sie waren es nicht?«, erkundigt sich Mona irritiert.

»Nein. Ich habe Ihnen doch gesagt, dass ich dieses Haus seit Jahrzehnten nicht betreten habe. Vielleicht war meine Mutter vor ihrem Tod noch einmal hier. Erzählt hat sie davon nichts, aber denkbar ist es durchaus. – Wie auch immer. Das ist jetzt nicht mehr wichtig.«

Langsam geht Rother an Mona vorbei und stößt die breite Tür am Ende der Diele auf. Ein lichtdurchfluteter Raum öffnet sich, in dem vor einem breiten Fenster unordentlich sechs Stühle um einen ovalen Esstisch verteilt sind. Niemand hat sie geradegerückt, so dass die Szene wirkt, als sei die Familie des Hausbesitzers eben erst aufgestanden. Markus Rother geht zum Tisch und streicht behutsam den Sand von einer der Stuhllehnen. Als Mona ihm folgt, entdeckt sie auf dem Tisch eine stark vergilbte Zeitung. Das Kreuzworträtsel unter dem Sand ist halb gelöst, der Kugelschreiber liegt noch auf der Zeitungsseite. Mona wirft einen schnellen Blick auf das Datum. 29. Juli 1979.

Die Maklerin wendet sich ab. Was immer hier geschehen ist, es geht sie nichts an. Da der Raum zu beiden Seiten offen ist, also Diele und Treppenaufgang hufeisenförmig umgibt, kann sie sich unauffällig entfernen, indem sie die seitlichen Flügel erkundet. Links befindet sich eine Küche, deren Einbauschränke im Landhausstil sogar der heutigen Nostalgiemode entsprechen. Eine niedrige Tür scheint zu einer Kammer unter der Treppe zu führen. Oder in den Abgang zum Keller. Neben der Tür hängt ein Abreißkalender aus dem Jahr 1979. Das obere Blatt zeigt das gleiche Datum wie die Zeitung. Darunter steht ein Stefan-George-Vers.

Sieh diese blaue stunde
Entschweben hinterm gartenzelt!
Sie brachte frohe funde
Für bleiche schwestern ein entgelt.

Mona findet den Vers in seiner kühlen Emotionalität merkwürdig passend. Sie wendet sich ab und geht an dem immer noch schweigsamen Eigentümer vorbei quer durch den Essbereich in den Wohnraum. Er mündet in einen halbrunden Erker mit traumhaftem Blick über das Watt. Zwei tiefe Sofas rahmen einen Kamin aus Backsteinen. Gegenüber steht eine Musiktruhe. Die Seite mit dem Plattenspieler ist aufgeklappt, eine Platte liegt auf dem Teller, die Hülle auf der geschlossenen Truhenhälfte. Es ist eine Europa-Märchenplatte. *Schneeweißchen und Rosenrot* von den Brüdern Grimm, gelesen von Hans Paetsch. Mona dreht sich um und sieht plötzlich sehr deutlich drei Mädchen nebeneinander auf einem der Sofas sitzen, sie tragen bunte Kleider und lauschen konzentriert der Stimme des Erzählers. Das Foto auf dem Kaminsims ist nur eines in einer ganzen Reihe silbergerahmter Familienbilder. Neugierig tritt Mona näher. Doch die scharfe Stimme Markus Rothers hält sie auf.

»Lassen Sie die Fotos. Ich zeige Ihnen die obere Etage.«

Die Treppenstufen knarren, ebenso die Dielen in dem schmalen Flur. Die Fußspuren des Eigentümers und der Maklerin zeichnen sich mit überscharfer Deutlichkeit in dem feinen Sand ab, der hier oben gänzlich unversehrt ist und wirkt, als sei er für eine kriminalpolizeiliche Ermittlung bestimmt. Mona ertappt sich dabei, wie sie mit schiebenden Bewegungen ihrer Füße bei jedem Schritt die Spuren verwischt. Eine idiotische und vollkommen sinnlose Aktion.

Zum Glück geht Markus Rother voraus, ohne etwas zu bemerken.

Mit energischer Stimme stellt Mona fest: »Hier sind auf beiden Seiten jeweils vier Türen. Ein symmetrischer Aufbau, sehr schön. Sind das alles Schlafzimmer und Bäder?«

»Ganz recht. Vier Kinderzimmer, ein Elternzimmer und dazu noch drei Bäder.«

»Drei? Das war viel für damalige Bedürfnisse.«

»Wir waren zu sechst, da war das nötig. Aber vermutlich müssen alle Installationen ausgetauscht werden. Ein dreißig Jahre altes Waschbecken will sicher niemand haben.«

»Das stimmt wahrscheinlich. Dann sollten wir mit den Zimmern beginnen.«

»Bitte?«

»Die vier Schlafzimmer. Würden Sie sie mir zeigen?«

»Alle?«

Mona stutzt. Was will er mit dieser Frage bezwecken? Dieser Markus Rother wird doch nicht so naiv sein, zu glauben, er könne irgendwelche Mängel vor ihr verbergen, indem er die Türen abschließt.

»Ja, alle. Jedenfalls wäre das am besten. Spricht etwas dagegen?«

»Nein, nein. Es ist nur … ich war lange nicht mehr hier.«

»Ich verstehe«, erklärt Mona zögernd.

»Hätten Sie etwas dagegen, Frau Hofacker, wenn ich zunächst allein in die hinteren Zimmer gehe?«

»Natürlich nicht. Darf ich mich in der Zwischenzeit in den Bädern umsehen?«

»Selbstverständlich. Warten Sie, ich zeige Ihnen, wo sie sind.«

Rother ignoriert die erste Tür auf der linken Seite, öffnet aber nacheinander die folgenden drei Türen. Seine Hand zittert bei der Berührung jeder Klinke. Dann steht er stumm vor dem mittleren Bad und vermeidet es hineinzusehen. Stattdessen blickt er Mona auffordernd an. Für einen winzigen Moment ist sie versucht, diesem Rother die Hand auf die Schulter zu legen, um ihn ein wenig zu beruhigen. Wir haben alle unerledigte Kindheitsreste, könnte sie sagen. Oder auch: Vielleicht wäre es besser, Sie nehmen in Ruhe Abschied und wir treffen uns in der nächsten Woche noch einmal wieder.

Aber Mona sagt nichts dergleichen. Sie wendet sich nach links und betritt den ersten Raum in der Reihe der Bäder.

Er ist ungewöhnlich groß und gut belichtet. Wie erwartet, sind die sanitären Anlagen hoffnungslos veraltet. Doch die feine Sandschicht, die auch hier über allem liegt, verleiht der roséfarbenen Wanne und den beiden Waschbecken eine fast antike Patina. Zwischen den Becken gibt es eine schmale Tür. Vermutlich handelt es sich dabei um den Zugang zum Elternschlafzimmer, denn auf dem Bord über dem einen Waschbecken reihen sich Cremetöpfe und Schminkutensilien aneinander, während über dem anderen ein versilbertes Rasierbesteck vor beschlagenen Glasflaschen steht. Die Griffe von Pinsel und Klinge sind fleckig und schwarzblau angelaufen, das Rasierwasser in den Flakons ist bis auf dunkelgelbe Reste, die sich in den unteren Ecken abgesetzt haben, ausgetrocknet. Mona nimmt einen der Flakons zur Hand. *Tabak Original.* Der Stöpsel steckt fest und lässt sich kaum öffnen. Schließlich gelingt es, und Mona schlägt ein schwerer Duft mit einem deutlich wahrnehmbaren Unterton von Verwesung entgegen.

Mona beeilt sich, zurück in den schmalen Flur zu kommen. Doch Markus Rother ist nirgends zu sehen. Auch sind die Türen auf der anderen Seite des Ganges alle geschlossen. Also nimmt Mona sich das nächste Bad vor.

Es ist etwas schmaler als das Elternbad und türkisblau gefliest. Statt einer Wanne gibt es eine Dusche mit einem stockfleckigen Vorhang, der einmal hellgelb gewesen sein muss. Neben dem Vorhang liegt ein Fußball vergessen am Boden. Längst hat er seine Luft verloren, ist nur noch eiförmig und zusätzlich oben eingedellt, aber das Leder unter der Sandschicht wirkt stabil und gar nicht brüchig. Doch als Mona den Ball mit der Fußspitze berührt, gibt er nach, ohne sich vom Fleck zu bewegen, ein unbrauchbarer Spielkamerad, schlapp und altersmüde, Zeuge einer längst vergangenen Kindheit.

Mona atmet tief durch und blickt dabei in den Spiegel, der sich über dem Waschbecken befindet. Diese weit aufgerissenen Augen unter der strengen Hochsteckfrisur sollen ihre eigenen sein? Mit einer nervösen Geste streicht sie sich einige lose Haare hinter die Ohren und tritt näher an den Spiegel heran, dessen Beschichtung an einigen Stellen schadhaft ist, so dass er blinde Flecken aufweist.

Ihr Gesicht ist blasser als sonst, trotz der leichten Sommerbräune, die einen schönen Kontrast zu ihren intensiv blauen Augen abgibt. Dass sie die Farbe durch das Tragen getönter Kontaktlinsen unterstreicht, ist ihr Geheimnis. Ebenso wie ihre gelegentliche Orientierung an Stil-Ikonen der fünfziger Jahre. Die strenge Schönheit von Kim Novak und Grace Kelly hat Mona schon als Kind beeindruckt. Und als Erwachsene hat sie lange geübt, um die »Banane« genannte schlichte Hochsteckfrisur am Hinterkopf auch ohne Hilfe einer Friseurin hinzubekommen.

Jetzt steht sie hier vor diesem alten halbblinden Wandspiegel und lässt den Blick über ihre gerade Nase, den fein gezeichneten Mund und den langen Hals gleiten. Sie ist hübsch und sie ist erfolgreich. Da wird sie sich doch nicht von ein paar läppischen Kinderspielzeugen einschüchtern lassen. Sie wird diese Immobilie taxieren, sie wird ein Exposé erstellen, und sie wird einen Käufer finden. Und vorher wird sie den Schrecken aus diesem Haus vertreiben.

Mit energischen Schritten verlässt Mona das türkisblaue Bad.

Draußen auf dem Flur ist es immer noch ruhig. Keine geöffnete Tür, kein Geräusch zeugt von der Anwesenheit Rothers. Mona beschließt, dem Eigentümer noch ein wenig Zeit zu lassen.

Das dritte Badezimmer ist wieder rosafarben. Es hat ebenso wie das mittlere eine Dusche, doch daneben hängen gleich drei Waschbecken sehr niedrig an der Wand. In diesem Raum herrscht eine ausgeprägte Unordnung. Zwei Mädchenschlafanzüge füllen zerknüllt eine Ecke. Fünf einzelne lackrote Hausschuhe liegen in einer zweiten Ecke. Automatisch sucht Mona nach dem fehlenden sechsten. Doch sie kann ihn nirgends entdecken. Stattdessen sieht sie neben der Toilette eine Barbiepuppe mit zotteligem Haar und hochmütigem Gesichtsausdruck auf einem zerfledderten *Cinderella*-Heft thronen. Verschwinde, scheint die Puppe ihr zuzuraunen. Mach, dass du wegkommst, du hast hier nichts verloren.

Mona wendet sich ab, doch beim Hinausgehen bleibt ihr Blick an den drei Borden über den Waschbecken hängen. Dort liegen verrostete Haarnadeln und Klemmen neben stockfleckigen Seidenschleifen und Zahnbürsten, auf denen jahrzehntealte Zahncremereste zu hellgrünem Staub getrocknet sind. Der ganze Raum scheint wie das Haus in schreckhafter Bewegung erstarrt zu sein und seine Geheimnisse sorgfältig unter der feinen weißen Sandschicht zu verbergen.

Jetzt wird es Mona zu viel. Sie liebt ihren Beruf, sie mag Häuser, egal ob riesig und pompös oder winzig und gemütlich. Sie ist darüber hinaus ein sehr kommunikativer Mensch, und es bereitet ihr selten Mühe, sich auf ihre Gesprächspartner einzustellen. Doch hier stößt sie an Grenzen. Diese Immobilie ist äußerst speziell, und Mona kann das Bedürfnis, das Haus zu verlassen und die frische Nordseeluft draußen tief zu inhalieren, kaum noch unterdrücken.

Aber die Diele ist weiterhin leer, alle Zimmertüren sind geschlossen. Wo, zum Teufel, ist Markus Rother?

Nach kurzem Klopfen öffnet Mona das erste der vier Zimmer auf der gegenüberliegenden Seite und findet sich in einem Mädchenparadies der siebziger Jahre wieder. Poppige Tapeten und bunte Möbel, Puppen und Teddybären, die aufgereiht nebeneinander auf Wandregalen sitzen. Ein ordentlich gemachtes Bett mit einer orangefarbenen Tagesdecke und blauen Kissen. Ein niedriger Schreibtisch mit Buntstiften und Malbüchern. Pferdeposter an den Wänden.

Mona prägt sich den Schnitt des Zimmers ein und klopft an die nächste Tür. Als hier ebenfalls niemand reagiert, schaut sie auch in diesen Raum.

Die Wände sind weiß gekalkt, doch ist die Farbe kaum zu erkennen, denn Fußballposter und *Bravo*-Starschnitte bedecken die meisten Flächen. Ein Schreibtisch steht unter dem Fenster. Darauf liegen stapelweise *Superman*-Hefte und Abziehbilder. Neben dem Bett ist ein Autoquartett ausgebreitet. Die abgebildeten Modelle würden heute auf dem Oldtimer-Markt Spitzenpreise erzielen.

Mona verlässt auch diesen Raum und öffnet die nächste und vorletzte Tür. Sie vergisst zu klopfen, und als sie das Zimmer betritt, ist ihre Überraschung groß. Der Raum hat die zweifache Breite der anderen Kinderzimmer und auch zwei Türen zur Diele. Sogar die Einrichtung gibt es doppelt. Je ein rosafarbenes Himmelbett im Kleinformat, ein niedriges Regal und ein Kleiderschrank im Design eines Schlossportals stehen in den beiden Zimmerhälften. Dazwischen befindet sich eine Trennwand, die durch einen breiten Rundbogen unterbrochen ist. Genau in der Mitte dieses Bogens ist eine elektrisch zu betreibende Puppenküche installiert. Mintgrün emaillierte Minitöpfe und -pfannen, kleine Holzlöffel und Siebe, sogar zwei gelbkarierte Schürzen liegen bereit, als wollten die beiden kindlichen Hausfrauen hier demnächst tätig werden.

Eine merkwürdige Folge von Tönen reißt Mona aus ihrem Staunen.

Ein Kinderlied.

»Suse, liebe Suse, was raschelt im Stroh.
Das sind die lieben Gänschen, die hab'n keine Schuh.
Der Schuster hat Leder, kein' Leisten dazu,
drum gehn die lieben Gänschen und hab'n keine Schuh.«

Hinter dem Rundbogen in der anderen Hälfte des Raumes steht Markus Rother mit dem Rücken zu der Maklerin, deren Eintreten er nicht bemerkt zu haben scheint. In jeder Hand hält Rother eine blondgelockte Käthe-Kruse-Puppe, eine im himmelblauen, die zweite im rosenroten Kittelkleid. Zwischen den beiden direkt vor Rother sitzt eine dritte Puppe nackt mit weit gespreizten Beinen auf dem Himmelbett. Sie ist etwas größer als die anderen, und ihre Haare sind von einem dunkleren Blond. Die drei Puppen haben ihm ihre Gesichter zugewandt, als wollten sie in seinen Gesang einstimmen. Oder ihn unterbrechen.

Denn Markus Rother verstummt plötzlich, blickt aufmerksam von einer Puppe zur nächsten und beginnt leise, als sei es eine Geheimbotschaft, einen Abzählreim zu skandieren.

»Ene mene muh und weg bist du
weg bist du noch lange nicht, sag mir erst, wie alt du bist.«

»Herr Rother?«

»Ja? – Oh, ich habe Sie gar nicht bemerkt.«

Liebevoll setzt Rother die beiden blonden Puppen auf dem Bett ab, dann wendet er sich der Maklerin zu. Er braucht nur Sekunden, um sich zu fassen.

»Haben Sie … haben Sie alles gesehen?«

»Ich denke schon. Ein Grundriss wäre aber trotzdem hilfreich.«

»Ich bin nicht sicher, ob ich einen auftreiben kann. Das Haus gehörte meiner Mutter, das wissen Sie ja schon. Nach ihrem Tod habe ich zunächst die wichtigsten Unterlagen durchgesehen. Sie werden bestimmt verstehen, dass es da andere Prioritäten gab.«

»Selbstverständlich. Es bleibt aber dabei, dass Sie so schnell wie möglich verkaufen wollen?«

Markus Rother zögert kurz. Ein normales Zurückschrecken des Pferdes vor dem Sprung. Dann legt er sich in einer ungewöhnlichen Geste beide Hände an die Schläfen und drückt die Mütze tiefer in die Stirn.

»Es bleibt dabei. Unbedingt. Ich bemühe mich, die Regelung der Erbangelegenheiten zu beschleunigen. Das Testament ist eindeutig, ich habe keine Geschwister mehr, auch mein Vater ist vor Jahren gestorben. Es dürfte also keine Probleme geben.«

»Schön. Der Sommer ist die beste Zeit für Besichtigungen. Darum sollten wir das Haus möglichst bald in einen präsentablen Zustand bringen.«

»Was genau meinen Sie damit?«

Der Blick, den Rother durch das gedoppelte Mädchenzimmer schickt, wirkt zweifelnd. Mona begreift, dass sie die Unterhaltung besser an einem neutralen Ort fortsetzen sollten.

»Das müsste ich ein bisschen ausführlicher erklären. Falls Sie noch etwas Zeit haben, wäre es gut, wenn wir uns kurz in meinem Büro zusammensetzen könnten. Ich würde dann den Grundriss skizzieren, und wir könnten auch eine schriftliche Vereinbarung treffen.«

»Okay?«

Das Zögern in Rothers Stimme entgeht Mona nicht.

»Oder sind Sie noch länger auf der Insel? Dann können wir natürlich auch gern einen neuen Termin machen.«

»Ich weiß noch nicht, wie lange ich bleiben werde.«

»Wollen Sie hier im Haus wohnen?«

Monas Stimme klingt fast bittend. Sag nein, um Gottes willen.

Markus Rother scheint ihre stumme Bitte vernommen zu

haben, denn er schüttelt den Kopf. Doch dann runzelt er die Stirn und schließt kurz die Augen, als habe Mona ihn möglicherweise auf eine Idee gebracht. Aber zum Glück wiederholt er seine Antwort noch einmal sehr entschieden.

»Nein, hier wohnen, das werde ich ganz bestimmt nicht.«

»Wäre es dann möglich, dass ich einen Schlüssel bekomme? Dann könnte ich die Besichtigungen durchführen, ohne dass ich Sie jedes Mal belästigen muss.«

»Den Schlüssel. Ja, natürlich. Allerdings gibt es da ein kleines Problem. Ich habe nämlich in der Wohnung meiner Mutter bisher nur einen einzigen gefunden. Es müssten aber mehrere existieren. Mindestens zwei jedenfalls. Nur weiß ich nicht genau, wo ich noch suchen soll. Ich könnte Ihnen aber einen nachmachen lassen und in den nächsten Tagen vorbeischicken. Ach, da ist noch etwas. Die Garage. Dort steht noch ein alter Daimler, den ich gern aufarbeiten lassen würde. Ich bringe also den Garagenschlüssel zu einer Werkstatt hier auf der Insel. Die holen dann das Auto und kümmern sich um alles. Das geht doch, oder?«

»Selbstverständlich. Wichtig ist erst einmal nur der Hausschlüssel. Und das Schriftliche. Können wir das vielleicht heute Abend erledigen. Gegen acht. Oder ist Ihnen das zu spät?«

»Morgen wäre mir lieber. Gegen Mittag vielleicht? Ich könnte bei Ihnen vorbeikommen.«

»Natürlich. Das geht in Ordnung.«

»Gut, dann haben wir ja alles.«

Markus Rother nickt der Maklerin kurz zu und geht dann mit schnellen Schritten durch den Korridor zurück zur Treppe. Seine Hände sind halb erhoben, als wollten sie etwas in der Luft Liegendes greifen, etwas nicht Sichtbares ertasten. Auf der Treppe strauchelt er, kann sich aber am Geländer festhalten.

»Es ist schwierig für mich, wissen Sie, dieses Haus nach so vielen Jahren wiederzusehen.«

Markus Rother wirft seine Worte über die Schulter, ohne sich darum zu kümmern, wo sie landen werden. Aber die Maklerin fängt sie geschickt auf.

»Ich verstehe. Wenn es Ihnen recht ist, würde ich dann für die Reinigung sorgen.«

»Reinigung?«

»Der Sand. Wir müssen doch den Sand entfernen.«

»Ach ja. Der Sand. Das habe ich ganz vergessen. Aber Sie haben recht, der Sand muss natürlich weg.«

Mittwoch, 22. Juli, 19.07 Uhr, Weststrand, List

Fred Hübner steht ganz oben auf einem Dünenkamm und blinzelt gegen die untergehende Sonne. Sein Blick gleitet über den Lister Strand, der kilometerlang ist, menschenleer und gesäumt von wildem Hafer. Und von Strandkörben, leider. Doch jetzt am Abend sind sie verwaist, eine Armee verlassener Muscheln aus Korbgeflecht, die sich von der Invasion erholt, die ein langer heißer Sommertag auf Sylt mit sich gebracht hat.

Fred bückt sich und zieht die Schuhe aus. Sein Körper gerät ins Schwanken, fast wäre er gefallen, dabei hat er erst einen einzigen Apéro gehabt. Oder waren es doch zwei? Fred erinnert sich nicht genau, vielleicht will er es auch gar nicht. Schließlich geht es niemanden etwas an, wie viel er trinkt.

Nur seine Wirtin schüttelt manchmal bedenklich den Kopf, aber solange er die Miete für das notdürftig beheizbare Gartenhaus hinten auf ihrem Grundstück zahlt, wird sie nichts sagen. Als Fred vor fast zehn Jahren dort eingezogen ist, hat er das für eine Übergangslösung gehalten. Es war ein Unterschlupf, billig und peinlich, aber leider nötig bis zum nächsten großen Auftrag. Doch der Auftrag hat bis heute auf sich warten lassen, und das Gartenhaus ist darüber zu einer jämmerlichen Bruchbude verfallen.

Fred stolpert, die Schuhe in der Hand, die Dünenkante entlang. Wahllos tritt er auf Gräser und kriechende Gewächse. Der kürzeste Weg von seiner Hütte zum Strand führt nun mal quer durch das Naturschutzgebiet. Betreten strengstens verboten. Nur Schafe, Kaninchen und Vögel dürfen ungestraft die Gräser platttrampeln. Doch würde Fred tatsächlich die Straße zum Weststrand nehmen, müsste er erst nach Süden wandern bis ans Lister Ortsende, wo sie abzweigt. Ein Umweg von einer guten halben Stunde mindestens. Und überhaupt: Was kümmert ihn der ganze Naturschutz? Vor dreißig Jahren, am Anfang seiner ganz großen Zeit, da haben die Promis noch Orgien in den Dünen gefeiert, ohne dass irgendjemand sich um den blöden Hafer gesorgt hätte. Und Fred schon gar nicht. Denn er war immer dabei. Mittendrin. Und selten allein. Die Mädels haben sich ihm nur so an den Hals geworfen. Jede Schnecke konnte er haben. Er war erst fünfundzwanzig und ein echter Hengst. Im Bett ebenso wie an seiner Reiseschreibmaschine. Die großen Gazetten rissen sich um seine Berichte über das Leben der Schönen und Reichen hier auf der Insel.

Die Blondinen liefen ihm scharenweise nach, echte und gefärbte, sie alle hofften, in einer seiner Reportagen erwähnt zu werden, einmal nur, damit es schien, als gehörten sie auch dazu. Damit die Playboys, die wirklich reichen jungen Männer, endlich auf sie aufmerksam würden. Denn einen von ihnen wollte jedes dieser Mädchen an Land ziehen, er sollte es heiraten und ihm ein Leben voller Nichtstun und Wohlstand ermöglichen. Der Weg zu diesem Traummann führte durch Freds Bett, so dachten die Mädels jedenfalls, und Fred hütete sich davor, sie eines Besseren zu belehren.

Natürlich schaffte es keine von ihnen jemals in Freds Reportagen. Zu genau wusste er, was von ihm erwartet wurde. Niemand konnte so sicher wie Fred It-People von Would-Like-People und Has-Beens unterscheiden. Nur die wirklich bedeutenden Menschen wurden erwähnt. Und schon das war eine Ehre. Fred tupfte ausgewählte Anekdoten über diese Personen sorgsam in seine ausufernden Schilderungen der kargen Sylter Landschaft, er brachte die Helden seiner Anekdoten zum Strahlen, machte sie zu Persönlichkeiten, ließ sie wirken wie knallrote Mohnblumen auf einem Teppich aus beigegelbem Korn. Oder Sand. Teurem Sand. Sylter Sand.

Fred war der Meister der Stimmungsschilderung. Seine Sommer-Reportagen waren echte Auflagenhämmer. Durch ihn erschloss sich der herbe Charme der Insel Millionen von Daheimgebliebenen. Fred war es, der ihnen das Möwenballett vor endlosem Horizont zeigte. Die raue Stimme der Nordsee im Sturm vorflüsterte. Und wenn sie das alles verinnerlicht hatten, bebilderte er für seine Leser die fliegenden Tage der Happy Few, indem er den Rhythmus ihrer Partys und Strandausflüge erfahrbar machte. Freds Artikel lasen sich wie Schrift gewordene Jazz-Songs zum Mitschnippen.

Na bitte, denkt Fred jetzt, ich kann es noch. Was wollt ihr Arschlöcher eigentlich? Ich bin immer noch »Die Feder«, der beste unter allen guten Schreibern. Warum wisst ihr das nur nicht mehr, ihr verdammten Säcke da drüben in Hamburg? Und während Fred den Dünenkamm hinunterstolpert, der Wasserkante entgegen, denkt er das, was er an dieser Stelle immer denkt, bei jedem Abendspaziergang, seit Jahren schon.

Es gibt einen Ausweg. Es muss nur die *eine* Story her. Die ganz große Geschichte, die nur von ihm erzählt werden kann. Von dem berühmten Genie mit der Feder, von Fred Hübner, dessen Namen vor dreißig Jahren jedes Kind kannte.

Lautes Geschrei schreckt ihn aus seinen Gedanken. Vom Strand her bewegt sich etwas auf ihn zu. Fred blinzelt ins Licht und erkennt einzelne Punkte, die sich im Näherkommen zu Gestalten formen. Männer mit Kurzarmhemden, die Sandalen in der Hand tragen. Frauen mit Kleidern aus wehender Baumwolle, die nur unzureichend ihre altersweichen Bäuche verbergen. Frauen, die geboren haben, denkt Fred schaudernd, als er die Horde der Kinder in neongrell bedruckten T-Shirts entdeckt, die den Erwachsenen folgt.

In Kampen würde niemand so herumlaufen. Aber hier in List, am nördlichen Inselzipfel, spielt eine andere Musik. Hier gibt es keine Promis, keine aufgebrezelten blondgelockten Sahneschnittchen, die sich verlockend präsentieren, allzeit zum Vernaschtwerden bereit. Hier dominieren die biederen Familienväter mit ihren schwerbrüstigen Ehefrauen. Zum hundertsten Mal verflucht Fred den Umstand, dass er sich keine Bleibe in Kampen leisten kann. Noch nicht einmal für ein winziges Kämmerchen würde seine klamme Barschaft reichen. Der Ort seiner großen Triumphe hat ihn schon vor Jahren verstoßen. Er muss froh sein, dass es ihm überhaupt noch möglich ist, auf der Insel zu leben.

Die winkenden und schreienden Menschen kommen immer näher. Jetzt kann Fred auch ihre Worte verstehen. Besser gesagt das eine Doppelwort, denn es ist stets das gleiche, das sie rufen: »Ann-Kathrin.« »Ann-Kathrin.« »Ann-Kathrin.« In allen Tonlagen, von tief und brummig bis hinauf zum hysterieverdächtigen Kreischen.

Als eine Vorhut aus keuchenden Männern ihn erreicht hat, erfährt Fred den Grund für die Aufregung. Ann-Kathrin ist die Tochter eines der Männer, sie ist sechs Jahre alt und hat hellblondes Haar, das zu Zöpfen geflochten ist. Oder sollte man sagen, zu Zöpfen geflochten war? Denn wie das Haar von Ann-Kathrin im Moment aussieht, kann niemand sagen. Seit zwei Stunden ist das Mädchen spurlos verschwunden. Die Eltern haben in ihrer Verzweiflung alle Urlaubsbekannten zusammengetrommelt, um ein letztes Mal den Strand abzusuchen, bevor sie die Polizei alarmieren werden.

Natürlich fragen die Männer Fred, ob er etwas beobachtet habe und wie lange er schon am Strand sei. Denn vor zwei Stunden sei es gewesen, dass die Familie den für den Urlaub gemieteten Strandkorb verlassen habe, müde und erschöpft von einem heißen Tag mit zu viel Sonne. Ann-Kathrin sei die Jüngste von drei Geschwistern, sie habe getrödelt und sei trotz wiederholter Ermahnungen der Eltern immer weiter zurückgeblieben auf dem Weg vom Strandkorb zum Parkplatz. Man habe neben dem Auto auf sie gewartet, niemand sei begierig darauf gewesen, in der immer noch brennenden Nachmittagssonne die Dünen wieder hinaufzusteigen, um das Mädchen zur Eile anzutreiben. Als schließlich der Vater ziemlich aufgebracht doch noch zurückgestürmt sei, habe er erkennen müssen, dass seine Wut ins Leere laufen würde, denn Ann-Kathrin sei nicht zu finden gewesen. Seitdem sei sie verschwunden, wie vom Erdboden verschluckt. So der Vater, dem mittlerweile die Tränen in den Augen stehen.

Und während Fred mit leicht verlangsamter Diktion erklärt, dass ihm ganz bestimmt kein blondes Mädchen begegnet sei, dass er überhaupt niemanden gesehen habe und im Übrigen selbst auch erst seit zwei oder drei Minuten am Meer sei, denkt er, dass »wie vom Erdboden verschluckt« doch eine unglaublich abgegriffene Metapher ist. Unkonzentriert beobachtet Fred, wie der besorgte Vater von einer schlecht gefärbten Brünetten mit grauem Haaransatz weggezogen wird, deren Ehering sie als seine Gattin ausweist. Lautstark drängt sie ihn, endlich die Polizei einzuschalten. Auch in ihren Augen stehen Tränen.

Nachdenklich blickt Fred der aufgeregten Gruppe hinterher, bis alle in der Senke zwischen den Dünen verschwunden sind, in der sich der Parkplatz befindet. Ann-Kathrin, denkt Fred, ist ein blöder Name. Schlecht geeignet für jede Titelei. Überhaupt sind dreisilbige Namen furchtbar, sie hinken immer irgendwie. So ein richtig krachender Zweisilber, Nora oder Laura, Paula oder Clara, möglichst viele dunkle und klangvolle Vokale kombiniert mit wenigen prägnanten Konsonanten, das sind die Namen, aus denen wahre Schlagzeilen gemacht werden.

Mittwoch, 22. Juli, 19.50 Uhr, Kriminalpolizei Westerland

Sven Winterberg fährt sich mit beiden Händen durchs Haar, das verschwitzt zwischen den Fingern klebt. Seufzend geht der Kriminaloberkommissar zum Waschbecken in der Ecke seines Dienstzimmers und hält die Hände unter den kalten Wasserstrahl. Kalt? Das Wasser ist lauwarm und nur mäßig erfrischend. Auch die Luft im Büro ist stickig und schwül, dabei steht schon seit Stunden das Fenster weit offen. Aber was soll an einem heißen windstillen Abend mitten in Westerland schon für Frischluft durchs Fenster kommen? Zwischen der Nordsee und dem Kripoquartier liegen etliche dichtbefahrene Straßen der Inselhauptstadt.

Enerviert sieht Winterberg auf seine Uhr. Kurz vor acht. Er wird es wieder nicht schaffen, rechtzeitig zu Hause zu sein, um Mette ins Bett zu bringen. Dabei ist die abendliche Gute-Nacht-Zeremonie mit seiner Tochter für Sven der Höhepunkt des Tages. Das kleine zerbrechliche Mädchen mit den großen zutraulichen Augen dabei zu beobachten, wie es langsam vom Wachsein in den Zustand des Traumes hinübergleitet, ist ein unvergleichliches Glück für den stolzen Vater.

Winterberg klatscht sich eine Handvoll lauwarmes Leitungswasser ins Gesicht. Wenn es schon nicht kalt ist, so ist es doch wenigstens feucht und suggeriert dadurch eine gewisse Erfrischung. Er wirft das Handtuch auf den Beckenrand und fährt sich noch einmal durchs Haar. Er ist nicht uneitel und sorgt penibel dafür, dass seine dunklen Locken stets akkurat geschnitten und perfekt gestylt sind.

Als der Oberkommissar Schritte auf dem Flur hört, geht er schnell zurück zum Schreibtisch. Wenige Sekunden später wird die Tür energisch geöffnet, und Winterbergs jüngere Kollegin Silja Blanck betritt den Raum. Sie wirkt stets auf ihn, als habe sie eben eine dreistündige Wellnesskur in einer Eisgrotte beendet. Schmale Figur, erstklassige Kleidung. Schwarzer Rock, weiße Bluse, alles ohne jeden Schweißfleck und vollkommen faltenlos. Dazu dunkelbraune glatte Haare, die wie immer zu einem dekorativen Pferdeschwanz am Hinterkopf zusammengenommen sind. Der Duft von Silja Blancks Parfüm vertreibt augenblicklich den Benzingestank. Es ist herb mit einem Hauch von Orient.

Die Jungkommissarin spart sich jede Einleitung und kommt gleich zur Sache.

»Ich denke, die Kollegen unten brauchen deine Hilfe.«

Selbst Siljas Stimme ist erfrischend kühl.

»Was gibt's denn da Besonderes?«

»Seit zehn Minuten versuchen sie am Empfang ein Elternpaar zu beruhigen, das seine Tochter sucht.«

»Schon wieder ein ausgebüchster Teenager. Können die nicht woanders weglaufen? Immer kriegen die ihre pubertären Hormonschübe ausgerechnet in den Sommerferien bei uns auf Sylt.«

»Es ist kein Teenager. Und ich glaube auch nicht, dass das Mädchen weggelaufen ist. Die Kleine ist gerade mal sechs, und die Eltern haben in den vergangenen Stunden schon den ganzen Strand und die Dünen abgesucht.«

»Wo ist sie denn verschwunden?«

»In List, am Weststrand. Die Eltern sind Sommergäste, sie haben dort oben eine Ferienwohnung gemietet und waren tagsüber am Strand. Auf dem Rückweg zum Auto war dann das Kind plötzlich weg.«

»Wie lange ist das jetzt her?«

»Knapp drei Stunden. Jedenfalls haben am Strand schon alle mitgesucht, auch die Rettungsschwimmer. Den Kurkartenkontrolleur haben die Eltern auch schon befragt, er hat aber nichts gesehen.«

»Wie alt war das Mädchen noch mal?«

»Sechs Jahre.«

»So alt wie Mette.«

Sven sieht die eigene Tochter vor sich, fröhlich und mutig. War sie schon einmal mehrere Stunden lang von den Eltern entfernt, ohne dass Anja oder er gewusst hätten, wo sie sich aufhält? Natürlich nicht. Noch einmal fahren Svens feingliedrige Hände durch seine Locken, doch diesmal bringen sie die ganze Frisur durcheinander.

Silja beobachtet ihren Kollegen einige Sekunden lang. Sie kann zusehen, wie sich Winterbergs schmaler Körper strafft. Leise sagt sie: »Die Mutter ist vollkommen panisch, das kannst du sicher nachvollziehen. Also komm schon.«

»Okay. Los geht's.«

An der Tür lässt Sven ihr höflich den Vortritt. Dann laufen beide mit schnellen Schritten den Gang entlang.

»Sind die Eltern wenigstens gleich zu uns gekommen? Nach ihrer eigenen vergeblichen Suchaktion, meine ich«, erkundigt sich der Oberkommissar.

»Leider nein. Sie sind zuerst zur Lister Polizeistation gefahren. Die Kollegen haben sie aber direkt hierhergeschickt.«

»Wie's aussieht, sollten wir besser sofort einen Hubschrauber anfordern. Er kann die Dünen absuchen. Das ist ja ein riesiges Areal da oben. Und wenn es erst mal dunkel ist, nutzt das nichts mehr.«

»Außerdem muss einer die Mutter beruhigen. Sie ist völlig außer sich.«

Wie zur Bestätigung dieser Bemerkung dringt jetzt lautes Schluchzen zu ihnen. Silja wirft Sven einen knappen Blick zu. Sven bleibt stehen.

»Warte. Wir machen es anders. Geh du erst mal allein nach unten und gib der Frau ein Beruhigungsmittel. Der Ehemann ist auch dabei?«

Silja nickt.

»Dann soll er dafür sorgen, dass sie es auch schluckt. Danach bringst du beide zu mir hoch. Ich sehe in der Zwischenzeit zu, dass ich ein paar Leute zusammentrommele, die sich noch mal gründlich am Weststrand umsehen. Und zwar sofort. Vielleicht helfen die Kollegen von der Feuerwehr. Außerdem muss ich meiner Frau Bescheid sagen, dass sie die Kleine allein ins Bett bringen soll.«

Winterbergs letzte Worte kann Silja schon nicht mehr hören, so schnell ist sie die Treppe hinuntergeeilt. Das Schluchzen der Mutter geht ihr durch Mark und Bein, und es ruft Erinnerungen wach, die sie für immer verdrängt zu haben glaubte.

Ihre eigene Mutter mit gelösten Haaren, die Augen vom tagelangen Weinen fast zugequollen. Schluchzen, Schreien und dann immer wieder diese unerträgliche Stille. Eine Stille, in der der Film mit den Erinnerungen an die letzten Stunden mit der Kleinen ablief. Sie war das Nesthäkchen der Familie. Alle liebten Franziskas Lachen, und ihre Stimme hallte in jeder Ecke der behaglichen Wohnung nach. Der ganzen Familie schien es, als müsse der schöne schlanke perfekte kleine Körper der Elfjährigen in jedem Moment durch die nächste Tür gehüpft kommen.

Doch das sollte er niemals wieder tun. Denn auf die bangen Stunden der Suche nach dem Kind folgten bald die schrecklichen Stunden der Gewissheit. Franziska, Siljas kleine Schwester, die jüngste von vier Töchtern, würde niemals zurückkehren. Ihr Körper war missbraucht und geschändet worden, irgendjemand hatte sie benutzt, anschließend brutal erdrosselt und dann weggeworfen wie ein schmutziges Kleidungsstück.

Tränen treten in Silja Blancks Augen, und sie bleibt abrupt stehen. Mit einer energischen Geste zieht die Kommissarin ihren Rock glatt. Sie wird alles in ihrer Macht Stehende tun, um diesen Eltern zu helfen. Aber sie wird sich nicht von ihren eigenen Erinnerungen einholen lassen, sie wird nicht zulassen, dass dieser Fall die Mauer einreißen kann, die sie mit viel Selbstbeherrschung und in jahrelanger Arbeit um ihre Seele errichtet hat.

»Ich bin gleich bei Ihnen«, ruft sie der schluchzenden Mutter zu, während sie den Tresen umrundet, eine Schublade aufzieht und zwei Beruhigungstabletten aus ihrer Folie drückt.

Donnerstag, 23. Juli, 9.30 Uhr, *Zöllner-Immobilien*, Kampen

Um halb zehn am Morgen ist der Strönwai noch menschenleer. Mona Hofacker findet problemlos einen Parkplatz vor den Geschäftsräumen von *Zöllner-Immobilien*. Das Maklerbüro ist in einem niedrigen Eckhaus in

Kampens feinster Einkaufslage untergebracht, genau zwischen dem Fußweg zum Nordseestrand und dem Beginn der Restaurant- und Shoppingmeile. Nebenan befindet sich der Store eines Nobeldesigners und gegenüber eine Hummerbar. So unterschiedlich die Auslagen der einzelnen Schaufenster auch sein mögen, auf den ersten Blick wirken hier alle Gebäude wie aus einem friesischen Freilichtmuseum importiert. Einstöckig, niedrig, behäbig. Und natürlich mit Reet gedeckt. Die breiten Dachüberstände werfen wohltuende Schatten auf die bodentiefen Fenster von Geschäften und Büros. Um in die Innenräume zu sehen, muss man schon nah an die Fenster herantreten. Oder die Tür aufdrücken, so wie Mona es jetzt tut.

Obwohl das Maklerbüro erst um zehn Uhr öffnet, sitzen Monas Mitarbeiter bereits an ihren Glasschreibtischen. Wie an jedem Morgen ist der kahlrasierte Schädel Oskar Neumanns tief über die Morgenzeitung gebeugt. Konzentriert liest er den Leitartikel der *FAZ*, während seine Kollegin Lucie Piehl eher unengagiert in der *Sylter Rundschau* blättert. Sie scheint nicht zu finden, was sie sucht, und blickt ihrer Chefin mit einer für sie ungewöhnlichen Ernsthaftigkeit entgegen, als könne diese eine aus dem Lot geratene Welt wieder geraderücken.

»Haben Sie schon die Nachrichten gehört, Frau Hofacker?«

»Beim Frühstück. Warum fragen Sie?«

»In List ist ein Kind verschwunden.«

»Ach das. Ja, das ist schrecklich. Kennen Sie die Leute?«

Unkonzentriert wirft Mona ihre Handtasche auf den Stuhl neben dem Schreibtisch und schiebt ein paar Exposés zur Seite.

»Natürlich nicht, das sind doch Sommergäste.«

»Entschuldigung, da habe ich wahrscheinlich nicht richtig hingehört. Ein Mädchen war das, oder? Sechs oder sieben Jahre alt.«

»Genau. Die Familie war auf dem Rückweg vom Strand. Hoffentlich ist das Mädchen nicht heimlich zum Meer zurückgelaufen und ertrunken.«

»Bei dem Wetter? Vor zwei Tagen hatten wir wenigstens noch Ostwind. Mittlerweile ist auch der zum Erliegen gekommen. Und die See ist seit einer Woche spiegelglatt, wie soll da ein Kind ertrinken?«

»Ja, aber was soll denn sonst mit der Kleinen sein? Dass sie den Eltern weggelaufen ist, schließt die Polizei aus.«

»Vielleicht haben die Eltern mehr Geld, als sie zugeben wollen, und es läuft auf eine Lösegeldforderung hinaus«, wirft Oskar Neumann vom anderen Ende des Raumes ein, ohne von seiner Zeitungslektüre aufzublicken. Neumann ist politisch außerordentlich interessiert und immer auf dem neuesten Stand des Tagesgeschehens. Sein Habitus spricht vor allem intellektuelle Kunden an, und Mona bemüht sich darum, ihn auch an diesen Personenkreis als Betreuer zu vermitteln. Dass er diese menschliche Tragödie so cool zu nehmen scheint, gefällt Lucie Piehl gar nicht.

»Na hör mal! Gibt es denn überhaupt so eine Forderung?«

»Nicht dass ich wüsste.«

Neumann blättert die Zeitungsseite um und vertieft sich in einen Hintergrundbericht. Auch Lucie wirft einen kurzen Blick in ihre Zeitung.

»In der Rundschau steht noch gar nichts. Aber die Polizei ist ja in solchen Fällen sehr zurückhaltend mit Details.

Wahrscheinlich wissen die schon viel mehr, als wir in den Nachrichten erfahren.«

Auffordernd blickt Lucie von ihrem Kollegen zur Chefin und wieder zurück. Zu gern würde sie den Entführungsfall ausführlicher erörtern. Doch Mona winkt ihre Mitarbeiter energisch hinüber in den Nebenraum, wo um einen Besprechungstisch aus massiver Eiche Lederfreischwinger gruppiert sind. Hier finden nicht nur die internen Konferenzen, sondern auch die wichtigen Kundengespräche statt.

»Können wir das jetzt mal beiseitelassen und kurz über ein neues Objekt reden?«

Als Oskar und Lucie Platz genommen haben, beginnt Mona ihren Bericht über das Watthaus, das sie vor zwei Tagen begutachtet hat. Sie erwähnt Markus Rothers eigentümliches Verhalten mit keinem Wort, schließlich ist sie zu Recht für ihre Diskretion bekannt. Stattdessen beschränkt sich Mona auf die Schilderung der baulichen Details, schwärmt besonders von dem Ausblick, den der Runderker bietet, hebt insgesamt die außerordentliche Lage der Immobilie hervor und schließt ihr Referat mit den Worten:

»Den Schlüssel bekomme ich erst in den nächsten Tagen, aber der Vertrag ist unter Dach und Fach. Habe ich gestern mit dem Eigentümer gemacht. Also sollten Sie beide schleunigst Ihre Kundenkartei durchforsten. Vor allem natürlich Sie, Oskar.«

»Und die Preisvorstellung?« Neumann sieht mit gerunzelter Stirn von seinen Notizen auf.

»Vier bis sechs, denke ich. Das hängt ein bisschen von der Entschlussfreudigkeit der Käufer ab. Ich hatte den Eindruck, dass es den Besitzer erleichtern würde, das Haus bald zu veräußern.«

»Kampen, Wattblick, 4 Schlaf, 3 Bäder, 4–6 Mio.«, malt Neumann mit fetten Buchstaben unter seine Notizen und stößt ein zufriedenes Pfeifen aus.

»Nicht schlecht für einen Gelegenheitsdeal.«

»Das ist kein Gelegenheitsdeal«, entfährt es Mona in scharfem Tonfall.

»Pardon. Ist mir rausgerutscht. Soll ich das Exposé machen, wie üblich?«

»Wahrscheinlich ist es in diesem Fall besser, ich setze mich selbst dran. Ich bin ja die Einzige, die in dem Haus war. Und leider sind bis jetzt noch keine Pläne in Sicht.«

»Aber wir haben doch immer die Grundrisse im Exposé, wollen Sie da wirklich eine Ausnahme machen?«, erkundigt sich Lucie irritiert.

»Natürlich nicht. Ich werde die Raumaufteilung aus der Erinnerung skizzieren. Und wenn wir die originalen Pläne haben, können wir das Exposé immer noch überarbeiten. Aber wir wissen doch alle drei, dass uns nicht mehr viel Zeit bleibt. Wir haben noch einen guten Monat bis Ende August. Wenn erst mal die Sturmsaison im Herbst beginnt, erwärmt sich niemand mehr so schnell für ein Haus auf der Insel. Dann fangen die Leute an, nach Chalets in der Schweiz zu suchen. Jedenfalls diejenigen, die bei dieser Immobilie als Käufer in Frage kommen. Hier geht es schließlich nicht um eine Zweizimmerwohnung in mittelprächtiger Lage.«

Der Seitenblick, mit dem Mona ihre Mitarbeiterin misst, ist sarkastischer, als sie es beabsichtigt hat. Die Zweizimmerwohnungen in mittlerer Lage sind Lucies Spezialgebiet, das sie seit ihrem Eintreten ins Geschäft mit Bienenfleiß beackert. Ihre Einzelprovisionen sind längst nicht so enorm wie bei Oskar oder bei Mona selbst, aber was den von Lucie verkauften Objekten an Qualität fehlt, macht sie seit einigen Monaten durch die Quantität der von ihr vermittelten Abschlüsse wieder wett. Die gebürtige Sylterin, die mit ihren langen blonden Haaren und ihren fröhlichen, unverstellten Kommentaren stets frisch und spontan wirkt, geht auf neue Kunden mit bemerkenswerter Offenheit zu und ist unschlagbar, wenn es gilt, zögernde Interessenten für die Insel zu begeistern.

»Okay. Gibt's sonst noch was?«

Mona schickt ihren fragenden Worten einen ebensolchen Blick hinterher und wartet kurz. Als weder Lucie noch Oskar antworten, steht sie auf und geht zurück an ihren Schreibtisch, wo sie den Rechner hochfährt. Doch noch bevor sie das Zeichenprogramm überhaupt starten kann, wird die Bürotür von einem hochgewachsenen Herrn mit durchtrainiertem Oberkörper unterm Designerhemd aufgestoßen. Er ist keine vierzig Jahre alt, hat ein sehr markantes Gesicht und verfügt über eine raumgreifende Ausstrahlung. Sein Blick wandert in Sekundenschnelle über die Köpfe der drei Immobilienmakler, die sich ihm zuwenden. Mona spürt, wie dieser Blick auf ihrem Gesicht einen winzigen Moment länger verweilt, und wundert sich darum wenig, als der Kunde zielstrebig auf ihren Schreibtisch zugeht. Sie steht auf und streckt ihm ihre Hand entgegen.

»Guten Morgen. Mona Hofacker ist mein Name. Was kann ich für Sie tun?«

Eine kräftige, äußerst gepflegte Hand ergreift die der Maklerin und drückt sie kurz und fest.

»Björn Steingart, Hamburg. Sie sind die Chefin?«

»Ja.«

Monas Stimme ist höflich, aber abwartend. Was verbirgt sich hinter dieser Frage?

Steingart lacht auf.

»Keine Angst, war nur ein Test. Ist so eine Art Hobby von mir. Betrete einen Laden, gib dir nicht mehr als drei Sekunden Zeit und finde heraus, wer wirklich das Sagen hat.«

»In diesem Fall haben Sie den Test bestanden. Kaffee?«

»Gut gekontert, Frau Hofacker. Hofacker – war doch richtig, oder?«

»Goldrichtig. Kaffee?«

Mona kennt diese Sorte Menschen genau und lässt sich längst nicht mehr von ihnen beeindrucken. So wie dieser Björn Steingart benehmen sich nur Leute, die mit einem goldenen Löffel im Mund geboren worden sind. Leute, für die das Leben ein Spaß sein kann, wenn sie es nur wollen. Wer diese Menschen mit Unterwürfigkeit behandelt, hat schon verloren.

Entsprechend angetan reagiert jetzt auch Steingart. Er mustert Mona mit einem langen, wohlgefälligen Blick und erklärt: »Kaffee, warum nicht? Schließlich habe ich die Absicht, Sie um einen guten Teil Ihres Vormittags zu bringen.«

»Dafür bin ich da. Wenn Sie mit mir nach hinten in den Besprechungsraum kommen wollen, können wir ungestört reden.«

Donnerstag, 23. Juli, 11.07 Uhr, Kriminalpolizei Westerland

»Und? Gibt's was Neues?«

Silja Blanck steht vor der Pförtnerkabine im Eingangsbereich des Polizeigebäudes. Der Pförtner, ein korpulenter Mann in den Fünfzigern, blickt mit Verzögerung von seiner *Bild*-Zeitung auf.

»Nö. Hier steht noch gar nichts von der Lütten drin.«

»Ich meine doch nicht die Zeitung. Ich meine die Post.«

»Die habe ich schon hochgebracht. Jedenfalls die Briefe, die an Sie oder die Kollegen adressiert waren.«

»Und anonyme? Jetzt lassen Sie sich nicht jede Info einzeln aus der Nase ziehen, Mann. Sie wissen doch ganz genau, dass wir auf eine Nachricht warten. Muss ja keine Lösegeldforderung sein. Die ginge außerdem sowieso nicht an uns.«

»Was denn dann?«

Der Pförtner legt den Kopf schief und blickt der jungen Kommissarin nur mäßig interessiert ins Gesicht.

»Keine Ahnung. Irgendein Hinweis aus der Bevölkerung vielleicht. Jemand, der auf dem Nachbargrundstück was Verdächtiges beobachtet hat und seinen Namen nicht nennen will. Oder noch einer, der auf dem Parkplatz was gesehen hat. Ausnahmsweise vielleicht was wirklich Wichtiges.«

Der Pförtner verzieht keine Miene.

»In der Post war nichts. Aber Sie und der Hauptkommissar haben doch schon den ganzen Morgen die Zeugen aus List vernommen.«

»Glauben Sie vielleicht, die Zeugen haben mir den Entführer auf einem Silbertablett serviert?«

»Der Glaube, Frau Kommissarin, kommt einem hier als Erstes abhanden.«

Knisternd legt der Pförtner seine Zeitung zusammen und beginnt, ein belegtes Brot auszuwickeln. Der Geruch nach Zwiebelmettwurst und hartgekochten Eiern dringt in Sekundenschnelle durch die Scheibe der Pförtnerloge.

Silja wendet sich ab und geht die Treppe hinauf zu dem Büro, das sie mit Sven Winterberg teilt. Sie denkt an die Tatortzeugen, die doch so wenig helfen konnten. Der Kurkartenkontrolleur, zwei Strandkorbvermieter, ein Eisverkäufer und etliche Badegäste, die sich zur fraglichen Zeit in der Nähe des Strandweges aufgehalten haben. Sie alle sind ausgiebig befragt worden. Und niemand hat etwas Verdächtiges gesehen. Kein einsames Mädchen in den Dünen. Keine auffällige Person am Strand. Kein Auto, aus dem eine oder mehrere Personen gestiegen sind, die nicht wie typische Badegäste ausgesehen hätten. Nur der Kurkartenkontrolleur meinte sich erinnern zu können, dass die Eltern des verschwundenen Mädchens seinen Strandkorb auf dem Rückweg zum Parkplatz ohne ihre Tochter passiert haben. Aber das bestätigte lediglich die Aussage der Eltern.

Die ganze Fragerei dieses Vormittags hat Silja und Sven nur eines eingebracht: Die Erkenntnis, dass alle bisherigen Ermittlungen zu nichts geführt haben.

Als Silja Blanck die Tür zum Büro öffnet, sieht Winterberg von seinem Rechner auf.

»Und? Post?«

»Nichts.«

Silja lässt sich seufzend hinter ihrem Schreibtisch nieder.

»Irgendwelche anonymen Anrufe?«

»Nein, auch nicht. Leider.«

»Was ist mit der Hundestaffel?«

»Die Anforderung habe ich weitergeleitet. Allerdings kann das dauern. Die passenden Tiere scheinen noch in der Nähe von Husum nach dieser vermissten Rentnerin zu suchen.«

»Die Frau, die aus dem Seniorenheim verschwunden ist?«

»Genau.«

»Das heißt für uns?«

»Die Hunde sind erst heute Nachmittag frei. Vielleicht auch erst morgen. Bei der Hitze müssen sie sich häufiger ausruhen als üblich und können auch nicht so lange am Stück suchen.«

»Das gibt's doch nicht! Bis dahin kann die Kleine tot sein. Wenn sie es nicht jetzt schon ist.«

Jedes von Sven Winterbergs Worten trifft Silja wie ein Schwert. Schmal, scharf, schmerzlich. Sie schließt die Augen, holt tief Luft und fragt mit leiser Stimme: »Was glaubst du, ist mit ihr passiert?«

»Meine ehrliche Meinung?«

»Ja, klar.«

»Ich denke, irgend so ein Schwein hat sie sich geschnappt. Einer dieser verdammten Kinderschänder. Ich habe ein Foto von der Kleinen gesehen, sie sieht süß aus, richtig zum Anbeißen.«

Der Blick, den Silja Blanck ihrem Kollegen zuwirft, ist nur eine Sekunde zu lang. Und die Pause, bis sie die folgenden Fragen formuliert, ist minimal. Dann klingt ihre Stimme wie immer. Kühl und beherrscht.

»Also vergewaltigt und getötet? Oder entführt und vergewaltigt?«

»Woher soll ich das wissen? Ich würde aber einiges drauf wetten, dass wir es mit einem männlichen Täter zu tun haben. Ich lasse gerade die Pädophilenkartei checken. Eine Liste aller verurteilten Sexualstraftäter wird auch erstellt. Dann werden wir sehen, ob es passende Profile gibt. Immerhin suchen wir jemanden, der sich auf Sylt auskennt.«

»Könnte es sich nicht auch um eine ganz normale Erpressung handeln? Geld gegen Kind. Vielleicht kommt noch eine Lösegeldforderung.«

»Glaube ich nicht. Die wäre erstens schon da, und die Eltern hätten uns zweitens sofort informiert. Sie sehen nicht danach aus, als wollten oder könnten sie irgendetwas allein durchziehen.«

Seufzend fährt Winterberg sich durch die Locken.

»Und außerdem haben sie kein Geld.«

»Woher willst du das wissen, Sven?«

»Die sind nicht vermögend, das kannst du mir glauben. Und das sieht auch jeder, der die Familie nur eine Viertelstunde lang beobachtet. Die Leute fahren einen Mittelklassewagen und nehmen sich eine Kühltasche mit an den Strand, um mittags nicht essen gehen zu müssen.«

»Also ein Sexualdelikt.«

»Vermutlich. Wenn wir Pech haben, finden wir nur noch eine Leiche. Darum brauchen wir ja auch die Hunde so dringend.«

Sven verstummt plötzlich und senkt den Blick auf seine manikürten Fingernägel. Nachdem er sich beruhigt hat, redet er weiter.

»Was ist mit den Kontrollen im Lister Hafen und am Autozug?«

»Laufen seit gestern Abend. Es sind alle verfügbaren Kollegen im Einsatz. Die Verstärkung vom Festland ist unterwegs.«

»Das heißt?«

»Heute Nachmittag können wir auf jeden Fall damit anfangen, die Insel großflächig abzusuchen. Im Umkreis von List sind die Sylter Kollegen jetzt schon dabei. Wir haben jeden geschickt, den wir entbehren konnten, und die Feuerwehr hilft auch. Außerdem ist der Suchhubschrauber unterwegs.«

»War er das nicht gestern schon?«

»Ja, aber jetzt hat er eine Wärmebildkamera an Bord. Falls das Mädchen also noch lebt und irgendwo im Freien ist, wo wenig Menschen sind, dann finden wir sie. Naturschutzgebiete haben wir ja genug auf der Insel.«

»Ach noch etwas, Silja. Wir brauchen eine Liste mit verlassenen Objekten, die sich als Versteck eignen. Also die ehemaligen Kasernen, die leerstehenden Lagerhallen am Lister Hafen, so etwas. Und wenn die Liste da ist, dann muss das alles sofort durchsucht werden. Du weißt, dass wir gegen die Zeit arbeiten.«

»Und wenn die Kleine schon längst nicht mehr auf Sylt ist, Sven?«

»Dafur war es natürlich blöd, dass die Eltern erst nach drei Stunden gekommen sind. Aber andererseits scheint das Mädchen eher zufällig zum Opfer geworden zu sein. Wie ich schon sagte: Ihre Eltern sind weder reich noch berühmt. Nichts deutet auf eine bewusste Auswahl dieser Familie hin. Und nichts auf eine zu erwartende Lösegeldforderung. Es ging also sehr wahrscheinlich gar nicht um dieses spezielle Mädchen. Warum sollte der Entführer ein Kind auf Sylt verschleppen, wenn er nicht mit ihm auf der Insel bleiben will? Er würde sich doch nur unnötig der Gefahr aussetzen, am Autozug oder auf der Fähre erwischt zu werden.«

»Du hast recht. Wahrscheinlich ging es gar nicht um dieses spezielle Mädchen«, echot Silja und fügt dann mit leiser Stimme hinzu: »Sie hat eben einfach nur Pech gehabt.«

Donnerstag, 23. Juli, 11.13 Uhr, Kurverwaltung Kampen

Da ist es wieder, das Verlangen. Es kann nicht bis zum Abend warten. Es ergreift in den letzten Tagen immer häufiger von Karoline Besitz. So wie jetzt, obwohl sie doch an ihrem Schreibtisch in der Kurverwaltung sitzt und wahrlich genug zu tun hat. Doch die Angst ist stärker. Es scheint, als nähere sich Karoline eine Gefahr, die sie nicht aufhalten, der sie höchstens durch Flucht entgehen kann. Eine Flucht zu dem Watthaus müsste es sein, eine Flucht zu dem von ihr vor Jahren entdeckten und eisern geheim gehaltenen Versteck. Noch nicht einmal dem Großvater hat Karoline damals von dem Fund des Schlüssels erzählt. Zu stark war ihre Sehnsucht nach einem richtigen Zuhause, nach einer Familie, die nur ihr gehören sollte. Doch jetzt ist diese Familie in Gefahr, so scheint es Karoline. Bei ihrem letzten Besuch im Watthaus hat sie die Fußspuren gesehen, die die Treppe hinaufführten. Nicht sofort, aber beim Gehen waren sie ihr aufgefallen. Jemand hatte das heilige Reich ihrer Schwestern betreten. Ein Sakrileg, ein Verstoß gegen alle Regeln, die sie je im Umgang mit dem Watthaus aufgestellt hat. Jemand musste die schlafenden Schwestern in der oberen Etage aufgestört haben.

Das macht Karoline Angst.

Vielleicht hängt die Angst aber auch mit den Nachrichten über das verschwundene Kind zusammen. Immer wieder sieht sie es vor sich. Es trägt das Gesicht eines der Mädchen auf dem Kaminfoto. Nur sind jetzt die Kinderaugen in ungläubigem Entsetzen aufgerissen, und der hübsche kleine Mund ruft inständig nach Hilfe. Aber Karoline kann nicht helfen.

Ann-Kathrin heißt das verschwundene Mädchen, auch das war aus den Nachrichten zu erfahren. Immerhin hat Karoline jetzt einen Namen für die erste der drei Schwestern, ein Wissen, das sie mit einem ungekannten Glücksschauer erfüllt, ein Wissen, das ihr heilig ist. Fast so heilig wie der Schutz der oberen Etage des Watthauses, der Schutz der Privatsphäre ihrer kleinen geheimen Familie.

Donnerstag, 23. Juli, 11.50 Uhr, *Zöllner-Immobilien*, Kampen

Nachdenklich blickt Mona Hofacker Björn Steingart hinterher. Er hat seinen offenen BMW direkt vor der Fensterfront des Immobilienbüros in zweiter Reihe geparkt und betätigt gerade lässig mit der Hand in der Hosentasche die Fernbedienung zum Öffnen der Türen. Bevor er einsteigt, wechselt er ein paar Worte mit einem kleinen Jungen, der bewundernd vor dem Wagen steht. Mit einer fürsorglichen Geste streicht Steingart dem Kind über den Kopf, schwingt sich auf den Fahrersitz und legt einen Kavaliersstart hin.

Während der BMW aus ihrem Blickfeld in Richtung Strand verschwindet, macht sich Mona ein paar Notizen zu dem Gespräch, das sie eben geführt hat.

Steingart scheint gewillt, ein mittleres Vermögen in eine Immobilie zu investieren, am besten in ein einzelnstehendes Haus am Watt. Als Orte kamen Kampen, Braderup oder Keitum in Frage. Allerdings haben ihn die Objekte, die Mona aus dem Stegreif präsentieren konnte, nicht recht überzeugt. Sie waren ihm allesamt nicht repräsentativ genug. Aber gegen Ende des Gesprächs hat sich ein verlockender Ausweg aus der Misere abgezeichnet. Denn alles, was Björn Steingart sich wünscht, passt haargenau auf Markus Rothers erinnerungs- und sandgesättigtes Haus am Watt. Nur dass Mona noch nicht über dessen Schlüssel verfügt. Trotzdem hat sie dem anspruchsvollen Steingart vorsichtig winzige Appetithäppchen von diesem zu erwartenden Brocken hingeworfen. Und er hat sie brav geschluckt, ist davon sogar richtig hungrig geworden. Mit Leichtigkeit hätte Mona ihn zu einer spontanen Außenbesichtigung animieren können, schließlich ist sie in der Branche berühmt dafür, dass sie Gelegenheiten zu ergreifen und zu nutzen weiß. Man hat ihr die Leitung der hiesigen Filiale ja nicht umsonst übertragen. Mona und ihre zwei Mitarbeiter erwirtschaften auf der Insel ein Drittel des Gesamtumsatzes der bundesweit aktiven Maklerfirma.

Doch etwas, über dessen Ursachen sich Mona nicht im Klaren ist, hat sie diesmal davon abgehalten, ihrer spontanen Eingebung zu gehorchen. Steingart wird sich jetzt noch ein bis zwei Tage gedulden und auf ihren Rückruf warten müssen.

Und vorher braucht Mona den Schlüssel zu der Wattvilla ebenso dringend wie deren Inneres eine ordentliche Generalüberholung nötig hat. Energisch greift die Maklerin zum Telefon. Die Visitenkarte Markus Rothers mit seiner handschriftlich hinzugefügten Handynummer liegt ganz oben auf ihrem Notizstapel. Und als das Freizeichen ertönt, heißt es nur noch warten.

Mona lässt Markus Rothers Handy zwei geschlagene Minuten lang klingeln, doch nichts geschieht. Entweder der Eigentümer des Watthauses hat sein Handy nicht bei sich, oder er ist sehr beschäftigt. Zur Sicherheit wählt Mona die Nummer noch einmal, doch das Ergebnis ist das gleiche. Markus Rother ist im Moment für Mona Hofacker nicht zu sprechen.

Donnerstag, 23. Juli, 15.20 Uhr, Kriminalpolizei Westerland

»Kriminalpolizei Sylt, Silja Blanck.«

Aufmerksam beobachtet Sven vom Nebenschreibtisch aus das Mienenspiel seiner Kollegin. Obwohl das Verschwinden der kleinen Ann-Kathrin jetzt fast vierundzwanzig Stunden zurückliegt, haben ihre Ermittlungen noch nichts ergeben. Keine Spuren, keine Verdächtigen. Aber wenigstens auch keinen Leichenfund.

Jetzt formen Siljas Lippen unhörbar die beiden Worte, vor denen sich die Kommissare im Moment am meisten fürchten. »Die Eltern.« Sven atmet tief durch und signalisiert durch Gesten, dass er das Telefonat übernehmen würde. Aber Silja winkt ab und stellt den Apparat auf Lautsprechen.

»Hallo, Frau Gehrke. Wie geht es Ihnen?«

»Fragen Sie nicht. Und entschuldigen Sie bitte, dass ich schon wieder anrufe, aber mir ist noch etwas eingefallen.«

Die Stimme von Ann-Kathrins Mutter klingt ruhiger und weniger rau als gestern. Vermutlich hat sie inzwischen mehr als nur zwei Beruhigungstabletten genommen.

»Sie müssen sich nicht entschuldigen. Und bei mir schon gar nicht. Im Gegenteil. Alles, was Ihnen einfällt, kann unglaublich wichtig für uns sein.«

»Also, es geht um die Zeit unmittelbar nach Kathrins Verschwinden. Wir haben doch erst einmal selbst nach ihr gesucht. Also ich meine, bevor wir die Polizei angerufen haben.«

»Am Strand und in den Dünen, nicht wahr?«

»Genau. Und natürlich haben wir alle möglichen Leute gefragt, ob sie vielleicht unsere Tochter gesehen haben.«

»Ja, das haben Sie erzählt.«

»Und darunter war einer, der war, wie soll ich sagen, der war komisch.«

»Was meinen Sie genau damit?«

»Er hatte getrunken, ganz schön sogar, würde ich sagen. Aber das war gar nicht das Merkwürdige. Das Merkwürdige war eigentlich, dass er kein Mitleid hatte.«

Kein Mitleid, denkt Silja. Wenn du wüsstest, wie oft das vorkommt. Aber sie hält ihre Stimme im Zaum.

»Aha. Wie hat er denn reagiert?«

»Ziemlich cool. Fast schon verächtlich, sagt mein Mann. Der hat nämlich eigentlich mit ihm gesprochen. Mir war dieser Typ gleich unsympathisch. Ich bin nur dazugekommen und habe Jürgen von dem weggezogen. Ich wollte endlich die Polizei einschalten. Und das haben wir dann ja auch.«

»Das war auch gut so. Trotzdem sollten wir Ihre Beobachtung ernst nehmen. Wir würden uns gern einmal mit diesem

Herrn unterhalten, aber dazu müssen wir ihn erst finden. Tourist oder Einheimischer?«

»Kein Tourist, glaube ich. Er ging ja zum Strand, als es schon Abend wurde. Er hatte auch keine Badesachen oder so was bei sich. Er hatte gar nichts bei sich. Er sah aus, als würde er nur einen Abendspaziergang machen.«

»Können Sie ihn genauer beschreiben? Oder kann Ihr Mann das?«

»Groß, bestimmt eins achtzig, wenn nicht größer. Und hager, richtig dürr war er. Volle Haare, grau, aber voll. Sie waren recht lang und ungepflegt, also nicht gekämmt oder so was. Auch die Kleidung wirkte so. Ein bisschen unsauber, wenn Sie verstehen.«

»Hört sich fast nach einem Penner an.«

»Ganz so schlimm war es nicht. Und er redete auch anders. Er redete irgendwie hochgestochen, ich weiß auch nicht, wie ich das beschreiben soll.«

»Das machen Sie aber sehr gut. Ich kann mir den Mann schon ziemlich genau vorstellen. Und er war betrunken, sagen Sie?«

»Na ja, betrunken vielleicht nicht gerade. Aber angetrunken auf jeden Fall. Und es war ja noch früh am Abend.«

»Wo genau sind Sie denn auf den Mann gestoßen?«

»Er kam aus den Dünen und ging zum Wasser, als wir zurück zum Parkplatz wollten. Da hat mein Mann ihn angesprochen.«

»Wäre es möglich, dass einer von uns noch einmal bei Ihnen vorbeikommt? Dann könnte Ihr Mann uns ganz genau erzählen, wie das Gespräch verlaufen ist.«

»Aber natürlich. Wollen Sie gleich?«

Sven hebt die Hand und deutet auf sich.

»Ich denke, mein Kollege wird das persönlich übernehmen. Oberkommissar Winterberg, er leitet die Ermittlungen. Sie kennen ihn ja. Ich gebe Sie weiter, okay?«

Sven sieht kurz auf seine Uhr. Halb vier am Nachmittag.

»Frau Gehrke, sind Sie noch dran? Bleiben Sie jetzt einfach in der Ferienwohnung. Ich bin gegen vier bei Ihnen. Bis gleich. Auf Wiedersehen.«

»Eine erste Spur.« Silja sitzt jetzt kerzengerade an ihrem Schreibtisch. »Oder was meinst du?«

»Mit etwas Glück können wir den Mann noch heute oder spätestens morgen finden. Falls er sich nicht aus dem Staub gemacht hat. Aber immerhin klingt die Beschreibung vielversprechend. Es könnte sich lohnen, die einschlägigen Lister Kneipen nach ihm abzuklappern.«

Donnerstag, 23. Juli, 20.30 Uhr, *Zöllner-Immobilien*, Kampen

Mona Hofacker schließt die Tür des Immobilienbüros und blickt auf ihre Uhr. Halb neun am Abend. Ein langer Arbeitstag liegt hinter ihr. Die Sonne steht schon tief am Himmel und leuchtet die Welt mit ihrem ebenso unwirklichen wie zauberhaften Licht aus. Auch der Empfangsraum von *Zöllner-Immobilien* badet jetzt in diesem Meer aus rosa Farbe.

Während Mona durch die abendlich summende Straße hinauf zum Parkplatz geht, lässt sie ihre Blicke über die Gäste an den Stehtischen vor den Bars wandern, deren heitere, laute und oft auch überhebliche Rufe durch Kampens Amüsiermeile tönen.

Der Klang des Geldes, denkt Mona zufrieden. Das sind die Menschen, die auch mir ein Leben in Wohlstand ermöglichen. Und damit dies auch so bleibt, beschleunigt sie jetzt ihre Schritte. Es ist ihr immer noch nicht gelungen, Markus Rother an den Apparat zu bekommen. Und auf ihre SMS hat er auch nicht geantwortet. Doch vielleicht gibt es dafür eine Erklärung.

Viele Menschen, die eine Immobilie veräußern möchten, an der ihr Herz hängt oder einmal gehangen hat, zögern im letzten Moment. Sie können sich nicht trennen, im ganz und gar wörtlichen Sinn. Und genau so wird es Markus Rother im Augenblick gehen. Mona kann sich nur allzu deutlich vorstellen, wie er immer wieder durch die Räume des geerbten Hauses streift, wie er versucht, alle Erinnerungen einzufangen, die an den Möbeln, in den Zimmerecken und zwischen den Spielsachen in der oberen Etage hängen. Erinnerungen, die dort vielleicht seit Jahrzehnten nur auf ihn gewartet haben.

Noch ist er der Einzige, der den Schlüssel zu der Wattvilla hat, noch ist er allein mit seinen Erinnerungen. Wenn er allerdings auf Monas SMS reagieren oder einen ihrer zahlreichen Anrufe entgegennehmen wird, dann wird es mit seiner luxuriösen Einsamkeit vorbei sein.

Mona zweifelt nicht daran, dass Rother wirklich die Absicht hat, sein Haus zu verkaufen. Sie zweifelt nur daran, dass er die Kraft aufbringen wird, den zweiten, entscheidenden Schritt zu tun. Er muss sich trennen. Er muss ihr, der von ihm beauftragten Maklerin, den Zweitschlüssel geben. Er muss einfach nur von seinem Hoheitsanspruch ablassen.

Und genau dabei wird Mona ihm helfen.

Denn plötzlich glaubt sie zu wissen, wo Rother sich aufhält und warum er nicht an sein Handy geht. Sie sieht ihn fast vor sich, wie er allein und aufgewühlt durch das leere Haus streift, das ihm einmal viel bedeutet hat.

Mona weiß, es ist nicht weit bis zu der Villa am Watt. Einmal quer durch Kampen und dann ein Stück in die Heide hinein. Man befindet sich hier schließlich an einer der schmalsten Stellen der Insel, gerade das macht den Reiz dieses Ortes aus. Der Fußweg von der Nordsee bis hinüber zum Watt ist in einer guten halben Stunde zu bewältigen.

Schnell lässt die Maklerin die Nobelläden und damit auch die Flaneure hinter sich. Die Sonne steht tief in Monas Rücken, so dass sich ihr Schatten bis in die Unendlichkeit zu dehnen scheint. Und dann ist er plötzlich weg, alles, was rot war, wird blaugrau. Die Sonne ist hinter den Dünen versunken.

Es geht seit Tagen kein Wind, was ungewöhnlich für die Insel ist, und die Feuchtigkeit des nahen Meeres legt sich wie ein warmer Wickel auf Monas Gesicht. Mona zieht tief die Luft ein, sie riecht salzig und muffig zugleich.

Seitlich des Weges werden die Abstände zwischen den Häusern größer und die Grundstücke ebenfalls. Es ist vollkommen ruhig auf der Straße. Keine Autos, keine Stimmen. Unter der Woche bleiben etliche Ferienhäuser unbewohnt. Wer sich an Sylts teurer Wattseite eines der alten Friesenhäuser oder auch eine neugebaute Villa als Zweitdomizil leisten kann, hat selten Zeit, auf der Insel zu sein, aber er hat es deshalb noch lange nicht nötig, die Immobilie an Badegäste zu vermieten.

Je näher man dem Watt kommt, umso weniger Ferienhäuser sind zu sehen. Exklusivität kann man hier an der Zahl der unbebauten Quadratmeter abmessen, die die Häuser umgeben. Und man muss sie bezahlen können. Keines dieser Objekte würde für weniger als drei Millionen über den Tisch gehen. Einige brächten es vermutlich locker auf sechs bis acht. Vor allem diejenigen, die mit einer beeindruckenden Fernsicht aufwarten können. An klaren Tagen kann man hinter Heide, Watt und Meer bis zum Festland schauen. Und an den weniger klaren Tagen hat man immer noch die vielfältigen Blau- und Grüntöne der krautigen Gewächse im Blick, die das unter Naturschutz stehende Gebiet überziehen. Farben, die die Augen beruhigen, und Düfte, die sich wie Balsam auf angespannte Nerven legen. Farben und Düfte, in die jetzt auch Mona eintaucht, als sie die Abkürzung über den Sandweg nimmt, der sich quer durch die Heide bis zum Fuß des Hügels windet, auf dem die Wattvilla steht.

Auf dem Weg kommt Mona eine gebückte Gestalt entgegen. Beim Näherkommen grüßt die alte Frau nuschelnd.

»Moin, Moin.«

»Guten Abend.«

Die Alte nickt und schlurft weiter, ihr Hund, den Mona jetzt erst entdeckt, watschelt hinterher.

Wenig später taucht aus einem Querweg, der bis zur Wattkante hinunterführt, ein drahtig wirkender Herr samt Dogge auf. Auch ihn grüßt Mona freundlich. Man weiß schließlich nie, ob man nicht einen potentiellen Kunden vor sich hat. Aber der Doggenbesitzer antwortet nicht. Er scheint es eilig zu haben, seine Runde zu beenden. Wahrscheinlich will er rechtzeitig zu den Neun-Uhr-Nachrichten vor dem Radio sitzen, wie viele auf der Insel. Vielleicht gibt es doch etwas Neues über das verschwundene Mädchen. Seit gestern Abend ist das Kind jetzt schon weg, und niemand hat eine Spur.

Mona ist sich im Klaren darüber, dass ihr diese Geschichte den Saisonabschluss verderben könnte. Noch ist das Verschwinden des Mädchens für die wohlhabenden Inselbesucher nicht viel mehr als ein gruseliges Gesprächsthema, aber sollte der Fall nicht bald aufgeklärt werden, wird sich so mancher Kaufwillige die Sicherheitsfrage stellen. Keine gute Voraussetzung für eine größere Investition. Während Mona langsam auf das Rother'sche Haus zugeht, wächst die Unruhe in ihr. Ihre Hände beginnen zu schwitzen, und in ihrem Nacken sträuben sich die feinen Härchen. Lächerlich. Mona schämt sich vor sich selbst. Was soll schon sein? Sie macht einen harmlosen Spaziergang zu einem lukrativen Objekt, das ihr angeboten worden ist.

Um sich abzulenken, zwingt Mona sich dazu, über einen Werbetext für das Exposé nachzudenken. Wichtig ist, dass er bestimmte Reizworte enthält, die eine Atmosphäre von entspanntem Luxus transportieren. »Seewind« ist so ein Reizwort. Und es gibt noch mehr. »Möwenschreie, Sturmtage, Kaminfeuer, Wellenrauschen.«

»Träumen Sie an Sturmtagen vor dem Kaminfeuer, während die Wellen nur wenige Schritte von Ihrem neuen Domizil entfernt an den Strand rauschen.«

Nicht schlecht für den Anfang, nur Wellenrauschen gibt es am Watt nicht, denkt Mona, als sie an der Tür angekommen ist und ganz in Gedanken die Klingel betätigt. Als ein melodischer Ton aus dem Inneren des Hauses dringt, fährt sie zusammen. Eigentlich müsste der Strom abgestellt sein, so lange wie das Haus nicht mehr bewohnt worden ist. Aber vielleicht handelt Rother doch durchdachter, als sie es ihm zutraut, und hat den Strom vorsorglich wieder anstellen lassen. Wahrscheinlicher ist aber, dass die Familie sich damals nicht die Mühe gemacht hat, die Versorger überhaupt zu benachrichtigen, schließlich hat man ja innerhalb der letzten dreißig Jahre auch die herumliegende Zeitung nicht weggeräumt, überlegt Mona. Was mag nur geschehen sein, das ein solches Vorgehen rechtfertigt?

Sie führt ihr Gesicht ganz nah an das gewölbte Fenster in der Eingangstür heran. Ist da nicht sogar ein Lichtschein auf der Treppe zu erkennen? Zögernd betätigt Mona noch einmal die Klingel. Es läutet, aber niemand reagiert. Dann klopft sie gegen die Tür. Wieder nichts. Sie klopft noch einmal. Ein hohler Ton ist die Antwort. Er dringt aus dem Inneren des Hauses. Oder war es doch eher der dumpfe Laut eines Tieres irgendwo hinter ihr in der Heide, über die sich jetzt langsam die Dunkelheit breitet?

Während Mona ein drittes Mal klopft, drückt sie fast absichtslos die Klinke hinunter. Als die Tür nachgibt und aufspringt, könnte Monas Schreck nicht größer sein. Sie tritt einen Schritt zurück, bleibt hinter der Schwelle stehen und ruft in die Diele hinein.

»Hallo? Ist da jemand?«

Monas Stimme hallt einsam durch das Erdgeschoss. Niemand antwortet. Und auch von dem Lichtschein, den sie wahrzunehmen geglaubt hat, ist keine Spur zu sehen.

»Hallo? Herr Rother? Ich bin es, Mona Hofacker. Die Maklerin. Ich habe vergeblich versucht, Sie zu erreichen. Es geht um den Schlüssel. Ich habe nämlich gute Nachrichten. Es gibt bereits einen Interessenten.«

Nichts. Keine Antwort, kein Licht. Hier ist niemand. Offenbar war dieser Markus Rother tatsächlich noch einmal in dem Haus seiner Kindheit und hat lediglich beim Gehen vergessen, die Tür abzuschließen. Eine klassische Freud'sche

Fehlleistung. Wer die Tür nicht hinter sich verriegelt, kann jederzeit zurückkommen.

Vorsichtig macht die Maklerin einige Schritte in das Haus hinein. Sie kann der Versuchung nicht widerstehen, sich noch einmal ungestört umzusehen. Die stickige Luft im Inneren der Villa ist das Erste, was sie wahrnimmt. Das Zweite ist der Geruch nach Erbrochenem.

Energisch schließt Mona die Außentür hinter sich. Was immer hier geschehen ist, es geht niemanden etwas an. Für wenige Sekunden ist sie selbst überrascht von ihrer Entschlossenheit. Doch es dauert nicht lange, bis ihr die eigene Motivation klarwird.

Mit ein wenig Glück und viel Verhandlungsgeschick wird sie dieses Haus vielleicht schon bald an den wohlhabenden Björn Steingart verkaufen können. Wenn sie ihm im Preis etwas entgegenkommt, wird er einschlagen. Und sie wird sich nicht mehr lange mit dieser merkwürdigen Immobilie zu beschäftigen haben. Der Verkauf könnte ihre nächste Südseereise finanzieren und ein bescheidenes Aktienpaket noch dazu. Diese Aussicht ist allemal ein bisschen Aufregung wert. Und ein bisschen Engagement, das über das Übliche hinausgeht, auch.

Auf ihrem Weg in den Erker hält sich Mona die Nase zu. Nur nicht klein beigeben. Was immer hier geschehen ist, sie wird es ungeschehen machen.

Die beiden mittleren Erkerfenster lassen sich nur schwer öffnen, doch dann sickert die salzgesättigte Luft in den Raum und vertreibt den ekligen Geruch. Welche Erleichterung. Mona bleibt eine Weile am Fenster stehen. Nichts und niemand wird ihr diesen Deal verderben.

Wie war noch gleich der Text, der ihr vorhin eingefallen

ist? Sie sollte ihn sofort notieren oder besser noch in ihr Diktaphon sprechen. So ein Stimmungsbooster im Exposé ersetzt manchmal das halbe Verkaufsgespräch.

»Öffnen Sie alle Fenster und lassen Sie den Seewind durch den großen Wohnraum streichen, riechen Sie das Salz, die Heide und den Schlick. Frühstücken Sie unter den Schreien der Möwen, beginnen Sie Ihren Abendspaziergang direkt vor der Haustür am menschenleeren Watt und träumen Sie an Sturmtagen vor dem Kaminfeuer, während draußen der Wind um Ihr eigenes solide gebautes Reetdachhaus fegt.«

Während Mona die Sätze in das Gerät spricht, lässt sie ihre Augen durch die Dämmerung bis zum Wattenmeer wandern. Das Wasser liegt grau und bewegungslos wie erstarrtes Blei vor der Küste. Sogar die Möwen scheinen vor der schwülen Abendhitze kapituliert zu haben und aus dem Bild verschwunden zu sein. Aber die Nordseeluft lässt sich nicht vertreiben. Tief atmet Mona durch.

Da ist er wieder, der Geruch nach Erbrochenem. Er muss aus der oberen Etage kommen.

Auf der Treppe wird der Geruch stärker. Was, zum Teufel, ist hier passiert? Mona kontrolliert die Diele, dann die Schlafzimmer. Nichts, zum Glück. Alles scheint unverändert, nur die Käthe-Kruse-Puppen in dem doppelten Mädchenzimmer sind nicht zu sehen. Aber vielleicht hat Markus Rother sie in ein Regal oder einen Schrank geräumt. Doch das ist jetzt das geringste Problem. Zögernd öffnet Mona die Tür des ersten Bades. Alles scheint wie vor wenigen Tagen zu sein. Hier hat sich niemand erbrochen. Auch das Jungenbad ist unverändert. Aus dem dritten Badezimmer riecht es allerdings schon durch die Tür. Mona hält sich noch einmal die Nase zu und drückt mit der anderen Hand die Klinke hinunter.

Vor dem mittleren der drei Waschbecken ist eine Lache am Boden. Eine halbgetrocknete grüngelbe Schicht, die durchsetzt ist mit orangefarbenen Teilen. Möhrenstückchen vermutlich. Mona wendet den Kopf ab, als sie daran vorbei zum Fenster geht. Doch der Gestank scheint selbst durch die zugehaltene Nase zu dringen. Die Sekunden, bis sie den Mechanismus mit nur einer Hand bewältigt hat, dehnen sich. Als sich das Fenster endlich öffnen lässt, hängt Mona den ganzen Oberkörper an die frische Luft.

Warum tut sie sich das hier an? Wegen des Geldes natürlich, diese dumme Frage hat sie sich doch schon im Erdgeschoss beantwortet.

Noch ein letzter tiefer Atemzug, dann dreht Mona sich um. In der Ecke steht ein Wischeimer, über dessen Rand ein hellgrünes Tuch gebreitet ist. Merkwürdig, den muss sie bei ihrem ersten Besuch übersehen haben. Hoffentlich hat Rother mit dem Strom auch das Wasser angestellt. Falls nicht, wird Mona eben Nordseewasser vom Watt holen müssen. Diese Schweinerei hier auf dem Boden kann sie auch der hartgesottensten Putzfrau nicht zumuten. Vorsichtig dreht Mona den erstbesten Hahn auf. Es gluckert kurz, dann schießt Wasser heraus.

Warum hat Markus Rother das Erbrochene nicht selbst weggeputzt? Ist er von seinen Erinnerungen überwältigt zusammengebrochen? Musste er das Haus seiner Kindheit fluchtartig verlassen? Wer garantiert Mona, dass er nicht wieder zurückkommt? Und wenn schon, denkt sie. Irgendwann nutzt sich auch die intensivste Erinnerung ab.

Tapfer macht Mona sich an die Arbeit. Sie denkt an das

Geld. Sie denkt an die Südsee. Sie denkt an die Aktien. Dann sind alle Spuren beseitigt. Mona öffnet sämtliche Türen der oberen Etage und reißt alle Fenster auf. Es wird etwas dauern bei der herrschenden Windstille, aber sie wird schon dafür sorgen, dass sich dieser Geruch verliert.

Und morgen wird sie auch Markus Rother ans Telefon bekommen. Und ihm den Schlüssel abschwatzen. Und dann wird sie das Haus von oben bis unten putzen lassen. Sie weiß auch schon, von wem. Lidia hält auch Monas eigenes Apartment in Schuss. Die Polin ist schnell, verschwiegen und zuverlässig. Genau die Richtige für diesen Job.

Donnerstag, 23. Juli, 21.15 Uhr, Möwengrund, List

Es beginnt zu dämmern, als Fred die Tür des baufälligen Gartenhauses hinter sich schließt. Sicherheitshalber hat er eine Taschenlampe eingesteckt. Am Haus seiner Vermieterin vorn auf dem Grundstück schaltet sich gerade flackernd die Außenbeleuchtung ein. Laternen auf der Terrasse und Spots unter den Ecken der Dachüberstände. Innen ist kein Licht zu sehen. Fred wird also ohne hochnotpeinliches Verhör zu dem Ziel seiner abendlichen Wanderung aufbrechen können. Wahrscheinlich ist Frau Manthey bei einer ihrer Bridge-Schwestern. Diese Treffen sind zeitaufwendig und durchaus likörselig. Wenn Freds Vermieterin dem Alkohol zuspricht, ist das natürlich etwas anderes als bei ihm. Allerdings muss Fred zugeben, dass die Manthey sich auch noch nie auf dem Bürgersteig direkt vor dem Eingang ihres Hauses übergeben hat.

Als nach wenigen hundert Metern die asphaltierte Straße endet und das Naturschutzgebiet mit den Wanderdünen beginnt, bleibt Fred stehen. Wo genau ist er gestern Abend langgelaufen, als das Mädchen verschwand? Hat er, wie sonst auch, den verbotenen Weg quer durch das Naturschutzgebiet genommen, oder ist er abgewichen? Die Gruppe der besorgten Erwachsenen begegnete ihm am Strand, so viel weiß er noch. Aber vorher? Wie ist er zum Strand gekommen? Was hat er gesehen oder gehört, bevor er auf die aufgeregten Eltern gestoßen ist?

Während Fred den flachen Zaun übersteigt und die ersten hundert Meter im Laufschritt zurücklegt, verflucht er nicht zum ersten Mal die Lücken in seiner Erinnerung. Diese leidigen Tribute an den Rausch. Grenzzölle, die bei jedem Eintritt in die schönere und leichtere Welt des Alkohols zu entrichten sind und die von einem raffgierigen Zöllner von Woche zu Woche höher angesetzt werden. Irgendwann werden Freds Kapazitäten erschöpft sein, er wird nicht mehr in kleiner Münze zahlen können und dem Zöllner alles geben müssen. Alles, was dann noch übrig sein wird an Hirn, Leib und Leben. Aber so weit ist es noch nicht. Noch kann Fred vielleicht aus seinen Erinnerungsresten Kapital schlagen.

Als er sich im Sichtschutz der ersten Dünenkette weiß, wird Fred langsamer. Wo würde er ein Mädchen verschwinden lassen, wo es verstecken, nachdem er es zum Mitkommen überredet hat?

Schon immer gab es Schleichwege zwischen den Dünen. Früher, als das Abweichen von den markierten Pisten noch nicht unter Strafe stand, kannte sie jeder. Jetzt werden sie nur noch selten benutzt, vorwiegend von Eingeweihten und vorwiegend nachts. Manchmal auch abends, wenn man allein sein will, beispielsweise zu zweit. Oder auch um ein peinliches Torkeln im Gang und vielleicht sogar den einen oder anderen Sturz auf einem alkoholseligen Abendspaziergang zu verbergen. Oder um ein Mädchen zu entführen.

Freds Gedanken bleiben an diesem Satz hängen wie ein Fetzen Stoff an einem baufälligen Zaun. Während des gesamten Weges durch das Naturschutzgebiet tanzen unerwünschte Bilder in seinem Hirn einen wilden Straßentango. Wehendes Dünengras und ein schlanker Mädchenkörper, der nackt im Sand liegt. Ein lasziv lächelnder Mund, der leicht geöffnet perlweiße Zähne blitzen lässt. Wie Fotos hat seine Erinnerung diese Bilder aus besseren Zeiten gespeichert.

Erst als Fred kurz vor dem Parkplatz am Weststrand das Naturschutzgebiet verlässt, die Straße überquert und auf den Weg zum Strand einbiegt, kann er sich von den lästigen Bildern losreißen. Doch nicht für lange, denn auch hier führt ein verbotener Pfad vom Weg ab.

Der Pfad beginnt auf halber Strecke zum Strand neben einer flachen Düne, und er führt schnell um eine weitaus höhere Düne herum, so dass man eine reelle Chance hat, allzu neugierigen Blicken zu entkommen. Fred sieht sich um, der Strandweg ist leer. Schnell steigt er über den niedrigen Zaun, der den Dünenbewuchs schützen soll. Es ist fast dunkel, und der Beginn des Pfades ist unter den neugepflanzten Gräsern kaum zu erkennen, aber Fred findet ihn. Mit eiligen Schritten gelangt er hinter die erste Düne. Das sich daran anschließende Tal liegt als finstere Mulde vor ihm, in dessen Mitte ein unbewachsener Fleck hellen Sandes leuchtet. Im Näherkommen erkennt Fred Fußspuren. Sie führen von unterschiedlichen Seiten in die Sandkuhle hinein. Es sind ausnahmslos Erwachsenenspuren. Keine Kinderfüße.

Fred umrundet die Fläche zweimal und kontrolliert jeden Eintritt genau. Natürlich kann man nicht sehen, wie alt die Spuren sind und ob sie vielleicht von den suchenden Eltern selbst oder sogar von Polizisten stammen. Fred will gerade aufgeben, da kommt ihm eine Idee. Könnte nicht dieser Entführer das Mädchen getragen haben? Er knipst die Taschenlampe an, beginnt eine neue Runde um den Sand und leuchtet schräg in die jeweiligen Spuren hinein. Die Schatten, die sie an den Kanten werfen, sind mehr oder weniger gleich lang. Die minimalen Unterschiede lassen sich leicht mit abweichendem Körpergewicht erklären. Gerade will Fred aufgeben, da fällt ihm etwas anderes auf. Einer der Eindringlinge scheint eine Unwucht im Schritt gehabt zu haben. Die rechten Fußabdrücke sind tiefer als die linken. Vielleicht hat jemand gehinkt. Oder aber es hat jemand etwas getragen. Auf der rechten Hüfte beispielsweise. Ein zappelndes Mädchen vielleicht.

Fred starrt lange auf die merkwürdigen Fußspuren. Noch hat er selbst die Kuhle nicht betreten. Aber nun sucht er sich ein unverdächtiges Spurenpaar und setzt vorsichtig seine Füße hinein. Schritt für Schritt dringt er ins Innere des Kreises vor. Die Ansammlung von Trittabdrücken in der Mitte war von außen nicht so gut zu erkennen wie jetzt im Licht der Taschenlampe. Es gibt keine Liege- oder Sitzspuren, hier haben weder ein Beischlaf noch ein Picknick stattgefunden, so wie es früher zu Freds goldenen Zeiten üblich war.

Doch etwas ist merkwürdig. Die Abdrücke deuten auf ein wildes Getrappel. Da hat jemand stehend etwas getan, bei dem er sich mehrmals auf der Stelle bewegt hat. Was könnte das gewesen sein?

Fred geht in die Knie, um den Verlauf der Spuren genau zu verfolgen. Er legt die angeschaltete Taschenlampe neben sich in den Sand. Mittlerweile ist es fast vollständig dunkel. Doch so wie der Lichtkegel der Lampe nur einen winzigen Teil der Sandgrube ausleuchtet, so zwingt auch die kauernde Haltung Freds Blick zu größter Konzentration. Die Anordnung der Spuren ergibt einfach keinen Sinn. Es sei denn, der Sinn läge gerade darin, Sinnlosigkeit vorzutäuschen, um von anderem abzulenken. Nur wovon?

Diesmal richtet er den Strahl der Taschenlampe auf den Ring aus Dünengras, das um die Kuhle herum wächst. Nichts. Verdammt, da ist einfach gar nichts.

Was soll's also. Fred lässt alle Vorsicht sausen und setzt sich neben die Spuren in den Sand. Der ist weich und noch warm von der Sonne des Tages, es ist angenehm, eine Hand hineinzugraben. Eine Zigarettenkippe rutscht unter Freds Fingern weg, dann treffen sie auf das harte Horn eines Federkiels. Während der Lichtstrahl aus Freds Lampe sich zum dritten oder vierten Mal in hoffnungsloser Wiederholung an den Grasbüscheln entlangtastet, zieht Fred mit der linken Hand die Feder aus dem Sand. Sie ist erstaunlich groß und gar nicht verwittert. Sehr weiß. So weiß, dass sie glänzt.

Fred stutzt und richtet die Lampe auf die Feder.

Winzige Goldpartikel reflektieren das Licht. Sie sitzen zwischen den feinen Seitenhaaren dicht am Federkiel, und sie stammen bestimmt nicht aus dem Gefieder eines Seevogels. Eher aus einem Karnevalsversand. Oder einem Spielwarengeschäft.

Kinderspielzeug? Ein Karnevalskostüm? Und jetzt ein verschwundenes Kind. Das ist eine Spur!

Doch kaum hat Fred diese Worte gedacht, verliert er den

Bezug zu ihrem Inhalt. Ist diese vage Assoziationskette wirklich ausreichend, um eine Hypothese zu konstruieren? Freds Ernüchterung kommt ebenso plötzlich wie die Euphorie Sekunden vorher. In was für ein schwachsinniges Vorhaben hat er sich hier nur hineingesteigert? Sitzt im Dunklen mitten in den Dünen und gräbt Federn aus dem Sand. Weißgoldene Federn.

Wieder regt sich etwas in Freds Hirn. Weißgoldene Federn. Wahrscheinlich rührt das seine poetische Ader. Oder sein ehemals berühmter Sinn für Pointen ist erwacht. »Abgehalfterter Journalist findet anstatt eines getöteten Mädchens eine Engelsfeder in den Dünen.« Leider deutet nichts, absolut gar nichts darauf hin, dass diese Feder mit dem verdammten verschwundenen Mädchen zu tun hat.

Und doch ist da etwas. Etwas, das deutlich fühlbar unter Freds Hirnschale pocht und an die Oberfläche gelangen will. Etwas, das wichtig ist. Etwas, das ihm, Fred Hübner, vielleicht hilfreich sein kann bei der Verwirklichung seines größten Traumes, beim Verfassen der einen, der megamäßigen Story. Etwas, das hilfreich sein kann bei Fred Hübners triumphalem Comeback als investigativer Journalist.

Unschlüssig dreht Fred die Feder in der Hand. Die weißgoldene Feder. Aber die Inspiration bleibt aus. Kein Geistesblitz, kein genialischer Gedanke. Nur ein leichter Schwindel im Kopf, selbst jetzt beim Sitzen. Schwindel. Lächerlich.

Wenn das alles sein sollte, was ihm zu seinem großen Comeback einfällt, dann kann er einpacken. Freds Restverstand empfiehlt dringend den sofortigen Aufbruch. Und vielleicht einen Abstecher in die kleine Bar hinter der Fischbude am Hafen. Die Barfrau hebt gern selbst einen, und dann lässt sie sich schon mal zu einer Lokalrunde hinreißen.

Lange wird sie ihren Job dort nicht behalten. Ein Grund mehr, sie noch einmal zu besuchen.

Als Fred die Sandkuhle verlässt, achtet er nicht auf die so sorgfältig beobachteten Spuren. Im Gegenteil. Mit geballter Aggression trampelt er auf dem Boden herum, bis die Grube das Aussehen eines Schlachtfeldes annimmt. Vermutlich annimmt, korrigiert sich Fred, denn sein Abgang findet lichtlos statt. Die Lampe bleibt aus. Ob er bei seinem Rückweg durch die Dünen dem alten Pfad folgt oder durch eine frischgepflanzte Schonung läuft und den empfindlichen jungen Gräsern die Triebe zertritt, ist ihm plötzlich ebenso egal wie der Verbleib des verschwundenen Mädchens. Um ihn kümmert sich ja schließlich auch niemand. Die Welt ist schlecht und erbarmungslos, da ist es nur gerecht, wenn auch andere das zu spüren bekommen.

Die fette Woge Weltschmerz erwischt ihn im denkbar ungünstigsten Moment. Alle Schutzdämme sind alkohol- und müdigkeitsbedingt außer Betrieb, so dass sogar die schmerzlichste und am besten verdrängte Erinnerung aus Fred Hübners goldenen Zeiten aufgespült wird.

Natürlich ging es um eine Frau.

Eine bestimmte Frau. Denn um der Wahrheit die Ehre zu geben, haben ihn die vielen willigen Blondinen am Strand nur halb so lange beschäftigt, wie er es sich seit etlichen Jahren einzureden versucht. Es tauchte nämlich schon nach dem zweiten Sommer voller Flirts und Affären eine Frau auf, die sein Herz in Besitz nahm, umstandslos und endgültig, wie er damals zu hoffen wagte. Sanne Boysen war ebenso blond und langbeinig wie ihre Vorgängerinnen, aber viel ernsthafter und gleichzeitig humorvoller als alle anderen.

Fred atmet tief durch. Klar kann er sich jetzt der Erinnerung an seine einzige große Liebe hingeben und sich in aller Ausführlichkeit vorstellen, wie es war, als Sanne ihn nach einem Jahre voller Glück aus heiterem Himmel und ohne eine einzige Erklärung verlassen hat, um einen Hamburger Schnösel zu heiraten, der zufällig ebenso wie sie selbst eine Handvoll Hotels von den Eltern erben würde.

Stopp.

Energisch verdrängt Fred jeden Gedanken an diese Zeit. Hastig eilt er durch die Dunkelheit, tritt mit Wucht und Wonne die jungen Pflanzen nieder und bemerkt den niedrigen Zaun, der das Naturschutzgebiet vom Weg trennt, erst, als er über ihn stolpert. Nur knapp kann er einen Sturz verhindern. Im Taumeln rutscht ihm die Taschenlampe aus der Hand und rollt auf den Weg. In ihrem Gefolge segelt noch ein zweiter Gegenstand zu Boden. Es ist die weiße Feder mit den Goldplättchen, die Fred ausgegraben und die ganze Zeit in der Hand gehalten hat. Der Impuls, sie wieder aufzuheben, ist stark, und er macht Fred unglaublich wütend. Die Feder im Sand liegen zu lassen, sie gewissermaßen in den Schmutz zu ziehen, wird plötzlich zu einer Ehrensache. Mit der Fußspitze schiebt Fred die Feder zwischen die Grasbüschel am Rand des Weges, dann scheffelt er ebenfalls mit dem Fuß so lange Sand darauf, bis die Feder darunter verschwunden und selbst im Licht des gerade aufgehenden Mondes nicht mehr zu erkennen ist.

Freitag, 24. Juli, 8.30 Uhr, Braderuper Heide

Die Weste, die Handschuhe, die asphaltierte Straße, der Sandweg durch die Heide, die Treppe, die Bank mit Blick auf das Watthaus. Karoline lässt alles vor ihrem inneren Auge vorbeiziehen und wird gleich ruhiger. Wenn sie nur wieder dort wäre, am Ort ihrer Sehnsucht. Vielleicht sollte sie heute anstelle von Annie Lennox lieber die Märchenplatte spielen. Schneeweißchen und Rosenrot. Ann-Kathrin und Karoline. Zwei Schwestern im Kampf gegen das Böse. Ein Böses, das sich personifiziert hat und in Karolines perfekte kleine Ersatzwelt eingedrungen ist. Die Frau mit der strengen Frisur hat unerlaubterweise ihr Territorium betreten. Karoline konnte es gestern Abend genau beobachten. Darum ist sie jetzt auch so unruhig. Sie muss in der Kurverwaltung anrufen und sich krankmelden, denn was sie vorhat, duldet keinen Aufschub. Karoline muss prüfen, ob die Blonde etwas angerichtet hat. Den Schwestern geschadet, das Heim zerstört. Was wollte sie in dem Haus? Und wird sie in Zukunft häufiger kommen? Drängende Fragen, die ihr in der Nacht den Schlaf geraubt haben. Fragen, die nur die Blonde selbst befriedigend beantworten könnte. Aber sie ist weg, hat gestern Abend noch das Haus verlassen, allerdings erst nachdem sie in die obere Etage eingedrungen war und alle Fenster aufgerissen hatte. Karoline weiß genau, dass sie schon gestern Abend hätte nachsehen müssen, was dort oben geschehen ist, aber sie konnte sich nicht überwinden, die Treppe hinaufzusteigen. Nicht nur wegen der Hüfte, die während der letzten Nächte so stark geschmerzt hat wie lange nicht mehr. Auch wegen der Kinder, der Mädchen, der Schwestern, deren ureigenstes Reich unbedingt zu respektieren ist. Nicht nur von der blonden Teufelin, nein, auch und gerade von Karoline selbst. Sie spürt deutlich, wie ihr eine wichtige Aufgabe zufällt. Sie muss das Haus und die Schwestern beschützen – um jeden Preis

Freitag, 24. Juli, 9.10 Uhr, Finkenweg, Kampen

Während sich der Duft nach frisch aufgebrühtem Darjeeling-Tee in der winzigen Wohnküche ausbreitet, frottiert Mona sich die Haare. Das Duschbad unter der Dachschräge ihres Apartments ist von der Küche aus über zwei Stufen zu begehen, ein Umstand, der nicht stört, wenn man allein lebt, der aber gehörig dazu beigetragen hat, dass sie die kleine Wohnung im ruhigen Teil des alten Kampen zu einem vernünftigen Preis erwerben konnte. Sechzig Quadratmeter unter dem Dach eines alten Friesenhauses mit eigenem Eingang und einem hinter Rosenhecken verborgenen Gartenanteil, der groß genug ist für einen Strandkorb und ein Stück Rasen.

Die Wohnung selbst besteht aus einem geräumigen Schlafzimmer mit einer Viererreihe von quadratischen Fenstern, durch die Monas Blick bis zu den Dünen wandern kann, und einem verwinkelten Wohnraum mit drei von diesen alten kleinen Gauben, die wie Sichtscharten einer Burg wirken, aber dem Raum eine Gemütlichkeit verleihen, die mit neuen Fenstern nicht herzustellen wäre. Die Gauben gehen nach Süden und Osten, so dass das Wohnzimmer bis zum frühen Nachmittag aus unterschiedlichen Richtungen von der Sonne durchstrahlt wird. Da die fensterlose Küche zum Wohnraum hin offen ist, kann auch sie vom Sonnenlicht profitieren.

Mona liebt ihr Refugium, auch wenn sie sich nicht oft tagsüber hier aufhalten kann. Unter der Woche bleibt sie lange im Büro, und an den Wochenenden häufen sich gerade im Sommer Ortsbesichtigungen und Kundentermine. Darum bemüht sich Mona, wenigstens einmal in der Woche einen Vormittag freizunehmen. Ihre beiden Mitarbeiter sind dann allein im Büro und kommen in der Regel gut zurecht. In dringenden Fällen können sie Mona natürlich auf dem Handy erreichen.

Heute ist so ein Vormittag. Und gerade jetzt klingelt Monas Handy. Das Büro.

»Hallo, Lucie, was gibt es?«

»Frau Hofacker, wir haben hier einen komischen Umschlag im Briefkasten.«

»Wieso komisch?«

Mona zieht das Handtuch vom Kopf und schüttelt ihr Haar kräftig durch.

»Da ist kein Absender drauf.«

»Und was ist in dem Umschlag drin?«

»Ich habe ihn noch nicht geöffnet, fühlt sich aber an wie mehrere Schlüssel.«

»Na dann sehen Sie doch mal nach.«

Durch die Leitung ist das Geräusch von reißendem Papier zu hören, gefolgt von einer merkwürdigen Stille.

»Und?«

Mona nimmt das Teesieb aus der Kanne und legt es in der Spüle ab.

»Jetzt sagen Sie schon, was sind das für Schlüssel?«

»Ein großer langer und zwei Sicherheitsschlüssel. Ziemlich alt, würde ich sagen. Aber da ist noch etwas.«

»Ja?«

»Ein Zettel.«

»Also, Lucie, jetzt machen Sie es doch nicht so spannend.«

»Da steht nur eine Adresse drauf. Strandweg 17. Und danach kommt noch so ein komischer Krakel, ich weiß nicht, was das soll ...«

»Krakel? Was meinen Sie mit Krakel?«

»Vielleicht ist es ja auch eine Unterschrift, sieht aber eher wie ein schiefer Flugzeugflügel aus.«

»Das ist bestimmt eine Unterschrift. Die Schlüssel sind von dem Watthaus, das wir neu reinbekommen haben.«

»Das mit dem Erker?«

»Genau. Vermutlich hat der Besitzer sie persönlich in unseren Briefkasten geworfen, damit es schneller geht. Kein Grund zur Sorge. Ich habe ihm gestern auf die Mailbox gesprochen und von dem Interessenten aus Hamburg erzählt. Björn Steingart, Sie wissen schon.«

»Ah ja. Der BMW-Fahrer.« Lucie Piehls Stimme ist deutlich anzuhören, dass Steingart auf sie mächtig Eindruck gemacht hat. »Dann werfe ich den Zettel jetzt weg, oder? Die Adresse haben wir ja schon.«

»Ganz genau. Und ich verständige meine Putzfrau. In der Villa muss nämlich noch einiges gemacht werden, bevor wir sie präsentieren können. Aber das passt gut, denn eigentlich wäre Lidia heute Nachmittag bei mir in der Wohnung. Ich versuche, sie vorher zu erreichen, und schicke sie bei euch vorbei. Sie soll sich die Schlüssel und die Adresse abholen und dann anschließend zur Villa fahren. Dann ist das bis heute Abend vielleicht schon erledigt.«

»Okay. Kein Problem. Einer von uns ist ja immer hier.«

»Das will ich doch hoffen. Am Nachmittag habe ich einen Termin beim Zahnarzt in List, zum Glück nur die halbjährliche Routineuntersuchung. Aber vorher komme ich auf jeden Fall noch einmal im Büro vorbei.«

»Gut, dann weiß ich Bescheid. Bis nachher.«

»Ja, bis später.«

Mona legt das Handy zur Seite, geht ins Bad und kämmt die Haare durch. Jetzt die erste Tasse Tee und ein Blick in die Zeitung. Mona setzt sich an den schmalen Esstisch, den sie im letzten Herbst bei einem Antiquar am Lister Hafen gekauft hat. Die Platte besteht aus poliertem Holz mit Elfenbeinintarsien, die einen Früchtekorb zeigen. Ein schönes Motiv fürs Frühstück, findet Mona.

Der Tee hat ein wenig zu lang gezogen und ist jetzt leicht bitter, ein Geschmack, der aber ganz gut zu der englischen Orangenmarmelade passen wird. Während Mona ihren Toast bestreicht, denkt sie über Markus Rother nach.

Er ist vielleicht doch geschäftstüchtiger und pragmatischer, als sie angenommen hat. Dass er die Schlüssel für die Villa so prompt geliefert hat, ist jedenfalls sehr hilfreich. Weniger hilfreich ist die Tatsache, dass es immer noch keine vernünftigen Grundrisse gibt. Aber das größte Problem bei der Vermittlung der Immobilie dürfte der Umstand sein, dass Markus Rother keine näheren Angaben zu den Gründen gemacht hat, wegen der seine Familie das Haus am Watt vor dreißig Jahren so überstürzt verlassen hat.

Jeder Käufer erwirbt nämlich mit dem Objekt auch dessen Geschichte. Vielleicht ist das ein Vorgang, der unbewusst abläuft, aber er wird darum nicht unwichtiger. Im Gegenteil. Der Gedanke an eine negative Atmosphäre, mit der eine Immobilie belastet sein könnte, hat schon so manchen von einer Kaufentscheidung abgehalten. Günstig dagegen ist immer der Hinweis auf wechselnde Lebensorte. Wenn sich die räumlichen Bedürfnisse von Menschen verändern und sie darum eine Immobilie veräußern wollen oder müssen, dann beschädigt das weder das Haus noch den Ort, an dem es steht. Schlechter machen sich Scheidungs- oder Todesfälle. Erbschaften wiederum gehen ganz gut als Erklärung. Auch vermögende Menschen brauchen schließlich Kapital, um die anfallenden Steuern zu bezahlen.

Mona beschließt, die Erbschaftskarte zu spielen. Gelogen ist dabei nichts, das Haus hat zwar lange leer gestanden, aber der Erbfall ist schließlich erst vor kurzem eingetreten. Und Markus Rother wird diese Darstellung jederzeit bestätigen. Welches Interesse sollte er auch daran haben, dass nach den wahren Motiven für den Leerstand geforscht wird? Rothers merkwürdiges Verhalten in dem gedoppelten Mädchenzimmer und die Tatsache, dass er sich offenbar bei einem weiteren Besuch des Hauses hat übergeben müssen, lassen schließlich vermuten, dass es sich um heikle Erinnerungen handelt, die ihn mit der Villa verbinden und die sicher nicht ans Licht der Öffentlichkeit gehören.

Nachdenklich beißt Mona in ihren Toast. Süßbitter füllt die Orangenmarmelade ihren Mund. Dazu noch ein Schluck Tee. Perfekt.

Gerade will sich Mona in die Zeitung vertiefen, als die Schlagzeile ihren Blick fängt.

»MORD IN DER HITZE?«, steht in fetten Lettern quer über der ersten Seite.

Schnell überfliegt Mona den Artikel. Und ebenso schnell stellt sie fest, dass es keine Grundlage für die reißerische Überschrift gibt. Keine neuen Erkenntnisse, nichts. Trotzdem scheint es schwer zu sein, sich der aufkeimenden Hysterie zu entziehen. Die Leute reden über das verschwundene Kind, als ob schon feststünde, dass das Mädchen tot ist. Dabei handelt es sich nach Monas fester Überzeugung doch sehr wahrscheinlich um einen Entführungsfall. Und darüber wird die Öffentlichkeit keine Einzelheiten erfahren, bis eine Lösegeldübergabe erfolgt ist.

Zum Glück fällt die Lösung dieses Problems nicht in Monas Aufgabenbereich. Sie verstreicht die duftende Marmelade auf einem zweiten Toast und widmet sich anschließend kauend der Planung ihres Tagesablaufs. Nach dem Frühstück sollte eine Lesestunde im Strandkorb möglich sein. Danach wird sie zum Supermarkt fahren, um Obst, Joghurt und ein paar Fertiggerichte einzukaufen. Die beste Zeit dafür ist mittags, wenn die Badegäste am Strand sind. Anschließend kann sie im Büro vorbeischauen und die Termine prüfen, die fürs Wochenende vorliegen. Und nach dem Besuch beim Zahnarzt wird sie persönlich im Watthaus nach dem Rechten sehen.

Mona weiß genau, dass Lidia nicht nur den Sand, den der Wind im Lauf der letzten dreißig Jahre durch die Fenster gedrückt hat, beseitigen wird. Sie wird auch aufräumen und die vielen herumliegenden Gegenstände des täglichen Gebrauchs auf ein angenehmes Maß reduzieren. Wenn Lidia sich eine Immobilie vorgenommen hat, dann ist diese hinterher nicht nur einwandfrei sauber, sondern sieht auch ordentlich und bewohnbar aus. Doch obwohl Mona ihrer Putzfrau blind vertraut, möchte sie sich in diesem Fall selbst ein Bild machen. Außerdem hat Lidia es gern, wenn sie direkt nach getaner Arbeit und in barer Münze entlohnt wird.

Mona schenkt sich noch eine Tasse Tee ein, bevor sie die Nummer der Polin wählt. Das Gespräch ist kurz und eindeutig. Lidia wird sich in der nächsten halben Stunde den Schlüssel besorgen und dann mit den Putz- und Aufräumarbeiten beginnen. Auf Monas präzise Anweisungen reagiert sie verständig, ohne die geringste Neugier zu zeigen. Zufrieden beendet Mona das Gespräch. Dann steht sie auf, um das Radio einzuschalten.

Der Nachrichtensprecher verkündet das Gleiche, was in der Zeitung steht. Es gebe etliche Hinweise aus der Bevölkerung zum Fall des verschwundenen Mädchens. Die Inselpolizei arbeite fieberhaft an der systematischen Prüfung dieser Hinweise. Außerdem habe man massive Verstärkung vom Festland angefordert und für den Nachmittag eine flächendeckende Untersuchung der gesamten Insel geplant. Auch Spürhunde sollen zum Einsatz kommen.

Übergangslos wendet sich der Sprecher dem Wetterbericht zu. Ein Ende der schwülen Periode zeichne sich ab. Während durch das geöffnete Gaubenfenster von Monas Wohnung schon der erste leichte Wind streicht, erfährt sie, dass es am Abend ein Gewitter mit Sturmböen geben soll. Gut für die Pflanzen, schlecht für die Freiluftlokale, denkt Mona und überzeugt sich mit einem Blick durchs Fenster, dass noch die Sonne scheint. Es gibt also nichts, was gegen die geplante Lesestunde im Strandkorb spräche.

Freitag, 24. Juli, 10.45 Uhr, Kriminalpolizei Westerland

Als Hauptkommissar Bastian Kreuzer das Dienstgebäude in Westerland betritt, fallen ihm drei Dinge gleichzeitig auf. Zum Ersten die Konkurrenz zwischen einem durchdringenden Geruch nach Essiggurken und einem aparten, wenn auch sehr herben Damenduft. Zum Zweiten die außergewöhnliche Attraktivität der jungen Dame, die den herben Duft verströmt. Und zum Dritten die begehrlichen Blicke eines gutaussehenden Dunkelhaarigen in Zivilkleidung, die wie räudige Hunde um die hübsche Frau streichen.

Kreuzer wendet sich an den Pförtner, der gerade in eine der geruchsintensiven Essiggurken beißt.

»Moin, moin. Bastian Kreuzer, Hauptkommissar. Ich komme frisch vom Autozug und bin die Verstärkung aus Flensburg.«

»Sie alleine?«, quetscht der Pförtner zwischen zwei Gurkenbissen hervor.

»Nicht doch. Ich bin nur die Spitze des Eisbergs. Die Hundestaffel kann erst am Nachmittag anrücken. Aber der Kollege von der Spurensicherung ist schon unterwegs. Er kommt mit seinem eigenen Auto. Vermutlich hat er erst den nächsten Zug erwischt. Ich hatte ziemliches Glück und bin gerade noch so raufgerutscht. Als Nachrücker sozusagen.«

Während Kreuzer noch den Kopf zur Sprechmulde der Pförtnerkabine hinuntergebeugt hat, schiebt sich von links eine schmale Hand ins Bild.

»Herzlich willkommen auf der Insel. Sven Winterberg.

Ich habe die Ermittlungen bisher geleitet. Wir haben telefoniert.«

Kreuzer blickt auf. Der Schönling mit den räudigen Blicken entpuppt sich also als der ermittelnde Oberkommissar. Man kann nicht mit allem Glück haben.

»Hallo. Das ist ja nett, dass ich Sie gleich hier antreffe …«

»Ist reiner Zufall«, fällt ihm Winterberg ins Wort. »Wir erwarten eigentlich die Hunde. Alle anderen Suchtrupps waren bisher erfolglos. Die Tiere sind unsere letzte Hoffnung.«

»Na, so schnell wollen wir mal nicht aufgeben. Wie ist es? Können Sie mich kurz über alles informieren, was Sie bisher unternommen haben?«

»Klar. Übrigens, darf ich vorstellen: Silja Blanck, die Jüngste in unserem Team.«

Während Kreuzer die Frauenhand schüttelt und den großen dunklen Augen einen bewusst kühlen Blick zuwirft, denkt er, eine schöne Frau, die auch noch einen schönen Namen trägt, es gibt unangenehmere Mitarbeiter. Doch die beflissene Stimme Winterbergs reißt ihn aus seinen Gedanken.

»Unser Dienstzimmer ist im ersten Stock. Kommen Sie, ich zeige es Ihnen.« Im Gehen redet er weiter. »Silja hat ihren Schreibtisch im selben Raum. Wir hätten Ihnen gern ein eigenes Büro zur Verfügung gestellt, aber es ist alles ziemlich eng bei uns. Wir platzen sozusagen aus allen Nähten.«

Mit Schwung stößt Winterberg die Bürotür auf.

»Kein Problem. Der Raum hier ist doch groß genug. Falls Sie noch einen Schreibtisch für mich auftreiben können, stellen Sie ihn einfach da hinten in die Ecke.«

»Ja klar. Nett, dass Sie das vorschlagen. Wir hatten uns das auch schon überlegt.«

Immerhin wird es keine Platzhirsch-Kämpfe geben, stellt Kreuzer erleichtert fest und nimmt sich vor, seinen ersten Eindruck von Winterberg zu korrigieren. Es ist eine dumme Angewohnheit von ihm, dass er sich allzu oft auf seine spontanen Wahrnehmungen verlässt. Vermutlich wird ihm das noch einmal saftigen Ärger einbringen.

Während er Sven Winterberg dabei beobachtet, wie er sich an der Kaffeemaschine zu schaffen macht, murmelt Kreuzer: »Und Blum braucht gar keinen Schreibtisch. Der weiß wahrscheinlich noch nicht mal, was ein Schreibtisch ist. Der hockt ohnehin ständig im Labor.«

»Blum?«

»Leo Blum, unser Spurenexperte. Er ist ein Genie, das werden Sie auch noch merken. Der identifiziert noch Ihre Atemluft in einem Raum, in dem Sie sich vor Jahren mal drei Sekunden lang aufgehalten haben.«

Silja Blanck lacht als Erste.

Mit zwei Sekunden Verzögerung fällt Winterberg in ihr Lachen ein. Kluges Mädchen, denkt Bastian und verbietet sich den Blick zu Siljas Schreibtisch hinüber. Seine Scheidung liegt erst wenige Monate zurück. Und es war die zweite innerhalb von acht Jahren. Beide Frauen haben behauptet, die Stärke ihres Kinderwunsches unterschätzt zu haben. Dabei hat Kreuzer aus seiner Sterilisation nie ein Geheimnis gemacht.

Viel mehr als seine Zeugungsunwilligkeit dürfte die Damen ohnehin sein Zeitmanagement gestört haben. Wobei Zeitmanagement eine merkwürdige Vokabel für einen Menschen ist, der quasi berufsbedingt nie Zeit hat. Jedenfalls nicht für ein Privatleben, das diesen Namen auch verdient. Und weil Bastian Kreuzer aus verständlichen Gründen ganz bestimmt nicht in der Stimmung für amouröse Komplikationen ist, bemüht er sich jetzt um einen sachlichen Tonfall.

»Vielleicht sollten wir die Zeitspanne, bevor die Suchhunde eintreffen, nutzen, um uns kurz über das bisherige Vorgehen zu verständigen. Sie haben also vom Verschwinden des Mädchens erfahren und dann vermutlich den Tatort abgesucht?«

»Mehrmals. Drei Leute noch am gleichen Abend, dann am nächsten Tag noch mal fünf. Und dazu etliche Kollegen von der Feuerwehr. Das machen wir hier immer so, wenn etwas ansteht. Amtshilfe auf der Insel. Geht schnell und ist effizient.«

»Verstehe. Und? Haben die Kollegen irgendetwas Brauchbares gefunden?«

»Leider nein. Die sind stundenlang durch die Dünen und über den Strand gekrochen, ohne auch nur den allerkleinsten Hinweis zu finden. Auf diesem verdammten Parkplatz haben sie quasi jeden Stein umgedreht. Nichts.«

»Ist ja auch nicht so einfach, wenn man nicht weiß, wonach man suchen soll.«

Bastian fängt einen unsicheren Blick von dem Sylter Kollegen auf und lächelt ihn zum ersten Mal seit dem Kennenlernen an.

»Wenn ich auf Ihre stumme Frage antworten darf: Nein, das war keine Kritik. Und übrigens: Wollen wir uns nicht duzen? Das wäre vermutlich praktischer und vielleicht auch ganz angenehm.«

Eine leichte Röte zieht über Svens Gesicht.

»Okay, gern. Ich bin Sven.«

»Bastian.«

Nach einer kurzen Pause wendet er sich der schönen Silja zu.

»Damen gegenüber ist das schwierig, das weiß ich wohl, aber wenn Sie nichts dagegen haben, würde ich Sie gern in unsere Verabredung einbeziehen.«

»Nein, im Gegenteil. Ich freue mich.«

Graziös schiebt sich die Kommissarin hinter ihrem Schreibtisch hervor, der ungünstig in einer Ecke steht. Zuerst kommt ihr Duft zu Bastian, dann sie selbst. Ihr Händedruck ist knapp, aber fest.

»Silja.«

»Bastian.«

Jetzt sieht er ihr doch in die Augen, zählt insgeheim bis zwei und blickt dann zur Kaffeemaschine hinüber, die gerade ihr Blubbern eingestellt hat.

»Und? Wollen wir loslegen? Wenn ihr mir verratet, wo ihr die Tassen habt, mache ich euch sogar den Kellner.«

Jetzt lacht Sven als Erster. Das Eis ist gebrochen.

»Lass mal. Du kannst meinen Schreibtischstuhl nehmen, mir reicht der Besuchersessel. Milch, Zucker, beides?«

»Danke nein. Schwarz und giftig, so mag ich es gern.«

Der Blick, den Silja ihm zuwirft, ist nicht von schlechten Eltern. Abschätzigkeit, gepaart mit Amüsement. Schlecht verborgene Überheblichkeit vielleicht? Oder doch nur Unsicherheit versteckt hinter einer allzu perfekten Fassade?

Lieber Kumpel Kreuzer, denkt Bastian, reiß dich jetzt bloß zusammen. Du sollst ein verschwundenes Mädchen finden, vielleicht auch ihren Mörder, aber du sollst ganz bestimmt nicht die Seelenlage einer jungen unschuldigen Polizistin ergründen. Dann gönnt sich Bastian einen zweiten Blick in die Augen der Kollegin. Sie zieht für einen Sekundenbruchteil die Brauen hoch. In Siljas stumme Antwort lässt sich so manches hineinlesen. Unschuld ist allerdings nicht dabei.

Freitag, 24. Juli, 11.50 Uhr, Braderuper Weg, Kampen

Am späten Vormittag ist in den verschlafenen Straßen hinter dem alten Kampener Dorfkern wenig los. Die reetgedeckten Häuser ducken sich in der Hitze, ihre Bewohner halten sich im Inneren auf. Nur zwei Katzen liegen einträchtig nebeneinander in der Sonne auf einem Steinwall, der mit weißen Heckenrosen bepflanzt ist und das Grundstück des Winterberg'schen Hauses zur Straße hin abgrenzt. Das Haus selbst ist gedrungen, ein breiter, nicht sehr hoher Bau, an dessen Fassade sich zu beiden Seiten der Eingangstür jeweils nur ein Fenster befindet. Das rechte gehört zum Wohnraum, das linke zur Küche. Und hinter dem Küchenfenster ist der Rücken einer Frau zu sehen.

Anja Winterberg sitzt vor einer Tasse Kaffee, die längst erkaltet ist. Sie hat in der letzten Nacht sehr unruhig geschlafen und am Morgen wenig gefrühstückt. Trotzdem ist sie mit ihrer Tochter Mette fast zu spät zum Kindergarten gekommen. Dieser Freitag ist der letzte Tag vor der zweiwöchigen Sommerpause. Mette war aufgeregt, weil es im Kindergarten etwas Besonderes geben sollte. Ein Zauberer mit einer Abschiedsvorstellung für alle Kinder, die nach den Ferien die Schule besuchen würden – so wie Mette. Seit Tagen behauptet sie, der Zauberer käme nur ihretwegen.

Als das Telefon Anja aus ihren Gedanken reißt, schreckt

sie zusammen. Dabei besteht zu Furcht gar kein Anlass. Mette ist sicher im Kindergarten aufgehoben. Und in einer halben Stunde wird Anja sie persönlich von dort abholen und nach Hause bringen.

Der Anruf entpuppt sich als harmlos. Zunächst. Er kommt aus Hamburg von der Professorenfamilie, die jeden Sommer das Gästehaus der Winterbergs mietet. Auch die Hamburger haben von der Entführung gehört und sind nun in Sorge um ihre Zwillingstöchter, die genau in Mettes Alter sind. Noch haben sie sich nicht entschieden, ob sie den Urlaub antreten oder absagen werden, noch hat Anja eine Chance. Denn Winterbergs sind auf die Einnahmen angewiesen, und die Hamburger zahlen gut. Außerdem wird unter den momentanen Umständen auf die Schnelle kein Ersatz für die Mieter zu finden sein. Anja legt also so viel Überzeugungskraft wie möglich in ihre Stimme.

»Glauben Sie mir, hier herrscht keine Panikstimmung, wie es die Zeitungen schreiben. Vielleicht ist das Mädchen sogar nur weggelaufen. Die Journalisten übertreiben maßlos. Sie füllen wie jedes Jahr ihr Sommerloch mit Katastrophenberichten. Verantwortungslos ist das!«

Am anderen Ende der Leitung ist gedämpftes Murmeln zu hören. Vermutlich wird das Mikrophon zugehalten, damit sich die Eheleute beraten können. Auf die nächste Frage ist Anja nur allzu gut vorbereitet, denn genau darüber hat sie schon den ganzen Morgen nachgedacht. Die Hamburger möchten wissen, wie Winterbergs ihre Tochter schützen.

»Wie ich schon sagte: Von Panikstimmung ist hier nichts zu spüren. Unsere Lütte läuft weiterhin unbeaufsichtigt durchs Dorf, schließlich ist sie vor zwei Monaten sechs geworden, sie geht nicht mit Fremden mit.«

Anja kann das Zittern ihrer Stimme kaum verbergen. Aber vielleicht ist davon am anderen Ende der Leitung nichts zu hören.

»Nein, wir haben wirklich keine Angst, nicht hier in Kampen. Das Mädchen ist doch aus List verschwunden.«

Kampen und List, das ist wie Blankenese und Harburg. Zwei Welten, die nur zufällig auf einer Insel liegen. Das wissen die Hamburger Feriengäste ebenso gut wie Anja selbst, sonst würden sie sich gleich woanders einmieten. Zur Hälfte des Preises, den sie jedes Jahr klaglos für das ehemalige Kühlhaus auf dem hinteren Grundstück der Familie Winterberg zahlen.

»Ja, natürlich kann ich Ihre Bedenken verstehen, aber wollen Sie es sich nicht noch mal überlegen? Es ist ja noch eine ganze Woche bis zu Ihrer Ankunft. Bis dahin wird doch der Entführer längst gefasst sein. – Natürlich halte ich Ihnen das Haus frei. – Gut, wir telefonieren dann in der nächsten Woche noch mal. Auf Wiederhören. Und grüßen Sie bitte Ihre Töchter von Mette.«

Fünftausend Euro Mietausfall, denkt Anja, das darf nicht sein. Im letzten Jahr haben sie das Ferienhaus aufwendig renovieren lassen. Das Geld kam von den Schwiegereltern, die es für eine Weltreise im nächsten Jahr angespart hatten. Diese Tour ist seit Jahrzehnten deren großer Traum, und wenn Sven und Anja ihre Schulden nicht rechtzeitig begleichen können, dann wird er platzen. Was soll sie nur tun? Am liebsten würde sie Sven im Kommissariat anrufen, aber er schätzt es nicht, wenn sie ihn im Dienst stört.

Anja hat ihren Mann seit gestern früh nicht mehr gesehen. Am Abend muss er erst weit nach Mitternacht nach Hause gekommen sein, da hat sie schon geschlafen. Und heute Morgen war Sven bereits weg, als Anja um sieben Uhr aufgestanden ist. Nur eine kurze Notiz lag auf dem Küchentisch. Anja hat sie schon mehrmals gelesen, jetzt greift sie wieder nach dem Zettel.

Liebste,
tut mir leid, ich muss los. Aber ab heute wird alles besser. Flensburg schickt zwei Leute zur Verstärkung der Mordkommission. Wir lassen die Entführungstheorie langsam fallen. Es gibt kein Erpresserschreiben, keinen Anruf, nichts. Also ist ein Tötungsdelikt nicht mehr auszuschließen.
Alles Weitere heute Abend.
Kuss, Sven

Die Worte Mordkommission, Entführungstheorie und Tötungsdelikt tanzen einen schmutzigen Tanz in Anjas Kopf. Sie wirbeln wie betrunken im Kreis herum und reißen andere Worte mit sich. Mietausfall, Panikstimmung, Katastrophenbericht.

Panikstimmung. Genau das ist es. Wenn sie, Anja Winterberg, nicht sehr aufpasst und sich ab sofort mächtig zusammenreißt, dann wird sie ganz schnell von genau dieser Panikstimmung erfasst werden. Sie wird mit hysterischem Blick jeden Schritt ihrer Tochter verfolgen und dem Kind die Ferien vor der Einschulung zur Hölle machen.

Gerade ertönt aus dem Radio, das die ganze Zeit leise im Hintergrund gelaufen ist, das Zeitzeichen. Zwölf Uhr. Wie immer seit der Entführung beginnen die Nachrichten mit einem Bericht über den Stand der Ermittlungen. Es gibt nicht viel Neues. Zum wiederholten Mal werden das Aussehen und die Kleidung des vermissten Mädchens beschrieben. Eine orangefarbene Shorts und ein weißes Top. An den Füßen hat es hellgrüne Flip-Flops getragen. Niemand hat die Kleidung bisher gefunden, niemand hat auch nur eine Spur von dem Mädchen entdeckt, dessen Verschwinden an diesem Nachmittag genau achtundvierzig Stunden zurückliegen wird.

Wenn ein vermisstes Kind nicht nach zwei Tagen wiederauftaucht und wenn es gleichzeitig kein Anzeichen für eine Entführung gibt, dann ist die Wahrscheinlichkeit, dass die Eltern ihr Kind nie mehr wiedersehen werden, hoch, sogar sehr hoch. Das sagt der Nachrichtensprecher natürlich nicht, aber Sven hat es gesagt. Noch am Abend der Entführung, als er kurz vor Mitternacht nach Hause kam.

»Über 95 Prozent dieser Kinder sind nach zwei Tagen bereits tot, von den restlichen fünf Prozent sterben drei Prozent innerhalb der nächsten Tage.«

Das genau waren Svens Worte, die seitdem beständig in Anjas Kopf herumspuken und sich gerade wieder als Lieblingsnahrung ihrer Ängste erweisen.

Schluss jetzt! Anja steht auf und greift nach ihrem Autoschlüssel. Sie wird sofort zum Kindergarten aufbrechen, zur Not muss sie dort ein wenig vor der Tür warten, die stets so lange abgeschlossen ist, bis die Erzieherinnen die Kinder verabschiedet haben. Anja wird ganz nah neben der Tür stehen, und Mette wird direkt in ihre Arme laufen. Und dann wird die Mutter ihr Kind festhalten und es erst wieder loslassen, wenn dieser teuflische Kindesentführer gefasst worden ist.

Freitag, 24. Juli, 12.29 Uhr, Kindergarten Wenningstedt

Mette hält die grünkarierte Hose des Zauberers mit beiden Händen fest. Das ist auch nötig, denn die anderen Kinder wollen auch so nah wie möglich neben ihm stehen. Aber Mette war als Erste da, sie lässt sich nicht vertreiben. Jetzt bückt sich der Zauberer sogar und lächelt zu ihr hinunter.

»Nicht ganz so feste, junges Fräulein, sonst reißt meine Hose kaputt.«

»Die kannst du doch dann wieder heil zaubern.«

Mette will unbedingt auf dem Gruppenfoto ganz dicht neben ihm stehen, aber Inken, die Erzieherin, ist mal wieder furchtbar langsam mit der Digitalkamera. Noch immer versucht der Zauberer, ein bisschen Abstand zwischen Mette und sich zu bringen.

»Wenn ich hier nicht bleiben soll, dann musst du mich eben wegzaubern. So wie die Hasen vorhin auch. Oder kannst du das etwa nicht?«

Mette lacht übermütig. Natürlich kann der Zauberer das. Und er weiß auch genau, dass sie es weiß. Deshalb fällt er jetzt in ihr Lachen ein.

»Damit würden deine Eltern aber gar nicht einverstanden sein.«

»Natürlich nicht. Mein Vater würde mich sofort suchen. Er ist nämlich Polizist. Aber ich glaube nicht, dass er in deinem Hut nachgucken würde. Jedenfalls nicht gleich.«

»Alle mal hersehen«, ruft Inken jetzt. Und dann kommt auch schon der Blitz. Er blendet Mette, und sie kneift die

Augen zusammen. Offenbar ist sie nicht die Einzige, denn Inken ruft gleich nach dem Blitz: »Halt, Kinder, wartet noch einen Moment. Wir machen ein zweites Foto.«

Der Zauberer lacht gutmütig und geht dann in die Knie. Jetzt ist sein Kopf auf der Höhe von Mettes Kopf. Auf seiner anderen Seite steht Lise. Ihre Haare sind nicht ganz so blond wie Mettes, aber dafür viel länger. Jetzt greift der Zauberer nach einem von Lises Zöpfen und dreht ihn fest um seine Hand.

»Hab ich dich«, sagt er lachend zu Lise, die erschrocken guckt.

»Der macht doch nur Spaß«, ruft Mette der Freundin zu und fühlt sich dabei sehr erwachsen. Nein, sie hat keine Angst vor dem Zauberer. Sie hat vor überhaupt niemandem Angst, ihr Vater ist schließlich bei der Polizei, und das wissen auch alle. Und wer es noch nicht weiß, der bekommt es ganz schnell von Mette gesagt, so wie gerade eben der Zauberer.

»Achtung, fertig …«, ruft Inken.

Der Zauberer setzt sich ein bisschen aufrechter hin und wendet gleichzeitig seinen Kopf aus der Kamerarichtung. Er guckt Mette an und legt ihr dabei den Arm um die Schultern. Mette findet das toll, aber trotzdem ruft sie kokett: »Aua, du kitzelst mich.«

»Besser kitzeln als wegzaubern, oder?«, antwortet der Zauberer.

Dann kommt der Blitz, und diesmal hat Mette ihre Augen weit geöffnet.

»So, jetzt sind wir fertig. Kinder, bedankt euch noch mal bei unserem tollen Gast, und dann müsst ihr ihn aber auch loslassen. Ich glaube, er hat noch einen anderen Termin.«

Der Zauberer nickt bestätigend.

»Auch in einem Kindergarten?«, will Mette wissen, aber da hat der Zauberer schon ihre Hände von seiner Hose gelöst. Dann lässt er sie so plötzlich los, dass sie umfällt. Als sie wieder aufgestanden ist, zwinkert er ihr lachend zu.

»Immer schön das Gleichgewicht halten, kleines Fräulein.«

Anschließend geht er hinüber zu Inken und zu Beate, der zweiten Erzieherin, um sich von ihnen zu verabschieden. Danach winkt er allen Kindern noch einmal mit beiden Händen zu, zieht zum Abschied seinen hohen schwarzen Hut vom Kopf und macht eine tiefe Verbeugung.

»Ihr wart ein tolles Publikum«, ruft er, dreht sich um und ist auch schon aus dem Raum verschwunden.

Während Mette immer noch auf die Tür starrt, klatscht Inken in die Hände.

»So, jetzt machen wir noch unseren Stuhlkreis. Alle Kinder setzen sich, eine Reihe auf die Stühle, die zweite unten auf den Boden, dann singen wir unser Lied, und dann gehen alle in die Ferien. Die großen Kinder und die kleinen Kinder auch.«

Während des Singens denkt Mette immer noch an den Zauberer. Ob er die niedlichen Hasen wirklich aus dem Kochtopf in den Hut gezaubert hat? Und wo waren sie eigentlich, nachdem der Zauberer mit dem Kunststück fertig war? Mette beschließt, Lise zu fragen, die hat nämlich während der Vorführung in der ersten Reihe gesessen. Vielleicht hat sie etwas gesehen, was Mette entgangen ist.

Und dann fallen ihr die glänzenden goldenen Würfel ein, die der Zauberer ganz am Anfang hatte. Erst waren es drei, dann fünf, dann zehn und zum Schluss so viele, dass Mette mit dem Zählen gar nicht nachgekommen ist. Die hat der Zauberer alle in seinen Hosentaschen verschwinden lassen, das weiß Mette noch sehr genau. Und jetzt ärgert sie sich darüber, dass sie nicht heimlich in die Hosentasche gegriffen hat, als sie neben dem Zauberer stand. Zu gern hätte sie einen dieser Würfel einmal angefasst.

Aber Lise hat es getan, das hat Mette ganz genau gesehen. Sie hat dem Zauberer tief in die Hosentasche gegriffen und ganz große Augen gemacht. Vielleicht haben sich die Würfel in der Tasche ja noch weiter vermehrt.

Freitag, 24. Juli, 15.40 Uhr, Weststrand, List

Die Unwetterfront kommt von Norden und hat gerade das »Ellenbogen« genannte Naturschutzgebiet an der Lister Inselspitze erreicht. Der dunkle Himmel hängt tief über der Erde und scheint die Dünenkuppen berühren zu wollen. Das Gras seitlich der Straße duckt sich unter heftigen Böen, die von Minute zu Minute stärker werden. Bastian Kreuzer kann jeden einzelnen Windstoß am Ausschlag seines Lenkrades spüren, als er auf der ungeschützten Straße von Kampen nach List rast.

Sven Winterberg, der mit Bastian im Wagen sitzt, zeigt auf die Zufahrt zu dem Parkplatz, an dem vor zwei Tagen das Mädchen verschwunden ist.

»Hier musst du rein.«

»Sieht aus wie auf einem Truppenübungsplatz«, brummt Bastian, als er seinen Wagen zwischen den zahlreichen Polizeieinsatzfahrzeugen zum Stehen bringt. Doch als die beiden Beamten das Auto verlassen, hallt anstelle von Geschützfeuer Hundegebell über die Landschaft.

»Na, da wissen wir wenigstens gleich, in welche Richtung wir laufen müssen.«

Kreuzer setzt sich in Bewegung und trabt den befestigten Weg zum Strand entlang, wird aber kurz darauf von seinem Sylter Kollegen zurückgerufen.

»Warte, Bastian. Ich habe eine bessere Idee. Wir nehmen die Abkürzung quer durch die Dünen. Ein alter Pfad durchs Naturschutzgebiet.«

»Ist doch immer wieder praktisch, wenn man einen Ortskundigen dabeihat.«

Kreuzer kehrt um und folgt Winterberg auf einem Pfad, den er selbst zwischen den sturmgepeitschten Dünengräsern nie entdeckt hätte. Im Laufschritt eilen beide dem Bellen der Hunde entgegen. Je näher sie der aufgewühlten Nordsee kommen, desto hysterischer wird auch das Bellen.

»Die haben was entdeckt. Klingt ganz nach Durchbruch. Was meinst du?«

Kreuzer stößt die Worte im Rhythmus seiner trommelnden Schritte aus. Winterberg kann den Kollegen nur knapp verstehen, obwohl dieser dicht hinter ihm läuft, so schnell reißt der Sturm die Töne mit sich. Als beide um eine Dünenkuppe biegen, ahnen sie, dass sie ihrem Ziel sehr nahe sind. Doch auf das Bild, das sich ihnen bietet, sind sie nicht vorbereitet.

Die Hundemeute steht kläffend mit bebenden Flanken und aufgestellten Ohren um eine kreisrunde Sandkuhle herum. Durch ein plötzliches Loch in der Wolkendecke fällt ein scharfer Sonnenstrahl auf die Szene und taucht Hunde,

Polizisten und den mit Fußspuren übersäten Sand in ein bedrohlich kaltes Licht.

Der Einsatzleiter, ein Kollege, der schon häufig mit Suchhunden gearbeitet hat, kann sich nur mühsam in dem tosenden Wind Gehör verschaffen. Lediglich einzelne Worte überstehen die Reise bis zu Kreuzer und Winterberg.

»Vorsicht« ist so ein Wort, »Fußspuren« ein weiteres. Dann kommt ein ganzer Satz: »Sichern, und zwar dalli, es geht gleich los.«

Ein Blick zum Himmel begleitet die Äußerung. Dort hat sich der Wolkenspalt soeben geschlossen und scheint damit einer Schleusenöffnung ganz anderer Art Vorschub geleistet zu haben. Die ersten schweren Tropfen klatschen auf den Sand. In hektischer Betriebsamkeit wird eine Plane über die Dünenkuhle gezogen. Immer wieder reißt der Sturm den Beamten das Material aus den Händen, so dass es knatternd zu Boden geht und tiefe Dellen in die Düne drückt. An die womöglich hochwichtigen Spuren, die dabei verlorengehen können, will Kreuzer lieber gar nicht denken. Tatkräftig hilft er einer zweiten Gruppe von Beamten, die begonnen haben, sechs Pfähle in den Sand rund um die Kuhle zu rammen und sie mit Leinen und Heringen sturmfest zu machen.

Die Regentropfen kommen jetzt schneller hintereinander, und die Befehle des Einsatzleiters werden immer drängender. Auch die Hunde lassen sich kaum beruhigen. Als schließlich die Plane an den Pfählen festgezurrt ist und tatsächlich die gesamte Kuhle überspannt, beginnt der Platzregen. Der Einsatzleiter gibt einigen Kollegen die Erlaubnis, den Sand zu betreten, um in der Kreismitte einen höheren Pfahl in die Erde zu rammen. Er soll der Plane eine zeltförmige Form geben und dadurch verhindern, dass die zu erwartenden Wassermassen die Plane losreißen und zu Boden drücken.

Die an dem Einsatz beteiligten Polizisten stehen jetzt im Rund um die Sandkuhle herum. Ihre Gesichter sind notdürftig vor dem Regen geschützt, aber auf den Uniformrücken machen sich bereits große dunkle Flecken bemerkbar. Zwei Polizeifotografen knien am Rand der Kuhle und machen Aufnahmen von einigen besonders gut erhaltenen Schuhabdrücken, die bei der Aktion unbeschädigt geblieben sind. Ein weiterer Beamter misst Länge, Breite und Tiefe der Abdrücke und macht sich genaue Notizen. Die Hundeführer ziehen sich mit ihren Tieren hinter die nächste Düne zurück. Niemand weiß, ob sie später noch benötigt werden.

Kreuzer hat sich bis zum Einsatzleiter vorgearbeitet.

»Die Hunde haben die Geruchsspur aufgenommen?«

»Hinten auf dem Parkplatz ist in einem der Wagen eine Kiste mit getragener Kleidung von Ann-Kathrin. Die Hunde hatten die Spur fast sofort. Sie sind wie die Wilden übers Gras und hierher zu der Kuhle.«

»Was machen wir, wenn ihr die Fußspuren gesichert habt?«

»Graben, was sonst.«

»Meinst du, das Mädchen liegt hier?«

»Ich will's nicht hoffen. Die Eltern sitzen direkt auf dem Parkplatz mit einer Psychologin im Bulli. Sie wollten unbedingt dabei sein.«

»Man hat die Hunde bis dorthin gehört.«

»Dann können wir nur hoffen, dass die Psychologin ganze Arbeit leistet und sie im Wagen festhält.«

Jetzt richten die beiden Fotografen sich auf und verstauen

ihre Kameras. Gleichzeitig klappt der Kollege mit dem Maßband sein Notizheft zu. Schon haben einige der Polizisten Schaufeln in den Händen, die von zwei klitschnassen Beamten durch die Dünen getragen worden sind. Auch Kreuzer greift nach einer der Schaufeln. Warum sollte er herumstehen, wenn er helfen kann? Schließlich geht es darum, das, was die Hunde gewittert haben, möglichst schnell zu finden.

Schrittweise und sehr vorsichtig nähern sich die Einsatzkräfte von außen der Kreismitte. Ihr Suchen ist weniger ein Graben als vielmehr ein Schieben und Umschichten des Sandes. Von oben trommelt ein starker Regen auf die Plane und lässt das Wasser in breiten Schwällen an ihrem Rand hinunterfließen. Die Plane war Rettung in letzter Minute, schießt es Kreuzer durch den Kopf, während er stoisch Sandschicht um Sandschicht abträgt. Alle wissen, dass sie auch bei diesem Vorgehen möglicherweise wichtige Spuren verwischen, aber gleichzeitig ist niemandem klar, welchen Verlauf der Sturm nehmen und wie lange die Plane halten wird. Der Kreis der Suchenden hat sich schon ziemlich zusammengezogen, als Kreuzer etwas Sperriges unter seiner Schaufel fühlt.

»Scheiße«, entfährt es ihm. »Immer bin ich es, der die Arschkarte zieht.«

Die Beamten links und rechts von ihm erstarren in ihren Bewegungen. Drei Augenpaare beobachten das vorsichtige Kratzen von Kreuzers Schaufel. Unter dem Sand schimmert es dunkel. Blut, ist Kreuzers erste Assoziation, aber dann sieht er, dass nichts bräunlich Rotes, sondern etwas Oranges zum Vorschein kommt. Der orangefarbene Stoff einer Mädchenshorts erscheint unter dem Sand. Alle Kollegen blicken jetzt zu ihm hinüber. Es fällt kein Wort. Sogar der Sturm scheint eine Pause eingelegt zu haben. In der lastenden Stille sind nur die knirschenden Schritte Leo Blums von der Spurensicherung zu hören, der gleich darauf mit seiner Plastiktüte vor dem Fund in die Knie geht. Behutsam befördert er das Kleidungsstück in den Beutel und will gerade wieder aufstehen, als er noch etwas entdeckt. Mit seiner Latexhand streicht er über den Sand, auf dem die Shorts gelegen hat. Weiße Linien zeichnen sich ab. Langsam entfernt der Suchende den Sand zwischen den Linien und legt ein helles Top frei. Es entspricht in jedem Detail der Beschreibung der Eltern.

Etwas, das sich anhört wie ein kollektives Seufzen, geht durch die Schar der Männer. Alle wissen, was dieser Fund bedeutet. Sie haben es sehr wahrscheinlich mit einem Sexualverbrechen zu tun.

Von Anfang an stand dieser Verdacht im Raum. Aber bisher gab es auch dafür keine Anhaltspunkte. Es gab für gar nichts Anhaltspunkte. Nun ist das anders. Denn falls der Entführer vorgehabt haben sollte, sein Opfer wohlbehalten den Eltern zurückzugeben, wird er ihm wohl kaum die Kleidung vom Leib gerissen haben.

Nur langsam weicht der Schock von den Männern. Sie alle wissen jetzt, dass sie auch die nächsten Stunden hier verbringen werden. Die gesamte Kuhle wird mindestens einen Meter tief ausgeschachtet werden müssen, um sicherzugehen, dass sich neben oder unter der Kleidung nicht auch der Körper des Mädchens befindet. Der tote Körper.

Und die Eltern sitzen dort hinten auf dem Parkplatz und warten.

Alle Blicke gehen unwillkürlich zum Einsatzleiter. Der

Regen hat etwas nachgelassen, aber der Wind pfeift dafür mit noch größerer Heftigkeit über die Dünen. Der Einsatzleiter geht mit gesenktem Kopf außen um seine Männer herum, bis er mit dem Rücken zum Wind steht. Nur so ist gewährleistet, dass alle seine Worte verstehen werden. Mit schweren Schritten tritt er in den Kreis der Grabenden.

»Okay, wir haben Shirt und Shorts. Es fehlen die Badehose und die Schuhe. Und natürlich das Mädchen. Ihr wisst, was das heißt.«

Alle nicken, aber der Einsatzleiter ist noch nicht fertig. Er hebt den Kopf und sieht Bastian Kreuzer direkt in die Augen. Kreuzer weiß genau, was jetzt kommt. Wieder die Arschkarte.

Er hebt beide Hände, als wolle er sich verteidigen.

»Ist schon okay. Ich bin der Leiter der Sonderkommission, ich gehe auch zu den Eltern und rede mit ihnen. Sven, kommst du mit?«

Freitag, 24. Juli, 17.15 Uhr,
Hauptstraße zwischen List und Kampen

Monas Kiefer pocht nach der kurzen, aber schmerzhaften Behandlung, die der Zahnarzt ohne Betäubung durchgeführt hat. Am liebsten würde sie sich in ihrer Dachwohnung verkriechen, doch vorher muss sie noch in dem Rother'schen Haus am Watt nach dem Rechten sehen. Energisch tritt sie aufs Gaspedal. Der schlimmste Teil des angekündigten Unwetters scheint über die Insel gefegt zu sein, während Mona im Behandlungsstuhl ihres Zahnarztes gesessen hat. In dem fahlen, seltsam schattenlosen Spätnachmittagslicht liegt die Landschaft seitlich der Straße, die von List nach Kampen führt, wie ein geschundener Körper, der seine Wunden nicht verbergen kann.

Auf dem Weg zum Zahnarzt hat Mona eine Hundestaffel in den Dünen entdeckt. Polizisten in dichten Reihen und kläffende Köter, die das Gras niedertrampelten. Jetzt scheinen Sturm und Regen nicht nur die Badegäste, sondern auch die Hundemeute vertrieben zu haben. Doch Tiere und Polizisten haben tiefe Spuren in Heide und Dünen hinterlassen. Mit der Urlauberidylle, die Sylt für seine zahlenden Gäste darstellen will, hat dieser Anblick nicht mehr viel zu tun.

Bisher hat sich Mona nicht ernsthaft gesorgt, doch jetzt wird ihr plötzlich klar, dass die Vorkommnisse auch für sie nicht folgenlos bleiben werden. Sollte die Entführung nicht bald aufgeklärt werden, wird der Tourismusverband um den Erfolg der nächsten Saison fürchten müssen. Und mit ihm alle, die vom Sylt-Image profitieren und an ihm verdienen. Auch Mona und die Firma, für die sie arbeitet.

Es wird also Eile vonnöten sein, wenn das Watthaus noch in dieser Saison lukrativ vermittelt werden soll. Mona denkt an Björn Steingart. Eine auf Hochglanz polierte Immobilie mit einem bescheidenen, aber durchaus spürbaren Preisnachlass wird ihn bestimmt zu einem schnellen Kauf animieren können. Auch sehr wohlhabende Menschen können dem Gefühl, ein Schnäppchen zu machen, nur selten widerstehen.

Als Mona ihren Wagen auf der Einfahrt des Watthauses zum Stehen bringt und aussteigen will, reißt ein Windstoß ihr die Tür aus der Hand. Am Himmel jagen sich massive Wolkenschichten im Zeitraffertempo. Auch über die Heide fegt der Wind in schnell aufeinanderfolgenden Böen. Das

Wasser zwischen Insel und Festland hat die dunkle Farbe des Schlicks angenommen und kräuselt sich in wirren Wellen.

Es dauert eine Weile, bis Lidia auf das Klingeln der Maklerin reagiert. Als die Putzfrau die Tür des Watthauses öffnet, nimmt Mona sofort den neuen Geruch wahr. Ein starkes Zitronenaroma weht durch die Diele und lässt die Assoziationen in Richtung Frische, Wärme, Süden laufen.

Lidia lacht über die schnuppernde Mona und winkt sie ins Wohnzimmer. Stolz präsentiert die Polin einen Raum ohne Sand. Die Sofakissen sind aufgeschüttelt, die Beistelltische abgestaubt und die Märchenplatten in einem der Regale verstaut. Das Kreuzworträtsel ist vom Esstisch verschwunden, und im Kamin liegt frisches Feuerholz, daneben ein Paket Streichhölzer im Design der siebziger Jahre.

»Toll haben Sie das gemacht.«

»Ja. Danke. Oben ansehen?«

Niemand hat behauptet, dass Lidias Deutsch brillant wäre. Aber zur Verständigung über die entscheidenden Details ihres Jobs ist es ausreichend.

Auf der Treppe ins obere Geschoss überfällt Mona ein ungemütliches Gefühl. Fast, als habe sie etwas Unrechtes getan, indem sie das Haus Lidia überlassen hat. Die Erinnerung an Markus Rother, der die Feder auf der Treppe aufhebt und später singend vor den Käthe-Kruse-Puppen steht, will sich nicht verscheuchen lassen. Zielstrebig läuft Mona auf das gedoppelte Mädchenzimmer zu, obwohl es am Ende des Ganges liegt. Als sie an den Badezimmertüren vorbeikommt, ist ihr, als wehe sie wieder der Geruch nach Erbrochenem an. Monas Eintritt in das Mädchenzimmer gleicht einer Flucht.

Auch hier ist es ordentlicher als vorher. Kein Sand, keine herumliegenden Spielzeuge. Nur auf den Betten sitzen Puppen und Teddys. Die Käthe-Kruse-Puppen sind nicht darunter.

»Haben Sie auch Sachen in die Schränke geräumt?«, erkundigt sich Mona, wobei sie ihre Worte mit entsprechenden Gesten unterstreicht.

»Ja, ja.« Lidia nickt eifrig. »Viel Kleider. Alles Schränke.« Sie zeigt zur Erklärung auf ihre Hose, zupft an ihrem T-Shirt und öffnet eine Schranktür.

Mona kann sich nicht erinnern, dass auch Kleidung in den Zimmern gelegen hat, aber vielleicht ist ihr etwas entgangen. Doch die Puppen, wo sind die Puppen geblieben? Die Maklerin wirft nur einen flüchtigen Blick in das Innere des Schrankes. Sauber aufgestapelt liegen hier Unterwäsche, Hosen und T-Shirts.

»Sehr schön. Das haben Sie wirklich prima gemacht. Darf ich auch noch in die anderen Schränke sehen?«

»Ja. Natürlich.«

Lidia klingt ein wenig beleidigt, als fühle sie sich zu Unrecht kontrolliert. Mona weiß genau, dass sie in keinem dieser Schränke auf Unordnung stoßen wird. Aber es ist ihr zu kompliziert, der Polin die Sache mit den Puppen zu erklären. Zumal, wenn sie nicht auftauchen sollten. Und es sieht ganz danach aus. Für Sekundenbruchteile huscht das Bild eines Markus Rother durch Monas Hirn, der mit zwei Käthe-Kruse-Puppen in Kittelkleidern und ihrer nackten dritten Schwester in den Armen die Wattvilla verlässt.

Und wenn schon, versucht Mona sich zu beruhigen. Dass es sich bei den Puppen um emotional bedeutsame Erinnerungsstücke handeln muss, hat sie ja gesehen. Da wäre es doch verständlich, wenn der Eigentümer die Puppen an sich nähme. Energisch wendet sich Mona wieder der Putzfrau zu, die einigermaßen ratlos ihre unerwartete Inspektion beobachtet hat.

»Perfekt. Jetzt noch die Bäder.«

Bereitwillig eilt Lidia voran und öffnet alle drei Türen. Auch hier hat sie ganze Arbeit geleistet. Die alten Zahnbürsten sind ebenso verschwunden wie der eingedellte Fußball, die angeschimmelten Seidenschleifen und die roten Lackpantoffeln.

Mona deutet auf eine der Ecken. »Und die ganzen Sachen?«

»Müll.«

»Aber hier gibt es keine Mülltonne.«

»Nein. Nicht Mülltonne.« Lidia lacht, als habe ihre Chefin einen guten Witz gemacht. »Ich immer Müllsack im Auto. Viele. Sind jetzt unten. Garage.«

»Okay. Gute Idee. Ich nehme den Sack nachher mit.«

Jetzt lacht Lidia noch lauter.

»Nicht ein Sack. Fünf. Fünf Sack Müll.«

Vergnügt präsentiert sie die aufgefächerten Finger ihrer rechten Hand.

»Fünf Säcke voll? Respekt.«

Mona zieht ihr Portemonnaie aus der Tasche und legt auf die beiden Fünfziger, die Lidias Tageslohn ausmachen, noch einen Zwanziger drauf.

»Danke, Lidia. Ich bin sehr zufrieden mit Ihnen.«

Freitag, 24. Juli, 17.32 Uhr, Braderuper Heide

Wie immer schmerzt die Hüfte auf den letzten Treppenstufen besonders stark. Doch da ist schon die Bank, zum Glück. Karoline will sich gerade setzen, als sie die beiden Autos vor dem Watthaus sieht. Ihr Herz beginnt laut und unregelmäßig gegen ihren Brustkorb zu hämmern. Karoline zwingt sich, langsam und ruhig zu atmen.

Das eine Auto kennt sie schon. Es gehört der blonden Hexe. Das andere ist kleiner und nicht schwarz, sondern rot. Teufelsrot? Oder rosenrot? Vielleicht ist jemand gekommen, um die Hexe zu vertreiben.

Mit schnellen Schritten, der schmerzenden Hüfte zum Trotz, hastet Karoline an der Bank vorbei, den Sandweg entlang, dem Watthaus entgegen. Bald liegt ihre Hand auf dem Türknauf, schon will sie hinein, da hört sie die Stimmen von innen. Es sind zwei Frauen, die in kurzen Sätzen miteinander reden. Es klingt versehrt, als hätten sie den Worten die Seelen aus dem Leib gezogen, ihnen die Bedeutungen genommen und den Sinn abgehackt. Das Gespräch hört sich an wie ein Schusswechsel, aber Karoline kann die Worte hinter den Kugeln nicht verstehen.

Als sie gerade die Tür öffnen will, um näher zu treten und besser lauschen zu können, hört sie, wie die Stimmen die Treppe hinunterkommen, der Eingangstür zu, ihr entgegen. Schnell dreht sich Karoline um, hinkt die paar Schritte hinüber zur Garage und verbirgt sich dort mehr schlecht als recht. Sie wartet mit klopfendem Herzen.

Es erscheint eine kleine dunkelhaarige Frau, die direkt zu

dem roten Wagen geht, einsteigt, wendet und in Richtung Straße davonfährt. Wenig später kommt die blonde Hexe heraus und bleibt noch mehrere Sekunden unschlüssig vor dem Haus stehen. Es scheint Karoline sogar, als blicke sie mehrmals zur Garage hinüber. Karoline duckt sich tiefer hinter die blauen Müllsäcke, die gestern noch nicht hier waren und allein darum schon hassenswert sind, aber andererseits auch hilfreich, denn sie geben ihr Deckung. Jetzt macht die Hexe sogar einige Schritte auf Karoline und die Müllsäcke zu, aber dann scheint sie es sich anders zu überlegen und geht doch zu ihrem Wagen. Elegant gleitet sie hinter das Steuer und verschwindet gleich darauf mit leisem Motorbrummen von der Einfahrt.

Langsam richtet sich Karoline hinter den Müllsäcken auf. Sie überlegt kurz, was die undurchsichtigen Beutel wohl enthalten mögen, aber sie ist viel zu ungeduldig, um sich an den festen Knoten zu schaffen zu machen.

Karoline muss ins Haus, und das so schnell wie möglich. Ihre Schwestern sind in Gefahr. Man belagert sie. Die Feinde werden immer zahlreicher. Gestern war die Blonde noch allein, heute hat sie schon Verstärkung mitgebracht, wo soll das enden?

Als Karoline die Haustür aufstößt, riecht sie es sofort. Dies ist nicht mehr ihr Haus. Es ist auch nicht mehr die Heimat der schönen Schwestern. Es hat sich in eine scharf und klinisch stinkende Höhle verwandelt, ein Flughafenklo mit Zitronenaroma.

Freitag, 24. Juli, 18.05 Uhr, Kriminalpolizei Westerland

»Ein Kaffee in der Abendkühle vertreibt des Tages Hast und Schwüle.«

Grinsend stellt Sven Winterberg einen dampfenden Kaffeebecher auf Bastian Kreuzers improvisiertem Schreibtisch ab.

»Hast und Schwüle, ja?« Kreuzers Gesichtsausdruck zeigt Unglauben und leichten Ekel. »Apropos: Hast. Hast du so was öfter?«

»Reimen entspannt mich.«

Mit dem Becher in der Hand weist Kreuzer auf Svens Ehering.

»Wusste das deine Frau, bevor sie dich geheiratet hat?«

»Frauen müssen nicht alles wissen.«

»Stimmt auch wieder. Wie ist sie denn so, deine Frau?«

»Im Moment ist sie vor allem besorgt. Unsere Tochter ist gerade sechs geworden, und Anja hat wahnsinnige Angst um Mette.«

»Immerhin haben wir von dieser Ann-Kathrin keine Leiche gefunden. Es gibt also noch die Möglichkeit, dass die Lütte wiederauftaucht.«

»Und vorher hat sie eigenhändig ihre Höschen im Sand vergraben, oder wie? Das meinst du nicht ernst.«

Jetzt hat sich Sven auch einen Becher mit Kaffee genommen und schlendert zu dem offenen Fenster. Draußen ist es immer noch windig, und die Temperaturen sind während des Regens um fast zehn Grad gesunken. Erst vor wenigen Minuten sind die beiden Kommissare aus List zurückgekehrt, wo sie nach dem Fund der Kleidungsstücke noch über zwei Stunden mit den Kollegen in den Dünen gegraben haben. Zum Glück vergebens.

Langsam streicht sich Bastian Kreuzer über seine stoppelkurzen grauen Haare und sagt mit leiser Stimme: »Na ja, die Möglichkeit, dass Ann-Kathrin noch lebt, besteht so lange, bis wir ihren toten Körper gefunden haben. Allerdings haben wir da ein Problem. Sollte das Mädchen tatsächlich noch am Leben sein, wäre die Frage, wo, zum Teufel, dieser Mistkerl von Entführer sie versteckt hält, ziemlich dringend zu beantworten.«

»Wir haben alles durchkämmt, Bastian. Kasernen, Lagerhallen, Bahnhofsnebengebäude. Sogar Pferdeställe. Es bleiben nur noch die Privathäuser. Und da kommen wir nur mit plausiblen Begründungen rein.«

»Zum Beispiel wenn wir alle vorbestraften Sexualtäter überprüfen.«

»Gibt's nicht.« Konzentriert betrachtet Winterberg seine Hände mit den makellosen Nägeln.

»Red keinen Stuss. Triebtäter und Pädophile gibt es überall. Leider.«

»Bei uns auf der Insel nicht, Bastian. Wir haben alle Programme durchlaufen lassen. Die Registrierten sitzen alle auf dem Festland. Und warum sollten die herkommen, wenn sie auch zu Hause genug Beute machen können?«

»Also müsste es jemand sein, der neu in der Branche ist.«

»Oder er ist bisher noch nicht erwischt worden.«

Bastian Kreuzer schüttelt den Kopf.

»So läuft das nicht. Selbst wenn wir den Täter nicht finden, von den Opfern wissen wir in der Regel. Auch in einem Fall wie bei dieser Kampusch in Österreich ist ja ein Kind verschwunden. Das wusste man. Nur dass damals die Ermittler den Zeugenaussagen nicht aufmerksam genug nachgegangen sind. Das darf uns nicht passieren. Was ist eigentlich mit den Hinweisen aus der Bevölkerung? Sind die jetzt alle durchgesehen?«

»Zweimal. Da ist nichts bei. Es gibt nur noch eine einzige Spur, an der wir gerade dran sind, und die kommt direkt von Ann-Kathrins Eltern.«

Mit einem Scheppern stellt Kreuzer seinen halbgeleerten Kaffeebecher auf den Tisch.

»Du meinst, der Vater selbst …?«

»Quatsch, versteh mich nicht falsch. Aber die Eltern haben doch von diesem Alki erzählt.«

»Ach so, der am Strand. Aber den müssen wir erst einmal finden.«

»Die Personenbeschreibung der Eltern ist ziemlich präzise. Ich habe jemanden durch alle Lokale in List geschickt. Der Kollege ist jung, und er ist heiß. Falls dieser Typ auch nur ein einziges Mal seinen Ellenbogen auf einen der Tresen gelehnt hat, wird Morten das herausfinden.«

»Wann ist er los?«

»Heute Mittag, fast gleichzeitig mit den Hunden.«

»Und Silja? Was macht die eigentlich?«

»Hat sich in einen ruhigen Raum zurückgezogen und sitzt über den Vernehmungsprotokollen. Liest alles zum dritten Mal durch, falls wir doch was übersehen haben.«

»Fleißiges Mädchen. Dann sollten wir beide uns vielleicht mal mit meiner Puderquaste unterhalten.«

»Puderquaste?«

»Leo Blum, unser Spurensucher. Du hast ihn heute Vormittag kennengelernt.«

»Ach ja. Halbglatze und Zopf im Nacken. Ist mir eben im Gang begegnet.«

»Dann sieh mal kurz raus, vielleicht ist er noch da.«

Während Sven den Raum verlässt, lehnt sich Bastian Kreuzer weit in seinem Stuhl zurück. Er nimmt die Arme über den Kopf, streckt sie ausführlich und verschränkt anschließend die Hände im Nacken. Dann schließt er die Augen. Wenn Leo Blum keinen Tipp für sie hat, dann werden sie noch einmal ganz von vorn anfangen müssen. Diese Silja macht es genau richtig. Nur nicht aufgeben. Irgendetwas hat man immer übersehen, und häufig hilft schon eine winzige Änderung des Blickwinkels.

Die helle Stimme Blums reißt Bastian aus seinen Gedanken.

»Gegrüßt seist du, Hauptkommissar. Der Pinselfritze meldet sich zum Rapport.«

»Setz dich, Leo. Da hinten der Schreibtisch von Silja ist frei. Kaffee? Wasser?«

»Wasser, bitte. Du weißt ja, mein Magen.«

»Solange deine Augen noch funktionieren, will ich mich nicht beschweren. Also schieß los und spann uns nicht auf die Folter.«

»Ihr erinnert euch an die Schuhabdrücke in der Dünenkuhle?«

»An denen sich der Fotograf so aufgegeilt hat? Klar erinnern wir uns«, witzelt Sven, während er ein gefülltes Wasserglas vor Leo Blum abstellt.

»Die werden gerade ausgewertet. Die Fotos und auch die Abdrücke sind super geworden. Falls wir irgendwann auf die Schuhe stoßen, werden wir sie zweifelsfrei identifizieren können.«

»Falls wir auf sie stoßen, was eher unwahrscheinlich ist. Denn wenn wir es nicht mit einem Volltrottel zu tun haben, hat er die Treter längst vernichtet. Ich denke, da wirst du mir recht geben, Sven. Also weiter, Leo. Was hast du noch?«

»Die Kleidung von der Lütten wird natürlich supergenau unter die Lupe genommen.«

»Aber was soll dabei schon rauskommen. Fingerabdrücke auf Textilien. Können wir doch gleich vergessen, selbst wenn die Sachen nicht zwei Tage im Sand gelegen hätten«, gibt Sven zu bedenken.

»Da sind Sie aber nicht ganz auf der Höhe der Forschung«, kontert Blum. »Schon mal was von DNA-Muster gehört? Dazu reichen winzige Hautpartikel vom Entführer, die in der Kleidung zurückgeblieben sind. Nur der Zellkern muss noch intakt sein, dann können die Spezialisten DNA extrahieren.«

»Und dann?«, will Sven wissen.

»Mit viel Glück könnten wir es zu einem DNA-Muster vom Täter bringen.«

»Wie viel Glück?«, fragt Bastian skeptisch.

»Einiges«, gibt Blum zu. »Das läuft folgendermaßen: Da natürlich jede Menge Zellspuren des Opfers in den Kleidungsstücken sein dürften, müssen die Leute im Labor sehr geduldig sein. Man muss genau unterscheiden. Aber im besten Fall gelingt es, mehrere DNA-Muster zu erstellen. Wenn man auch noch die Eltern ausschließen kann und vielleicht sogar eine Kindergärtnerin, und dann bleibt immer noch etwas übrig …«

»Die Nadel im Heuhaufen, oder?«

»Im Grunde genommen schon. Aber einen Versuch ist es wert.«

»Und dauert wie lange?«

»Ach Bastian, dass du immer gleich den Finger in die Wunde legen musst.«

»Sorry, ist nicht persönlich gemeint.«

Bastian Kreuzer steht auf, um sich noch einen Kaffee zu holen. Kaum hat er dem Schreibtisch den Rücken gekehrt, klingelt sein Telefon.

»Gehst du mal, Sven?«

Ächzend stößt sich Sven vom Fensterbrett ab und schlendert zu Kreuzers Schreibtisch.

»Kripo Westerland, Winterberg.«

Bastian stellt die Glaskanne zurück in die Maschine und bläst in den vollen Kaffeebecher, während er zu dem freigewordenen Fensterplatz hinübergeht. Erst nach den ersten beiden Schlucken fällt ihm auf, dass sein Kollege seit Sekunden schweigend dem Telefon lauscht, wobei er von Blum, der immer noch hinter Siljas Schreibtisch sitzt, besorgt beobachtet wird. Ein Blick in Svens Gesicht alarmiert Bastian zusätzlich. Stumm formt er seine Frage mit den Lippen.

»Was ist?«

Sven reißt die Augen auf und schüttelt die freie Hand mit gespreizten Fingern, als habe er sich verbrannt. Gleichzeitig ruft er ins Telefon:

»Vor zehn Minuten, sagen Sie?«

Bastian wechselt einen kurzen Blick mit Blum, dann stellt er den Becher ab und greift nach Autoschlüssel und Handy. Sven nickt mehrmals ins Telefon und einmal bestätigend in Bastians Richtung.

»Okay, ich verstehe. Stellen Sie zwei Ihrer Angestellten an die Parkplatzausfahrten. Niemand darf rein, niemand darf raus. Die Leute sollen bleiben, wo sie sind. Wir sind in einer Viertelstunde da.«

Ein Wortschwall quillt aus dem Apparat, der fast umgehend von Sven abgewürgt wird.

»Das war keine Bitte, das war eine Anordnung. Sagen Sie den Leuten, wir kriegen sie sonst wegen Behinderung von Ermittlungen dran. Immerhin ist wieder ein Mädchen verschwunden, da sollen die sich ihr wohlverdientes Wochenende sonst wohin schieben. – Ja, das können Sie gern zitieren. Ich verlasse mich auf Sie. Und kümmern Sie sich um die Mutter. Bis gleich!«

»Und?«

Bastian steht schon an der geöffneten Tür. Auch Blum ist jetzt aufgesprungen.

»Noch ein Mädchen entführt. In Hörnum auf einem Supermarktparkplatz. Der Filialleiter hat uns sofort angerufen, nachdem die Mutter an der Kasse darum gebeten hat, ihre Tochter ausrufen zu lassen. Das Mädchen ist erst fünf, aber groß für sein Alter und strohblond, passt also alles genau ins Muster. Den Rest habt ihr ja gehört.«

Mit trommelnden Schritten laufen die drei Beamten den Korridor entlang und die Treppe hinunter. Verdutzte Kollegen werden mit Zwei-Wort-Sätzen informiert. Am Ende des Ganges biegt Blum ab, um seine Ausrüstung zu holen.

»Ich brauche fünf Sekunden«, ruft er den beiden anderen zu, »wartet draußen am Wagen auf mich, bin sofort bei euch.«

Keine Minute später sitzen alle drei in Bastians Auto und starten mit quietschenden Reifen.

Freitag, 24. Juli, 18.14 Uhr, Möwengrund, List

Dass der Sturm abebbt, bemerkt Fred daran, dass das Flimmern seines Fernsehers auf ein erträgliches Maß zurückgeht. Auch der Nachrichtensprecher hat plötzlich keine Dauerwellen mehr im Gesicht. Oder doch nur wenige, die sich möglicherweise auch mit Freds etwas getrübtem Wahrnehmungsvermögen erklären lassen.

Freds Blick wandert von der Mattscheibe zu der Wodkaflasche in seiner Hand und wieder zurück. Soll er oder soll er nicht? Noch ist die Flasche verschlossen, und es wäre untertrieben, zu behaupten, dass er für diesen Nachmittag nicht schon genügend getankt hätte. Probeweise versetzt Fred der leeren Flasche am Boden einen Tritt. Sie rollt quer über den fadenscheinigen Teppich und verschwindet unter dem Bett. Das Ganze wirkt, als habe es diese Flasche nie gegeben. Na also. Wenn das kein Wink des Schicksals ist.

Während er die zweite Flasche öffnet, nimmt Fred aus dem Augenwinkel wahr, dass sich der Sprecher aus dem Bild verabschiedet und einer Dünenlandschaft Platz macht. Vor Schreck fällt Fred fast die kostbare Flasche aus der Hand. Denn auf dem Bildschirm der alten, unzuverlässigen Glotze direkt vor seiner Nase ist nicht irgendeine Dünenlandschaft zu sehen, sondern exakt die Kuhle in den Lister Dünen, in der er selbst erst gestern diese merkwürdigen Fußspuren entdeckt hat. Oder war es vorgestern? Oder vielleicht heute? Vorhin? Oder morgen? Würde ihn gar nicht wundern, wenn er selbst gleich leibhaftig durch das Bild da vorn auf der Mattscheibe laufen würde.

Das muss das Delirium sein, denkt Fred nicht ohne eine gewisse Befriedigung. Jetzt ist es also so weit. Heute Nacht wird der ehemals berühmte Journalist Fred Hübner sich definitiv zu Tode saufen. Darauf den ersten Zug aus der frischen Flasche.

Als Fred wieder aufblickt, ist der Nachrichtensprecher an seinen Platz zurückgekehrt. Falls er überhaupt jemals weg gewesen ist. Obwohl der Mann stark nuschelt und eine irgendwie verschliffene Aussprache hat, gelingt es Fred mühsam, den Sinn seiner Worte zu verstehen. Außerdem hilft das eingeblendete Foto Fred freundlicherweise auf die Sprünge.

Auf einem ansonsten kahlen Tisch liegen eine grellorangefarbene Shorts und ein ehemals weißes, jetzt stark verschmutztes Tanktop. Die Erklärung folgt auf dem Fuß. Ausgerechnet in der Sandkuhle, die Fred bestens vertraut ist, hat eine Hundestaffel der Polizei am frühen Nachmittag die beiden Kleidungsstücke aufgespürt, so ist zu erfahren. Sie gehörten ebenjener Ann-Kathrin, die vor wenigen Tagen fast vor Freds Augen entführt worden ist.

Mist, denkt Fred und nimmt einen weiteren Schluck. Verdammter Mist, ich hab's vermasselt. Fred der Große ist eben doch nur noch ein mieser kleiner Säufer. Selbst wenn Reste seiner berühmten Spürnase ihn in die richtige Richtung leiten, ist er nicht in der Lage, die Situation zu nutzen. Sitzt im Sand und spielt mit einer Feder, der geniale Schreiberling, und findet sich wer weiß wie toll. Bildet sich ein, die Feder erinnere ihn an etwas. Etwas Wichtiges natürlich. Und dabei hockt er die ganze Zeit auf den Klamotten von der Toten. Oder Verschwundenen. Aber wahrscheinlich eher Toten. Sogar der Polizeisprecher, den man gerade zur

Untermalung des Dünenbildes live interviewt, scheint nicht besonders hoffnungsvoll zu sein.

Doch jetzt kommt Bewegung ins Bild. Zuerst flackern die Augen des Interviewers. Es scheint, als könne der Journalist den Blick nicht auf dem Gesicht des Polizeisprechers halten. Immer wieder starrt er auf den Bildschirm des Laptops, der aufgeklappt vor ihm auf dem Stehtisch platziert ist. Dann räuspert er sich, obwohl der Polizeisprecher mitten im Satz ist. Schließlich unterbricht er ihn unhöflich, fällt ihm einfach ins Wort, stottert fast, verhaspelt sich mehrmals, sucht nach Worten.

»Gerade sehe ich auf dem Monitor … wir haben hier eine ganz frische Meldung … das ist wahrscheinlich auch für Sie eine Neuigkeit …«

Es folgt ein außerordentlich irritierter Blick des Polizeisprechers, erst ins Gesicht seines Gesprächspartners, dann hinunter auf den Laptopbildschirm. Dabei wird der Mann leichenblass. Gleichzeitig erscheinen hektische Flecken auf seinen Wangen. Und während Fred noch denkt, da haben sie dich aber schlecht gepudert, Kumpel, verschwindet der Polizeisprecher ohne jede Vorwarnung nach links aus dem Bild, als sei er plötzlich unpässlich geworden. Der Journalist starrt ihm sekundenlang mit fassungslosem Blick hinterher, bevor er sich beherzt ans Publikum wendet.

»Meine Damen und Herren, soeben sehe ich hier vor mir eine ganz aktuelle dpa-Meldung. Es hat auf Sylt eine zweite Kindesentführung gegeben. Am späten Nachmittag ist auf dem Parkplatz eines Supermarktes im Süden der Insel die kleine Paula Missfeld, ein fünfjähriges Mädchen, spurlos verschwunden. Ich gebe jetzt erst einmal zurück in die Nachrichtenredaktion, aber bitte bleiben Sie dran, wir werden Sie in den nächsten Minuten ganz sicher mit neuen Informationen versorgen.«

Eine weitere Entführung? Fred reibt sich die Augen. Oder sind das alles schon Halluzinationen? Zur Probe wechselt Fred den Kanal. Tatsächlich, das Programm ändert sich. Ein Comedian starrt mit aufgeblendeten Augen Fred genau ins Gesicht. Er macht einen Witz, den Fred nicht versteht, weil er nicht zuhört. Der Comedian legt die Hand hinters Ohr und lauscht auf das eingeblendete Gelächter. Fred greift noch einmal zur Fernbedienung und schaltet das Gerät aus.

Zwei entführte Mädchen hier auf Sylt, in seiner direkten Nachbarschaft. Ann-Kathrin und Dingsbums. Heißt die Zweite nicht sogar Paula, wie er es sich gewünscht hat? Das ist doch, als habe sich jemand diese Geschichte nur für ihn ausgedacht. Als Sprungbrett in eine neue Karriere. Fred, der investigative Journalist, auf der Spur des Mädchenmörders. Denn natürlich wird man die Lütten nie wiedersehen, das steht doch wohl fest. Aber man könnte vielleicht ihre Leichen finden. Er, Fred Hübner höchstpersönlich, könnte sie finden und dann die ganz große Story daraus machen.

Wo hätte er selbst die Mädchen versteckt, bevor oder nachdem er mit ihnen, tja, bevor er was getan hätte? Das will sich Fred gar nicht vorstellen. Besser, er geht davon aus, dass die unappetitlichen Einzelheiten bereits geschehen sind. Die Mädchen sind tot, jetzt müssen die Leichen weg. Wie wird der Typ das machen? Oder, wie hat er es gemacht?

Er muss sie irgendwo auf der Insel verschwinden lassen, das ist schon mal klar. Jedes Auto, jedes Schiff ist kontrolliert worden. Gerade vorhin hat der Polizeisprecher noch einmal den ganzen Maßnahmenkatalog heruntergeleiert.

Urlaubssperre bei der Sylter Polizei. Unterstützung durch Beamte vom Festland. Dünen, Heide, Watt und selbst die kleinsten Waldstücke der Insel sind abgesucht worden, mit Hunden, aber auch per Helikopter. Und alle Kontrollen am Westerländer Bahnhof und an der Lister Fähre sind ergebnislos verlaufen. Das heißt eindeutig, dass der Täter sich noch auf der Insel aufhält. Und dass er die Leichen hier irgendwo entsorgt. Aber wo?

Das Meer käme natürlich als Erstes in Frage. Ein Boot gemietet und schwupps, die Mädchen über Bord, die kleinen Körper in Säcke verschnürt und schön schwer gemacht mit Steinen. Wackersteinen wie bei Rotkäppchen. Erinnert er sich richtig? Märchen sind ja nun nicht gerade sein Spezialgebiet. Aber doch, der Wolf hat erst die Alte und dann die Lütte gefressen, und anschließend war er so voll, dass er eingepennt ist. So hat der Jäger ihn gefunden, den Wanst aufgeschnitten und die Weiber rausgeholt, obwohl sie das nicht verdient hatten, wenn man ihn fragt, so blöd, wie die sich angestellt haben. Aber wer fragt ihn schon?

Fred greift nach der Flasche und hält sie senkrecht über den geöffneten Mund. Der Alkohol läuft direkt in seinen Magen. Wie Treibstoff in den Tank eines Rennwagens. Netter Vergleich. Wo war er noch mal mit seinen Gedanken? Ach ja, die Leichen. Dieser perverse Typ wird wohl kaum gewartet haben, bis er zwei Leichen gleichzeitig zu entsorgen hatte. Dann hätte er die erste mit sich rumschleppen müssen, als er das zweite Mädchen abfing. Alles viel zu gefährlich. Außerdem wird der doch wohl weitermachen. Hat vermutlich jetzt erst richtig Blut geleckt. Oder was auch immer. Fred muss über seinen kleinen Witz kichern. Als er die Flasche wieder ansetzt, verschluckt er sich. Hustend und keuchend steht er auf und geht schwankend hinüber zu seinem Bett. Dann lässt er sich einfach vornüberfallen. Dass er mit dem Kopf auf der Kante aufschlägt, nimmt er schon nicht mehr wahr, so schnell hat Fred Hübner das Bewusstsein verloren.

Samstag, 25. Juli, 10.30 Uhr, *Zöllner-Immobilien,* Kampen

Die Anspannung ist fast mit Händen zu greifen. Seit Mona aus den Morgennachrichten von dem gestrigen Verschwinden eines zweiten Mädchens erfahren hat, herrscht im Maklerbüro eine gedrückte Stimmung. Ein Kinderschänder ist nicht gerade das, was sich ein betuchter Immobilienkäufer in der Nachbarschaft wünscht. Und in wenigen Wochen geht die Saison zu Ende. Wenn das keine deprimierenden Aussichten sind. Doch Mona beschließt, sich nicht unterkriegen zu lassen und umgehend Björn Steingart anzurufen. Er trägt keinen Ehering, vermutlich hat er auch keine Kinder, also werden ihn die Entführungen weniger stören als andere Interessenten. Da Mona nicht erwartet, Steingart am Samstagvormittag im Büro anzutreffen, wählt sie seine Handynummer.

»Steingart.«

»Oh, hallo, das ging ja schnell. Mona Hofacker, *Zöllner-Immobilien*, Kampen. Ich grüße Sie, Herr Steingart.«

»Wie nett, von Ihnen zu hören.«

»Ich habe gute Nachrichten, Herr Steingart.«

»Das wird ja immer besser.«

»Erinnern Sie sich an die Wattvilla, von der wir gesprochen haben? Sie war bei Ihrem Besuch leider noch nicht zu besichtigen.«

»Und daran hat sich etwas geändert?«

»Genau. Ich habe jetzt den Schlüssel, und wenn Sie mögen und Zeit haben, dann kommen Sie doch noch einmal vorbei. Vielleicht am nächsten Wochenende?«

»Da passt es schlecht, aber raten Sie mal, wo ich mich gerade befinde.«

»Ich weiß nicht. In Ihrem Büro? Bei Ihnen zu Hause? Ich will Sie auf keinen Fall stören, und falls Sie nächstes Wochenende nicht können, dann …«

»Ich bin auf dem Autozug. Oberdeck. Ist ganz schön heiß hier, trotz geöffnetem Verdeck und mächtig viel Fahrtwind.«

»Aber das ist ja wunderbar.«

»Sie sagen es. In zwanzig Minuten bin ich in Westerland, und wenn Sie nichts dagegen haben, komme ich in einer halben Stunde bei Ihnen vorbei und hole Sie ab. Dann können Sie mir gleich den Weg zu dieser Wundervilla zeigen.«

»Wundervilla?«

»Na, Sie haben das Haus schließlich in den höchsten Tönen gelobt. Daran werden Sie sich ja wohl noch erinnern.«

»Ja, natürlich. Ich habe auch wirklich nicht zu viel versprochen.«

»Umso besser. In einer halben Stunde also? Passt das?«

»Ja, das ist perfekt. Bis dann.«

Verwirrt starrt Mona das Telefon in ihrer Hand an. In einer halben Stunde, hat dieser Steingart gesagt. Unter den irritierten Blicken von Lucie Piehl und Oskar Neumann steht Mona auf und geht hinüber in den Besprechungsraum. Dort schichtet sie lautstark einige Minuten lang Exposéstapel um, dann schleicht sie sich ins Bad. Das Make-up ist perfekt, und als sie zurückkommt, sind es nur noch wenige Minuten. Um die Zeit totzuschlagen, lässt sie sich von Lucie in ein Gespräch über die zweite Entführung verwickeln. Die geborene Sylterin gibt ihrer Empörung über das Versagen der Polizei lautstark Ausdruck.

»Und sie haben keine einzige Spur. Dabei ist die Kleine direkt vom Parkplatz verschwunden. Am Freitagabend. Da ist es rappelvoll im Supermarkt. Es muss doch irgendjemandem irgendetwas aufgefallen sein. So ein Mädchen versinkt nicht einfach im Erdboden.«

»Aber soweit ich weiß, war die Polizei sehr schnell dort und hat alle Anwesenden auch gleich vernommen.«

»Ja, ja. Niemand hat etwas bemerkt.«

»Und dann dürfen Sie nicht vergessen, dass das Mädchen schon vor der Mutter auf dem Parkplatz war, um den Einkaufswagen zurück in die Schlange zu schieben. Da hat die Mutter noch im Laden an der Kasse gestanden. Ein Entführer hätte also fünf, vielleicht sogar zehn Minuten Zeit gehabt, um das Mädchen anzusprechen und mit ihm vom Parkplatz zu verschwinden. Ich glaube nicht, dass die Menschen am Freitagabend in dem ganzen Stress so sorgfältig um sich schauen. Wahrscheinlich war jeder von ihnen froh, wenn er es bis zum eigenen Auto und mit diesem von dem überfüllten Parkplatz bis auf die Straße geschafft hat.«

»Also, auf keinen Fall kann die Kleine sich gewehrt haben«, gibt Lucie gerade zu bedenken, als von draußen eine Hupe ertönt. Ein kurzer Blick bestätigt Mona in der Annahme, dass für Björn Steingart offenbar Zeit Geld ist. Er sitzt in seinem Cabriolet und winkt ihr ungeduldig zu. Schnell greift Mona nach ihren Unterlagen.

»Ich fahre zu der neuen Wattvilla. Der Kunde aus Hamburg wartet schon«, ruft sie überflüssigerweise ihrer Mitarbeiterin zu, als sie das Büro verlässt. »Und starren Sie nicht so nach draußen. Was soll Herr Steingart denn denken?«

Doch Björn Steingart hat den Blick gesenkt. Er beugt sich über den Beifahrersitz, um für Mona die Tür zu öffnen.

»Hallo, Frau Hofacker. Geht's Ihnen gut? Ihr Wochenende hat ja nicht gerade prickelnd begonnen.«

»Sie meinen die neuesten Meldungen? Ach, wissen Sie, diese Sache mit den verschwundenen Mädchen tangiert mein Gewerbe gar nicht so sehr, wie Sie vielleicht glauben«, lügt Mona.

Björn Steingart startet den Wagen und reiht sich in die Autoschlange auf dem Strönwai ein.

»Ach so? Ich habe eigentlich angenommen, dass das ziemliche Umsatzeinbußen für Sie mit sich bringen dürfte. Es muss doch für eine Maklerin in den letzten Tagen ganz schön schwierig gewesen sein, ihre Kunden bei Laune zu halten.«

Björn Steingart sieht sie lange an. Erst als sein Wagen sich gefährlich nach rechts orientiert, wendet er den Kopf wieder der Straße zu. Vorsichtig lässt Mona ihre Blicke über den Fahrer wandern. Gebräunte Haut, dunkle Augen, in deren Winkeln sich die ersten Falten abzeichnen. Er könnte richtig nett aussehen, wäre da nicht dieses Glatte, fast Künstliche in seinen Zügen. Sein Lächeln bei der Begrüßung war umwerfend, aber hat er damit sie oder ihren Job gemeint?

»Wie ich schon sagte …«, versucht Mona einen neuen Widerspruch zu formulieren, aber Steingart unterbricht sie sofort.

»Sie können es ruhig zugeben. Ich hoffe natürlich auch, ein Schnäppchen machen zu können.«

»Ein Schnäppchen. Mit der Wattvilla?«

»Ja. Oder woran hatten Sie gedacht?«

Ein Blick aus den Augenwinkeln, aufmerksam und Sekundenbruchteile zu lang. Mona zieht es vor, die Frage unbeantwortet zu lassen und Steingart mit sparsamen Kommentaren durch das vormittägliche Kampen hinüber zur Wattseite zu dirigieren.

Die imposante Erscheinung der Villa veranlasst Steingart zu einem leisen Pfiff. Mit einem gewagten Schlenker bringt er sein Cabrio zum Stehen, und mit der Bemerkung »Jetzt bin ich aber neugierig« erklimmt er die Stufen, die zur Eingangstür hinaufführen.

Die Tür klemmt, und einige Sekunden lang muss Mona befürchten, sie kämen nicht ins Haus. Während sie an der Tür rüttelt, den Schlüssel immer wieder anders verkantet, steht Björn Steingart mit belustigtem Gesichtsausdruck neben ihr. Doch bevor Mona die Tür hochheben kann, wie es der Eigentümer ihr gezeigt hat, legt Steingart seine Hände auf ihre. Der Druck seiner Finger ist fest.

»Soll ich helfen?«

»Nein danke, das geht schon.«

Steingarts Rasierwasser riecht nach Leder und Zitrusfrüchten, irgendetwas Süßes ist auch dabei. Es ist entschieden zu sinnlich für einen Mann, findet Mona und unterdrückt einen leichten Würgereiz. Zum Glück nimmt Steingart seine Finger von ihrer Hand. Als Mona mit dem Drücker die ganze Tür anhebt, lässt sich der Schlüssel plötzlich drehen. Für eine Sekunde scheint es ihr, als trete ihnen der Geruch nach Erbrochenem entgegen. Aber es ist eine Sinnestäuschung. In der Wattvilla riecht es frisch und sauber. Zitrone und Salz, Nordseewind und geschrubbtes Holz.

Mona bleibt in der Mitte der Diele stehen und dreht sich um. Es ist wichtig, einem Kunden ins Gesicht zu sehen, wenn er zum ersten Mal eine Immobilie betritt. Häuser sind wie Menschen. Sie haben eine Aura, die sich jedem Fremden innerhalb von Sekunden mitteilt.

Björn Steingart strahlt. Mit wohlgefälligen Blicken mustert er die breite Treppe und die hohen Türen.

»Das scheint ja wirklich ein Schmuckstück zu sein.«

»Freut mich, dass Ihnen das Haus gefällt. Kommen Sie mit, ich zeige Ihnen die Aussicht. Sie werden sich sofort verlieben.«

»Vielleicht bin ich das schon.«

»Umso besser.«

Erst Björn Steingarts jungenhaftes und ganz und gar nicht angemessenes Lachen macht Mona auf die Doppeldeutigkeit ihrer Aussage aufmerksam. Sie gibt sich länger als nötig mit der nicht übermäßig komplizierten Mechanik eines der Erkerfenster ab. Diesmal kommt ihr Steingart nicht zu Hilfe. Er öffnet in ihrem Rücken die Türen der Einbauküche und drückt schließlich auf den Startknopf der Dunstabzugshaube. Ein ohrenbetäubendes Getöse setzt ein, wird allerdings sofort wieder von Steingart abgestellt.

»Das ist ja die reinste Vorkriegsware. Seit wann wohnt hier niemand mehr?«

»Ein paar Jahre sind es schon.«

»Na, das glaube ich gern. Das müsste natürlich alles raus. Aber die Bausubstanz scheint ganz ordentlich zu sein. Genau kann man das natürlich erst sagen, wenn man den Keller gesehen hat. Wo geht's denn hier runter?«

Der Schreck fährt Mona durch alle Glieder. Sie hat den Keller vergessen. Sie hat auch Lidia nichts davon gesagt. Die

Tür neben dem hohen Küchenschrank, an der dieser Abreißkalender mit dem Gedicht hing, muss hinunterführen. Und der angerostete große Schlüssel an ihrem Bund passt vermutlich zur Tür. Niemand hat bisher einen Blick in diesen Keller geworfen. Lidia hatte schließlich auch ohne den Keller genug zu tun. Jetzt muss sich Mona innerhalb von Sekunden entscheiden, ob sie es wagen soll, mit Steingart hinunterzusteigen, ohne vorher einen heimlichen Kontrollgang unternommen zu haben. Mona schließt kurz die Augen, dann öffnet sie sie wieder. Und hat sich entschieden.

»Lassen Sie uns erst hochgehen. Der Keller kann warten.«

Augenaufschlag, verführerisches Lächeln. Darauf hat dieser Steingart doch die ganze Zeit schon gewartet. Und richtig, er lässt sich ablenken.

»Wie Sie möchten, schöne Frau.«

Beim Gang die Treppe hinauf ist es Mona, als spüre sie die Blicke des Mannes in ihrem Rücken. Und plötzlich ist sie froh über das elegante Sommerkleid, das sie heute früh anstelle der bereitgelegten Leinenhose angezogen hat.

»Wie lange wollen Sie eigentlich auf der Insel bleiben? Nur bis heute Abend oder länger?«

Wie absichtslos lässt Mona die Worte fallen. Eine höfliche Floskel beim Wechseln der Etagen.

»Wie ist denn die Wetterprognose?«, erkundigt sich Steingart amüsiert.

»Äh, bestens, glaube ich. Der Regen hat der Insel gutgetan, aber eine grundlegende Wetteränderung ist nicht in Sicht. Es soll sogar noch heißer werden.«

»Die Klimakatastrophe lässt grüßen. Bald haben wir tropische Nächte auf Deutschlands nördlichster Insel«, witzelt

Steingart. »Apropos tropische Nächte: Was haben Sie eigentlich heute Abend vor, Frau Hofacker?«

Mona ist am Ende der Treppe angekommen. Sie geht noch drei Schritte weiter, dann bleibt sie stehen und dreht sich um. Steingart zieht fragend die Augenbrauen hoch und strahlt sie an, als könne er kein Wässerchen trüben.

»Bis jetzt noch nichts«, antwortet Mona. »Aber mir scheint, das hat sich gerade geändert.«

Samstag, 25. Juli, 12.25 Uhr, Möwengrund, List

Schwere Schläge direkt auf die Schläfe. Pochend. Gleichmäßig. Fordernd. Schmerzhaft. Ein Stoß gegen den Ellenbogen.

Die Bettkante, weiß Fred jetzt und öffnet langsam ein verklebtes Auge. Dämmerlicht im Raum. Hinter den schäbigen Vorhängen muss die Sonne scheinen. Mittagslicht. Niemand schlägt ihn. Aber ein Irrer muss draußen gegen die Tür treten. Oder hämmern.

»Ich hab die Miete bezahlt, du blöde Kuh«, murmelt Fred und will sich umdrehen. Zurück in den Schlaf finden, dem Kopfschmerz entfliehen. Doch jetzt kommt von draußen eine Stimme. Tief, befehlsgewohnt.

»Aufmachen, Polizei.«

Taumelnd erreicht Fred die Tür. Draußen stehen sie zu zweit. Ein Walross im T-Shirt und ein Schönling im Leinenhemd.

»Wurde auch Zeit. Lange hätten wir nicht mehr gewartet.«

Das Walross wäre sicher mit dem ersten Stoß durch die Tür gekommen. Die Oberarme unter seinem Shirt lassen keine Zweifel an seiner liebsten Freizeitbeschäftigung aufkommen. Krafttraining. Der andere wirkt selbst in dem weiten Hemd schmächtig.

»Können wir reinkommen?«

»Wenn Sie die Unordnung nicht stört.«

»Eher schon der Gestank. Würde es Ihnen etwas ausmachen?«

Der Bulle zeigt aufs Fenster.

»Frischluft. Kann ja nicht schaden.«

Fred zieht die Flügel auf. Abplatzender Fensterlack rieselt auf den Boden. Fred hat nicht unbedingt das Gefühl, dass die Luft draußen viel frischer ist. Klebrig und abgestanden, vielleicht nicht ganz so säuerlich wie in seiner Bude. Stöhnend lässt er sich aufs Bett fallen. Sollen die beiden anderen sich doch auf die morschen Stühle setzen. Aber sie bleiben stehen. Immerhin nennen sie ihre Namen.

»Bastian Kreuzer.« Das Walross.

»Sven Winterberg.« Die halbe Portion.

»Und Sie sind Fred Hübner?«

»Zu Diensten.«

Niemand lacht.

»Was führt Sie her?«

»Wir stellen hier die Fragen. Sie wissen von den verschwundenen Kindern?«

»Nee.«

Was für Kinder? In welchem Film ist er gelandet? Ist das jetzt das Delirium?

»Da haben wir von Ann-Kathrins Eltern aber anderes gehört.«

Ann-Kathrin? Ann-Kathrin? Etwas regt sich in Freds Gehirn.

»Ach, Sie meinen diese Meute am Strand. Die haben ein Mädchen gesucht. Ann-Kathrin? Ja, kann sein.«

»Sie erinnern sich also an das Mädchen?«

»Quatsch. Die hab ich nie gesehen. Nur die Eltern. Haben die Sie hergeschickt?«

»Ann-Kathrins Eltern haben Sie beschrieben. Es war nicht sonderlich schwer, Sie zu finden.«

»Na, na, na. Jetzt machen Sie aber mal halblang. So berühmt bin ich nun auch nicht mehr.«

»So haben wir das auch nicht gemeint.«

»Ich würde gern Ihre Ausweise sehen.«

Langsam kommt wieder Ordnung in Freds Gehirn. Die Begegnung mit den hysterischen Badegästen abends am Strand. Die Träume von der ganz großen Story. Der nächtliche Ausflug zur Dünenkuhle. Die Enttäuschung. Der Einkauf im Supermarkt. Wodka im Sonderangebot. Der Absturz. Hey, war das gestern oder vorgestern? Und was war danach?

»Herr Hübner?«

Fred schaut lange auf die beiden Plastikkarten, die die Männer ihm reichen. Schlechte Fotos. Aber eindeutig zu erkennen sind diese Pappnasen trotzdem. Schade eigentlich.

»Okay, was wollt ihr wissen, Jungs?«

»Was haben Sie gestern zwischen achtzehn und neunzehn Uhr gemacht?«

»Mal nachdenken. Da hatte ich einen Termin beim Bürgermeister von Kampen. Ist ein alter Kumpel von mir, aber nicht weitersagen.«

Dass sie blöd gucken würden, hat er sich ja gedacht. Aber

dass sie wirklich so dämlich aussehen würden, hätte er nie zu hoffen gewagt.

»Nichts für ungut. Kleiner Scherz am Rande. Ich hab keine Ahnung, was ich gestern gemacht hab. Außer Trinken vermutlich.«

Zum Glück stehen mehrere leere Flaschen in der Ecke stramm und nicken zustimmend, wie es sich für anständige Zeugen gehört.

»Sie können also niemanden benennen, der Sie gestern gesehen hat.«

»Ist vielleicht besser so, oder? In meinem Zustand.«

»Jetzt hören Sie mal gut zu, Herr Hübner. Das hier ist kein Spaß. Vor drei Tagen ist ein Mädchen in List am Strand verschwunden. Und Sie waren dort. Dafür gibt es jede Menge Zeugen. Und gestern ist ein zweites Mädchen verschwunden. Es wäre durchaus nützlich, wenn Sie sich an Ihren Tagesablauf erinnern könnten.«

»Gestern oder vorvorgestern?«

»Beide Tage.«

»Gestern muss ich im Supermarkt gewesen sein. Hab die Kumpels da hinten mitgenommen. Oder ihre Zwillingsbrüder.«

»Mitgenommen?«

»Jetzt haltet aber mal die Luft an. Cash gegen Sprit, so läuft das bei mir. Ich bin vielleicht ein Gelegenheitstrinker. Aber ich bin kein verdammter mieser kleiner Dieb.«

»Und ein Kindesentführer?«

»Bastian, bitte.«

Der Schmächtige legt eine schmale Hand auf die Pranke vom Walross. Der Muskelmann entschuldigt sich artig.

»Sorry. Ist mir rausgerutscht. War nicht so gemeint.«

»Kein Problem. Macht euch menschlich.«

»Also: Welcher Supermarkt? Und wann waren Sie dort?«

»Der kleine, da hinten an der Kreuzung. Und wann, na ja, schwer zu sagen. Vielleicht war's auch vorgestern, sind ja immerhin zwei Flaschen. Warum fragen Sie nicht Hilde, die wird das schon wissen.«

»Hilde?«

»Hilde Brunsen. Die Kassiererin.«

»Okay, ich erledige das gleich. Bleibst du hier?«

Das Walross nickt, der Schmächtige verschwindet.

Schweigen.

»War noch was? Sonst würde ich gern mit meiner Morgentoilette beginnen.«

»Jetzt halten Sie mal die Luft an, guter Freund. Das hier ist kein Kinderspiel, wie ich schon sagte. Da sind zwei Mädchen verschwunden. Und zwar bis jetzt vollkommen spurlos. Das erste, Ann-Kathrin, am vergangenen Mittwoch. Das zweite, Paula, gestern, also Freitag. Ann-Kathrin verschwand am Strand, sie war mit ihren Eltern und Geschwistern auf dem Rückweg zum Auto. Eine ganz normale Familie, die Urlaub auf der Insel macht. Und dann ist plötzlich die Jüngste weg. Aber das wissen Sie ja. Paula, das andere Mädchen, ist auf Sylt geboren. Ihre Mutter ist Laborantin, der Vater Arzt an der Nordseeklinik. Paula ist fünf Jahre alt und geht tagsüber in den neuen Waldorfkindergarten. Am Freitagnachmittag hat ihre Mutter sie dort abgeholt und mit zum Einkaufen genommen. In den Supermarkt in Hörnum. Während die Mutter in dem rappelvollen Laden an der rappelvollen Kasse bezahlte, sollte die Kleine schon mal den Einkaufswagen zurückschieben und dann am Auto warten. Aber als die Mutter dort ankam, war ihre Tochter nicht zu sehen. Und das änderte sich in der nächsten halben Stunde auch nicht. Paula war einfach weg. Wie vom Erdboden verschluckt.«

»Und was habe ich damit zu tun?«

»Tja, genau das fragen wir uns. Immerhin waren Sie beim Verschwinden des ersten Mädchens am Tatort. Und bisher haben Sie sich nicht als Zeuge zur Verfügung gestellt. Da ist der Verdacht nicht ganz von der Hand zu weisen, dass Sie etwas zu verbergen haben könnten. Ist Ihnen vor drei Tagen irgendetwas am Strand aufgefallen? Gab es etwas, das anders war als sonst?«

»Nein.«

»Nein?«

»Nein. Herrgottnocheins, das ist Tage her. Seitdem habe ich mich einmal fast ins Koma gesoffen, wie Sie unschwer erkennen können. Woran soll ich mich denn jetzt noch erinnern?«

Das Walross seufzt. Fast klingt es mitleidig. Dann schließt der Muskelmann ganz langsam seine faltigen Augenlider. Sie liegen wie blaue Kappen auf zwei gutgebauten Tränensäcken. Sieht ziemlich fertig aus, das Gesicht, überlegt Fred. Nicht auszuschließen, dass das Walross ein Bruder im Geiste ist. Ein Gespräch unter Alkoholikern, das wäre doch mal was anderes.

»Wollen Sie sich nicht endlich setzen? Wenn Sie vorsichtig mit dem altersschwachen Korbstuhl da hinten in der Ecke umgehen, bricht er vielleicht nicht gleich zusammen.«

Das Walross öffnet die Augen wieder und angelt mit dem Fuß nach einem Bein des Korbstuhls. Das Rohr ächzt unter dem Gewicht des Mannes, hält ihm aber stand.

»Warum tragen Sie und Ihr Kollege keine Uniform?«

»Sehen Sie nicht fern? Das ist bei der Kripo nicht üblich.«

»Kripo, aha. Ich wusste gar nicht, dass wir so was Feines hier auf der Insel haben.«

»Da können Sie mal sehen. Ich bin allerdings vom Festland. Sondereinsatz. Natürlich arbeiten wir mit den örtlichen Kollegen zusammen. Aber die haben wenig Erfahrung mit solchen Sachen. Sylt ist ja nicht gerade eine Verbrechenshochburg.«

»Kommt drauf an, wie man Verbrechen definiert.«

»Jetzt bleiben Sie mal sachlich, ja.«

Fred bückt sich und zieht eine Wasserflasche aus dem Kasten in der Ecke. Er schraubt sie auf und setzt die Flasche an. Trinkt lange. Als er die Flasche absetzt, muss er aufstoßen.

»'tschuldigung. Wollen Sie auch was? Saubere Gläser sind gerade nicht vorrätig, aber ich biete Ihnen gern eine eigene Flasche an. Wie war noch mal Ihr Name?«

»Kreuzer. Bastian Kreuzer. Hauptkommissar beim Morddezernat.«

Während das Walross die angebotene Flasche aufschraubt, schräg über seinen geöffneten Mund hält und etwa einen halben Liter Wasser, ohne zu schlucken, in seinen Schlund laufen lässt, als handle es sich um eine Zirkusvorführung, merkt Fred, wie sich seine Gedanken selbständig machen.

»Am Auto haben Sie gesagt?«

»Hä?« Kreuzer schraubt die Flasche zu, kneift die Augen zusammen und produziert drei kräftige Querfalten pro Tränensack.

»Na ja, das ist doch auffällig. In beiden Fällen haben die Eltern oder die Mutter am Auto auf die Mädchen gewartet.

Jedes Mal auf einem Parkplatz. Wäre doch nicht verwunderlich, wenn der oder die Entführer auch im Auto unterwegs gewesen wären.«

»Sie haben wohl länger kein Radio mehr gehört? Seit gestern Abend sendet die örtliche Station jede halbe Stunde einen Aufruf, dass sich alle, die zu den fraglichen Zeiten auf einem der beiden Parkplätze waren, bei uns melden sollen.«

»Umso besser. Ich habe übrigens kein Auto, falls Sie danach als Nächstes fragen wollten.«

»Wollte ich nicht. Aber danke für die Auskunft.«

In diesem Augenblick geht die Tür auf, und der Schmächtige kommt zurück. Seine Miene ist neutral, aber seine Stimme klingt deutlich freundlicher als vorher. Und er sieht Fred Hübner direkt in die Augen.

»Die Kassiererin Frau Brunsen hat sich an Sie erinnert. Der Wodka ist von gestern. Die Uhrzeit Ihres Einkaufs wusste sie nicht mehr ganz genau, aber es war auf jeden Fall kurz vor Feierabend, sagt sie. Der Laden schließt um sieben.«

»Gutes Mädchen.«

»Paula wurde gegen sechs zum letzten Mal von ihrer Mutter gesehen. Mit einem Auto hätten Sie es zur Not in einer halben Stunde einmal durch die Insel schaffen können. Haben Sie einen Wagen, Herr Hübner?«

»Lass stecken, Sven«, mischt sich Kreuzer in das Verhör. »Hat er nicht. Aber er hat mich auf eine Idee gebracht, die vielleicht gar nicht blöd ist. Lass uns gehen, ich erzähle dir unterwegs, was mir eingefallen ist.«

Winterberg nickt, ohne wirklich überzeugt auszusehen. Im Gehen dreht er sich noch einmal um.

»Und Sie setzen uns in Kenntnis, falls Sie auf die Idee

kommen sollten, die Insel zu verlassen. Wir brauchen Sie noch.«

»Klugscheißer«, murmelt Fred, als die Tür ins Schloss fällt. Dann geht er in das winzige Duschbad und dreht den Kaltwasserhahn am Waschbecken auf. Wenn er das Gesicht zur Seite neigt, passt sein ganzer Kopf knapp zwischen Hahn und Becken. Die Kälte ist wie ein Schock. Aber nur so kann Fred einen klaren Gedanken fassen. Denn während er den abgestandenen Vorschlag mit den Parkplätzen gemacht hat, war da noch etwas anderes, das im Hintergrund seines leicht lädierten Hirns rumorte. Etwas, das auch mit Autos und Mädchen zu tun hatte. Jetzt muss es ihm nur noch einfallen.

Samstag, 25. Juli, 14.30 Uhr, Mittelstieg, Hörnum

»Ich mache mir solche Vorwürfe.«

Viktoria Missfeld schlägt die Hände vors Gesicht und bricht zum dritten Mal seit Beginn des Gesprächs in Tränen aus. Sie wirft sich bäuchlings auf das rote Ledersofa, auf dem sie sitzt, und stößt dabei fast die Seltersflasche auf dem niedrigen Couchtisch um. Bastian Kreuzer und Silja Blanck, die einander gegenüber in zwei Korbsesseln Platz genommen haben, wechseln einen kurzen Blick. Bastian Kreuzer sieht nur die attraktive Kollegin, schmal, aufrecht, beherrscht. Silja Blancks Augen aber sind blind für den Mann, mit dem sie diesen Fall lösen soll. Ihre Aufmerksamkeit gilt nur der Mutter in Not, und auch das ist nicht die ganze Wahrheit. Denn die Bilder in ihrem Kopf, die Erinnerungen, die heftig und unabweisbar aufsteigen, sind noch andere und doch dem, was sie vor sich hat, so verdammt ähnlich. Silja Blanck sieht ihre eigene Mutter, die Schwestern und sich selbst in all den Stadien der Auflösung, die vermutlich noch vor der schluchzenden Viktoria Missfeld liegen.

Zunächst Selbsthass und Verzweiflung, dann das Bangen, ob man sich ein klein wenig Hoffnung gestatten dürfe, und schließlich – nach der furchtbaren Gewissheit – Wut und Trauer. Es kostet Silja eine ungeheure Mühe, all diese Gefühle nicht zuzulassen, sie unter der Oberfläche zu halten und ihnen zu verbieten, Spuren auf ihrem Gesicht zu hinterlassen. Darum ist sie fast dankbar, als Kreuzer auffordernd nickt und sie aufstehen, sich neben die Mutter des entführten Mädchens setzen, sich zu der Schluchzenden hinüberbeugen und vorsichtig das halblange, sorgfältig blondierte Haar streicheln kann. Mit leiser Stimme versucht sie die Mutter zu beruhigen.

»Ihre Gedanken sind ganz normal, das können Sie mir glauben. Aber Vorwürfe müssen Sie sich wirklich nicht machen. Das nutzt doch niemandem.«

»Aber wenn ich Paula nicht mit dem Einkaufswagen aus dem Supermarkt geschickt hätte, dann hätte diese Bestie sie doch niemals schnappen können. Und ich mache das sonst nie, immer schiebe ich den Wagen zuerst zum Auto und dann mit Paula gemeinsam zurück zu der Sammelstelle. Allein schon, weil ich die schweren Tüten dann nicht über den ganzen Parkplatz schleppen muss.«

»Und warum war das gestern anders?«, schaltet sich Kreuzer in das Gespräch ein.

Anstelle einer Antwort verstärkt sich das Schluchzen, und Kreuzer erntet einen bösen Blick von Silja. Frauensolidarität, denkt Kreuzer resigniert und beginnt zu bedauern, dass er nicht doch Winterberg zu diesem Gespräch mitgenommen hat. Andererseits schien ihm das anstehende Treffen mit Paulas Mutter eine gute Gelegenheit, um einmal mit Silja allein unterwegs zu sein. Jetzt bleibt ihm nichts weiter übrig, als auf die schmalen Hände der Kollegin zu starren, die tröstend über Viktoria Missfelds Haar streichen, und abzuwarten, bis diese sich beruhigt hat. Während die Abstände zwischen den Schluchzern länger werden und die Schluchzer selbst leiser, lässt Kreuzer seine Blicke auch über Siljas perfekten Körper wandern. Mit kleinen Brüsten und einem knackigen Hintern ausgestattet, entspricht dieser auf fatale Weise seinem Frauenideal. Er kann deutlich spüren, wie sein innerer Widerstand nachlässt und einem dringlichen Verlangen Platz macht, diesen Körper zu berühren. Die Wut über sich selbst überträgt sich auf seinen Tonfall, so dass Kreuzers Worte aggressiver klingen, als sie sollten.

»So leid es mir tut, Frau Missfeld, aber wir müssen schon noch einige Dinge mit Ihnen besprechen. Es ist wichtig, dass wir möglichst schnell Klarheit über den Ablauf des vergangenen Tages bekommen. Denn wir wissen immer noch nicht, wie es diesem Entführer gelingen konnte, beide Mädchen offenbar ohne Widerstand zum Mitkommen zu bewegen.«

»Sie meinen den Tagesablauf von Paula«, bringt die Mutter zwischen zwei Schluchzern hervor.

»Ganz recht. Es war doch ihr letzter Tag im Kindergarten vor den Ferien, oder?«

»Ja. Mein Mann hat sie morgens hingebracht und ist dann zur Klinik gefahren. Mein eigener Dienst hatte schon zwei Stunden früher begonnen.«

»Sie arbeiten als Laborantin, Ihr Mann als Arzt in der Nordseeklinik?«

»Genau. Und als ich um halb vier Schluss machen konnte, bin ich sofort zum Waldorfkindergarten gefahren, um Paula abzuholen. Es sind nur zehn Minuten mit dem Wagen, wenn es keinen Stau gibt. Man muss quer durch Westerland und an Keitum vorbei, dann liegt der Kindergarten zwischen Feldern und Wiesen nicht weit von den Bahngleisen im Osten der Insel. Es ist ein großes Gelände, und die Lütten haben unglaubliche Möglichkeiten zum Spielen und Bauen da draußen. Deswegen haben wir uns vor zwei Jahren auch für diesen Platz entschieden. Und wegen der Öffnungszeiten natürlich. Aus den kommunalen Kindergärten müssen die Lütten ja schon mittags abgeholt werden. Da hätte ich mit meiner vollen Stelle ein Problem gehabt.«

»War denn an diesem letzten Tag vor Beginn der Ferien etwas Besonderes geplant? War irgendetwas anders als sonst?«

Viktoria Missfeld nickt und schluckt. Tapfer kämpft sie mit den Tränen. Schließlich muss sie doch wieder zum Taschentuch greifen. Ihre Stimme ist jetzt sehr leise, und sie unterbricht sich mehrmals, um sich zu schnäuzen.

»Die Kinder hatten einen Zauberer zu Gast. Er muss nachmittags zwischen zwei und drei seine Vorstellung gehabt und die Kleinen vollkommen in seinen Bann gezogen haben.

Jedenfalls hat Paula ohne Unterlass von diesem Mann geredet. Ich konnte mich beim Einkaufen kaum auf meine Liste konzentrieren, und da wir am Freitagabend die Schwiegereltern zu Besuch erwartet haben, war es mir besonders wichtig, nichts zu vergessen. Als ich dann mit Paula an der Kasse stand und schon alles aufs Band geräumt hatte, fiel mir ein, dass wir noch Kaffee brauchten. Also wollte ich schnell noch einmal meinen Einkaufszettel durchsehen. Und um endlich Ruhe vor Paulas Dauerreden zu haben, habe ich sie mit dem leeren Wagen schon vorgeschickt. Den Rest kennen Sie ja.«

Schluchzen, Streicheln, vorwurfsvoller Blick von Silja in Kreuzers Richtung. Er probiert es mit einem abbittenden Lächeln, das einen verdutzten Gesichtsausdruck bei seiner Kollegin hervorruft. Na bitte, geht doch, denkt Kreuzer und fragt dann weiter.

»Dieser Zauberer. Was wissen Sie über ihn?«

»Nur was Paula erzählt hat. Und dass sein Engagement nicht ganz billig war. Wir haben vor einigen Wochen auf der Elternversammlung darüber abgestimmt, ob wir ihn für die Kinder bestellen sollen. Er arbeitet sonst auf dem Festland und wollte in dieser Woche über die Insel touren. Also hat er alle Kindergärten angeschrieben und sein Auftreten für die letzte Woche vor den Ferien angeboten. Ich weiß noch, dass es ganz schön schwierig war, überhaupt einen Termin zu bekommen. Besonders der Freitag war natürlich sehr begehrt.«

»Das heißt, der Mann ist auch noch in anderen Kindergärten aufgetreten.«

»Das nehme ich an. Genauer wissen das natürlich die beiden Erzieherinnen.«

Bastian seufzt. »Sie glauben gar nicht, wie gern wir die befragt hätten, aber sie sind noch am Freitagabend nach Hamburg gefahren und von dort aus gemeinsam in den Urlaub geflogen. Die liegen jetzt irgendwo in der Dominikanischen Republik am Strand und lassen den lieben Gott einen guten Mann sein.«

»Und Sie haben keine Adresse?«

»Leider nein. Die Information stammt von einer anderen Mutter, mit der wir geredet haben. Sie hat uns nur erzählt, dass die beiden Erzieherinnen sehr gut befreundet sind ...«

Viktoria Missfeld schaut auf und setzt sich gerade hin. Ihr Blick ist kampfbereit.

»Sie sind ein lesbisches Paar, na und? Das wissen alle Eltern. In einem normalen Kindergarten hätten sie es vermutlich schwer. Aber für diese freie, nichtstaatliche Institution sind die beiden ein Geschenk des Himmels. Sie glauben gar nicht, wie die sich engagieren.«

»Doch, warum sollte ich das nicht glauben. Nur wäre es mir natürlich lieber, wir könnten sie erreichen, weil sie mit Mann und Kind in Rantum wohnen, beispielsweise. Oder in Morsum. Oder meinetwegen auch in Niebüll.«

»Bastian, jetzt reg dich ab«, mahnt Silja mit erstaunlich mütterlichem Tonfall. »Es ist so, wie es ist. Wir müssen eben herausfinden, in welchen anderen Kindergärten dieser Zauberer noch aufgetreten ist. Das kann ja nicht so schwer sein.«

»Aber das erste entführte Mädchen kam doch gar nicht von der Insel. Das kann dem Zauberer auch nicht begegnet sein«, wirft Viktoria Missfeld zweifelnd ein.

»Da haben Sie vollkommen recht. Trotzdem ist das eine Spur, die wir verfolgen müssen. Neben vielen anderen selbstverständlich. Und um genauer zu erkennen, was es da noch für Spuren geben könnte, möchte ich jetzt gern, dass Sie mir in allen Einzelheiten erzählen, was Sie getan, aber auch, was Sie gedacht haben, nachdem Sie Ihre Tochter nicht am Wagen vorgefunden haben.«

Viktoria Missfeld atmet tief durch und streicht sich mit beiden Händen langsam über das Gesicht. Sie kneift die Augen zusammen und öffnet sie anschließend weit. Sie bemüht sich sehr um Konzentration.

»Es ist nicht so einfach, die Gedanken an diesen schrecklichen Moment wieder zuzulassen«, beginnt sie leise. »Es tut so weh.«

»Ich weiß, Frau Missfeld. Aber es ist wichtig. Sie tun es für Paula.«

»Hoffentlich hilft es.« Fast hätte sie wieder zu weinen begonnen, aber bevor Siljas tröstende Hand zum Einsatz kommen kann, reißt sich Paulas Mutter zusammen. Ihr ganzer Körper richtet sich auf.

»Also, das war so. Zuerst habe ich nach meinem Wagen gesucht. Ich hatte mir nicht so genau gemerkt, wo ich ihn abgestellt hatte, denn ich kaufe ja ständig bei unserem Supermarkt ein. Und als ich das Auto dann gefunden hatte, dachte ich natürlich, es ist meiner Tochter ebenso gegangen. Also, was ich sagen will: Sie stand zwar nicht am Auto, aber ich war trotzdem nicht verwirrt oder ängstlich, sondern habe ganz normal auf dem Parkplatz nach ihr geschaut.«

»Und dabei ist Ihnen nichts Ungewöhnliches aufgefallen?«

Viktoria Missfeld seufzt. »Leider nein. Nur Paula war nicht da.«

»Und dann?«

»Habe ich mir immer noch keine Sorgen gemacht. Nicht wirklich jedenfalls. Ich war eher ungehalten über die Verzögerung. Wegen der Schwiegereltern, Sie wissen schon.«

Bastian Kreuzer nickt verständnisvoll, wartet aber auch gespannt auf die Fortsetzung.

»Ich dachte nämlich immer noch, ich weiß, wo Paula ist.

Kennen Sie *Zum Jupiter*, den Spielwarenladen? Gibt's häufiger hier auf Sylt. Bei uns in Hörnum ist die Filiale schräg gegenüber vom Supermarkt. Das bedeutet, dass fast jeder meiner Einkäufe mit einem kleinen Schaufensterbummel von Paula verbunden ist. Ich bin also über die Straße gelaufen und, als sie nicht draußen stand, gleich rein ins Geschäft. Ich kenne dort jeden, und mich kennen sie auch. Also war es nicht schwer, herauszufinden, dass Paula den Laden nicht betreten hatte.«

Viktoria Missfeld unterbricht ihren Redestrom abrupt.

»Das war der Moment, in dem Sie ahnten, dass etwas nicht stimmt?«, hilft ihr Kreuzer.

»Genau. Aber ich wollte es nicht wahrhaben. Ich bin wie wahnsinnig durch die engen Gänge gefegt. Ich habe gedacht, dass alles nur ein Scherz, ein ganz schlechter Scherz von Paula sein kann, in den sie unglücklicherweise die Angestellte mit hineingezogen hat.«

»Und dann?«

»Plötzlich wurde mir alles klar. Wie soll ich sagen? Das Unmögliche war geschehen. Mir war passiert, was sonst nur den Menschen in der Zeitung passiert. Mein Kind war verschwunden. Wirklich verschwunden. Das waren meine Gedanken. Und dann weiß ich nicht mehr so genau …«

Mutlos bricht Viktoria Missfeld ab.

»Sie sind zurück zum Supermarkt, um Paula ausrufen zu lassen«, hilft ihr Silja.

»Ja, so war es wohl. Ich glaube, die Verkäuferin aus dem *Jupiter* hat mich begleitet. Ich erinnere mich nicht mehr genau. Es war wie in einem Traum. Alles war verschwommen. Der Filialleiter des Supermarktes, die Polizei und mein Mann, der dann auch plötzlich da war. Irgendjemand muss ihn angerufen haben. Aber wer? Ich weiß nur noch, dass ich überrascht war, als er auftauchte.«

Still rinnen zwei Tränen aus Viktoria Missfelds Augenwinkeln und tropfen zeitgleich auf ihre Hose. Paulas Mutter schluckt tapfer und blickt Bastian Kreuzer hoffnungsvoll an.

»Konnte Ihnen das irgendwie helfen?«

»Alles hilft uns, Frau Missfeld. Und in diesem konkreten Fall werde ich natürlich sofort dafür sorgen, dass auch die Verkäuferin von diesem *Jupiter* befragt wird.«

»Aber was soll sie schon beobachtet haben? Sie war ja die ganze Zeit in ihrem Laden. Da muss es doch noch direktere Hinweise geben. Hat denn wirklich niemand von den anderen Menschen auf dem Parkplatz etwas bemerkt? Irgendjemand muss Paula doch gesehen haben. Irgendjemand wird neben ihr seinen Einkaufswagen in die Schlange geschoben haben, irgendjemand wird ... ach, ich weiß auch nicht.«

Bastian räuspert sich und wirft Silja einen warnenden Blick zu. Misch dich jetzt nicht ein, ich mach das schon. Silja nickt und schweigt. Sie weiß ebenso gut wie Bastian Kreuzer, dass Paulas Mutter den Finger genau in die Wunde gelegt hat.

»Es ist so, Frau Missfeld: Wir haben jede Menge Zeugenaussagen zu den Vorgängen auf dem Parkplatz in den fraglichen zehn Minuten. Genau zwölf dieser Aussagen sind hinreichend glaubwürdig und detailliert genug, um sehr präzise verfolgt zu werden. Alle zwölf Zeugen haben Ihre Tochter gesehen und eindeutig beschrieben. Sieben von diesen zwölf Zeugen haben außerdem einen, beziehungsweise mehrere Männer beobachtet, die sich in Paulas Nähe aufgehalten oder sogar mit ihr geredet haben. Drei von diesen sieben meinen Paula auf dem Beifahrersitz eines offenen Wagens erkannt zu haben. Am Steuer saß ein Mann.«

»Ja aber, dann wissen Sie doch ganz genau, wie der Entführer aussieht!«

Viktoria Missfelds Stimme überschlägt sich.

»Leider nicht. Wir gehen davon aus, dass es sich um einen Einzeltäter männlichen Geschlechts handelt, der ein dunkles Cabriolet fährt und vermutlich zwischen dreißig und sechzig Jahre alt ist. Also kein Jugendlicher und kein ganz alter Mann. Alles andere ist Spekulation.«

»Aber warum denn, wenn Sie doch die Personenbeschreibungen haben?«

»Wir haben von jedem und jeder der sieben Zeugen und Zeuginnen ein Phantombild mit unserem Zeichner anfertigen lassen. Die eine Zeugin, die gleich drei Männer gesehen haben will, hat sogar drei Bilder hergestellt.«

»Und?«

Bevor Bastian antworten kann, legt Silja ihre Hand beruhigend auf Viktoria Missfelds Unterarm. Die Kommissarin weiß genau, was jetzt kommt.

»Wir haben also insgesamt neun Phantombilder. Zwei von ihnen weisen eine sehr entfernte Ähnlichkeit miteinander auf. Die anderen sind vollständig unterschiedlich. Wenn wir sie alle an die Presse weitergeben würden, bekämen wir Hinweise auf etwa ein Drittel der männlichen Bevölkerung der Insel. Es ist alles dabei. Schnauzbart, Vollbart, glattrasiert. Blonde Haare, dunkle Haare. Groß, klein, dick, dünn.«

»Nein.«

»Doch, leider. Wissen Sie, es ist eine alte Ermittlerweisheit, dass nichts so unsicher ist wie ein Zeuge, der sich absolut sicher ist. Und hier wollen wirklich alle helfen. Die Empörung der Bevölkerung ist natürlich riesig. Und das Mitleid mit Ihnen und der anderen betroffenen Familie auch. Da kommt es ganz schnell zu sogenannten Empathieäußerungen.«

»Sie meinen, die Leute haben viel weniger gesehen, als sie sich einbilden?«

»Genau. Unsere Zeugen können den Gedanken einfach nicht ertragen, dass sie möglicherweise nur wenige Schritte von einem schändlichen Verbrecher entfernt waren und nichts, aber auch gar nichts zur Verhinderung seiner Tat beigetragen haben. Dieses Problem löst die menschliche Psyche, indem sie die vorhandene Beobachtungslücke füllt. Man hat eben doch etwas gesehen. Man kann wenigstens nachträglich helfen. Nur hilft uns das nicht viel.«

»Aber einer von denen hat vielleicht tatsächlich den wirklichen Entführer beobachtet.«

»Mit ziemlicher Sicherheit ist das so. Aber wir bräuchten eine Zeugenaussage im ersten Entführungsfall, um hier die Spreu vom Weizen trennen zu können.«

»Da gibt es aber keine Zeugen, oder irre ich mich?«

»Leider nein.«

»Also muss erst ein drittes Mädchen entführt werden, damit Sie in Ihren Ermittlungen weiterkommen.«

»Frau Missfeld, das haben jetzt Sie gesagt.«

»Aber ich habe doch recht.«

Bastian Kreuzer steht auf, und auch Silja Blanck erhebt sich.

»Wir werden alles tun, damit es nicht so weit kommt.«

»Alles ist manchmal nicht genug. Warten Sie, ich bringe Sie zur Tür.«

Samstag, 25. Juli, 16.10 Uhr, Wattvilla, Kampen

Monas Herz schlägt heftig, und der Grund dafür ist nicht das abendliche Date mit Björn Steingart. Der Grund ist dieses Haus am Watt, dessen Schlüssel sie gerade im Schloss dreht, dessen Eingangstür sie gerade anhebt, um in eine Atmosphäre einzutreten, die sie langsam zu hassen beginnt.

Sonnenlicht liegt in Streifen über den Möbeln, Staub tanzt durch die Luft. Es ist still, und es riecht nach Zitrone. Mit langsamen Schritten nähert sich Mona dem Küchentrakt. Da ist die Tür zum Keller. Vor einigen Tagen hing hier noch ein Abreißkalender aus den siebziger Jahren. Jetzt ist er fort. Vermutlich hat Lidia ihn weggeworfen, wie alles andere auch, das an früher erinnert hat. Vielleicht hat Lidia dabei doch die Kellertür geöffnet, vielleicht war Lidia dort unten und hat gefegt und ein wenig geputzt. Vielleicht hat sie nur vergessen, es zu erwähnen, weil Mona so fixiert auf die Kinderzimmer gewesen ist. Vielleicht ist Monas Sorge überflüssig gewesen, und sie hat nur unnötig Zeit vergeudet mit ihrem Ablenkungsmanöver von der Kellerbesichtigung. Immerhin hat ihr dieses Manöver ein abendliches Date eingetragen, dessen Nutzen oder Schaden sich noch erweisen wird.

Mona öffnet die Tür mit dem alten langen Schlüssel, der an dem Rother'schen Schlüsselbund hängt. Jeder, der etwas zu verbergen hätte, hätte diesen Schlüssel doch zurückgehalten. Falsch, verbessert Mona sich selbst. Jeder, der etwas zu verbergen hätte, hätte die Villa gar nicht erst zum Verkauf angeboten. Warum nur war sie vor vier Stunden nicht davon überzeugt? Dann hätte sie in aller Ruhe mit Björn Steingart gemeinsam diese enge und schmale Treppe hinuntersteigen können, die nur von einer einzigen Lampe, in der eine sehr schwache Glühbirne steckt, beleuchtet wird.

Unten riecht es muffig, aber nicht schimmelig. Mona klopft die Wände ab. Sie sind trocken, die an einigen Stellen abplatzende Farbe scheint kein Alarmzeichen, sondern nur eine Alterserscheinung zu sein. Der schmale Kellergang ist dunkel, irgendwo hier unten muss sich ein weiterer Lichtschalter befinden. Mona tastet die Wände neben den Türen ab. Nichts. Zwei der Türen stehen offen, so dass ein diffuses Licht durch die Kellerfenster hereinfallen kann.

Hinter der ersten Tür befindet sich eine Speisekammer mit gut gefüllten Wandregalen, die erstaunlich aufgeräumt wirken. Wahrscheinlich ist der Inhalt all der Dosen und Gläser, die hier stehen, längst verdorben. Nur der Wein, der in hohen Gestellen lagert, hat möglicherweise an Qualität gewonnen.

Hinter der zweiten Tür verbirgt sich der Heizungskeller. Drei wuchtige Ölkessel liegen grau und schwerfällig nebeneinander. Tote Dinosaurier, längst mumifiziert und so schwer, dass nichts und niemand sie von ihrem Platz bewegen kann.

Mona gibt die Suche nach einem Lichtschalter auf. Stattdessen wird sie die drei restlichen Türen öffnen, damit das spärliche Licht aller Kellerfenster dann auch für eine oberflächliche Inspektion des Flures ausreichend ist.

Hinter der nächsten Tür ist ein Gerätekeller. Hier finden sich eine kleine Werkbank, mehrere Leisten mit Sägen, Feilen und Hämmern sowie zwei hinfällig wirkende Kinderfahrräder mit platten Reifen und verbogenen Speichen. Danach geht es in eine Waschküche. Seltsam altmodisch muten die Waschmaschine und der Trockner an, doch die Luft in diesem Raum ist erstaunlich frisch, fast als sei kürzlich gelüftet worden. Unkonzentriert fährt Mona mit dem Zeigefinger über die Platte der Waschmaschine. Kein Staubkörnchen bleibt an ihrer Haut haften.

Die Erleichterung flutet Monas Bewusstsein so heftig, dass sie stehen bleiben und kurz durchatmen muss. Kein Staub auf der Waschmaschine. Natürlich war Lidia hier unten, und sollte es etwas gegeben haben, das unheimlich oder beunruhigend gewesen ist, dann hat die Putzfrau es längst beseitigt. Bei dem abendlichen Date wird Mona sich also charmant für ihre Unachtsamkeit entschuldigen. »Welche Unachtsamkeit?«, wird Steingart fragen, und sie wird ihn lächelnd daran erinnern, dass sie beide am Vormittag die Kellerbesichtigung vergessen haben. Und dann wird sie ihm den tadellosen Zustand der unteren Räume schildern und ihm selbstverständlich anbieten, sich am folgenden Tag von deren Makellosigkeit zu überzeugen.

Die letzte ungeöffnete Kellertür befindet sich ganz hinten am dunklen Ende des Flurs. Mona drückt die Klinke hinunter und will die Tür aufstoßen, aber die Tür klemmt. Oder sie ist schwerer als die anderen. Als Mona dagegen klopft, klingt es metallisch. Mona tastet über das glatte Material unterhalb der Klinke, bis sie das Schlüsselloch findet. Der Schlüssel steckt, Mona dreht ihn im Schloss, dann lässt sich auch diese Tür öffnen.

Das Erste, was Mona bemerkt, ist, dass ihr hier kein Tageslicht entgegenkommt. Dieser Raum hat keine Fenster. Und der Lichtschalter ist schwer zu finden. Immerhin merkt Mona, als sie die Wände links und rechts des Türrahmens abtastet, dass diese trocken sind. Kein Schimmel, kein Schwamm. Björn Steingart und jeder andere Interessent kann auch mit dem Zustand dieses Raumes zufrieden sein. Aber wo ist nur der Lichtschalter? Während Mona noch einmal systematisch die Wände abtastet, schlägt oben eine Tür ins Schloss.

Mona hat die Eingangstür offen stehen lassen, um für Frischluft im Haus zu sorgen. Das macht sie häufig bei Immobilien, die unbewohnt sind. Jetzt wird ein Windstoß die Tür zugedrückt haben. Oder? Draußen ist es nicht windig. Es ist im Gegenteil ein heißer und stickiger Sommernachmittag. Außerdem geht die Haustür nach innen auf, wird Mona plötzlich bewusst. Niemals hätte ein Windstoß sie zudrücken können. Und sind das nicht Schritte, die oben über den Holzboden hallen? Muss sie sich fürchten?

Nein, denn es gibt eine einfache Erklärung. Wahrscheinlich ist Björn Steingart noch einmal zurückgekehrt, um allein und unbeeinflusst die Lage des Hauses zu prüfen und sich die Umgebung anzusehen. Das wäre nichts Ungewöhnliches. Als er die offene Tür entdeckt hat, ist er eben eingetreten. Schließlich hat sie es vor zwei Tagen ebenso gemacht. Gleich wird er die ebenfalls geöffnete Kellertür entdecken und hinunterrufen, beruhigt sich Mona. Und im selben Augenblick hat sie auch den Lichtschalter ertastet und den Kippmechanismus betätigt.

Eine Sekunde lang geschieht gar nichts, dann flackern zwei Leuchtstoffröhren an der Decke auf, erlöschen wieder, flackern noch einmal, diesmal länger, um nach einem weiteren sehr kurzen Erlöschen schließlich zuverlässig brennen zu bleiben. Sie tauchen den Raum in ein nahezu schattenloses Licht, das eine Szenerie von erschreckender Eindeutigkeit erkennen lässt.

Die Schritte oben haben sich jetzt der Kellertür genähert, sie kommen die Treppe hinunter.

»Herr Steingart, sind Sie das?«, ruft Mona, obwohl sie sich sicher ist.

Wer sonst sollte sich für dieses Haus interessieren?

Anstelle einer Antwort nähert sich eine hochgewachsene Gestalt, deren Gesicht Mona nicht erkennen kann, als sie sich von dem grellen Neonlicht im Kellerraum zu dem vergleichsweise dämmrigen Kellergang umdreht, und während Mona noch überlegt, wie sie die Einrichtung dieses letzten Kellerraums dem Kaufinteressenten am unverfänglichsten erklären kann oder ob es vielleicht nicht eher an der Zeit wäre, die Polizei einzuschalten, versetzt ihr die Gestalt aus dem Schatten einen harten Stoß gegen die Brust. Mona taumelt rückwärts in den neonhellen Raum hinein. Immerhin gelingt es ihr, einen Sturz zu vermeiden, nach einigen stolpernden Schritten hat sie sich wieder gefangen und läuft mit einem schrillen Schrei, der ihr selbst fremd und unheimlich in den Ohren gellt, zurück zur Tür.

Doch zu spät. Metall knallt auf Metall, ein kurzer, harter Ton, der von den kahlen Wänden zurückhallt, gefolgt von dem doppelten Schnappen des Türschlosses. Klar, der Schlüssel steckt immer noch von außen.

Was bildet dieser Steingart sich ein? Will er ihr mit diesem schlechten Scherz Angst einjagen? Sie sind doch hier nicht im Kindergarten. Monas Fäuste trommeln gegen das kalte Metall.

»Machen Sie sofort wieder auf. Das ist nicht witzig!«

Aber es ist kein Witz.

Leise und gleichmäßig entfernen sich die Schritte jenseits der Tür. Ruhig steigen die Füße die Kellertreppe hinauf. Dann folgt ein schwaches Geräusch, das vielleicht von der zufallenden Tür zur Küche herrühren könnte. Ob auch dort der Schlüssel im Schloss gedreht wird, kann Mona nicht mehr hören.

Sie dreht sich um.

Und dann geht sie mit schwankenden Schritten zu einem der vier Betten, die aufgereiht an den Wänden stehen, lässt sich darauf fallen und beginnt, unkontrolliert zu schluchzen.

Samstag, 25. Juli, 18.12 Uhr, Braderuper Weg, Kampen

Die Schinkenscheibe wellt sich auf dem Vollkornbrot. Die Apfelstücke werden langsam an den Schnittkanten braun. Durchs Küchenfenster sticht die Abendsonne. Anja Winterberg fühlt mit der linken Hand an der Tasse, der Tee ist nur noch lauwarm. Dann sieht sie auf die Uhr. Sechs vorbei. Das Abendessen steht seit einer halben Stunde auf dem Tisch, und Mette ist immer noch nicht aus ihrem Zimmer gekommen. Doch Anja kann jetzt nicht ein weiteres Mal nach der Lütten rufen, sie versucht seit zehn Minuten, die Feriengäste am Telefon zu beruhigen.

»Ich verstehe Ihre Bedenken! Natürlich sind das furchtbare Vorfälle. Aber wollen Sie deswegen wirklich auf Ihren Urlaub verzichten?«

Vielleicht ist Mette zum Spielen in den Garten gegangen, als Anja den Tee gekocht hat. Oder als das Telefon geklingelt hat. Ein verzweifelter Blick durchs Küchenfenster. Sonne, Stille, kein Kind.

»Ich habe den Artikel im *Hamburger Abendblatt* auch gelesen, natürlich informieren wir uns. Außerdem ist mein Mann ja mit der Sache befasst. Sie wissen doch, dass er bei der Kriminalpolizei ist.«

Vier Wochen Mietausfall in der besten Saison wären mehr als fünftausend Euro weniger in der Familienkasse.

Anja sucht den Garten mit den Augen ab, den Steinwall mit der Wildrosenhecke, die Wiese, die Blumeninseln und die gepflasterte Kuhle am Ende des Grundstücks, in der Strandkorb, Tisch und Stühle stehen. Ein leeres Paradies. Mette ist nicht hier.

»Wir haben im Frühjahr das ganze Gästehaus renovieren lassen. Die Küchenmöbel sind neu, die Matratzen und alle Vorhänge auch. Das Haus wartet auf Sie.«

Anja hasst sich selbst für den flehenden Klang ihrer Stimme. Sie weiß längst, dass alles Betteln sinnlos sein wird. Warum sollten die Hamburger ihre Ferien auf einer Insel verbringen, auf der ein Mädchenentführer sein Unwesen treibt? Niemand, der Kinder in dem gefährlichen Alter hat und noch bei Verstand ist, würde das tun.

Während der Hamburger Professor Anja mit gewundenen Sätzen erklärt, was sie ohnehin längst weiß, wandern ihre Blicke immer wieder über den Garten. Verlassen liegt das Gästehaus hinter der Kuhle mit dem Strandkorb. Früher diente es als Kühlhaus und gehörte zu der Fleischerei, die sich jahrzehntelang auf dem Nachbargrundstück befand.

Anja sieht den flachen Bau durchs Küchenfenster, und plötzlich ist ihr, als stünde der alte Schlachter davor, behäbig, von gedrungener Statur. Er sprach das breiteste Platt auf der ganzen Insel, und alle Kinder hatten Angst vor ihm und seinen blanken Messern. Aber Hans Iversen ist seit fünfzehn Jahren tot.

»Wollen Sie es sich nicht doch noch mal überlegen? Sie werden es sicher nicht bereuen! Wir haben prachtvolles Wetter im Moment, es ist fast zu heiß.«

Anja öffnet den Mülleimer und wirft das trockene Schinkenbrot und die Apfelspalten hinein.

»Das ist Ihr letztes Wort? Ja, natürlich muss ich das akzeptieren, auch wenn es mir schwerfällt. Okay, dann bis zum nächsten Jahr. Sie melden sich rechtzeitig? Gut, danke. Auf Wiederhören.«

Anja legt ganz langsam das Telefon aus der Hand. Ihr stehen die Tränen in den Augen. Sie schluckt tapfer, aber es werden immer mehr. Während sie nach einem Taschentuch sucht, denkt sie an die fünftausend Euro, die Sven und sie bei den Schwiegereltern geborgt haben, um die Renovierung zu finanzieren. Als Anja das Taschentuch gefunden hat und hineinschnaubt, denkt sie nur noch an ihre Tochter.

Mette wird es im Haus zu langweilig gewesen sein, vielleicht ist sie trotz des strengen Verbots der Eltern die Straße hinauf zu den Ponys gelaufen und hat einfach die Zeit vergessen. Es sind nur wenige hundert Meter bis zu der Weide. Das Grundstück der Winterbergs ist das vorletzte in der Straße. Nebenan hat man im letzten Jahr ein schönes, aber baufälliges Fachwerkhaus abgerissen und das Bauland teuer verkauft. Seit drei Monaten wird neu gebaut, vermutlich werden die zukünftigen Nachbarn noch vor Weihnachten einziehen können. Am Samstagnachmittag sind keine Arbeiter auf der Baustelle, aber der Architekt begutachtet gerade den Treppenschacht. Als Anja ihn anspricht, schüttelt er den Kopf. Nein, ein blondes Mädchen habe er ganz bestimmt nicht gesehen. Ohne Dank und Antwort hastet Anja weiter.

Die Ponys dösen vor sich hin, einige schleppen sich mit müden Schritten durch die schwüle Luft. Hier ist Mette auch nicht. Anja riecht plötzlich ihren eigenen Achselschweiß. Seit einer Woche ist jetzt schon Ostwindwetter, die Nordsee wellenlos und voller Quallen. Auch der eine Sturmtag konnte daran wenig ändern. »Mord in der Hitze?« und »Ostwind-Killer dreht durch« hat der *Sylter Anzeiger* getitelt, als er vom Verschwinden der beiden Mädchen berichtete.

Anja dreht sich um und läuft zurück. Das Kind kann doch gar nicht weit sein. In zehn Minuten wird sie die Tochter gefunden haben. Sie kennt hier schließlich jedes Haus.

Hinter dem Knoop'schen Küchenfenster sitzt die Familie und isst. Anja zählt fünf Köpfe, den Pfarrer, seine Frau und ihre drei Kinder. Hier ist Mette also nicht untergeschlüpft. Auf der anderen Straßenseite sitzt die alte Frau Vester vor dem Garagentor und starrt über die Straße. Sie ist die Einzige im Dorf, die immer noch den Sommer über in den Keller zieht, um ihre gute Stube zu vermieten. Natürlich kann die Alte Mette nicht gesehen haben, sie ist fast blind. Anja entschuldigt sich sofort für ihre hastig vorgetragene Frage. Frau Vester lacht, als habe Anja einen guten Witz gemacht. Mette sei wirklich vorbeigekommen und weiter in Richtung Whiskystraße gelaufen, das wisse sie genau, schließlich erkenne sie die Kleine am Schritt. Aber das sei schon vor einer halben Stunde gewesen. Wirklich? Wirklich.

Anja hetzt weiter. In einer halben Stunde kann viel geschehen. Alles.

Was wollte Mette in der Whiskystraße? Der Name, den

die Einheimischen dem Strönwai schon vor Jahrzehnten gegeben haben, scheint Anja plötzlich unheilschwanger und bedrohlich zu sein. Was wollte ihr Kind zwischen teuren Geschäften und überfüllten Bars? Zwischen flanierenden Touristinnen und ihren lolitahaft herausgeputzten Töchtern? Anja weiß genau, wie sehr ihre Lütte die bornierten Blicke hasst, die schon die Altersgenossinnen ihr zuwerfen, sobald sie im Schlepptau ihrer polnischen Kindermädchen Mettes Weg kreuzen. Auch die kleinen Jungen, die wie übergewichtige Minibosse in beigefarbenen Bermudas und geringelten Ralph-Lauren-Shirts über die Bürgersteige stolzieren, können Mette gestohlen bleiben.

Längst hat Anja den beschaulichen Teil Kampens hinter sich gelassen. Vor ihr liegt die Hauptstraße, auf der man von einem Ende der Insel zum anderen kommt. Die Wagen kriechen durch den Ortskern, immer wieder gibt es Verzögerungen, außerdem ist die Ampelphase zu kurz. Anja überquert die Straße zwischen den dicht stehenden Wagen. Der Rückstau reicht bis zum Ortsausgang. Jeder dritte Wagen ist offen. Sorglose Menschen, entspannte Gesichter. Bei diesem Wetter fahren die Gäste spät zum Strand und bleiben lange dort. Erst am frühen Abend kehren sie heim in ihre Villen und Apartments.

Vieh, das von der Weide zurück in den Stall getrieben wird.

Anja muss an die Schweine denken. Hans Iversens Schweine.

Als sie ein Kind war, bekam der Fleischer sein Schlachtvieh noch lebend geliefert. Die Transporter waren so lang, dass die Fahrerkabine immer vor Anjas Elternhaus stand, wenn hinten die Schweine für Iversen abgeladen wurden.

Die Tiere quiekten verängstigt, als spürten sie, was sie erwartete. Und manche schafften es sogar, auf dem kurzen Weg vom Laster zur Schlachtbank zu entkommen. Dann verfolgte der krummbeinige Fleischer die galoppierenden Tiere durch die ganze Straße und schwenkte dabei seine Bolzenpistole. Anja war überzeugt davon, dass er die Schweine direkt auf der Straße erlegen würde, und rannte schreiend zurück ins Elternhaus. Nie hat sie gesehen, was mit den Tieren wirklich geschehen ist.

Später wurden nur noch halbierte Kadaver in großen Kühlwagen geliefert. Aber die Kampener Kinder hatten es sich längst zur Gewohnheit gemacht, Fleischer Iversen zu hänseln. Sie rotteten sich nach der Schule zusammen und riefen Spottverse über die Straße. Anja hat die Reime vergessen, aber sie erinnert sich genau an die Wut des Schlachters und an die ausholenden Gesten, mit denen er sein langes blankes Messer in der Luft schwenkte, wenn er aus dem Laden stürmte, um sie zu verfolgen. Seine Worte waren immer die gleichen.

»Wenn eck euch kriech, säbel eck euch die Ohrn ab!«

Anja verscheucht die Erinnerung. Was bleibt, ist Panik. Eine Angst, die von Sekunde zu Sekunde größer wird. Was will sie hier? Wer ist sie schon? Eine kopflose Mutter auf der Suche nach ihrem einzigen Kind. Ruckartige Bewegungen. In jede Richtung läuft Anja ein paar Schritte, bis ihr die Suche in der Gegenrichtung aussichtsreicher zu sein scheint. Und über allem diese Sonne. Feuerball hinter Reetdachhäusern. Verzweifelte Mutter zwischen sorglosen Urlaubern. Anja fällt aus dem Rahmen, der gehetzte Blick, das schnelle Atmen. Neugierige Augen streifen sie, kurz nur, dann siegt die Anziehungskraft der Schaufensterauslagen.

Es gibt eine Ausnahme.

»Kann ich Ihnen helfen?«

Sie fährt herum. Der Mann ist mittelgroß und muskulös, er wirkt fast schon gedrungen, trägt ein Streifenhemd mit Manschettenknöpfen und eine goldene Rolex. Das Designer-Käppi auf seinem runden Schädel will nicht ganz zu der noblen Aufmachung passen – ebenso wenig wie das Flackern in seinem Blick, das er aus Anjas Augen gestohlen haben muss.

»Kann ich Ihnen helfen?«, wiederholt er. »Suchen Sie etwas?«

Was soll sie antworten?

»Ich suche meine Tochter. So groß etwa.« Anja hält die Hand in Hüfthöhe. »Und blond. Blonde Zöpfe. Sie trug ein blaues Kittelkleid.«

Was sagt sie da?

»Entschuldigen Sie, ich bin ganz durcheinander … nicht trug … trägt … Mette trägt ein blaues Kittelkleid. Mit kleinen weißen Katzenköpfen darauf. Die Barthaare sind schwarz und zu lang für eine Katze.«

Er muss sie für verrückt halten. Warum dreht er sich nicht um und lässt sie mit ihrer Angst allein, dieser Spanner in der Verkleidung eines Badegastes?

»Wie alt ist das Mädchen, sagten Sie?«

»Sie ist vor zwei Monaten sechs geworden. Aber Mette ist eher klein für ihr Alter. Ich kann sie nicht finden, und ich habe Angst wegen …«

Anja verstummt. Ist sie denn von allen guten Geistern verlassen? Kein Kampener erwähnt die Vorkommnisse in List und Hörnum den hiesigen Gästen gegenüber. Nur keine Panik aufkommen lassen. Aber Mette! Jede Minute kann das

Leben ihrer Tochter kosten. Niemand auf der Insel glaubt daran, dass die beiden Mädchen wohlbehalten wiederauftauchen werden. Die kleine Paula hatte die gleiche Zopffrisur wie Mette.

»Sechs Jahre alt, sagten Sie?«

Das Gesicht des Badegastes gefällt Anja nicht. Ein Männergesicht wie aus der Puddingwerbung. Faltenlos. Es wirkt ebenso unecht wie ein Würstchen im Kunstdarm. Trotzdem können Anjas Augen sich nicht von diesem Gesicht lösen.

»Ich will nicht zu viel versprechen, aber es ist möglich …«

Schweigen.

Kunstpause, denkt Anja. Wie ein Freier beim Verhandeln mit einer Hure. Woher weiß sie das? Aber es stimmt. Er will den Preis senken. Anja sieht das Lächeln in seinem Gesicht. Er will keinen Preis senken, korrigiert sie sich, er will meine Angst sehen. Und das umsonst.

»Kommen Sie mit, ich führe Sie hin. Es war genau neben dem *Gogärtchen*. Das Mädchen hockte hinter einer Rosenhecke und warf mit Steinen nach den Autos. Ich fand das nicht in Ordnung, konnte aber nicht …«

Wieder unterbricht er sich, als sei ihm ein falsches Wort über die Lippen geschlüpft. Ein falsches Wort auf fleischigen Lippen. Fleischerlippen. Iversen. »Der blanke Hans« haben Anja und ihre Freundinnen ihn genannt. Wegen seiner Messer im Sonnenlicht. »Blanker Hans, mach uns Angst«, haben sie gerufen, jetzt fällt es Anja wieder ein. Was den Eltern die Sturmflut war, war den Kindern Hans Iversen. Der Schatten des Bösen auf Erden.

Der Badegast schiebt Anja an den teuren Geschäften vorbei. *Wempe, Joop, Bulgari*, dann um die Ecke den Strönwai hinauf. Die Schultern eines Bodyguards verdecken Silber und Uhren. Zwei Blondinen sitzen in einem Strandkorb auf Granitpflaster. »Ich müsste vorher mit meinem Mann sprechen«, sagt die eine, während die andere eine Champagnerflasche im Eiswasser dreht und den Menschen vor den Auslagen ihres Geschäftes ein gläsernes Lächeln darbietet. Auf der Straße rücken die Autos im Schritttempo voran. Alle Wagen sind schwarz oder dunkelblau, niemand hupt.

Ein Leichenzug, denkt Anja. Ein Leichenzug auf einer sonnigen Straße zwischen Steinwällen mit Wildrosenhecken. Der Teufel hält Ernte im Paradies. Da bewegen sich plötzlich die Zweige der Hecke, ein dünner Arm erscheint, krümmt und streckt sich schnell, ein Steinchen fliegt durch die Luft und landet im Fond eines Cabriolets. Ein Hund jault. Der grauhaarige Fahrer bemerkt nichts und unterhält sich weiter mit der blutjungen Blondine auf dem Beifahrersitz.

Anja stürzt auf Mette zu, reißt sie aus der Hecke. Stacheln schlitzen ihr den Arm auf. Blut tropft auf das blaue Kittelkleid. Mutterblut auf Tochterkleid.

»Mami, ich mache es bestimmt nicht wieder, bitte nicht schimpfen.«

Mettes Stimmchen ist weich und flehend, Mettes Körper schmal, die Haare duften nach Sonne und Shampoo. Dünne Arme legen sich um Anjas Hals. Das Kind begreift schnell, dass es ohne Schelte davonkommen wird. Es drückt die Mutter fester. Mettes Uhr, ein Weihnachtsgeschenk der Großeltern, schabt in Anjas Nacken. Die goldene Rolex fällt ihr ein. Der Mann im Streifenhemd. Anja dreht sich um, ohne Mette loszulassen. Der Mann mit dem glatten Gesicht ist weg. Verschwunden. Wie die beiden Mädchen. Anja bekommt Angst vor ihrem eigenen Vergleich.

»Mami«, sagt Mette, »Mami, ich habe aber nur auf die offenen Autos geworfen. Ganz bestimmt. Ich dachte, ich treffe vielleicht den bösen Mann, und das ärgert ihn dann, und er fährt zum Autozug und ist weg und kommt nicht wieder. Es waren so viele offene Autos, da habe ich vergessen, auf die Uhr zu sehen, sei doch bitte nicht böse!«

»Ich bin nicht böse …«, beginnt Anja und verstummt gleich darauf, weil ihre Stimme zu sehr zittert. Die Tränen lassen sich nicht zurückhalten.

»Warum weinst du, Mami?«

Anja antwortet nicht. Sie nimmt das Kind auf den Arm und drückt es an sich. Nur weg! Über die Straße, vorbei an den Geschäften, vorbei an den Badegästen. Nach Hause, das Kind in Sicherheit bringen und es nie wieder aus den Augen lassen! Hinein ins Haus, die Tür zuschlagen und verriegeln, verriegeln, verriegeln. Immer wieder nachsehen.

Mette lacht über Anjas Angst.

»Mami, ich bin doch hier.«

»Ja, mein Schatz, zum Glück.«

Die Unruhe lässt sich nicht vertreiben. Nicht durch Griesbrei kochen, Apfel schälen und Tee aufbrühen. Nicht durch Mettes strahlendes Gesicht, als sie ganz unerwartet ihre Lieblingsspeise vorgesetzt bekommt. Die Unruhe lässt sich durch nichts vertreiben.

Doch.

Anja könnte Sven anrufen. Er ist ihr Ehemann, er ist Polizist, er ist der Fels in ihrem Leben, er ist immer ruhig und gefasst. Ihm wird es gelingen, sie zur Ruhe zu bringen.

Svens Handy klingelt ewig, bis er rangeht. Seine Stimme ist so gepresst, dass Anja sie kaum erkennt.

»Liebster, bist du es?«

»Anja, es ist jetzt gerade ganz schlecht. Was ist denn los?«

»Nichts, ich wollte nur …«

Weiter kommt sie nicht. Im Hintergrund ist ein Dreitongong zu hören, dann die abgehackte Durchsage einer Stimme, deren Worte nicht zu verstehen sind. Nur das vielstimmige Stöhnen aus Männerkehlen, das diesen Worten folgt, kommt deutlich und überlaut durchs Telefon.

»Sven, was ist das? Was passiert da bei euch?«

Keine Antwort.

»Sven!«

»Anja, wo ist Mette?«

»Hier bei mir. Darum rufe ich doch gerade an. Vorhin war sie weg, und ich dachte schon …«

Anja schafft es nicht, das Unaussprechliche auszusprechen. Es ist auch nicht nötig, denn Sven tut es an ihrer Stelle.

»Jetzt hör mir gut zu. Ich habe nicht viel Zeit. Ein drittes Mädchen ist verschwunden. Gerade haben wir die Nachricht reinbekommen. Sie war nachmittags mit ihrer Tante in Kampen in der *Sturmhaube*. Danach wollten sie zurück zu ihrem Wagen. Der stand auf dem großen Parkplatz am Ende der Whiskystraße. Du weißt ja, was da zwischen fünf und sechs immer los ist. Sie haben sich also durchs Gewühl geschoben. Irgendwann hat die Tante die Kleine dann aus den Augen verloren. Und jetzt ist sie weg. Einfach nicht wiederaufgetaucht.«

»Weg …«

»Anja?«

»Ja, ich bin noch dran. Ich … war auch dort … auf dem Strönwai … vielleicht eine Viertelstunde später. Als ich nach Mette gesucht habe.«

»Ich denke, sie ist zu Hause.«

»Ja, jetzt schon, aber vorhin war sie eben weg und …«

»Anja, pass gut auf unseren kleinen Engel auf, hörst du? Ich muss jetzt Schluss machen, hier wird gleich die Hölle los sein. Rechne heute Abend besser nicht mit mir. Aber lass Mette nicht mehr aus den Augen. Und schließ die Türen ab.«

Sven unterbricht die Verbindung ohne einen Abschiedsgruß. Anja starrt ihr Telefon noch mehrere Sekunden lang an, als könne sie ihm weitere Informationen entlocken.

»Mami? Was ist denn los?«

Mette. Sie ist da. Sie sitzt am Küchentisch und macht ein fragendes Gesicht. Anja nimmt ihre Tochter in die Arme. Schon wieder kommen ihr die Tränen.

»Nichts, mein Schatz. Nichts, was dir Kummer machen könnte. Aber weißt du, es sieht so aus, als ob ein drittes Mädchen verschwunden wäre. Papi hat es gerade erfahren.«

»Ist es Lise?«

»Lise? Lise aus dem Kindergarten? Wie kommst du denn darauf?«

»Ich habe sie gesehen. In einem großen schwarzen Auto. Es war oben offen, und sie durfte vorn sitzen. Nach dem Kindergarten wollen doch alle immer vorn sitzen, wenn sie abgeholt werden. Und nie dürfen wir. Nur Lise jetzt. Ich war ein bisschen neidisch, weißt du. Darum habe ich genau hingeguckt. Der Mann neben Lise war jedenfalls nicht ihr Vater, den kenne ich nämlich. Vielleicht war es ein Onkel oder so. Jedenfalls haben Lises Eltern kein Cabrio, das hätte sie mir doch erzählt.«

Wahlwiederholung. Angespannt presst Anja das Telefon ans Ohr. Jedes Läuten ist wie ein Hieb. Und die Hiebe hören und hören nicht auf. Sven nimmt den Anruf nicht an. Anja versucht es noch einmal. Vergeblich. Anja sieht auf die Uhr. Kurz vor acht. Sie zerrt Mette vom Stuhl herunter und quer durch die Küche ins Wohnzimmer.

»Mami, du tust mir weh. Was ist denn los?«

»Ich mache die Tagesschau an. Vielleicht bringen sie was über die Mädchen.«

»Tagesschau? Darf ich mitgucken? Bitte, bitte!«

»Ja, ja. Komm, setz dich her.«

Der Bildschirm wird hell. Die Titelmelodie ertönt. Das Logo verschwindet, und die Ansagerin erscheint. Hinter ihr stehen schon die Bilder der drei Mädchen. Ganz links Ann-Kathrin, die Tochter der Badegäste aus Dortmund. In der Mitte Paula, die Arzttochter aus Hörnum. Und außen rechts Lise, Mettes Spielfreundin aus dem Kindergarten. Die Ähnlichkeit der drei Mädchen ist verblüffend. Blonde glatte Haare, runde wasserhelle Augen.

»Mami, guck mal, was macht denn Lise im Fernsehen?«

Mette stockt mitten in ihrer Frage. Der ganze Prozess des Begreifens ist an ihrem Gesicht abzulesen. Verwirrung, Ungläubigkeit, das Ausschließen aller anderen Erklärungsmöglichkeiten nach einem einzigen Blick auf die Mutter. Entsetzen.

Anja greift nach Mettes Hand. Sie drückt sie fest, als wolle sie sie nie wieder loslassen. Und genau das nimmt sie sich auch vor. Nur langsam dringt die Stimme der Tagesschausprecherin in ihr Bewusstsein.

»... ist bisher noch kein Fahndungserfolg in Sicht. Alle Benutzer der drei Parkplätze zu den fraglichen Zeiten werden dringend gebeten, sich unter dieser Telefonnummer zu melden, falls sie etwas Verdächtiges beobachtet haben sollten.«

Die drei Mädchenfotos hinter dem dunklen Pagenkopf der Sprecherin verschwinden, und eine Nummer mit Sylter Vorwahl erscheint. Anja wendet sich ihrer Tochter zu.

»Und du hast Lise in diesem Wagen gesehen? In einem Cabriolet, bist du sicher?«

»Ja, natürlich. Sie hatte die Haare zu Zöpfen geflochten, so wie du es mir auch manchmal machst.«

Anja nimmt Mette sehr fest in den Arm.

»Bist du schon müde?«

»Nein, gar nicht.«

»Das ist gut. Denn weißt du, wir müssen jetzt zu Papi in die Dienststelle fahren, und dort musst du ihm oder seinen Kollegen das alles noch einmal erzählen.«

»Ich will aber nicht!«

Der Kinderkörper in Anjas Armen wird steif.

»Warum nicht? Du kennst sie doch alle. Oder fast alle jedenfalls, es gibt wohl Verstärkung vom Festland.«

»Trotzdem. Ich will nicht.«

»Warum denn nicht? Wovor hast du Angst? Dieser böse Mann wird dir nichts tun. Wir lassen dich nicht mehr allein und passen ganz genau auf dich auf, das verspreche ich dir.«

»Ich hab doch keine Angst vor dem blöden Mann, Mama. Nur vor Papa und den anderen.«

»Was?«

»Na, die werden doch mit mir schimpfen. Wegen der Steine. Man darf doch keine Steine auf die ganzen teuren Autos werfen.«

»Ach, Mette. Mach dir darum mal keine Sorgen. Du hast es ja nicht böse gemeint.«

Anja streichelt ihrer Tochter übers Haar. Sie möchte am

liebsten die ganze Nacht so sitzen bleiben. Ganz dicht neben ihrem einzigen Kind und es fest im Arm halten.

Langsam beginnt Mette, sich zu entspannen.

»Komm, meine Süße, wir müssen los.«

Samstag, 25. Juli, 20.05 Uhr, Wattvilla, Kampen

Mona sieht auf ihre Uhr. Fünf nach acht. Seit gut vier Stunden sitzt sie in diesem Keller fest. Natürlich hat sie gleich nach dem ersten Schreck ihr Handy aus der Tasche gezogen. Aber es kam keine Verbindung zustande. Entweder es herrscht hier am Watt ein ebensolches Funkloch, wie es das an etlichen Strandabschnitten auf der Insel gibt, oder das Mauerwerk dieses Kellers ist zu dick. Zwanzig Minuten lang hat Mona verzweifelt versucht, einen Kontakt zur Außenwelt herzustellen. Nichts.

Seitdem kauert sie auf dem Bett gleich neben der Tür. Mona traut sich nicht vom Fleck. Nur ihre Augen wandern immer wieder durch den Raum. Langsam. Aufmerksam. Und gleichzeitig ungläubig. Das alles kann einfach nicht wahr sein. Sie muss träumen. Aber sie träumt nicht.

Unter dem harten Licht der Neonröhren liegt ein rechteckiger Raum mit Betonwänden und einer niedrigen Decke. Der Fußboden ist aus Estrich. Weder der Boden noch die Wände sind gestrichen. An den beiden Längswänden stehen je zwei Betten aus einfachem Metall. Auf allen liegen Kissen und Decken. Die Bezüge sind gelbkariert, und ihr frischer Duft nach irgendeinem Weichspüler erfüllt den Raum. Die Betten scheinen unbenutzt, das Bettzeug liegt ordentlich auf den reinweißen Laken. Jedenfalls gilt das für die drei Betten, die Mona im Auge hat, weil sie nicht selbst darauf sitzt. In dem Bett, auf dem Mona sitzt, hat sehr wohl jemand geschlafen. Das Bettzeug hat Knicke und Falten, und außerdem liegt am Fußende ein Herrenpyjama. Er ist dezent gestreift und von einer teuren Firma. Das Markenzeichen im Innenkragen befindet sich direkt neben Monas Hüfte.

Mona ekelt sich vor dem Schlafanzug, sie ekelt sich vor dem ganzen Bett, aber sie schafft es trotzdem nicht aufzustehen. Ihr ist, als befände sie sich auf vermintem Gelände. Jeder Schritt kann eine Explosion auslösen.

Eine Erkenntnisexplosion.

Es reicht schon, was sie sehen muss, ohne aufzustehen. Zum Beispiel die Käthe-Kruse-Puppen auf den Mädchenbetten. Sie sitzen auf den Kopfkissen und bohren mit ihren Glasaugen Löcher in die Luft. Ihre blonden Haare sind unordentlich, als seien sie in einen Sturm geraten. Und sie sind nackt. Alle drei. Verschwunden sind die Kittelkleider, die die beiden kleineren Puppen bei Monas erster Besichtigung der Wattvilla noch getragen haben. Was ist mit ihnen geschehen? Wer hat sie ihnen ausgezogen? Und was heißt das für die zwei entführten Mädchen? Mona möchte die Puppen hochnehmen, sie möchte sie schütteln und anschreien. Was wisst ihr? Wer hat euch die Kleider weggenommen? Waren die Mädchen bei euch? Doch sie berührt die Puppen nicht. Und diese glotzen sie schweigend an, als seien sie sich der anklagenden Obszönität ihrer nackten Köper nur allzu bewusst.

Und dann sind da noch die Hausschuhe. Drei Paar lackrote Pantoffeln mit tiefen Rissen auf dem Deckleder. Fünf dieser Schuhe hat Mona bei ihrem ersten Rundgang durch die obere Etage in dem Mädchenbad gesehen. Später waren sie verschwunden. Mona hat geglaubt, Lidia habe die Pantoffeln entsorgt. In Wirklichkeit muss jemand sie hier hinunter in den Keller getragen haben.

Jemand?

Es kann doch nur Markus Rother, der Besitzer des Watthauses, gewesen sein. Aber war er es auch, der Mona hier eingesperrt hat? Wäre er wirklich so dumm, seine Villa einer Maklerin anzubieten, wenn er sie gleichzeitig als Versteck nutzen will? Wohl kaum. Bleibt Björn Steingart. War vielleicht sein Interesse an einem schnellen Immobilien-Deal nur vorgeschützt? Ging es ihm um ein Versteck für die Mädchen? Ist er die Bestie, die alle suchen? War seine Frage nach dem Keller am Vormittag auch nur ein Vorwand, um sie einzusperren? Hat er ihr hier aufgelauert? Dann müsste er schon vor der gemeinsamen Besichtigung das Haus und den Keller gekannt haben. Dann müsste er das Maklerbüro mit der eindeutigen Absicht aufgesucht haben, ein geeignetes leerstehendes Haus zu finden, um die entführten Mädchen zu verstecken. Oder ihre Leichen.

Jetzt springt Mona doch auf. Laut schreiend läuft sie auf die verdammte Stahltür zu und hämmert mit beiden Fäusten dagegen.

»Aufmachen! Aufmachen, aufmachen, aufmachen!«

Monas Fäuste werden rot und schwellen an. Die Handknochen beginnen zu schmerzen. Mona lässt das Hämmern und horcht in die Stille. Nichts, absolut nichts. Kein Ton, noch nicht einmal das Krächzen der Möwen ist hier unten zu hören. Mona sackt zu Füßen der Tür zusammen. Wie ein kleines Kind kauert sie auf dem Boden und schlägt die Hände vor das Gesicht.

Samstag, 25. Juli, 20.06 Uhr, Möwengrund, List

Die drei Mädchenköpfe von den Fotos auf der Mattscheibe nicken grinsend zu Fred hinunter. »Such uns doch«, scheinen die Mädchen zu rufen, hämisch und viel zu laut. »Such uns doch, du neunmalkluger Schreiberling!«

Sprachlos starrt Fred zu den Fotos hinauf. Er liegt auf dem Boden vor seinem Bett und hält die fast leere Flasche mit der linken Hand fest umklammert, während die Nachrichtensprecherin von den neuesten Polizeiaktivitäten berichtet. Trotz intensiver Suche und eines auf der Insel noch nie dagewesenen Großeinsatzes der Polizei fehle von allen drei Mädchen jede Spur.

Eine Leiche haben sie also noch nicht gefunden, überlegt Fred. Trotz der Spürhunde in der Dünenkuhle. Das kann nur heißen, dass die Leiche woanders liegt. So wie die Kleidung der anderen beiden Mädchen auch. Und die restlichen Leichen. Denn hier glaubt doch wohl niemand, dass die Mädels noch leben. Vermutlich hat der Mörder alles am selben Ort versteckt. Die Sache mit der Dünenkuhle wird nur ein Ausrutscher gewesen sein. Vielleicht ist dieser perverse Typ gestört worden und hat sich längst ein ruhigeres Plätzchen gesucht.

Fragt sich nur, wo dieses ruhige Plätzchen liegen könnte.

Also Fred, streng dich an. Wozu kennst du diese Insel wie deine Westentasche?

Was für ein peinlicher Vergleich, schießt es ihm durch den Kopf. Das Bild ist derartig abgegriffen, es muss direkt aus einem ziemlich muffigen Fotoalbum der fünfziger Jahre gefallen sein. Westentasche! So etwas darf einem guten Journalisten noch nicht einmal im Vollrausch passieren. Aber »muffiges Fotoalbum der Fünfziger« ist schon wieder gut. Wie wären die Alben der Sechziger zu charakterisieren? Klebrig vielleicht. Und die der Siebziger? Poppig, keine Frage.

Sprachspiele, was für eine lächerliche Lieblingsbeschäftigung aus besseren Tagen. Fred reißt sich zusammen, denn jetzt geht es um mehr, gilt es doch, einen geheimen Ort zu finden und schlauer als die Polizei zu sein.

Er schließt die Augen und versucht, sich zu konzentrieren. Gar nicht so einfach, mit diesen Sturzbächen von Alkohol im Blut. Gesucht wird ein einzigartiger Ort. Ein blutiger Ort. Ein Platz zum Sterben und Vergrabenwerden.

Mühsam richtet sich Fred an der Bettkante auf, bis er schließlich schwankend zum Stehen kommt. An der Wand hinter dem Bett stehen deckenhoch gestapelt Umzugskisten, die seine gesamte Vergangenheit enthalten. Oder das, was davon übrig ist. Irgendwo in diesem Chaos muss ein alter Plan der Insel sein. Vielleicht gibt es ihn auch gar nicht mehr, jedenfalls nicht in diesem Haushalt, überlegt Fred, wenn man denn das hochtrabende Wort »Haushalt« für seine Bruchbude überhaupt gebrauchen will. Denn es gibt einen Grund für den merkwürdigen Standort der Kisten. Die Wand war von Anfang an feucht, und Fred fand, dass die Kisten eine akzeptable Isolierung gegen Kälte und Nässe sein könnten.

Als er die erste Kiste vom Stapel gewuchtet hat und sich darüberbeugt, wird ihm schwindlig. Aber das liegt vermutlich weniger an dem Alkohol in seinem Blut als an dem durchdringenden Schimmelgeruch, den der Inhalt der Kiste ausströmt. Die Taschenbücher darin sind durchweg unbrauchbar. Aufgequollen und mit weißlichen Pilzen überzogen, bieten sie nicht gerade einen appetitlichen Anblick.

In der zweiten Kiste sieht es etwas besser aus. *Playboy*-Hefte scheinen aus schimmelresistentem Material hergestellt zu werden. Die Jungs vom Verlag werden schon wissen, warum. Trotzdem hält sich Fred weniger lang, als die Hefte es vielleicht verdient hätten, mit dieser Kiste auf. Es ist nicht so sehr sein Wille, endlich die gesuchte Sylt-Karte zu finden, sondern eher die Vorstellung, dass alle abgebildeten Damen inzwischen auch an die dreißig Jahre älter geworden sein dürften, die ihm den Spaß verdirbt.

Also die dritte Kiste. Sie enthält Fotos und Reportagen, genauer gesagt Fotos mit Fred und Reportagen von Fred. Die Texte sind sowohl im Typoskript als auch in den Magazinen erhalten, in denen die Reportagen abgedruckt worden sind. Auf allen Papieren befinden sich jede Menge Schimmelpilze. Widerlich.

So ist es also um die Dokumente aus den großen Zeiten seiner Karriere bestellt. Alles vergangen, nichts als Kompost auf dem Abfallhaufen der Geschichte. Fred wendet sich ab. Ein kleiner Ermutigungsschluck ist jetzt durchaus angebracht.

Während er trinkt, wird Fred nachdenklich. Was wollte er eigentlich mit einer Straßenkarte von Sylt anfangen, die höchstens noch antiquarischen Wert haben dürfte? Noch nicht einmal der Küstenverlauf ist auf der Insel heute noch so wie vor dreißig Jahren. Worüber sollte der Plan jetzt noch Auskunft geben können? Leider scheint sich die Antwort auf diese Frage in einem der Bereiche seines Hirns aufzuhalten, die aus gegebenem Anlass hochprozentig überflutet sind.

In jedem Fall ist der Anblick der foto- und drucktechnischen Zeugnisse seines ehemaligen Ruhms nicht gerade dazu angetan, Fred aufzuheitern. Er sollte den Plunder schnellstens wieder einräumen, es sei denn, ihm wäre an einer gemütlichen kleinen Depressionsrunde gelegen. Missmutig und unaufmerksam wirft Fred Artikel und Fotos zurück in die Kiste. Es sind etliche *Spiegel*-Exemplare dabei, die er wohlweislich gar nicht erst aufschlägt. Seinen eigenen Namen auf diesen hehren Seiten zu lesen würde ihm jetzt definitiv den Rest geben.

Als der Sylt-Plan ihm ausgerechnet aus einer dieser Zeitschriften entgegensegelt, wundert sich Fred noch nicht einmal. Ist es so nicht immer im Leben? Man bekommt nur das, was man gar nicht mehr haben will. Oder vorgibt, nicht mehr haben zu wollen. Fred würdigt den dämlichen Plan keines Blickes. Dafür läuft in der Glotze gerade der Trailer des vorletzten James-Bond-Films. Und war hinten im Kühlschrank nicht noch ein einsames Bierchen versteckt?

Was wollte er überhaupt mit diesem alten Inselplan anfangen? Doch wohl nicht der Polizei helfen. So weit kommt's noch. Er, Fred Hübner, wird den Teufel tun, sich mit denen einzulassen. Sollen sie doch sehen, wo sie mit ihren schwerfälligen Ermittlungsmethoden bleiben. Kleine Mädchen retten, oder was? Das ist nichts für ihn, den großen Fred, den heimlichen Kollegen von Daniel Craig alias James Bond, der leider nicht weiß, dass sein Bruder im Geiste hier auf dieser gottverlassenen Nordseeinsel sitzt und darauf wartet, endlich zum finalen Einsatz gerufen zu werden.

Fred steckt den Kopf in den Kühlschrank und zieht das

Not-Bier aus der Ecke. Dann entfernt er den Kronkorken durch ein geschicktes Hebeln an der Kühlschranktür und nimmt einen langen Zug. Auf der Mattscheibe beginnt eine ausgedehnte Verfolgungsjagd.

Samstag, 25. Juli, 20.25 Uhr, Wattvilla, Kampen

Mona hat Durst. Ganz langsam ist das Bedürfnis nach etwas Feuchtem zwischen den Lippen in ihr aufgestiegen, hat sich emporgearbeitet zwischen Ängsten und Panikattacken, bis es die Oberhand gewinnen und alle anderen Gefühle besiegen konnte. Durst, der stärker ist als die Beklemmung, stärker als die Selbstvorwürfe, stärker sogar als die Grundangst überhaupt, die Angst davor, dass der Mann, der Mona Hofacker in diesem Keller eingeschlossen hat, wiederkommen könnte, um dafür zu sorgen, dass sie das, was sie jetzt gesehen hat, nicht wird weitersagen können, dass sie dieses Geheimnis mit ins Grab nehmen wird.

Denn das ist es doch, was Steingart wollen wird. Er wird sie mundtot machen wollen, sie mundtot machen müssen, um seine Entdeckung zu verhindern. Er wird sie umbringen.

Aber davor steht der Durst. Ein drängendes, unbedingtes Bedürfnis. Mona muss trinken. Sofort, sonst wird sie verdorren, bei lebendigem Leib austrocknen, welch grauenhafte Vorstellung.

Mona rappelt sich vom Boden auf und beginnt, den Raum zu erkunden. Zuerst dreht sie einen Kreis an den Betten entlang. Gelbgewürfelte Bettwäsche verhöhnt sie mit ihrem penetranten Geruch nach Weichspüler. Porzellanpuppenaugen bohren hochnäsige Blicke in die Kellerluft. Brüchiges Lackleder steht paarweise am Fußboden bereit. Der Wahnsinn lauert im Detail. Vielleicht muss Björn Steingart Mona gar nicht umbringen. Warum sollte er überhaupt wiederkommen und auch nur das geringste Risiko auf sich nehmen? Sie wird auch ohne ihn sterben, ein ausgetrockneter Körper neben frisch bezogenen Betten. Ihr eigener Verwesungsgestank wird sich mit dem Geruch des Weichspülers zu einem süßlich-frühlingshaften Pesthauch vereinigen.

Die Panik rollt an, reißt Mona die Füße weg, umspült ihren Verstand, steigt ihr über den Kopf und wirft sie um. Jede Welle ein kleiner Tod. Aber der Durst ist stärker. Noch. Er treibt Mona in die Ecken des Raumes. Er zwingt ihren Körper flach auf den Boden und den Kopf mit den suchenden Augen unter die ausgeleierten Sprungfedern der Pritschen. Ein Königreich für ein Trinkpäckchen. Die Hoffnungen und Erwartungen eines ganzen Lebens für eine Wasserflasche.

Aber der Raum scheint leer. Leer und sauber, wie frisch geputzt. Es dauert lange, bis Mona die Tasche findet. Dabei war sie gar nicht besonders sorgfältig versteckt. Eine alte Ledertasche mit abgegriffenen Tragegurten und einem angerosteten Reißverschluss, der sich nur ruckend öffnen lässt. Die Tasche stand die ganze Zeit hinter dem Bett mit dem Männerpyjama, nur notdürftig von der überlappenden Decke verborgen. Einer benutzten Bettdecke, die wie zufällig auf die Pritsche geworfen wirkte, einer Bettdecke, vor der sich Mona in einem Maße ekelte, die jede Berührung verbot.

Jetzt zieht Mona mit zitternden Fingern die Tasche hervor, zerrt an dem klemmenden Reißverschluss und entblößt einen allzu harmlosen Inhalt. Drei Zeitschriften, Kekse, Schokolade, Kartoffelchips und einige Dosen Coca-Cola und Sprite.

Ein einziges Knacken und Zischen, dann ist der erste Verschluss geöffnet, kühl und süß füllt die himmlische Flüssigkeit Monas Mund. Ein Vorgeschmack des Paradieses, ein idealer Dämpfer für jede Panik, eine koffeinhaltige Stimulation für Monas Gehirn. Noch ein paar Schlucke, und sie wird ihre Lage meistern können. Nur noch in Ruhe die Dose leeren, und dann wird sie den rettenden Gedanken haben. Die eine zündende Idee, um sich selbst mit eigenen Kräften aus dieser mehr als lächerlichen Situation zu befreien. Aber das ist später, zunächst gibt es nur den Genuss. Mona legt den Kopf in den Nacken, schließt die Augen und lässt die kühle, klebrige Cola ihre Kehle hinunterlaufen.

Samstag, 25. Juli, 20.40 Uhr, Kriminalpolizei Westerland

Vor dem Polizeirevier herrscht ein Treiben wie auf dem Westerländer Bahnhof am Samstagmittag. Nur dass dort weniger Journalisten unterwegs sind. Gerade liefern sich zwei Männer, die mit ihrer betont unauffälligen Kleidung sehr nach Zivilfahndern aussehen, ein lautstarkes Wortgefecht mit einem Reporter vom NDR. Dessen Übertragungswagen verstellt eine Einfahrt, an der etliche Beamte mit Schäferhunden aus einem Mannschaftswagen steigen wollen. Die Tiere wirken nervös und bedrohlich. Mehrere vorwiegend ältere Leute stehen auf dem Bürgersteig und verfolgen die Kommandos der Hundeführer und das Schimpfen von Polizisten und Journalisten, als handle es sich um eine angesagte Reality-Show. Aufmerksam beobachten sie das Eintreffen jedes Streifenwagens, als erwarteten sie für die nächsten Minuten die Ankunft eines gefesselten Entführers.

Der Beamte, den Anja anspricht, hört ihr zunächst gar nicht zu. Er steht direkt vor dem Haupteingang und ist eindeutig damit beauftragt, unerwünschte Besucher abzuwimmeln. Während er immer wieder neugierige Passanten durch Handzeichen zum Weitergehen auffordert, hält er sein Handy ans Ohr, murmelt »Okay, Chef« und nickt rhythmisch im Takt zu den Worten seines unsichtbaren Gesprächspartners. Anja weiß, dass es sich bei dem Mann um einen von Svens Kollegen handelt, doch in der Aufregung fällt ihr sein Name nicht ein.

Sie wartet, bis er das Handy zuklappt.

»Anja Winterberg, hallo. Ich bin Svens Frau, und ich wollte …«

»Hallo. Ich glaube nicht, dass Sie Ihren Mann heute Abend noch zu Gesicht bekommen werden. Wir machen bestimmt die Nacht durch. Gehen Sie also lieber nach Hause.«

»Nein, es geht nicht um Sven.« Anja hält Mettes kleine Hand ganz fest umklammert. »Es geht um meine Tochter, unsere Tochter, sie hat etwas beobachtet, was vielleicht helfen könnte.«

Der Kollege scheint das Mädchen jetzt erst wahrzunehmen.

»Etwas, das mit dem Fall zu tun hat?«

»Ja, mit dem gerade verschwundenen Mädchen. Mit dem, das heute Nachmittag entführt worden ist. Lise geht nämlich mit Mette in den Kindergarten, und Mette hat sie gesehen, heute am Nachmittag in einem großen offenen Wagen, den ein Mann steuerte.«

»In Kampen?«

»Ja, Herrgottnochmal. Mitten auf dem Strönwai. Bitte lassen Sie uns durch. Mette hat vermutlich den Entführer gesehen, das ist doch wichtig.«

Plötzlich geht alles ganz schnell. Der Kollege vor der Tür ruft mit dem Handy einen Beamten von innen, den Anja noch nie gesehen hat. Er trägt keine Uniform und ist eine ziemlich massige Erscheinung.

»Bastian Kreuzer, Hauptkommissar aus Flensburg. Bitte kommen Sie doch mit.«

Im Inneren des Reviers, das Anja nur ruhig und fast verschlafen kennt, laufen Uniformierte und Männer in Zivil wild durcheinander. Sie rufen sich einzelne Sätze im Vorbeihasten zu, ohne beim Warten auf eine Antwort stehen zu bleiben.

»Wo ist die nächste Besprechung?«

»Um zehn im großen Raum.«

»Sollen wir die Phantombilder von der letzten Entführung jetzt doch rausgeben?«

»Das musst du den Chef fragen, der hat die neuesten Infos.«

Kreuzer schiebt sich durch das Gedränge wie ein Eisbrecher durchs Packeis. Anja fühlt sich mit Mette an der Hand in dem Windschatten dieses massigen Polizisten ganz gut aufgehoben. Am Ende des Ganges öffnet er eine Tür und bittet die beiden in einen ruhigen kleinen Raum, den Anja noch nie betreten hat.

»Ich würde Ihnen gern etwas anbieten, aber im Moment

geht hier alles drunter und drüber. Ich weiß nicht genau, wie ich jetzt zu Kaffee oder Saft kommen soll, also vielleicht geht es auch so. Bitte setzen Sie sich doch da drüben auf die beiden Stühle.«

Kreuzer zieht einen niedrigen Hocker dicht vor Mettes Stuhl und bringt ihn, als er sich daraufsetzt, unter seinem Körper fast zum Verschwinden. Doch sein Gesicht befindet sich jetzt auf Augenhöhe des Kindes.

»Erzähl mal von Anfang an. Was hast du gesehen?«

»Den bösen Mann.«

»Und wobei hast du ihn gesehen?«

»Aber Sie schimpfen nicht mit mir?«

Kreuzer hebt feierlich die rechte Hand zum Schwur.

»Auf gar keinen Fall! Großes Indianerehrenwort.«

»Ich habe nämlich mit Steinen nach den teuren Autos geworfen.«

Ängstlich blickt Mette den Polizisten an. So ganz glaubt sie ihm nicht. Aber jetzt tut er etwas Ungewöhnliches. Kreuzer sieht links und rechts über seine Schultern, als fühle er sich beobachtet, dann blickt er Mette eindringlich in die Augen.

»Kannst du ein Geheimnis bewahren?«

Mette nickt. Atemlos.

»Es geht um das Steinewerfen nach den großen Autos.«

»Ja?«

»Das habe ich früher auch manchmal gemacht.«

»Ehrlich? Und du bist trotzdem Polizist geworden?«

»Tja, da kannst du mal sehen. Hat mir nicht geschadet. Allerdings hatte ich nie das Glück, dabei einen Verbrecher zu beobachten.«

»Er sah aber gar nicht aus wie einer.«

»Das tun die wenigsten. Sonst würde man sie ja sofort erkennen.«

»Ich dachte, es ist vielleicht Lises Onkel.«

»Lise ist deine Kindergartenfreundin?«

»Ja. Und sie sah ganz fröhlich aus.«

»Sie saß in einem der Autos?«

»Genau. Es war ziemlich groß und schwarz oder vielleicht auch dunkelblau. Und es war offen. Deshalb habe ich versucht, einen Stein hineinzuwerfen. Das Auto fuhr aber zu schnell an mir vorbei, mein Stein hat nicht getroffen. Erst danach habe ich Lise entdeckt. Sie durfte vorn sitzen, und ich habe sie erst gar nicht gesehen, weil sie so klein ist. Und sonst dürfen wir auch nie vorn sitzen, und sie war bestimmt ganz stolz darauf. Vielleicht hat sie sich deshalb umgedreht, um zu sehen, ob die Leute gucken. Sie hat mich entdeckt und sogar noch gewinkt, aber dann hat der Mann sie zurückgerissen und Gas gegeben und ist ganz dicht an das Auto vor ihm gefahren. Und dann wurde die Ampel gelb, und ich dachte, jetzt muss er doch stehen bleiben, und ich kann noch einmal werfen oder vielleicht lieber nicht, wenn es doch Lises Onkel ist.«

»Und ist er stehen geblieben?«

»Nein. Er ist noch bei Gelb über die Ampel gefahren. Ich weiß es nicht mehr so genau, weil ich ja Lise und nicht die Ampel angeguckt habe, aber eigentlich glaube ich, dass es sogar schon rot war. Das ist doch verboten.«

»Ja, da hast du recht. Kannst du dich denn erinnern, wie der Mann ausgesehen hat?«

»Wie ein Mann eben. Er hatte kurze Haare und vielleicht Locken. Glaube ich jedenfalls. Ich habe ihn ja nur von hinten gesehen, als er auf die Ampel zugefahren ist.«

»Wenn die Haare kurz sind, kann man die Locken aber nicht so gut erkennen.«

»Das stimmt. Dann waren sie länger. Oder er hatte keine Locken. Ich habe doch nicht so genau hingeguckt. Der Mann war ja auch ganz schnell wieder weg. Mit seinem Auto. Und mit Lise.«

Erschrocken hält Mette inne. Sie schaut, als hätten ihre Worte zum Verschwinden der Kindergartenfreundin beigetragen.

Bastian Kreuzer räuspert sich. »Und Brille oder Schnurrbart, so etwas konntest du nicht erkennen?«

»Ich weiß nicht. Ja, vielleicht eine Brille. Es tragen doch viele Männer eine Brille, oder?«

»Das schon, aber wir würden gern genau wissen, wie dieser ganz bestimmte Mann ausgesehen hat.«

»Ich weiß nicht, wirklich …«

Mette sieht ihre Mutter hilfesuchend an. Anja legt den Arm um ihre Tochter.

»Es ist wichtig, Mette, es ist ungeheuer wichtig, dass du dich genau erinnerst.«

»Ich weiß es nicht mehr, Mami, wirklich nicht.«

Bastian Kreuzer greift nach seinem Handy und tippt auf eine Kurzwahltaste.

»Haben wir Ausdrucke von den Phantombildern?«

Während sein Gesprächspartner ihn mit einem Wortschwall überzieht, rollt Kreuzer verzweifelt mit den Augen. Seine Grimassen bringen Mette zum Lachen. Sogar Anja muss schmunzeln.

»Okay, dann muss es anders gehen. Dank dir. Ich melde mich später noch mal.«

Kreuzer steht auf und winkt Mette, ihm zu folgen.

»Ich will dir was zeigen. Ein paar Bilder. Die Mama lassen wir hier. Ist das in Ordnung für dich?«

Mette nickt, wirft aber ihrer Mutter einen fragenden Blick zu.

»Geh nur, ich warte hier.«

Samstag, 25. Juli, 21.19 Uhr, Wattvilla, Kampen

Die Hüfte schmerzt, als Karoline sich vorbeugt, um den Deckel der Musiktruhe hochzuklappen. Die *Eurythmics*-Platte hält sie schon in der rechten Hand, die plötzlich zu zittern beginnt. Es ist, als entlade sich die Spannung eines ganzen Tages. Eines Tages, an dem keine Minute vergangen ist, in der sie nicht an die Wattvilla gedacht hätte. Und um ihre Schwestern gefürchtet. Sie hat es kaum an ihrem Schreibtisch in der Kampener Kurverwaltung ausgehalten. Und in der Mittagspause ist sie wie magisch angezogen schon hinunter zum Watt gelaufen, um das Haus wenigstens von weitem zu sehen. Für mehr war keine Zeit.

Doch jetzt endlich sitzt sie hier auf dem weichen Sofa, und die Stimme von Annie Lennox füllt den Raum. Karoline schließt die Augen und wird ganz ruhig. Dieses Haus ist ihre Höhle und Annies Stimme ihre Decke. Mehr braucht Karoline nicht zum Glück, denn wie singt Annie doch so wahr?

»Love is a danger of a different kind.«

Karoline spürt, wie ihr Atem in den Rhythmus der Musik einschwingt, wie die Panik von ihr weicht und ihre kleinen Schwestern auf leisen Sohlen aus dem oberen Geschoss kommen, um sie zu trösten.

»Love is a stranger in an open car.«

Vor allen Fremden sollte man sich hüten, das hat Karoline im Gegensatz zu manchen anderen schon als Kind begriffen. Und ihren kleinen Schwestern hat sie es auch immer wieder gesagt.

Aber sie wollten ja nicht auf Karoline hören …

Samstag, 25. Juli, 21.28 Uhr, Wattvilla, Kampen

Hämmernde Schläge hinter der Stahltür. Irgendjemand muss gegen das Metall wüten. Ängstlich beobachtet Mona die bebende Tür, die plötzlich aufspringt. Ein Mann betritt den Kellerraum. Er hat sein Gesicht verhüllt und eine übergroße Kneifzange in den Händen. Während er langsam auf Mona zukommt, umfassen beide Hände die Griffe der Zange, ziehen sie auseinander und lassen sie gleich darauf wieder zusammenschnappen. Immer im Rhythmus der hämmernden Beats. Der Mann kommt näher. Schritt für Schritt. Als er ganz dicht vor Mona steht, öffnet sich das Metallmaul klaffend zu einer Schere, die ziemlich genau der Breite von Monas Kopf entspricht. Lachend setzt der Mann die Zange auf ihre Ohren, dann drückt er zu.

Das knirschende Geräusch reißt Mona aus dem Schlaf. Oder war es ihr eigener Schrei? Sekundenlang presst sie die Hände an die Ohren, kann nicht glauben, dass diese unversehrt an ihrem Kopf sitzen, kann nicht glauben, dass der Kellerraum leer ist, dass die Tasche voller Coladosen und Schokolade immer noch mitten im Raum steht, kann nicht glauben, dass ihr selbst nichts geschehen ist, noch nichts.

Nur die Musik ist da. Ein alter Hit, den Mona nicht zuordnen kann, weil das vor ihrer Zeit war. Die Töne stampfen durchs Haus und bringen die Luft zum Beben. Mona schreit in die Musik hinein, Mona hämmert gegen die Tür und schreit und schreit.

Dann ist es still.

Jemand hat die Musik abgestellt. Mona erschrickt. Steingart. Wird er jetzt kommen und sie umbringen? Kein Ton verlässt ihre Kehle, als könne sie sich allein durch ihr Schweigen zum Verschwinden bringen. Monas Herz rast. Jetzt, gleich wird er kommen.

Aber es kommt niemand.

Kein Ton von oben und kein Mensch.

Mona reißt eine der Schokoladentafeln auf, stopft sich die braune Masse gierig in den Mund, kaut und schluckt, kaut und schluckt. Schließlich legt sie sich wieder zwischen die Bettwäsche der am weitesten hinten stehenden Pritsche. Ewig liegt sie dort, zitternd und schwitzend und frierend zugleich. Und als sie endlich einnickt, zu Tode erschöpft, empfängt sie ein unruhiger Schlaf, der wenig Erholung bringen wird.

Samstag, 25. Juli, 21.31 Uhr, Kriminalpolizei Westerland

Als Mette den Raum betritt, in dem ihre Mutter gewartet hat, stehen Tränen in ihren Augen. Anja springt auf.

»Was haben Sie mit meiner Tochter gemacht?«

»Beruhigen Sie sich. Es ist alles in Ordnung. Jedenfalls alles, was Mette angeht. Leider konnte sie uns nicht weiterhelfen. Ich habe ihr am Rechner die Phantombilder gezeigt, die wir nach den Täterbeschreibungen von anderen Tatortzeugen haben anfertigen lassen, aber sie hat niemanden wiedererkannt.«

Immer noch weinend klammert sich Mette an ihre Mutter.

»Ich kann nichts dafür, aber die Männer haben alle so böse ausgesehen. Und der Mann, den ich mit Lise in dem Auto gesehen habe, sah eigentlich ganz nett aus.«

»Ist ja gut, mein Kleines. Niemand schimpft mit dir. – Warum werden die Bilder nicht im Fernsehen gezeigt? Vielleicht würde jemand anderes den Mann erkennen?«, will Anja von Bastian Kreuzer wissen.

»Es sind neun Zeichnungen, und sie sind so unterschiedlich, dass die halbe männliche Bevölkerung darin von ihren Nachbarn wiedererkannt werden könnte. Wir müssen den Kreis der Verdächtigen einengen, bevor wir damit an die Öffentlichkeit gehen.«

»Und jetzt?«

»Ich werde einen Ortstermin ansetzen. Passt Ihnen morgen früh? Sagen wir um acht, da ist es noch leer.«

Anja nickt.

»Dann sehen wir uns am großen Parkplatz in Kampen.«

»Gegenüber vom Kurhaus?«

»Genau. Ich versuche gleich noch, die Tante von Lise zu erreichen. Und dann stellen wir morgen den Ablauf des heutigen Nachmittags nach. Irgendetwas fällt einem dabei immer auf.«

»Hoffentlich«, entgegnet Anja und nimmt ihre Tochter noch fester in den Arm. Überzeugt klingt sie nicht.

Sonntag, 26. Juli, 8.02 Uhr,
Strönwai, Kampen

Das Zentrum Kampens liegt wie ausgestorben in der Morgensonne. Viele der Boutiquen und Juweliere öffnen zwar auch am Wochenende, aber erst gegen zehn Uhr oder sogar nur am Nachmittag. Das, was hier verkauft wird, erwirbt man in der Regel nicht vor dem Frühstück. Entsprechend leer ist auch der Parkplatz an der Hauptstraße, auf den Bastian Kreuzer seinen Dienstwagen lenkt. Anja und Mette Winterberg warten schon am Straßenrand.

Kaum hat Bastian Kreuzer die beiden begrüßt, trifft auch Barbara Strieter auf dem Parkplatz ein. Lises Tante stellt ihren Wagen quer in die Parkbucht, ohne sich um die weißen Markierungen auf dem Asphalt zu kümmern, und als sie aussteigt, sieht sie übernächtigt und sehr blass aus. Ihre Hand zittert bei der Begrüßung, ihr Gesicht ist vom vielen Weinen fleckig und geschwollen. Kreuzer stellt die Frauen einander vor und gibt gleich seine Anweisungen für die Rekonstruktion des vergangenen Nachmittags.

»Mette, du versteckst dich am besten wieder in der Wildrosenhecke. Da vorn ist ein Kiesweg, da kannst du ein paar Steinchen zum Werfen sammeln.«

»Das habe ich gestern auch so gemacht. Woher weißt du das?«

Kreuzer grinst. »Ich hab dir doch erzählt, dass ich mit dem Steinewerfen so meine Erfahrungen habe.«

Anja Winterberg schüttelt missbilligend den Kopf, doch Kreuzer kann ihr ansehen, dass sie froh über das Zutrauen ist, das ihre Tochter ihm entgegenbringt.

»Wenn Sie vielleicht hier auf dem Parkplatz warten könnten, bis wir oben so weit sind?«

Anja nickt zögernd.

»Was ist?«

»Ich habe Mette seit gestern nicht mehr aus den Augen gelassen. Ich habe solche Angst, dass sie auch noch verschwindet.«

»Keine Sorge. Niemand wird sich Ihrer Tochter nähern. Und falls doch, bekommt er es mit mir zu tun.«

»Okay.«

Wenn Kreuzer sich nicht ganz täuscht, werden die Augen der Winterberg feucht. Auch Kollegenfrauen haben eine Seele. Schnell wendet er sich ab.

»Frau Strieter?«

»Ja?«

Ihre Stimme ist leise und zittert ebenso, wie ihre Hand es vorhin getan hat.

»Sie kommen am besten mit hoch bis zum Ende der Straße. Dann gehen Sie von der Dünenseite hinunter bis zum *Leysieffer*. Dort haben Sie doch Ihre Nichte draußen warten lassen, oder?«

»Ich wollte ihr das Samstagnachmittags-Gedränge hinter der Theke ersparen.«

»Es ging nicht darum, Sie zu kritisieren.«

»Was glauben Sie, was ich mir schon für Vorwürfe gemacht habe. Hätte ich nur die Pralinen woanders gekauft. Aber wir waren am Abend eingeladen, und ich brauchte noch ein Mitbringsel.«

»Sie können nichts dafür, hören Sie auf, sich Vorwürfe zu machen. Das bringt gar nichts.«

Bastian Kreuzers Tonfall ist schärfer, als er beabsichtigt

hat. Zu seinem Entsetzen beginnt Barbara Strieter zu weinen. Schniefend zieht sie ein Papiertaschentuch aus dem Ärmel ihres T-Shirts. Das Taschentuch wird nicht zum ersten Mal benutzt.

»Tut mir leid. Ich wollte Sie eigentlich trösten.«

»Das kann niemand. Und Sie schon gar nicht. Ich werde mir das nie verzeihen. Das Kind einfach so allein zu lassen. Aber dass sie dann auch gleich verschwindet.«

Die Verwunderung darüber steht auch jetzt wieder auf Barbara Strieters Gesicht geschrieben. Bastian Kreuzer blickt ihr eindringlich in die Augen. Er weiß aus Erfahrung, dass oft nur Aktivismus die Angehörigen von Opfern einer Straftat in der Realität halten kann. Sie müssen das Gefühl haben, etwas tun zu können, bei der Suche nach dem Täter behilflich zu sein.

»Okay. Lassen Sie uns anfangen. Sie gehen jetzt ins *Leysieffer*, und Mette versteckt sich hinter der Hecke. Wenn ich Ihnen ein Zeichen gebe, verlassen Sie den Laden und tun haargenau dasselbe, was Sie gestern getan haben.«

Als alle Kreuzers Anweisungen gefolgt sind, atmet er einmal tief durch. Jetzt geht es also los. Die Zeit läuft rückwärts. Es ist wieder Samstagnachmittag. Noch ist alles in Ordnung. Aber gleich wird ein Mädchen verschwunden sein. Kreuzer hebt die Hand und gibt sowohl Barbara Strieter als auch Mette das Zeichen zu beginnen.

Barbara Strieter verlässt den Laden und geht langsam den Strönwai hinunter in Richtung Parkplatz. Lises Tante blickt sich häufig um, sie sucht vor den Schaufenstern und in Restauranteingängen. Sie findet nichts und niemanden. So wie gestern Nachmittag auch. Jetzt nähert sie sich der Rosenhecke, hinter der Mette wartet. Lises Tante sieht die Kleine nicht an, sie hat das Mädchen auch gestern nicht bemerkt, das hat sie schon zu Protokoll gegeben. Die gesamte Entführung muss sich also in den höchstens fünfzehn Minuten abgespielt haben, die zwischen Barbara Strieters Betreten der *Leysieffer*-Filiale und dem Vorbeifahren des Entführers mit Lise im Wagen an der steinewerfenden Mette gelegen haben.

Auch jetzt klacken die Steine auf das Straßenpflaster. Hohl klingt das Geräusch durch den Morgen. Bis auf einen einsamen Jogger am Ende der Straße ist niemand zu sehen. Barbara Strieter bleibt ratlos vor Bastian Kreuzer stehen.

»Und? Ist Ihnen irgendetwas aufgefallen?«, will er wissen.

»Nein, nichts. Gestern nicht und jetzt auch nicht. Es gibt nur einen Unterschied. Gestern habe ich etliche Leute nach Lise gefragt, aber alle haben mich angesehen, als würde ich sie belästigen wollen. Die hatten Besseres zu tun, als nach einem kleinen Mädchen zu suchen.«

»Verdammter Mist, es muss uns doch irgendetwas auffallen«, schimpft Kreuzer leise. »Dafür sind diese Rekonstruktionen doch da. Es fällt einem immer etwas auf.«

»Ich habe natürlich nicht auf die Autos geachtet«, sagt Lises Tante mit kläglicher Stimme. »Ich habe nur die Fußgänger angesehen. Lise ist ja recht klein, und ich dachte lange, wahrscheinlich viel zu lange, ich könne sie zwischen den vielen Leuten einfach nicht entdecken.«

»Also die Bürgersteige waren voller Menschen?«

»Ja, natürlich, wie jeden Nachmittag. Die Leute kommen und nehmen einen Aperitif oder gehen shoppen, was weiß ich.«

»Wenn da jemand ein Kind in seinen Wagen gezwungen hätte, wäre das nicht unbemerkt geblieben.«

»Eigentlich nicht. So blind können die Menschen ja kaum sein.«

»Also wird der Entführer Lise irgendwas erzählt haben, das sie Vertrauen fassen ließ.«

»Oder sie kannte ihn.«

»Normalerweise würde ich Ihnen recht geben, aber wir haben die Verbindungen aller drei Familien untersucht. Da gibt es keine Überschneidungen.«

»Ich habe keine Steine mehr«, kommt Mettes Stimme von der Rosenhecke.

»Das macht nichts. Kannst du dich an Frau Strieter erinnern? Hast du sie gestern Nachmittag hier vorbeilaufen sehen?«

»Frau Strieter?«

»Lises Tante hier neben mir. Ich habe sie dir vorhin vorgestellt.«

»Ach ja, stimmt. Aber gestern habe ich sie nicht gesehen. Ich habe doch nur auf die Autos geguckt.«

Wütend tritt Kreuzer gegen einen etwas größeren Stein, den Mette vor wenigen Augenblicken auf den Gehweg geworfen hat. Der Kiesel rollt übers Pflaster und landet im Rinnstein zwischen Zigarettenkippen und zwei erstaunlich weißen Federn.

»Ganz schön viel Müll hier auf der Straße«, schimpft Kreuzer leise.

»Kann ich jetzt rauskommen?«

Mettes Stimme hinter der Hecke klingt ungeduldig.

»Einen kleinen Moment noch. Ich gehe zum Parkplatz und rufe deine Mutter. Sie soll bis zu dir laufen und dich finden. Schaffst du es noch so lange?«

»Ja, ist gut.«

»Und Sie kommen noch einmal aus dem *Leysieffer*, okay?«

Wortlos macht sich Barbara Strieter auf den Rückweg den Strönwai hinauf. Anja Winterberg reagiert schon von weitem auf Kreuzers Winken. Mit schnellen Schritten nähert sie sich der Hecke. Sie macht ihre Sache schlecht und versucht gar nicht erst, ihr Verhalten vom gestrigen Tag zu kopieren. Als sie angekommen ist, bleibt sie abrupt stehen und starrt auf ihre Tochter.

»Haben Sie Mette so entdeckt?«

»Nein. Auf die Idee, dort zu suchen, wäre ich wahrscheinlich nicht von selbst gekommen. Jemand hat sie mir gezeigt.«

»Ach, das haben Sie noch gar nicht erzählt. Wer war das?«

»Ein Badegast.«

»Woher wissen Sie, dass es ein Badegast war?«

»Einheimische sehen anders aus. Er war, wie soll ich sagen, geschniegelt.«

»Und er hat gesehen, dass Sie etwas suchen?«

»Ja, er hat mich angesprochen, gefragt, ob er helfen könne.«

»Für einen Badegast ist das ungewöhnlich. Frau Strieter hat gerade gesagt, dass sich niemand für ihre Suche interessiert habe.«

»Ich war auch irritiert. Aber glauben Sie mir, ich war dankbar für jede Hilfe. Und er hat mir Mette ja auch tatsächlich gezeigt.«

»Wo haben Sie mit ihm geredet?«

»Etwas weiter unten an der Straße.«

»Würden Sie ihn wiedererkennen?«

»Warum fragen Sie?«

»Wenn er das eine Mädchen gesehen hat, dann vielleicht auch das andere.«

»Unmöglich ist das nicht. Ich würde ihn bestimmt erkennen, aber dafür müssten Sie ihn erst einmal finden.«

»Wir könnten eine Phantomzeichnung anfertigen und ihn als Zeugen suchen lassen. Einen Versuch wäre das doch wert.«

»Wenn Sie glauben, dass er sich meldet.«

»Warum sollte er nicht?«

»Ich weiß nicht, ich will gar nicht schlecht über ihn reden, aber er war mir irgendwie … unheimlich.«

»Unheimlich?«

»Ja, er hatte etwas Lauerndes.«

»Ein Grund mehr, nach ihm zu suchen.«

Na bitte, denkt Kreuzer, wusste ich es doch. Irgendetwas fällt einem immer auf.

Sonntag, 26. Juli, 10.40 Uhr, Möwengrund, List

Der ausgebreitete Inselplan bedeckt die Hälfte des Bettes. Zunächst fällt Fred nur auf, was fehlt. Die neue Straße zwischen Westerland und Wenningstedt. Die Bebauung am Rantumer Becken. Die Amüsiermeile am Lister Hafen. Doch langsam sieht er mehr. Eine Inselstruktur, die sich über Jahrzehnte erhalten hat. Naturschutzgebiete, die in Form und Größe nahezu unverändert geblieben sind. Und natürlich die eigenartige Topographie von Sylt, die nicht unwesentlich den Charme der Insel ausmacht. Schmal und lang, durch eine vertikale Straße problemlos von Norden nach Süden zu erschließen. Eine Insel wie ein gekipptes T, dessen freistehende Ostachse durch die dominante Bahnstrecke beherrscht wird.

Was macht ein Mensch, der sich mit dem Auto fortbewegt und etwas zu verbergen hat, wenn er auf dieses Straßennetz angewiesen ist? Fred greift nach einem Kugelschreiber und kringelt die Stelle an den Lister Dünen ein, an der sich der Parkplatz befindet, wo das erste Mädchen verschwunden ist. Dann fährt er mit dem Finger die Hauptstraße hinunter bis nach Hörnum, die ganze Strecke vom äußersten Norden bis zum letzten Südzipfel. Merkwürdig. Warum hat sich der Entführer nicht oben ein zweites Opfer gesucht? Die Lage des Hörnumer Supermarktes ist Fred nicht genau bekannt, aber war es nicht am Ende der Landstraße? Er setzt einen weiteren Kringel an diese Stelle. Und dann ist der Mann wieder hinaufgefahren bis zur gefühlten Inselmitte. Nach Kampen. Ins Herz Sylts.

Fred stockt. Die Inselmitte ist Westerland. Sowohl geographisch als auch verkehrstechnisch. Alle Einheimischen und die meisten Touristen würden das auf Nachfrage auch so angeben. Inselmitte? Westerland. Es sind nur bestimmte Menschen, die anders fühlen. Die Upper Class. Westerland ist vielleicht der Magen der Insel, aber in Kampen schlägt ihr Herz. Schöne Formulierung, denkt Fred, auch das menschliche Herz liegt schließlich nördlich des Magens.

Was heißt das für den Entführer? Nach den Extremitäten sucht er das Herz auf. Wer will danach schon noch zurück an die Außenfront? Hat er also die Kleidung und die Mädchen in Kampen versteckt? Fred markiert mit einem dritten Kringel den Strönwai, auf dem das letzte Opfer entführt worden ist, dann steht er auf, um die Karte aus der Entfernung zu betrachten.

Der Kugelschreiber in seiner Hand ist blau. Es ist ein billiges Supermarkt-Modell und hat beim Markieren hässliche Schlieren auf dem Plan hinterlassen. Die schwarzen Kringel, die sich ebenfalls auf der Karte befinden und die Fred erst jetzt bewusst wahrnimmt, sind vermutlich mit einem erheblich teureren Stift gemacht worden. Einem von der Sorte, die Fred früher benutzt hat. Die Farbe ist auch nach den vielen Jahren weder verblasst noch verschmiert. Die Kringel sind kleiner als Freds heutige und weniger unförmig, sie scheinen auf eine verblüffende Weise präziser gesetzt zu sein.

Fred beugt sich dicht über die Karte und mustert sie gründlich, dann zählt er diese kleinen unheimlichen schwarzen Kreise. Elf. Vor etlichen Jahren hat es elf Orte auf dieser Insel gegeben, die er selbst der Markierung für wert befunden hat. Sie alle liegen an den damaligen Hauptstraßen mit einer eindeutigen Häufung um Kampen herum. Und einer der drei blauen neuen Kringel befindet sich in unmittelbarer Umgebung eines der alten schwarzen Kreise, nämlich an der Ampelkreuzung zwischen Strönwai und der großen Straße, die längs durch die Insel führt. Hier ist das dritte Mädchen verschwunden.

Zweifellos eine faszinierende Entdeckung. Doch tragischerweise hat Fred Hübner nicht den geringsten Schimmer einer Ahnung, was sich damals an diesen schwarz markierten Orten abgespielt haben könnte.

Sonntag, 26. Juli, 10.59 Uhr, Wattvilla, Kampen

Die Sonne scheint, wie schön, denkt Mona und blinzelt ins Licht. Doch die Schrägen ihrer Dachwohnung sind verschwunden, und auch die Reihe der quadratischen Fenster ist nicht zu sehen. Nur die Neonröhren an der Decke leuchten leise summend einen kargen Kellerraum aus. Schnell schließt Mona die Augen wieder. Nur für Sekunden noch möchte sie die Täuschung erhalten und die Zeit zurückdrehen. Könnte es nicht wieder Samstag früh sein, ein unbeschwerter Morgen im Sylter Sommer voller Vorfreude auf ein Date mit einem gutaussehenden Mann am Abend. Doch Björn Steingart ist nicht irgendein gutaussehender Mann. Und er ist auch nicht harmlos und sucht nur nach einem Ferienhaus am Watt. Mona kann spüren, wie sich die Schlinge der Erinnerungen zuzieht.
Der gestrige Nachmittag. Ihr Gang in diesen Keller hinunter. Dann die Schritte auf der Treppe. Die hochgewachsene Gestalt im Schatten. Das Zuschlagen der Metalltür. Das Schnappen des Schlosses. Die Stille. Und schließlich das Hämmern der Musik. Ihr Albtraum. Der Mann mit der Zange. Wenn es nicht Steingart gewesen ist, der ihr heimlich gefolgt ist, dann bleibt nur Rother, der Eigentümer. Sonst kennt ja niemand das Innere der Villa. War es also Markus Rother, der diesen gruseligen Kellerraum eingerichtet hat? So viel Mühe für drei Käthe-Kruse-Puppen? Oder sollten hier die entführten Mädchen schlafen? Nein, das widerspricht jeder Logik. Rother hätte mit dem leerstehenden Haus doch das perfekte Versteck gehabt, warum

hätte er es ihr dann zur Vermittlung anbieten sollen? Das ergibt keinen Sinn.

Mona dreht sich auf den Rücken und starrt an die Decke. Sie versucht, die Uhrzeit zu schätzen, ist aber vollständig unfähig dazu. Es könnten seit ihrem Aufschrecken aus dem nächtlichen Traum drei Stunden vergangen sein oder auch zehn. Ein Blick auf die Armbanduhr gibt ihr Klarheit. Elf Uhr am Vormittag. Es ist Sonntag, und Mona hat ausnahmsweise keine Besichtigungstermine. Niemand wird sie also vermissen. Es sei denn, der Mann aus dem Schatten ist doch nicht Steingart gewesen. Dann könnte er Alarm schlagen, weil sie gestern Abend nicht zu dem verabredeten Date erschienen ist. Doch Steingart ist nicht der Typ, der sich öffentlich darüber beschwert, dass er versetzt worden ist. Eher meldet er sich gar nicht mehr. Nicht bei ihr privat und auch nicht im Maklerbüro. Dann wird so schnell niemand erfahren, was Mona in ihren letzten Stunden in Freiheit getrieben hat.

Erst morgen früh werden ihre Mitarbeiter im Büro stutzig werden. Aber ob Lucie Piehl und Oskar Neumann gleich zur Polizei gehen, weil sie sich Monas Fehlen nicht erklären können, ist noch lange nicht gesagt. Es kann also dauern, bis die Polizei alle ihre Aktivitäten der letzten Tage checken wird. Und werden die Beamten bei dieser Recherche überhaupt auf Steingart stoßen?

Mona spürt, wie ihre Gedanken anfangen, sich im Kreis zu drehen. Eine neue Panikattacke ist im Anmarsch. Tief zieht sie die Luft ein. Wie es hier stinkt! Nicht zum Aushalten! Vielleicht ist langsam der Sauerstoff in diesem abgeschlossenen Raum aufgebraucht. Vielleicht wird sie ersticken, vielleicht ist sie sogar schon dabei. Vielleicht tut sie gerade ihre letzten Atemzüge.

Mona springt auf und rennt zur Tür, geht dort auf die Knie und bringt das Gesicht ganz nah an die Spalte zwischen Tür und Betonboden heran. Mit geschlossenen Augen atmet Mona in den kühlen Luftzug hinein. Sie muss ruhig bleiben, sie darf sich nicht so aufregen.

Und doch lässt sich die Panik nicht so einfach besiegen. Was ist zum Beispiel mit dem Harndrang, den sie seit ihrem Aufwachen spürt? Sie wird in eine der Ecken pinkeln müssen. Nein, das wird sie nicht tun. Sie könnte es mit der Coladose vom gestrigen Abend versuchen. Vielleicht werden ein paar Tropfen danebengehen, aber wenn sie sich konzentriert …

Geschafft. Und jetzt? Eine unendlich lange Zeitspanne liegt vor ihr. Wie soll sie die überstehen? Sie muss sich etwas vornehmen, sie muss einen Plan machen, sonst wird sie durchdrehen. Die Tasche fällt ihr ein. Es waren nicht nur Coladosen und Schokoladentafeln darin. Auch zwei oder drei Hefte für Schüler oder junge Mädchen. Vielleicht können die irgendeinen Aufschluss geben. Über Björn Steingart oder wer immer es war, der sie hier eingesperrt hat.

Eine Aufgabe! Mona ist fast glücklich, als sie die Tasche unter der Pritsche hervorzieht. Sorgsam räumt sie den Inhalt aus.

Vier Cola- und zwei Limodosen. Eine Packung Kekse, zwei Tüten Kartoffelchips, mehrere Schokoladentafeln und einige Riegel sowie die drei Hefte kommen zum Vorschein. Eine Fernsehzeitung, eine aktuelle Ausgabe der *Bravo* und ein *Mädchen*-Heft. Alle drei wirken neu und ungelesen. Welchen Reim soll sie sich darauf machen? Und wem gehört die Tasche eigentlich? Noch einmal durchwühlt Mona alle Fächer und Seitentaschen. Vielleicht lässt sich irgendwo ein

Schülerausweis oder eine Monatskarte finden. Vielleicht hat diese Tasche gar nichts mit den gruseligen Vorgängen in diesem Haus zu tun.

Doch Monas Suche bleibt erfolglos. Die Fächer und Seitentaschen sind leer.

Also bleibt nur eine genaue Untersuchung der Zeitschriften. Mona überfliegt die auf den Titelseiten angezeigten Themen. Ein alter Serienstar ist gestorben, eine neue Krimireihe wird vorgestellt, und das Resümee einer Model-Casting-Show wird gezogen. So weit die Fernsehzeitung. Die *Bravo* hat die üblichen Teenagerthemen zu bieten: Wie gehe ich mit der ersten Beziehung um? Kann ich meine Idole im Fernsehen suchen? Ähnliches ergibt das Studium des *Mädchen*-Covers. Welche Boygroup hat den größten Sex-Appeal? Welche Traumberufe führen die Hitliste der Mädchen an? Dazu gibt es Schminktipps eines populären Visagisten.

Ratlos lässt Mona ihren Blick durch den Kellerraum wandern. Wenn die drei Betten mit den Puppen auf den Kopfkissen nicht so unberührt ausgesehen hätten, würde sie annehmen, dass hier die entführten Mädchen festgehalten worden sind und die Zeitungen zur Unterhaltung der Mädchen gedient haben. Doch in der gelbgewürfelten Bettwäsche hat eindeutig niemand geschlafen. Außerdem sind die Entführten noch nicht einmal zur Schule gegangen, erinnert sich Mona. Es waren Kindergartenkinder, die können wohl kaum lesen. Und einen Fernseher gibt es hier unten auch nicht, wozu also hätte die Fernsehzeitung gut sein sollen? Auch ist die Zeitung älter als die Entführungen zurückliegen. Nichts ergibt einen Sinn. Trotzdem zwingt sich Mona dazu, auch noch die Inhaltsverzeichnisse zu vergleichen. Vielleicht sind es kleinere, unbedeutende Artikel, die auf die Gemeinsamkeit der drei Hefte hinweisen. Aber auch jetzt findet Mona nichts, was ihr weiterhelfen könnte. Ratlos bleibt sie an dem Aufmacher der Fernsehzeitung hängen. Der Artikel beschreibt die jämmerlichen letzten Lebensjahre eines ehemaligen TV-Stars. Als die stattliche Reihe seiner Filmpartner aufgezählt wird, von denen nicht ein einziger bei der Beerdigung anwesend war, treten Mona Tränen in die Augen. Sie beginnt hemmungslos zu schluchzen.

Doch es ist nicht das Mitleid mit dem einsamen Filmstar, das sie zum Weinen bringt.

Sonntag, 26. Juli, 14.50 Uhr, Flughafen Sylt

Anja sieht auf die Uhr. Zehn vor drei am Nachmittag. Um drei hat sie den Termin auf der Wache. Es soll ein Phantombild von dem Touristen am Strönwai erstellt werden, der Anja gestern zu ihrer verlorengeglaubten Tochter geführt hat. War es erst gestern? Es scheint Anja, als sei ihre verzweifelte Suche schon Tage her. Alles ist anders seitdem, die Bedrohung ist real geworden und jede Minute, in der es nicht den Schatten einer Spur gibt, eine Qual.

Sven ist vorhin extra für eine Stunde nach Hause gekommen, um auf Mette aufzupassen. Sie waren sich darin einig, die Tochter keine Sekunde mehr allein zu lassen. Die ganze Insel ist im Aufruhr. An jeder Ecke sieht man Polizei, gerade jetzt schaltet der Fahrer im Wagen vor Anja seine Warnblinkanlage ein und tritt stotternd auf die Bremse. Wahrscheinlich der nächste Stau vor einer Polizeikontrolle.

Anja blickt nach links, wo der Inselflughafen liegt. Die Sonne spiegelt sich auf den Flügeln einer gerade aufsteigenden Maschine. Aus der Autoschlange biegen einige in Richtung Flughafen ab. Es sind mehr als sonst, scheint es Anja. Und als sie länger über die Abreisewilligen nachdenkt, wird ihr auch klar, dass sie nicht etwa in der Schlange vor einer Polizeikontrolle steht, sondern dass es sich um die Schlange vor dem Autozug handeln muss, um einen kilometerlangen Stau also, der bis ans Ende der Schnellstraße führen wird, wo der Zubringer zur Autozugtrasse abgeht. Eine Massenflucht hat eingesetzt. Mit der gestrigen Entführung des dritten Mädchens ist die Saison zu Ende gegangen. Die Touristen verlassen die Insel wie panische Hasen. Trotz Jahrhundertsommer, trotz Sonnenschein und Ferienzeit. Wer will sich schon an einem Ort aufhalten, an dem ein Wahnsinniger sein Unwesen treibt?

Nur schrittweise geht es in der Autoschlange voran. Anja weiß genau, sie wird zu spät kommen. Aber die nächste Abzweigung ist sicher noch einen halben Kilometer entfernt. Bei diesem Tempo kann es leicht zehn Minuten dauern, bis sie dort sein wird. Und auch wenn sie dann abbiegt, wird die Straße nicht ganz leer sein. Anja greift zum Handy, um Sven anzurufen. Die Nummer der für die Zeichnung zuständigen Polizeiabteilung hat sie nicht. Aber Sven wird ihre Verspätung ankündigen können.

Sonntag, 26. Juli, 14.55 Uhr, Kriminalpolizei Westerland

»Scheiße, Sven, du kannst doch jetzt nicht einfach wegbleiben.« Ungeduldig trommelt Bastian Kreuzer auf seine Schreibtischplatte, was ihm einen nachsichtigen Blick aus Silja Blancks schönen Augen einträgt.

»Ich rühre mich nicht vom Fleck, bis Anja wieder da ist«, antwortet sein Kollege aus dem Hörer. »Du glaubst doch nicht im Ernst, dass ich meine Kleine hier allein lasse.«

»Nein, so war das auch gar nicht gemeint. Aber habt ihr keine Großeltern? Die könnten die Lütte doch nehmen.«

»Sind im Urlaub. Seit drei Wochen im Schwarzwald. Frag mich nicht, was die da wollen, wo sie auch hier auf Sylt sitzen könnten.«

»Vielleicht können sie das Meer nicht mehr sehen. Was weiß ich. Ist mir auch egal. Viel wichtiger ist: Wir brauchen dich hier. In einer halben Stunde gibt's eine monströse Konferenz. Komplette Lagebesprechung und Definition des weiteren Vorgehens. Da kannst du nicht fehlen.«

»Werde ich wohl müssen. Du hast ja gehört, was Anja von der Situation auf den Straßen erzählt hat. Alles verstopft. Und fliegen kann ich noch nicht.«

Während Kreuzer noch bemüht ist, seine Wut hinunterzuschlucken, gibt es draußen auf dem Gang ein durchdringendes Stimmengewirr. Silja springt auf und läuft zur Tür. Bastian beginnt, schneller zu reden.

»Also komm, so schnell du kannst, okay? Ich muss Schluss machen, Sven, da draußen ist irgendwas.«

Als Silja die Tür öffnet, stürmen zwei Kollegen herein. In ihren Gesichtern steht Triumph.

»Wir haben den Zauberer!«

»Super!«

Bastian unterbricht die Verbindung, ohne auf Svens aufgeregte Rufe aus dem Hörer zu reagieren. Soll er ruhig ein bisschen auf die Folter gespannt werden.

»Ist er hier?«

»Steht vorn. Wir dachten, du willst ihn bestimmt gleich vernehmen.«

»Wo habt ihr ihn gefunden?«

»Seinen Namen haben wir gestern von der Erzieherin aus Wennigstedt bekommen.«

»Aus dem Kindergarten von Svens Tochter?«

»Genau. Anja, also Frau Winterberg, hat uns deren Nummer gegeben, und die Erzieherin ist noch am Abend ins Büro gefahren und hat dort nach der Adresse gesucht. Wir sind dann heute früh um vier gleich nach Niebüll, da ist er auch gemeldet. Aber der Vogel war ausgeflogen, trotz der nachtschlafenden Zeit. Also haben wir sämtliche Nachbarn rausgeklingelt. Einer hatte einen Schlüssel zu der Wohnung. Und im Schreibtisch, schön ordentlich abgeheftet, haben wir tatsächlich die Quittung für einen Mietwagen gefunden.«

»Und?«

»Wollen Sie raten?«

»Cabriolet.« Bastians Antwort kommt wie aus der Pistole geschossen.

»Richtig. Ein dunkelblauer Audi.«

»Bingo. Glückwunsch! Saubere Arbeit. Aber wie habt ihr den Vogel gefangen?«

»Da war ein bisschen Glück im Spiel. Wir haben bei der

Autovermietung angerufen. Die konnten sich erinnern, dass Lothar Menek, so heißt der Mann, den Leihwagen unbedingt auf Sylt zurückgeben wollte und sich genau nach der örtlichen Filiale erkundigt hat. Dort wiederum hatten sie die Adresse einer Pension in Hörnum. Wir also wieder auf den Autozug. Und als wir endlich in der Pension ankamen, war der Typ doch tatsächlich gerade am Packen. Wollte nach Italien. Mit der Bahn. Das Ticket lag schon auf dem Tisch.«

»Habt ihr ihn festgenommen?«

»Musste sein. Freiwillig wäre er nicht mitgekommen.« Der Beamte sieht auf seine Uhr. »Sein Zug müsste gerade auf dem Hindenburgdamm sein. In München wollte er unbedingt irgendeinen Schlafwagen erwischen.«

»Na, dann wollen wir uns mal anhören, was dieser Zampano zu erzählen hat. Silja, gehst du mit nach vorn und holst ihn? Dann machen wir die Vernehmung zu zweit.«

Silja nickt und steht auf. Mit einem irritierten Unterton in der Stimme erkundigt sie sich bei den beiden Kollegen: »Mit welcher Begründung habt ihr ihn eigentlich festgehalten?«

»Dringender Tatverdacht und Fluchtgefahr.«

»Das sind aber harte Bandagen, findet ihr nicht? Wir haben doch gar keine Beweise gegen ihn.«

»Vielleicht finden wir welche«, mischt sich Bastian in das Geplänkel. »Jetzt bringt ihn erst mal her. Den Rest erledigen wir schon.« Mit siegessicherem Gesichtsausdruck hält er Siljas skeptischem Blick stand.

Als die Kollegin wenige Minuten später mit Lothar Menek zurückkommt, verstärkt sich das optimistische Gefühl Bastians noch. Der Typ gefällt ihm nicht. Er wirkt verschlagen und gleichzeitig seltsam devot. Körperlich groß, passt er kaum in den angebotenen Stuhl, aber seine Haltung drückt

Unterwürfigkeit aus. Auch ist von dem Widerstand, von dem die Kollegen berichtet haben, nichts mehr zu merken.

»Nehme ich eben den nächsten Zug«, erklärt Menek gleichgültig, als Bastian ihn auf den verpassten Anschluss anspricht.

»Was wollten Sie eigentlich in Italien?«

»Urlaub machen. War 'ne harte Saison.«

»Läuft das Zauberergewerbe nicht nach Wunsch?«

»Doch, doch, Herr Kommissar, die Kinder sind ganz verrückt nach mir. Bin echt gut im Geschäft. Aber ich hab jetzt vier Monate durchgearbeitet, da müssen auch mal zwei Wochen Italien drin sein.«

»Warum der Leihwagen?«, erkundigt sich Bastian abrupt. Die Erfahrung aus etlichen Vernehmungen hat ihn gelehrt, dass nichts den Erfolg zuverlässiger herbeiführt als unerwartete Themenwechsel.

Doch der Zauberer reagiert geschmeidig.

»Hab zu Hause nur so 'ne alte Schüssel. Ist ein kleiner Seat, verbeult und hässlich. Und da dachte ich, wenn ich schon mal auf Sylt bin, kann ich auch einen Teil der Gage in ein ordentliches Auto investieren. Macht doch mehr Spaß, so ein offener Wagen. Außerdem wollte ich das schon immer mal ausprobieren. Wie soll ich denn ahnen, dass ihr hier auf der Insel einen Kindermörder mit der gleichen Vorliebe habt?«

Das Lachen Lothar Meneks kollert durch den Raum und zerschellt an Bastian Kreuzers undurchdringlicher Miene.

»Entführer, Herr Menek.«

»Solange wir keine Erkenntnisse über den Verbleib der Mädchen haben, gehen wir selbstverständlich davon aus, dass sie noch leben«, schaltet sich Silja Blanck mit strenger Stimme in das Gespräch ein.

»Na, mit der Annahme sind Sie aber allein auf weiter Flur, schöne Frau. Wenn ich daran denke, was ich in den letzten Tagen so von Volkes Stimme vernommen habe ...«

Silja hat Mühe, ihre Nerven unter Kontrolle zu halten. Tot, tot, tot, das Wort knallt durch ihren Kopf wie ein Bumerang. Am liebsten würde sie ein Geständnis aus dem Zauberer herausprügeln. Er hatte die Gelegenheit und das Motiv, jedenfalls, wenn man annimmt, dass die lebenslange Beschäftigung mit kleinen Kindern eine bestimmte Deformation der Seele verursacht. Oder voraussetzt. Doch halt. Dann müsste auch jede Erzieherin irgendwann zur Furie werden. Oder trifft es nur Männer? Aber es gibt doch auch hingebungsvolle Erzieher, die nicht gleich zu Triebtätern mutieren. Langsam, Frau Kommissarin, ruft sich Silja zur Ruhe, ganz langsam jetzt. Nur nichts verderben.

»Die letzten Tage: Das ist genau unser Stichwort«, setzt sie mit kaum merklich zitternder Stimme nach. »Wie haben Sie die eigentlich verbracht? Die Kindergärten auf der Insel sind ja seit Freitag geschlossen.«

»Was soll ich schon gemacht haben? Ich war am Strand und hab mir die Sonne auf den Pelz brennen lassen.«

»Wo genau waren Sie am Strand?«

»Mal hier, mal dort. Wollte ja die Insel kennenlernen.«

»Sie haben nicht zufällig einen Strandkorb gemietet?«

»Nein.«

»Oder Bekannte getroffen?«

»Nein.«

»Also gibt es niemanden, der sich an Sie erinnern wird.«

»Vermutlich nicht. Bin ja nicht im Zaubererkostüm über die Insel getourt, sondern inkognito, wenn man das mal so ausdrücken möchte.«

»Inkognito.«

Bastian, der bisher geschwiegen und seiner Kollegin das Feld überlassen hat, lässt das Wort auf der Zunge zergehen, wobei er einen langen Blick mit Silja tauscht. Täuscht er sich, oder liegt da etwas Ungewohntes in ihren Augen? Trauer? Angst? Ihre Stimme ist jedenfalls klar und sachlich.

»Herr Menek. Wir würden gern wissen, was Sie am Mittwoch der letzten Woche nachmittags und abends gemacht haben. Die gleichen Informationen brauchen wir über den Freitag zwischen fünf und sechs am Abend und über den Samstag, identische Uhrzeit.«

Lothar Menek bleibt stumm. Dann lässt er seinen Blick ungläubig zwischen Silja und Bastian hin und her wandern.

»Sie glauben jetzt aber nicht wirklich, dass ich etwas mit den verschwundenen Mädchen zu tun habe?«

»Wir glauben gar nichts, Herr Menek. Wir hätten nur gern diese Informationen von Ihnen«, antwortet Bastian kühl.

Menek schluckt. Bastian beobachtet mit konzentrierter Miene, wie der stattliche Adamsapfel des Zauberers auf- und dann wieder abwärts wandert. Anschließend räuspert sich der Verdächtige ausgiebig. Als er zu reden beginnt, ist seine Stimme leise, aber gefasst.

»Also, ich war's nicht. Ich verstehe natürlich vollkommen, dass Sie jeder Spur nachgehen müssen. Und wie Ihre beiden Kollegen mir ja schon erklärt haben, bin ich nun mal unglücklicherweise zweien der Mädchen begegnet, kurz bevor sie verschwunden sind.«

»Entführt wurden«, verbessert ihn Silja streng.

»Entführt wurden, ja klar. Also, das tut mir natürlich sehr leid, aber ich fürchte, ich kann Ihnen da gar nicht weiterhelfen.«

»Das zu beurteilen, können Sie ruhig uns überlassen. Beantworten Sie einfach nur die Frage meiner Kollegin«, unterbricht ihn Bastian.

»Ja, wenn das so einfach wäre, Herr Kommissar. Sie wissen doch bestimmt auch nicht mehr, was Sie letzte Woche so getrieben haben.«

»Doch, weiß ich. Ich habe nach einem Kindesentführer gefahndet.«

»Jetzt seien Sie mal nicht so humorlos. Sie wissen ganz genau, wie ich das gemeint habe.«

»Was wir wissen oder nicht, das sollten Sie besser uns überlassen. Wie wäre es endlich mit einer Antwort auf die Frage meiner Kollegin.«

»Okay, ich versuch's. Also, lassen Sie mich mal nachdenken. Dienstag, haben Sie gesagt …«

»Mittwoch«, verbessert ihn Silja mit einer Stimme, die mühelos Eisberge in hauchfeine Scheiben schneiden könnte.

»Mittwoch, ja klar. Also Mittwoch, da hatte ich den Auftritt in List – oder war das am Donnerstag? Jetzt wäre natürlich mein Kalender hilfreich. Aber der liegt leider noch in der Pension *Stranddüne*. Ihre Kollegen hatten es ja sehr eilig damit, mich herzuverfrachten. Also, ich will mich ja nicht beschweren, aber …«

»Herr Menek!«

»Okay, ich überleg ja schon. Also, Mittwoch war ich in List. Das ging bis 15 Uhr etwa, danach bin ich zum Hafen. Hatte einen fetten Garnelenspieß und ein paar Glas Riesling bei *Gosch*. Danach war ich dann noch in ein oder zwei Bars. Aber wo die jetzt genau waren oder wie die hießen, das kann ich Ihnen beim besten Willen nicht sagen.«

»Sie sind am Abend aber allein in Ihre Pension zurückgekehrt?«

»Ja.«

»Wann war das etwa?«

»Na, so gegen Mitternacht, würde ich sagen.«

»Und hat Sie dort jemand gesehen?«

»In der Pension bestimmt nicht. Ich hatte ja einen Schlüssel für die Vordertür, und an der Rezeption war natürlich keiner mehr.«

»Natürlich. Und am Freitag?«

Jetzt ist Siljas Stimme offen höhnisch. Irritiert sieht Menek der Kriminalpolizistin ins Gesicht.

»Hören Sie mal, ich gebe mir hier alle Mühe, mich zu erinnern, und Sie behandeln mich wie einen Verbrecher. Also wirklich.«

»Herr Menek, Sie vergeuden nur unsere Zeit. Und Ihre eigene auch. Bitte machen Sie weiter.«

Anerkennend nickt Bastian der Kollegin zu. So viel Biss hätte er ihr gar nicht zugetraut. Doch der Verdächtige scheint nicht im Geringsten eingeschüchtert zu sein.

»Ist ja schon gut. Sie stehen beide unter Druck, das kann ich verstehen. Muss nicht ganz angenehm sein, wenn alle nur darauf warten, dass man einen Mörder fängt. Nein, nein, sagen Sie jetzt nichts, ich red ja schon. Also Freitag. Ja, da war ich in diesem Kindergarten in Wenningstedt, das hat sich ein bisschen verzögert, weil die Kindergärtnerin oder Erzieherin, wie das ja heute heißt, unbedingt noch Fotos machen musste. Das war aber nicht wirklich schlimm, ich achte schon drauf, dass die Termine sich nicht so drängen, und bis zum Nachmittagsauftritt in Hörnum hatte ich noch mehr als drei Stunden. Und so groß ist die Insel ja nun auch wieder nicht, da konnte ich sogar noch eine gemütliche Mittagspause einlegen.«

»Sie waren am Freitagnachmittag in Hörnum?«

»Ich hatte ein Engagement bei einer privaten Feier, was dagegen? Es war, glaube ich, ein zehnter Geburtstag, und der Junge hatte sich einen Zauberer gewünscht. Ich war sozusagen das Geburtstagsgeschenk.«

»Von wann bis wann ging die Veranstaltung denn?«

»Von vier bis fünf etwa. Ich arbeite meist so eine Dreiviertelstunde, länger können sich die Kids nicht konzentrieren. Danach fangen sie nur an, Faxen zu machen, und wollen in meine Requisiten gucken. Außerdem gehen mir dann langsam die Tricks aus.«

»Herr Menek.« Bastian Kreuzer steht auf und geht direkt auf den Stuhl zu, in dem der Zauberer sitzt. Nur wenige Zentimeter vor ihm bleibt er stehen. »Wir können diese Vernehmung jetzt sehr schnell beenden.«

»Das ist nur in meinem Sinne, glauben Sie mir.«

»Okay. Wenn Sie sich jetzt bitte genau erinnern wollen, was Sie getan haben, als sie die Wohnung verlassen haben, in der der Kindergeburtstag gefeiert wurde. Es war doch eine Privatwohnung, oder?«

»Ja, das war es.«

Lothar Menek beginnt, sich unruhig auf dem Stuhl zu winden.

»Was ist? Wissen Sie jetzt noch, was Sie nach ihrem Auftritt getan haben, oder nicht?«

»Ich weiß es genau, ich fürchte nur, es wird Ihnen nicht gefallen.«

»Und?«

»Ich war einkaufen. Die Saison war zu Ende, erfolgreich

zu Ende, das wollte ich feiern, und da dachte ich, dass sie in diesem Supermarkt vielleicht gekühlten Champagner haben. Man hört ja so einiges von Sylt …«

»Sie meinen jetzt aber nicht den Supermarkt in Hörnum, von dessen Parkplatz das zweite Entführungsopfer verschwunden ist.«

»Doch. Leider.«

Bastian Kreuzer beißt die Zähne zusammen und tauscht einen kurzen Blick mit Silja. Es scheint ihm, als sei alle Farbe aus deren Gesicht gewichen. Leise fragt sie den Zauberer: »Und haben Sie etwas von der Entführung mitbekommen?«

Unruhig rutscht Lothar Menek auf seinem Stuhl herum.

»Ob Sie es nun glauben oder nicht, ich stand hinter der Mutter an der Kasse. Ihre kleine Tochter hat ohne Ende geredet, und zwar nur von meiner Vorstellung. Das war zum einen natürlich schmeichelhaft, zum anderen wollte ich aber nicht erkannt werden, so dass ich mich wenn möglich weggedreht habe. Als die Mutter die Kleine rausgeschickt hat, war ich natürlich erleichtert. Und als ich meine Flasche bezahlt habe, stand die Mutter immer noch unten am Fließband und packte ihren Großeinkauf zusammen.«

»Und Sie sind dann raus auf den Parkplatz gegangen?«

»Genau. Mein Wagen parkte zum Glück sehr nahe an der Einfahrt. Ich bin rein und weggefahren. Und bevor Sie jetzt fragen: Die Kleine habe ich draußen nicht noch mal gesehen.«

»Warum haben Sie sich eigentlich nicht als Zeuge gemeldet, wenn Sie den Vorgang doch direkt beobachtet haben?«

Bastian formuliert die Frage bewusst ungenau, aber Menek lässt sich nicht beirren.

»Ich habe den ›Vorgang‹ nicht beobachtet. Damit meinen Sie doch die Entführung, oder? Davon habe ich nichts mitbekommen, wie gesagt. Und den Rest hat Ihnen ja die Mutter des Mädchens ganz zutreffend beschrieben, das war schließlich so ausführlich im Fernsehen zu hören, dass es auch mir nicht entgangen ist. Alles, was ich wusste, wussten Sie also auch schon.«

Während der Ausführungen Meneks hat Silja begonnen, in einer Kladde auf ihrem Schreibtisch zu blättern. Jetzt scheint sie gefunden zu haben, wonach sie gesucht hat.

»Bastian, kommst du gerade mal?«

Als er in die Aura ihres Parfüms eintritt, hat Bastian Mühe, sich auf die Schrift zu konzentrieren, auf die ihr Zeigefinger weist. Er bückt sich hinunter und atmet tief den Duft ihres Haares ein. Rosmarin mit einer Prise Zimt. Silja hat die Seite mit den Personenbeschreibungen der Parkplatzzeugen aufgeschlagen. Eine davon trifft ziemlich genau auf den Zauberer zu. Dunkles Haar, im Nacken mehr als kragenlang, halbmondförmige Geheimratsecken, eine leicht gebogene Nase, schmale Lippen. »Ein Zigeunerkopf« hat der Zeuge seine Beschreibung zusammenfassend charakterisiert und sich damit nicht unbedingt das Wohlwollen der Vernehmenden gesichert. Und jetzt stellt sich heraus, dass gerade dieser »Zigeunerkopf« sich hier materialisiert hat.

»Immerhin«, ist alles, was Bastian Kreuzer zu Siljas Fund bemerkt. Auch sie hat ein perfektes Pokerface aufgesetzt, denn Menek lässt den Blick nicht von den beiden Beamten.

»Darf man fragen, was Sie da vor sich haben?«

»Eine Zeugenaussage«, antwortet Bastian knapp. »Man hat Sie auf dem Parkplatz beobachtet und Ihr Verhalten ziemlich genau beschrieben. Steht alles hier in den Akten.«

»Na, dann wissen Sie ja, dass ich allein in meinem Wagen gesessen habe.«

Bastian schweigt.

»Oder wissen Sie das nicht?« Menek windet sich unter dem langen, nachdenklichen Blick des Oberkommissars. »Jetzt sagen Sie bloß nicht, da hat jemand behauptet, die Kleine habe mit mir im Wagen gesessen.«

»Ich möchte mich dazu im Augenblick nicht äußern. Vielmehr würde ich Sie jetzt bitten, uns mitzuteilen, was Sie am Samstagnachmittag bis in den Abend hinein getan haben.«

»Samstag ...« Menek bricht ab. Er ist sichtlich verwirrt und muss die Botschaft in Bastians Worten erst einmal verdauen. Für Sekunden schließt er die Augen, wie um sich zu sammeln. Dann fährt er fort. »Also, am Samstag war ich am Strand. Wenn ich mich recht erinnere, den ganzen Tag lang. Es ist ja so traumhaftes Wetter zurzeit.«

»Und wo genau waren Sie am Strand?«

»In Hörnum, glaube ich.«

»Glauben Sie.«

»Nein, nein, ich weiß es genau. Dort ist es nicht so voll wie überall sonst auf der Insel. Vor allem nicht am FKK-Strand. Den Tipp habe ich von meiner Wirtin bekommen. Ich weiß noch, dass ich dachte, das hätte sie ja auch mal früher sagen können.«

»Und Sie haben sich wieder keinen Strandkorb gemietet?«

»Nein, gibt's da gar nicht. Ein Handtuch reicht mir auch.«

»Haben Sie mit irgendjemandem geredet?«

»Nicht dass ich wüsste.«

»Und wann haben Sie den Strand verlassen?«

»So gegen sieben, würde ich sagen.«

»Genau wissen Sie das aber nicht?«

»Wer sieht schon auf die Uhr, wenn er Ferien macht.«

»Und was haben Sie dann getan?«

»Ich bin zurück aufs Zimmer. Ich hatte mich nämlich verbrannt.«

Lothar Menek zieht die Ärmel seines weiten Oberhemdes hoch und weist auf seine beiden stark geröteten Unterarme. Dann kommentiert er cool: »Den Anblick meines Nackens würde ich Ihnen gern ersparen.«

Kreuzer nickt. »Schon gut. Sie sind also zwischen sieben und sagen wir mal zehn nach sieben am Samstagabend vom Hörnumer Strand zurück in Ihre Pension gefahren?«

»Nicht gefahren, gegangen. Ist zwar ein Fußweg von einer halben Stunde, aber die Parkplätze sind immer rappelvoll.«

»Ihr Wagen hat demzufolge den ganzen Tag vor der Pension auf dem Parkplatz gestanden?«

»Ja, hat er. Und zwar offen, was meine Wirtin noch dazu veranlasst hat, mich wegen meiner Leichtfertigkeit zu schelten.«

»Wann war das?«

»Als ich vom Strand zurückkam, bin ich ihr genau in die Arme gelaufen. Sie war ganz erleichtert, dass ich jetzt das Dach schließen konnte, denn der Sturmregen vom Vortag saß ihr noch in den Knochen.«

»Sie haben also das Autodach geschlossen. Und dann?«

»Bin ich hoch auf mein Zimmer. Der Sonnenbrand wollte versorgt werden.«

»Ihr Wagen stand weiterhin unten auf dem Parkplatz?«

»Ja, natürlich.«

»Okay, Herr Menek. Wir werden das überprüfen. Bis dahin müssen wir Sie leider bitten, bei uns zu bleiben.«

»Also hören Sie mal, das können Sie doch nicht machen!«

»Doch, können wir. Noch stehen Sie unter Tatverdacht. Aber wenn Sie die Wahrheit gesagt haben, dann werden wir das in absehbarer Zeit wissen, und Sie können selbstverständlich gehen, wohin Sie wollen.«

Bevor der Berufszauberer Lothar Menek die Gelegenheit zu weiteren Beschwerden nutzen kann, wird er von den beiden Beamten abgeführt, die ihn auch festgenommen haben.

Als Menek den Raum verlassen hat, wendet sich Bastian, der die ganze Zeit sehr dicht neben Silja stehen geblieben ist, an die Kollegin.

»Und? Was sagst du?«

Sie lehnt sich ruhig in ihrem Stuhl zurück und blickt zu ihm auf.

»Er ist es nicht.«

Inständig hofft sie, dass der Kollege nicht merkt, wie schwer ihr dieser Satz fällt. Wenn herauskäme, wie befangen sie in diesem Fall ist, würde man sie sofort von den Ermittlungen abziehen. Und nichts wäre furchtbarer für Silja Blanck. Denn es war genau das lähmende Gefühl der Hilflosigkeit, das sie damals nicht ertragen konnte. Der Mörder ihrer kleinen Schwester ist nie gefunden worden, das Verbrechen bis heute ungesühnt. Für Silja war das ein starkes Motiv, um nach dem Abitur zur Kriminalpolizei zu gehen. Alle wunderten sich damals über ihren Entschluss. Sie war kulturell und historisch interessiert, ein Studium der Kunstgeschichte oder der Anglistik, so etwas hatten ihre Freunde und Freundinnen erwartet. Aber keinesfalls etwas so Bodenständiges wie Polizeiarbeit.

Die Stimme Bastian Kreuzers reißt Silja aus ihren Gedanken.

»Vermutlich hast du recht, er ist es nicht. Schließlich hat noch nicht einmal der Zeuge, der ihn vom Hörnumer Parkplatz hat wegfahren sehen, von einem Mädchen auf dem Beifahrersitz gesprochen.«

»Genau. Außerdem klingt die Sache mit dem Sonnenbrand zu überzeugend, um ausgedacht zu sein. Wir sollten sofort jemanden zu der Pensionswirtin schicken.«

»Organisierst du das?«

Silja nickt und greift nach dem Telefon.

»Und Silja, noch was.«

»Ja?«

»Wenn wir den Täter gefunden haben …«

»Falls wir ihn finden, meinst du wohl.«

»Das werden wir, verlass dich drauf. Also, was ich sagen wollte: Wenn wir ihn haben, gehst du dann mit mir zum Abendessen?«

Einige Sekunden blickt Silja Bastian still ins Gesicht. Die Zeit vergeht schleppend langsam, und als er sich gerade insgeheim zum größten Hornochsen auf Gottes grüner Erde erklären will, sagt sie leise: »Warum erst dann? Vielleicht hast du ja heute Abend schon Zeit …«

Sonntag, 26. Juli, 20.17 Uhr, Braderuper Weg, Kampen

Nach der Tagesschau bleiben Anja und Sven noch minutenlang dicht nebeneinander auf dem Sofa sitzen. Sie wechseln kein Wort, während im Fernsehen ein Entertainer mit Föhnwelle eine Rateshow anmoderiert. Als Sven sich endlich vorbeugt und nach der Fernbedienung greift, um den unerträglichen Menschen von der Mattscheibe zu putzen, sieht Anja ihren Mann hilflos an. Die Stille ohne den Fernsehton ist fast noch schrecklicher als das dumme Gerede vorher.

»Es war wieder die Spitzenmeldung«, flüstert sie.

Sven nickt schweigend.

»Immer wenn ich die Bilder von den drei Mädchen sehe, denke ich, wie ähnlich sie doch Mette sehen.«

»Das ist nur die Frisur. Diese Zöpfe sind eben modern.«

»Trotzdem. Ich habe solche Angst um das Kind.«

»Wir dürfen sie einfach keine Sekunde mehr aus den Augen lassen, darüber sind wir uns doch einig.«

»Natürlich. Aber du weißt ja selbst, wie schwierig das im Alltag ist. Ich kann sie doch nicht an mir festbinden. Vielleicht sollte ich mit ihr wegfahren.«

»Wohin?«

»Zu meiner Schwägerin nach Bremen.«

»Die kannst du nicht leiden. Ihr kriegt euch immer in die Haare. Nein, wir stehen das auch so durch, glaub mir. Es kann ja nicht mehr lange dauern, bis wir den Kerl haben.«

»Das sagst du nur, um mich zu beruhigen. Ich habe heute auf dem Revier die Gesichter deiner Kollegen gesehen. Sie waren alle ratlos, ach, was sage ich, ihre Gesichter sahen aus wie eingefroren, so als müssten sie sich unheimlich beherrschen.«

»Natürlich geht das auf die Stimmung, es ist ja auch wie verhext. Was sagst du eigentlich zu den neun Phantombildern? Du hast sie doch jetzt gesehen.«

Anja hebt in einer hilflosen Geste die Hände.

»Es war so, wie du es beschrieben hast. Fast schon gruselig, weil die Männer so vollkommen unterschiedlich aussahen. Das kann doch eigentlich gar nicht sein.«

»Ist aber so. Und der Typ, der dir geholfen hat, Mette zu finden, war nicht dabei?«

»Einer von denen hatte sogar ziemliche Ähnlichkeit mit ihm, aber das machte das Ganze noch gruseliger. Schließlich hat der, den ich gesehen habe, mir geholfen, meine Tochter zu finden, und sie nicht entführt.«

»Kann er es nicht trotzdem gewesen sein?«

»Das haben deine Kollegen auch überlegt, aber es lagen vielleicht fünfzehn Minuten zwischen Lises Verschwinden und meinem Zusammentreffen mit dem Mann. Und als Mette Lise gesehen hat, saß sie offenbar ganz zufrieden neben dem Entführer im Auto. Er müsste also innerhalb von einer Viertelstunde das Mädchen überwältigt und …« Anja stockt und sucht nach Worten, »… irgendwie dingfest gemacht haben. Ich meine, irgendwann wird sie gemerkt haben, dass er nicht der gute Onkel ist, und spätestens dann konnte er sie nicht mehr allein lassen. Sie durfte ihm schließlich nicht weglaufen.«

»Du hast recht. Das Ganze gäbe nur einen Sinn, wenn das Mädchen freiwillig mitgegangen wäre.«

»Und das ist sie nicht, oder?«

»Wir können uns jedenfalls kein Szenario vorstellen, in dem das möglich wäre. Nicht, nachdem dieser Zauberer entlastet worden ist. Und er war es ja definitiv nicht, den du gesehen hast?«

»Nein, nein, den haben mir deine Kollegen ja gleich gezeigt. Der sah ganz anders aus.«

»Du hast aber jetzt ein Phantombild von diesem Touristen generiert?«

»Schon, nur wissen deine Kollegen noch nicht, ob das überhaupt an die Öffentlichkeit darf. Er wird ja als Zeuge gesucht, nicht als Verdächtiger.«

»Das lässt sich klären.«

»Aber was wird es nutzen? Wenn der Typ etwas beobachtet hätte, hätte er sich längst gemeldet.«

»Vielleicht hat er etwas zu verbergen.«

»Solange es keine toten Mädchen sind, kümmert das im Moment wirklich niemanden, noch nicht einmal euch. Oder irre ich mich?«

»Ich fürchte, nein. Im Gegenteil, du triffst den Nagel auf den Kopf. Bei uns bleibt alles liegen, weil alle nur wie verrückt an diesen Entführungen arbeiten. Und was haben wir? Nichts!«

Sonntag, 26. Juli, 20.29 Uhr, Alte Landstraße, Westerland

Im Eiltempo fegt Silja Blanck durch ihre Wohnung. Sie ist frisch geduscht und umgezogen, aber noch ungeschminkt. Hastig greift sie nach Tiegeln und Pinseln. Nur nicht nachdenken. Vor allem nicht über dieses überstürzt verabredete Rendezvous für den Abend. Bastian Kreuzer ist genau der Typ Mann, den sie nicht in ihrem Leben gebrauchen kann. Nein. Sofort verbessert sie sich selbst. Sie kann nicht nur ihn nicht, sie kann überhaupt keinen Mann in ihrem Leben gebrauchen.

Männer entführen Mädchen und zerstören deren Leben. Männer gehen zur Polizei und fühlen sich mächtig. Für Silja sind das zwei Seiten einer einzigen Medaille.

Und warum bist du dann selbst zur Kripo gegangen, fragt sie sich, während der Make-up-Pinsel leicht wie ein Seidenhauch über ihren Teint fährt. Längst weiß Silja, dass sie die Schminkrituale nicht nötig hat, dass ihre Haut auch ohne Puder ebenmäßig und leicht getönt ist. Niemand sähe einen Unterschied, würde sie auf die langwierige Prozedur verzichten. Aber es gibt ihr Halt, ihr Gesicht mit dieser dünnen Maske zu versehen. Es ist, als zöge sie eine weitere Mauer um ihre Seele, als erschwere sie mit Puder, Farben und Tusche den Zugang zu allem, was ihr wichtig ist, was sie im Innersten ausmacht.

Nach dieser Maxime hat sie ihr Leben ausgerichtet, und der Preis dafür ist hoch. Silja hat wenige Freunde, fast alle Mitschüler und Mitschülerinnen haben studiert, sie sind jetzt über die ganze Republik verteilt, einige sind ins Ausland gegangen. Auf Sylt ist fast niemand geblieben. Nur Karsten, der schon damals ein Hansdampf in allen Gassen war und jetzt sehr erfolgreich einen Nobelimbiss in Kampen führt. Bei ihm hat Silja für heute Abend einen Tisch reserviert. Auch das war eine Übersprungshandlung, und Karsten staunte nicht schlecht, als er Jahre nach dem Abitur die ehemalige Mitschülerin am Telefon hatte. Natürlich war sein Bistro ausgebucht, doch für Silja und ihren Begleiter würde er einen zusätzlichen Tisch auf der Terrasse platzieren.

»Ist er auch bei der Kripo?«, war alles, was Karsten fragte. Ihre zustimmende Antwort wunderte ihn nicht. Wie sollte er auch wissen, dass Silja sogar im Job von Anfang an alle Kontaktversuche abgeblockt und sich nur beruflich engagiert hat. Die Kollegen haben sich längst daran gewöhnt. Silja weiß genau, wie sie sie nennen, wenn sie nicht dabei ist.

Die eiserne Jungfrau. Sollen sie doch, solange sie sie nur in Ruhe lassen.

Und jetzt dieses Rendezvous mit dem Kollegen vom Festland. Bastian Kreuzer. Vor zwei Tagen hat sie von ihm geträumt. Seitdem würde sie alles tun, um diesen Traum zu vergessen. Doch Silja begegnet Bastian täglich im Kommissariat, da ist das mit dem Vergessen nicht so einfach. Denn Bastian Kreuzer hat eine Ausstrahlung, die fatale Erinnerungen in ihr weckt.

Der Kollege entspricht komplett dem Daddy-Schema. Er ist groß und stark und scheint immer zu wissen, was zu tun ist. Ganz so, wie Siljas eigener Vater vor dem Tod der kleinen Schwester gewesen ist. Danach hat er nie wieder so gewirkt. Dass er Franziska, seine jüngste Tochter, nicht hatte beschützen können, hat ihn damals gebrochen. Die Depressionen wurden von Jahr zu Jahr stärker, schon bald konnte er nicht mehr in seinem Job arbeiten, dann kam der Alkohol und dann die Psychiatrie. Heute ist Siljas Vater ein von Tabletten aufgeschwemmter Mann, der weitaus älter aussieht, als er ist. Eine schlaffe Hülle, die dem Tod entgegensiecht, vorsichtig abwartend und nicht ganz unwillig, wie es Silja bei ihren immer selteneren Besuchen in der Klinik scheint.

Sorgsam streicht sie mit dem Tuschebürstchen aufwärts. Dunkle Augen, pechschwarze, sehr lange Wimpern. Silja weiß genau, dass sie mit ihrer Mischung aus Attraktivität und Coolness ausgesprochen sexy wirkt. Sie legt es nicht darauf an, sie wünscht sogar oft, es wäre anders. Doch sie kann es nicht ändern. Sie kann weder an ihrer Schönheit etwas ändern, noch kann sie auf die Maskerade verzichten. Sie braucht täglich das Gefühl, alles zum Verschwinden zu bringen, was an ihr verletzlich und sanft wirken könnte.

Und heute Abend wird sie es besonders nötig haben.

Während Silja die Wimperntusche zuschraubt, überlegt sie zum tausendsten Mal, ob sie die Verabredung nicht lieber absagen soll. Bastians Handynummer hat sie, es könnte ganz schnell gehen. Aber dann? Wie wird sie sich morgen fühlen? Wäre die Blöße, die sie sich gäbe, nicht noch größer?

Silja richtet sich auf, als gelte es, einen Kampf zu bestehen. Und vielleicht ist es genau das, ein Kampf gegen die Gespenster ihrer Vergangenheit.

Sonntag, 26. Juli, 20.55 Uhr, Hauptstraße, Kampen

Bastian stellt den Wagen auf dem kleinen Parkplatz neben dem *Hermès*-Geschäft ab. Er steigt aus und sieht sich um. Das Bistro, in dem Silja reserviert hat, liegt auf der anderen Straßenseite. Silja ist noch nicht zu sehen, aber es ist auch erst fünf vor neun. Es erscheint Bastian merkwürdig, dass er noch am Morgen auf dem Strönwai die Entführungsszene nachgestellt hat und jetzt nur wenige Meter davon entfernt mit seiner attraktiven Kollegin verabredet ist. Als er Silja Blanck die Auswahl des Ortes überlassen hat, hätte er mit allem gerechnet, aber nicht mit diesem Renommierbistro mitten in Kampens goldenem Dreieck. Hat er die Kollegin vielleicht auch sonst falsch eingeschätzt? Verbirgt sich hinter ihrer aufreizend coolen Fassade doch nur der übliche Girlie-Chic?

Aber warum geht sie dann mit ihm aus? Schließlich ist er eher Raubein als Gentleman.

Nachdenklich setzt Bastian den ersten Fuß auf die Straße, obwohl die Ampel noch rot ist. Ein Wagen bremst und hupt. Bastian bleibt stehen und entschuldigt sich mit einer kleinen Geste. Hinter dem Steuer sitzt Silja und droht lächelnd mit dem Zeigefinger.

Als sie auf dem Parkplatz ihr Auto verlässt, ist das Lächeln aus ihrem Gesicht verschwunden. Sie wirkt plötzlich angespannt, fast schon hektisch.

»Was ist? Hast du dich meinetwegen abgehetzt? Ich hätte durchaus fünf Minuten auf dich gewartet«, versucht er, das Eis zu brechen.

»Nein, das ist es nicht. Aber dieses Kampen schüchtert mich ein.«

»Du bist es, die hier reserviert hat, nicht ich.«

»Der Betreiber ist ein ehemaliger Mitschüler von mir. In der Hochsaison bekommst du auf Sylt so kurzfristig keinen Tisch mehr, jedenfalls nicht ohne Beziehungen. Und nicht, wenn das Essen was taugen soll.«

»Und hier ist es gut?«

»Habe ich jedenfalls immer wieder gehört.«

Diesmal überqueren beide die Straße bei Grün. An der Ampel wartet ein dunkelblaues Jaguar-Cabriolet. Automatisch mustert Bastian den Fahrer. Ein Herr über siebzig mit Glatze und Kaiser-Wilhelm-Bart. Der ist bestimmt auf keinem der Phantombilder.

»Keine beruflichen Themen heute Abend, okay?«

Silja hat Bastians Blick gesehen.

»Von mir aus gern. Ich könnte dich stattdessen mit der Geschichte meiner gescheiterten Beziehungen langweilen.«

»Gute Idee. Ich könnte mich mit der Geschichte meiner nicht vorhandenen Beziehungen revanchieren.«

»Hey, wir sind ein Dream-Team, scheint mir.«

Der tiefe Blick, den Bastian wagt, prallt an einem stämmigen Mann mit blonder Tolle ab, der die beiden schon beim Überqueren der Straße erspäht hat und nun Silja an seinen massigen Körper drückt, als sei sie die verlorene Tochter. Während Bastian sich noch für die unangebrachte Assoziation schämt, fasst der Gastronom Silja fest an beiden Oberarmen und rückt sie ein Stück von sich fort. Schamlos, so scheint es Bastian, lässt er dann den Blick über Gesicht und Körper der ehemaligen Mitschülerin gleiten.

»Gut siehst du aus.«

»Danke, das täuscht manchmal.«

Silja windet sich aus dem Griff und mustert die rundverglaste Terrasse an der befahrenen Kreuzung.

»Und du hast nach wie vor alles im Blick. Wie schon zu Schulzeiten.«

»Bin eben ein Schnellchecker.«

Der Gastronom lacht laut und prüft gleichzeitig aus den Augenwinkeln, ob die anderen Gäste sehen, dass die beiden Neuen ebenfalls mit ihm bekannt sind. Dann bringt er Silja und Bastian zu einem Stehtisch mit hochbeinigen Stühlen, der ein wenig abseits platziert ist.

»Ging leider nicht anders, in der Glasmuschel war schon alles voll.«

»Der Platz ist völlig in Ordnung. Hauptsache, die Stühle sind bequem«, antwortet Silja, während sie sich setzt.

»Hat sich noch niemand beschwert. Erst mal einen Apéro oder gleich die Karten?«

Silja runzelt die Stirn, als stehe sie vor einer schwierigen Entscheidung. Bastian lächelt.

»Zwei Glas Prosecco können nicht schaden, denke ich. Dann sehen wir weiter.«

Als der Gastronom im Inneren des Bistros verschwunden ist, atmet Silja auf.

»Der war schon immer anstrengend.«

»Er macht seine Sache doch gut. Ich denke, genau das erwartet man hier, oder nicht?«

»Doch, bestimmt. Es ist nur nichts für mich.«

»Wenn du möchtest, können wir immer noch den Ort wechseln.«

»Genau. Alternativen gibt es genug. Eine schummrige Pizzeria an der Ausfallstraße von Westerland zum Beispiel. Die haben bestimmt noch den einen oder anderen Tisch frei. Nein, lass nur. Wir bleiben hier.«

»Warum bist du so angespannt? Weder dein Mitschüler noch ich werden dich heute Abend auffressen. Oder hast du etwa die Dienstwaffe nicht dabei? Dann ist das natürlich etwas anderes.«

Silja lächelt und greift nach einem der Proseccogläser, die der Kellner gerade gebracht hat.

»Worauf sollen wir trinken?«

»Auf den Sommer, auf den Abend. Wenn du willst auch auf uns.«

»Okay. Ich bin mit allem einverstanden, solange wir nicht über die entführten Mädchen reden«, antwortet Silja und hebt ihr Glas.

Sonntag, 26. Juli, 22.30 Uhr, Möwengrund, List

Fred erwacht von einem Höllenschmerz im linken Bein. Ein Krampf, da hilft nur aufstehen. Polternd fällt die Flasche um. Sie war offen und nicht ganz leer. Wie sie neben das Bett gekommen ist, weiß Fred nicht mehr genau, aber es ist nicht schwer, sich den Grund zu denken. Jetzt steht Freds Fuß in einer Wodka-Lache und schmerzt immer noch. Fred flucht. Es fällt ihm schwer, das Gleichgewicht zu halten, vor allem, weil er gleichzeitig versucht, sich an seinen Traum zu erinnern.

Da waren ein Auto und eine Feder, so viel weiß er noch. Und jede Menge Kugelschreiber. Alte und neue. Billige und teure.

Tagesreste, würde der gute alte Siggi Freud jetzt vermutlich sagen, kein Grund, sich aufzuregen.

Fred belastet vorsichtig das schmerzende Bein. Langsam, ganz langsam lässt der Schmerz nach. Jedenfalls der im Bein, der Schmerz im Kopf nimmt überproportional zu. Rammböcke in Freds Hirnwindungen, detonierende Kofferbomben an seinen Schläfen. Und gestern früh hat er die letzte Aspirin geschluckt. An Einschlafen ist nicht mehr zu denken, schon gar nicht in dem Mief, der in seiner Hütte herrscht.

Fred reißt das Fenster auf. Die Luft von draußen ist wie Samt auf seinem Gesicht. Sanft, weich und gerade richtig temperiert. Ein leichter Windhauch geht durchs Zimmer und bringt den Geruch nach See und Dünen mit. Fred atmet tief durch. Wunderbar. Die Uhr an seinem Handgelenk zeigt halb elf abends. Draußen ist alles dunkel. Dunkel und magisch. Jetzt wäre ein Spaziergang ein Erlebnis. Zögernd macht Fred ein paar freihändige Schritte. Geht doch. Nicht dass er wieder am Ende der Straße zusammenbricht und am nächsten Morgen aus dem Rinnstein gefischt werden muss wie vor zwei Wochen. Damals hatte er doppeltes Glück im Unglück. Er hatte sich nichts gebrochen, nur ein paar Schürfwunden zugezogen, und es hatte ihn ein Tourist gefunden. Nicht auszudenken, wenn es seine Vermieterin gewesen wäre. Dann wäre Fred jetzt vermutlich obdachlos.

Als er sich anziehen will, kann er seine Jeans nicht finden. Erst nach längerem Suchen und ausgiebigem Fluchen wird ihm klar, dass er die Hose die ganze Zeit auf den Hüften getragen hat. Ist ohnehin spießig, sich zum Schlafen auszuziehen. Immerhin hat die Sucherei in der frischen Luft, die der Wind weiterhin durchs Fenster drückt, Fred etwas ausgenüchtert. Und seinen Tatendurst geweckt.

Okay, wenn er jetzt anfängt, überall rumzuschnüffeln, wird das die Polizei nicht gerade begeistern. Schließlich hat man ihn vernommen. Aber er ist unschuldig, hat ja auch ein Alibi, Hilde Brunsen sei Dank. Apropos Hilde. Fred sieht sich um, nein, da ist nichts mehr in der Flasche. Dabei könnte er gerade jetzt ein bisschen Sprit ganz gut gebrauchen. Als Zündstoff für seine Gedanken. Schließlich muss er einen Plan entwickeln.

Vielleicht sollte er die Gunst der Stunde nutzen und sich einen weiteren Tatort näher ansehen. Bis nach Hörnum ist es ohne Auto zu weit, aber wenn er das klapprige Fahrrad aus dem Schuppen hinter dem Gartenhaus nimmt, ist der Weg nach Kampen möglicherweise zu schaffen.

Während Fred sich die alte Straßenkarte in die Gesäßtasche stopft, überlegt er in einem eigenartigen Anflug von

Euphorie, ob es sich bei der heutigen Nacht nicht womöglich um eine Glücksnacht handeln könnte. Vielleicht wird er tatsächlich den Schlüssel zu dem Verbrechen finden. Falsches Bild, korrigiert er sich sofort, für kein Verbrechen braucht man einen Schlüssel, den braucht man nur für Häuser, Wohnungen und Autos. Für ein Verbrechen braucht man vor allem ein Motiv – und das wird wohl kaum im nächtlichen Kampen auf dem Strönwai herumliegen. Also, was könnte er finden? Ein Versteck. Genau, das ist es doch. Er wird nach dem Versteck suchen, in dem der Entführer die Mädchen tot oder lebendig verborgen hält. Einem Versteck im Herzen der Insel.

Während Fred sich bemüht, das alte, klapprige Fahrrad im Dunkeln aus dem Schuppen zu holen, ohne ein Geräusch zu machen, beginnt er schon zu zaudern. Warum sollte ausgerechnet er etwas finden, was die Polizei nicht auch schon längst hätte entdecken können? Und wer wird schon etwas so Heikles wie entführte Mädchen mitten in Kampen verstecken?

Andererseits ist man im Auge des Orkans manchmal am besten aufgehoben. Zwar hat die Polizei sämtliche abgelegenen Inselflecken systematisch abgesucht, doch ist vielleicht gerade das Zentrum, in dem alle Welt sich aufhält, nicht genügend beachtet worden. Es muss ja nicht gerade der Strönwai sein, aber auch in Kampen gibt es genug versteckte Ecken. Außerdem wird zurzeit einiges hochgezogen, und eine brachliegende Baustelle ist vielleicht nicht der schlechteste Unterschlupf.

Als Fred das Fahrrad besteigt, wird ihm mehrmals schwindlig. Er schlingert, muss immer wieder bremsen, absteigen und tief durchatmen. Doch langsam wird es besser, und der Lichtkegel, den die Vorderlampe auf den Asphalt wirft, tanzt den Straßentango nur noch in sehr kleinen Bögen. Der Fahrtwind bläst den Alkohol aus Freds Hirn und schafft Platz für den einen oder anderen vernünftigen Gedanken. Zum Beispiel für die Frage, was eigentlich aus der Feder geworden ist, die er letztens in der Dünenkuhle gefunden hat. Und für die Frage, warum ihm diese Feder plötzlich wieder wichtig erscheint, wenn doch sein Traum nur ein Tagesrest gewesen sein soll.

Die Straße ist leer, schnurgerade und glatt asphaltiert. Es ist eine Freude, sie zu befahren. Das Rad schnurrt unter den Tritten der Pedale wie ein williges Werkzeug. Unwirklich gleitet die dunkle Landschaft vorüber. Sie ist nicht echt, denkt Fred plötzlich. Ich fahre durch ein Computerspiel, hier ist alles animiert.

Deutlich sieht er jetzt die alte Straßenkarte aus der schimmeligen Kiste vor sich. Es würde ihn nicht wundern, wenn die Kreuze von der Karte auch am Straßenrand stehen würden. Kreuze? Es waren Kringel, weist sich Fred selbst zurecht. Im Grunde genommen waren es sogar akkurate kleine Kreise. Schwarze Kreise, die sich mit zunehmender Annäherung an Kampen gehäuft haben.

Plötzlich ist hinter Fred alles hell. Wie eine Explosion erscheint das Licht, nähert sich tosend und drängt Fred mit seinem Fahrrad an den Rand der Straße. Fast landet er im Graben, als der Porsche ihn rasend überholt. Dann dauert es nur Sekunden, in denen die Rücklichter immer kleiner werden, bis sie schließlich ganz verschwinden.

Dieser Irre hatte mindestens zweihundert Sachen auf dem Tacho, überlegt Fred, und wenn er tagsüber auch so fährt, wird er es nicht mehr lange machen. So gerade diese Straße auch ist, gibt es doch einige heimtückische Stellen, an denen sich auch früher schon die Unfälle gehäuft haben.

Unfälle?

Unfälle.

Genau, das ist es. Das fehlende Puzzleteilchen, der Schlüssel zu seinem Traum.

Mit jedem Tritt in die Pedale wird Freds Erinnerung deutlicher. Die Kreise auf der Karte hätten besser Kreuze sein sollen. Kreuze am Straßenrand, die Unfallstellen markieren, an denen Menschen gestorben sind. Prominente Menschen, die den Stoff für wirklich tragische Geschichten abgegeben hätten.

Für Geschichten, die ausrecherchiert, aber nie geschrieben worden sind.

Sonntag, 26. Juli, 23.04 Uhr, Hauptstraße, Kampen

»Für einen autofahrenden Polizisten trinkst du aber viel«, bemerkt Silja, als Bastian anstelle eines Desserts das dritte Glas Wein ordert.

»Ist das ein Vorwurf oder eine Frage?«

»Wenn ich mich entscheiden muss, dann ist es eine Frage.«

»Ich bin nervös.«

»Meinetwegen?«

In gespieltem Erstaunen sieht Bastian sich um. »Sitzt sonst noch jemand am Tisch?«

Silja lacht. Ihr gefällt Bastians direkte, unkomplizierte Art. Selten hat ein Abend in Gesellschaft sie so entspannt.

»Also raus mit der Sprache: Warum bist du nervös?«

»Geständnisse gibt es nicht ohne Gegenleistung. Ich mache den Anfang, aber dann bist du dran.«

»Okay. Oder warte. Was genau willst du wissen?«

Es fällt Silja schwer, die Angst aus ihrer Stimme zu verbannen.

»Ich kenne jetzt die Geschichte deiner Radfahrverletzungen, ich weiß, wie sehr du als Kind den Sandmann im Fernsehen gefurchtet hast, und ich weiß, auf welchen Campingplätzen du als Neunzehnjährige gezeltet hast. Ich weiß sogar, welche Ausbilder du an der Polizeischule gehasst hast. Aber ich weiß nichts über deine Familie. Es ist wie ein Loch in deinen Erzählungen. Da, wo Eltern und Geschwister sein sollten, ist rein gar nichts. Nur Schweigen. Ein ziemlich lautes Schweigen, wenn du mich fragst.«

»Du bist ganz zu Recht bei der Kripo, weißt du das?«

»Na, das hoffe ich doch.«

Bastian sieht Silja mit einem Blick an, der kein Entkommen zulässt. Aufmerksam, geduldig und abwartend. Sie fühlt sich zunächst sehr unwohl unter diesem Blick, doch nach einer Weile verändert sich das Gefühl. Es ist, als schmelze ein Panzer, als könnten sich ihre Gesichtszüge endlich entkrampfen, obwohl Silja sie doch gar nicht angespannt hatte, jedenfalls nicht bewusst. Sie holt tief Luft, und dann platzt es aus ihr heraus.

»Weißt du was? Ich mache den Anfang. Du musst gar nichts erzählen. Du bist nervös, weil dies ein Date ist, das reibungsloser läuft, als wir es vermutlich beide erwartet haben. Das ist nicht schwer zu erraten, und du kannst jetzt widersprechen, wenn ich mich täusche.«

Silja hält inne und blickt Bastian in die Augen. Er lächelt nur und blinzelt kurz. Rede weiter, ich höre dir zu.

»Ich habe also recht. War ja nicht so schwer. Jetzt ich. Das ist schon weniger einfach. Aber es ist besser, wenn ich es erzähle, das ist mir im Lauf des Abends klargeworden. Auch ohne deinen Spürsinn übrigens.«

»Und was genau ist dir klargeworden?«

»Ich dürfte gar nicht an unserem Fall arbeiten.«

»Stopp. Regelverstoß. Du weichst aus. Keine beruflichen Themen heute Abend. Das haben wir abgemacht.«

»Jetzt sei still und lass mich reden. Du wirst gleich sehen, dass es um etwas anderes geht. Und dass du eine präzise Erklärung für deine Beobachtung bekommst. Präziser, als du es dir je hast wünschen können. Ich kenne nämlich all das, was die betroffenen Familien gerade durchmachen. Ich kenne es nur allzu gut. Ich habe es selbst erlebt.«

»Du hast Kinder?«

»Nein. Keinen Mann, keine Kinder, das weißt du doch. Aber als ich neunzehn war, ist meine kleine Schwester entführt worden. Sie war damals gerade elf und kam nicht zum Abendessen vom Spielplatz nach Hause. Wir haben eine ganze Nacht lang um sie gebangt. Am nächsten Morgen wurde sie gefunden. Tot.«

Bastian Kreuzer sieht Silja Blanck einige Sekunden lang schweigend an. Dann fragt er leise: »Und missbraucht?«

»Ja. Sie lag in einem Gebüsch am Ende des Ortes, ihr kleiner Körper war nackt und völlig verdreht. Sie ist erdrosselt worden. Irgendein Schwein hat seine Pranken um ihren schmalen Hals gelegt und so lange zugedrückt, bis kein Leben mehr in ihr war.«

»Mein Gott. Warum hast du das denn nicht vorher erzählt? Niemand hätte dich unter diesen Umständen gezwungen, an dem Fall mitzuarbeiten.«

»Darum gerade habe ich es ja nicht erzählt. Ich dachte, ich kann helfen. Ach was. Ich wollte helfen, unbedingt. Aber jetzt ist mir manchmal, als würden mich die Erinnerungen überwältigen. Ich habe immer häufiger Mühe, dagegen anzukommen.«

»Hat man den Täter gefunden?«

»Nein, nie.«

»Könnte es nicht der gleiche sein wie jetzt? Du bist doch hier aufgewachsen, oder?«

»Zum Teil. Wir haben früher in Rantum gewohnt, im Haus meiner Großeltern. Als sie starben, haben meine Eltern das Haus verkauft und sind mit uns nach Niebüll gezogen. Dort ist es dann auch passiert. Es war kurz nach dem Umzug, ich hatte gerade mein Abitur hier am Westerländer Gymnasium gemacht. Es hatte damals schon vorher einen ganz ähnlichen Fall gegeben. In der Nähe von Husum. Das Mädchen war zwölf oder dreizehn Jahre alt, also schon am Beginn der Pubertät. Und meine Schwester war zwar nicht sehr fraulich, aber groß für ihr Alter. Nicht solch ein Baby wie die Mädchen jetzt. Das Täterprofil ist ein komplett anderes, außerdem sind zehn Jahre Pause eine lange Zeit und dann noch der Ortswechsel auf die Insel, das ergäbe wenig Sinn.«

»Weiß einer von den Kollegen von deiner Geschichte?«

»Niemand. Ich wollte neu anfangen, als ich hierher zurückkam. Alles hinter mir lassen, du weißt schon. Ich habe keinem was erzählt.«

»Ich bin der Erste, der davon hört?«

»Ich fürchte, ja.«

Wieder trifft Silja einer dieser Blicke, denen sie nicht ausweichen kann. Und noch während sie um Haltung ringt, steht Bastian auf und stellt sich hinter ihren Stuhl. Silja muss sich nur ganz wenig zurücklehnen, um den Kopf an seinen Oberkörper stützen zu können. Bastian beugt sich nach vorn, umfasst ihre Schultern mit seinen Armen und vergräbt das Gesicht in ihrem Haar. Sie kann nicht verstehen, was er murmelt, und es ist ihr auch egal, wenn er nur nicht aufhört.

Als der Kellner sich sehen lässt, gibt sie ihm mit der freien Hand ein Zeichen. Er versteht und bringt die Rechnung. Silja besteht darauf, ihre Hälfte selbst zu zahlen.

»Aber nur, wenn du noch ein Stück mit mir spazieren gehst.«

»Okay. Aber nur, wenn du mich noch einmal in den Arm nimmst.«

Sonntag, 26. Juli, 23.20 Uhr, Lister Straße, Kampen

Während Fred rhythmisch in die Pedale tritt, immer noch auf dem Weg von List nach Kampen, setzen sich seine Gedanken auf ihre Erinnerungsbahnen. Unfälle. Prominentenberichte. Tragische Geschichten. Die Kreise auf der Syltkarte bezogen sich auf ein ganz bestimmtes seiner zahlreichen Projekte. Fred wollte ein Schlaglicht auf die Sylter High Society anhand der tödlichen Autounfälle auf den Straßen der Insel werfen. Warum er damals ausgerechnet an dieser Story einen Narren gefressen hatte, weiß er nur zu genau. Doch er will es nicht wahrhaben, schon lange nicht mehr. Es war Sannes Idee gewesen, und er hatte sich gleich dafür begeistert. Aber so, wie die Beziehung zu Sanne in die Brüche ging, so wurde auch nichts aus seinem hochfliegenden Projekt. Es war eines der wenigen, die nie realisiert worden sind. Zu morbid, zu deprimierend, nicht das, was man von einem Society-Korrespondenten erwartet, das waren die Argumente der Redakteure. Sie kamen zu einer Zeit, in der alles in Fred Hübners Leben scheiterte, sie waren der Anfang vom Ende. Kein Wunder, dass er nicht gern daran zurückdenkt.

Doch jetzt ist etwas anders. Jetzt könnte gerade diese Erinnerung der Türöffner für einen Neubeginn sein.

Während sich die nächtlichen Lichter von Kampen langsam nähern, erinnert sich Fred Stück für Stück an das umfangreiche Recherchematerial, das er damals zusammengetragen hat und das vermutlich immer noch in einer der Kisten vor sich hin schimmelt. Vor Freds innerem Auge beginnt ein Film abzulaufen.

Ein Porsche, der sich am hellen Vormittag um die Ampelstange vor Manne Pahls Bäckerei wickelt. Der Fahrer ist sofort tot, der Anlass für seine Amokfahrt wird nie geklärt. Das ist der Kreis auf der Karte mitten in Kampens Zentrum.

Der Film läuft weiter. Ein cremefarbenes Käfer-Cabrio erscheint auf der alten Landstraße zwischen Westerland und Wenningstedt, es fährt weit über hundert und wird schon aus der nächsten Kurve getragen. Die Insassen, drei junge Männer, deren gemeinsames Erbe sich locker auf mehrere Millionen belaufen hätte, sterben noch auf dem Transport ins Krankenhaus. Sie haben einen achtzehnten Geburtstag in einer Westerländer Disco gefeiert und etliches über den Durst getrunken. Ein weiterer Kreis auf der Karte.

Und da war noch etwas an einer Kreuzung, überlegt Fred gerade, als er den großen Parkplatz am Strönwai erreicht.

Obwohl es bald Mitternacht sein dürfte – ein Blick auf die Armbanduhr verbietet sich aus gleichgewichtstechnischen Gründen –, schlendern jede Menge Sommergäste über die Gehsteige. Und die meisten torkeln gehörig. Oder ist es er selbst, der schwankt?

Fred biegt rechts ab und fährt langsam den Strönwai in Richtung der Dünen hinauf. Es ist jetzt eine Einbahnstraße, fällt ihm auf, früher war das anders. Doch die Karossen, die ihm entgegenkommen, sind so beeindruckend wie eh und je. Es ist unter ihrer Würde, sich um den Radfahrer zu kümmern, der die Verkehrsregeln missachtet. Nur die Fußgänger werfen ihm irritierte Blicke zu. Kein Wunder, so abgerissen wie er wirkt hier niemand. Die Herren tragen Markenjeans und Kaschmirpulli, die Damen führen ihre Designertaschen aus. Nur ganz hinten am Ende der Straße läuft ein Pärchen, das nicht ganz so aufgebrezelt ist. Im Näherkommen stutzt Fred Hübner plötzlich. Wenn das mal nicht der hünenhafte Kriminalkommissar ist, der diese süße Dunkelhaarige im Arm hält. Ein zweiter Blick verschafft Fred Klarheit. Kein Zweifel, genau der war es, der ihm letztens diesen morgendlichen Besuch abgestattet hat.

Noch hat das Walross Fred nicht gesehen, und so soll es auch bleiben. Fred legt an Tempo zu, und als der Zivilbulle stehen bleibt und auch den zweiten Arm um die Schönheit an seiner Seite legt, entkommt Fred durch eine weitere Rechtskurve um den Eckladen mit dem Immobilienbüro. Ein Seitenblick auf die hell angestrahlten Fotos bringt ihn fast aus der Balance. Einzelne Exposés liegen wie Preziosen im Schaufenster. Es gibt sie immer noch, die Reichen und Schönen, die ein ganzes Vermögen für eine Hütte ausgeben können, in der sie sich nur wenige Tage im Jahr aufhalten werden, denkt Fred. Und dabei fällt ihm ein, dass auch er eine geschützte Bleibe für die Nacht braucht. Niemals wird er den Rückweg nach List bewältigen, jedenfalls nicht mehr in dieser Nacht. Schon spürt er einen leichten Schüttelfrost, ein untrügliches Zeichen für die körperliche Erschöpfung, die bald einsetzen wird. Wenig Schlaf und zu viel Alkohol waren noch nie eine gesundheitsfördernde Mischung. Und um Freds Kondition ist es auch nicht mehr so gut bestellt wie früher, als er solch eine Strecke mit dem Fahrrad als Frühsport abgehakt hat.

Gerade hat Fred mit Müh und Not eine weitere Kurve bewältigt und befindet sich nun auf dem Rückweg zur großen Inselstraße. Aber wohin soll er sich jetzt wenden? Fred schaltet auf Autopilot, überquert die Hauptstraße und radelt wie von selbst hinüber auf die Wattseite ins alte Dorfzentrum. Hier hält er sich rechts, bis er das Grundstück erreicht hat, auf dem sich in seligen Zeiten das legendäre *Village* befunden hat, die damals angesagteste Location für die Stunden nach Mitternacht. Obwohl die alte Hütte längst einer Nobelherberge hat weichen müssen, läuft jetzt ein neuer Film an, diesmal ist er mehr nach Freds Geschmack, bevölkern ihn doch ausnahmslos junge schöne Frauen anstelle von sterbenden Autofahrern.

Fred bremst und steigt vom Rad, das sofort umfällt. Er lässt es liegen, gilt es doch, den schönen Blondinen näher zu kommen, die ihn so oft zu später Stunde aus dem rauchigen Inneren der Szenedisco begleitet haben, hinaus in die warme Sommernacht und meist direkt hinein in sein ungemachtes Bett. Wie von selbst finden Freds Füße den Weg zu dem alten Friesenhaus an der Ponyweide, in dem er während der goldenen Zeiten gewohnt hat.

Doch das Haus ist weg. An seiner Stelle befindet sich eine Brache mit einem Betonrohbau. Graue Mauern, breit und nicht sehr hoch, teilen die Nacht. Durch die leeren Fensteröffnungen sind die Häuser hinter und neben dem Grundstück zu erahnen. Jetzt geht in einem von ihnen das Licht an und strahlt hinüber bis in den Rohbau.

Fred nimmt es als Zeichen. Ein gnädiger Gott leuchtet ihm den Weg. Hier am Ort seiner früheren erotischen Triumphe wird er sich zur Ruhe legen. Mit wenigen schwankenden Schritten bewältigt er die geländerlose Treppe. Fred weiß plötzlich genau, dass er gut schlafen wird, auch wenn der Beton unter seiner Hüfte und der Schulter den Aufprall nach dem plötzlichen Sturz hart zurückgibt. Noch ein, zwei Kriechbewegungen in eine geschützte Ecke, wo der jetzt aufdringliche Lichtschein aus den Fenstern des benachbarten Hauses ihn nicht erreichen kann, dann ist es geschafft.

Die Welt beginnt sich zu drehen, ein kreiselnder Tanz nach größter Anstrengung. Freds erste Nacht in Kampens ruhmreicher Luft nach vielen Jahren des Lister Exils. Und vielleicht wird ihm sogar eine geneigte Sanne Boysen im Traum erscheinen …

Sonntag, 26. Juli, 23.22 Uhr, Braderuper Weg, Kampen

Mette schreckt aus dem Schlaf.

Da ist ein Geräusch. Hinter dem Fenster. Oder unter dem Bett.

Mette blinzelt ins Zimmer. Alles ist dunkel, auch unter der Tür ist kein Lichtstreif zu sehen. Bestimmt schlafen die

Eltern schon lange. Mette nimmt ihre Schmuse-Lotte fester in den Arm und flüstert ihr beruhigende Worte ins Ohr. Aber Lotte lässt sich nicht beruhigen und beginnt leise zu weinen.

»Du musst nicht weinen«, raunt Mette der Puppe zu. »Du hast doch auch gehört, was Papa gesagt hat. Der Entführer holt sich die Mädchen auf den Straßen. Hier zu Hause sind wir sicher. Außerdem ist unser Zimmer im ersten Stock, da kommt er gar nicht ans Fenster ran.«

Wieder das Geräusch. Ein Schaben oder Kratzen. Eindeutig hinter dem Fenster.

Dann bewegt sich auch die Gardine. Sie ist aus gelbem Stoff, auf dem Zirkusartistinnen ihre Kapriolen vorführen. Jetzt tanzen sie im Wind, der doch gar nicht durch das geschlossene Fenster fahren und den Vorhang blähen kann. Aber es kann nur der Wind sein, der den Vorhang bauscht. Oder ist da nicht auch eine Hand? Eine grüne Hand? Auf dem Vorhang sind keine grünen Hände. Und auch dieses Maul, das sich gerade ganz langsam zwischen den Stoffbahnen hindurchschiebt, ein grünes Maul mit leise schmatzenden Lippen, gehört ganz bestimmt nicht zu einer der Zirkusnummern. Ängstlich weichen die Artistinnen zur Seite, sie sammeln ihre Bälle und Reifen ein und stoßen kleine erschrockene Rufe aus, während sie auf die Wände flüchten, direkt in die Arme der Clowns und Löwenbändiger, die auf der zum Vorhang passenden Tapete wohnen und gern ein bisschen zusammenrücken, um den verschreckten Mädchen Platz zu machen.

Mitten unter ihnen kauert Mette in der äußersten Ecke ihres Bettes. Sie hält die immer noch weinende Lotte fest an sich gedrückt und den Blick schaudernd auf das Fenster gerichtet, dessen beide Flügel jetzt weit offen stehen. Ächzend klettert das Monster ins Zimmer. Ein fetter grüner Körper, von Narben und Warzen übersäht und von einem gefährlich schmalen Fuchskopf gekrönt, an dessen Spitze das Maul immer noch hungrig schmatzt.

Als der Monsterkörper von der Fensterbank ins Zimmer springt, gibt es ein dumpfes Geräusch. Das müssen die Eltern doch hören! Gleich werden sie ins Zimmer stürzen und das Monster vertreiben, das mit wiegenden Schritten näher kommt. Über der Schnauze sitzt eine winzige Nase, aus deren Nüstern Dampf tritt, silbrig schimmernder Dampf, der entsetzlich stinkt. Was kann nur so riechen? Es muss etwas Furchtbares sein, ein Geruch nach Feuer und Fleisch, als habe man lebende Kinder verbrannt.

Das müssen die Eltern doch auch riechen, sie schlafen nur ein Zimmer weiter. »Papa«, will Mette rufen, ihr Mund ist weit geöffnet, aber es kommen nur gurgelnde Laute heraus. Laute, die sofort im kichernden Lachen des Monsters ertrinken. Laute, die im rot leuchtenden Schein der ballgroßen Augen verglühen.

Jetzt streckt das Monster seine Flossen nach Mette aus. Finger, die durch Schwimmhäute verbunden sind, rudern ihr entgegen. Und als eine der Hände Mettes nackten Oberarm in einer schleimigen Berührung streift, löst sich endlich der Schrei – gellend und schrill hallt er durchs Zimmer.

Das Monster zittert kurz. Ein Wackelpudding, der noch nicht ganz fest geworden ist und zu früh aus der Schale gestürzt werden soll. Doch dann tritt noch mehr Dampf aus der Nase, die Augen beginnen Feuer zu speien, und die schwabbeligen Flossen schwimmen direkt auf Mettes Gesicht zu. Gestern ist das dritte Mädchen verschwunden, schießt es

Mette durch den Kopf, und jetzt will das Monster eben wieder gefüttert werden.

»Richtig gedacht«, röchelt das Monster und umfasst mit seinen Flossen Mettes Kopf. Schleimige Finger dringen in ihre Ohren und die Nasenlöcher, zwei unförmig dicke Daumen öffnen mit brutalem Druck Mettes Mund und ersticken ihren Schrei.

Sonntag, 26. Juli, 23.22 Uhr, Wattvilla, Kampen

Da ist ein Geräusch. Panisch schreckt Mona aus dem Schlaf. Krachend fällt die Stahltür ins Schloss. Mona springt von der Pritsche auf und stolpert im Dunklen zur Tür. Von draußen wird abgeriegelt, dann entfernen sich Schritte. Mona stöhnt und wirft sich mit dem ganzen Körper gegen die Tür.

»Hierbleiben, aufmachen«, schreit sie immer wieder.

Doch jenseits ihres Verlieses ist längst niemand mehr.

Erst jetzt schaltet Mona das Licht an. Etliche Sekunden blinzelt sie in die plötzliche Helligkeit. Dann entdeckt sie die Plastiktüte zu ihren Füßen. Der rote *Rewe*-Aufdruck glänzt obszön im Schein der Leuchtstoffröhren. Verwirrt starrt Mona auf die Tüte, die der nächtliche Besucher hier abgestellt haben muss. Langsam, wie in Trance, beginnt sie, deren Inhalt auszupacken.

Zwei Flaschen Mineralwasser. Eine Packung Wiener Würstchen. Drei Äpfel und zwei Bananen. Eine Tüte mit Brötchen und ein Paket Kekse. Ungläubig mustert Mona die Lebensmittel.

Wer immer sie hier gefangen hält, will sie nicht umbringen. Jedenfalls nicht gleich. Vielleicht braucht er sie noch. Aber wofür? Was hat er vor? Und wann wird sie es erfahren?

Sonntag, 26. Juli, 23.23 Uhr, Braderuper Weg, Kampen

Für die Dauer einer unendlich langen, schrecklichen Sekunde glauben Sven und Anja, ihre Tochter sei tot. Starr und mit weit aufgerissenen Augen liegt Mette auf dem Bett, bestrahlt von der plötzlich aufflammenden Deckenlampe. Erst als Anja am Bett der Tochter angekommen ist, lösen sich Mettes Züge, doch nur, um sich zu einer entsetzlichen Grimasse zu verziehen. Tränen schießen in die Kinderaugen, und ein heftiges Schluchzen erschüttert den kleinen Körper.

»Mette, Liebling, was ist passiert?«

»Das Monster, Mami, das Monster war da.«

»Du hast geträumt, mein Schatz.«

»Nein, bestimmt nicht. Ich habe es doch genau gesehen. Es ist durchs Fenster gekommen.«

Die Eltern wechseln besorgte Blicke. Das Fenster wird jeden Abend sorgfältig verschlossen. Die stickige Hitze im Kinderzimmer nehmen sie in Kauf, um ihre Tochter zu schützen. Mit wenigen Schritten ist Sven jetzt an den Gardinen und reißt sie zur Seite. Die Fensterflügel sind fest verriegelt.

»Und du bist sicher, dass da jemand war?«, fragt Sven die Tochter. Seine Stimme klingt strenger, als er beabsichtigt hat.

Mette nickt ernsthaft.

»Es war der böse Mann. Er wollte mich holen.«

»Wie sah er aus?« Sven dreht dem Fenster den Rücken zu und setzt sich auf Mettes Bettkante neben seine Frau.

»Ich weiß nicht. Grün. Und da war Feuer.«

»Es gibt keine grünen Menschen, mein Engel, du musst geträumt haben.«

»Aber er hat mich angefasst. Er hat mir die Nase zugehalten und den Mund, und er hat …«

Wieder wird der kleine Körper von starkem Schluchzen geschüttelt, dann bäumt er sich auf wie in einem aussichtslosen Kampf. Anja will die Tochter in den Arm nehmen, aber Mette schreit auf.

»Nicht anfassen! Aua! Nicht anfassen!!«

Sven springt auf und schlägt mit der flachen Hand auf Mettes Matratze.

»So geht das nicht. Da wird man ja wahnsinnig. Ich gehe raus, nachsehen, was da los ist.«

»Jetzt?«

Anjas Stimme klingt zweifelnd. Noch einmal versucht sie, die Tochter in den Arm zu nehmen. Diesmal wehrt sich das Mädchen nicht.

»Ja, natürlich jetzt. Wenn überhaupt, dann kann ich jetzt noch etwas entdecken. Morgen früh ist der Spuk doch längst vorbei.«

»Es war kein Spuk, Papi«, widerspricht Mette mit erstaunlich fester Stimme.

»So habe ich das auch nicht gemeint. Sonst würde ich ja nicht nachschauen gehen, ob draußen alles in Ordnung ist.«

»Aber dir tut er bestimmt nichts?«

»Nein, natürlich nicht, Engelchen. Vor mir hat er Angst, darauf kannst du dich verlassen.«

»Ist gut«, antwortet Mette leise, aber ihre besorgten Blicke sprechen eine andere Sprache.

Sonntag, 26. Juli, 23.31 Uhr, Braderuper Weg, Kampen

Fred fährt mit dem alten Fahrrad durch einen engen Schacht, dessen Boden sich immer stärker neigt. Längst muss er nicht mehr treten, und bald schon wird er damit beginnen, die schnelle Fahrt abzubremsen. Doch im Moment ist das Tempo angenehm, die Strecke kurvenlos und der Untergrund glatt. Es bleibt Fred genügend Zeit, um die Figuren zu betrachten, die sich zu beiden Seiten seines Weges aufgereiht haben.

Der ehemals lässig gekleidete Porschefahrer, dessen Garderobe jetzt auf eine fast obszöne Weise aufgeschlitzt ist, weil Gesicht und Oberkörper übersät sind mit stark blutenden Wunden.

Die drei jungen, gutaussehenden Männer, die ihre verkohlten Gliedmaßen recken, als wollten sie damit jemanden zu Hilfe rufen, der sie doch noch rechtzeitig aus dem brennenden Wagen retten könnte.

Und eine Frau mittleren Alters, auch sie gut gekleidet, die sorgend beide Arme ausbreitet, um etwas oder jemanden zu umarmen? Aber was? Oder wen? Fred versucht die Rücktrittbremse des Fahrrades, doch vergeblich, dann greift er nach der Handbremse, die gibt es aber gar nicht, und sein Gefährt rollt weiter die abschüssige Straße hinunter. Die

Frau, jetzt längst in seinem Rücken, ruft ihm etwas hinterher, das er nicht mehr verstehen kann, weil er sich so schnell entfernt.

Doch halt, ihre Stimme wird lauter und gleichzeitig tiefer und irgendwie strenger. Schon erreichen einzelne Worte sein Hirn. »Aufstehen«, versteht er und »wird's bald«.

Dann tritt sie nach ihm und trifft genau die noch vom Sturz schmerzende Hüfte. Gleichzeitig wird es hell vor Freds Augen, und als er sie öffnet, blickt er in das grelle Licht einer Taschenlampe, die nur sehr langsam gesenkt wird. Ein Mann steht vor ihm, den Fred schon einmal gesehen zu haben glaubt. Ein Unfallopfer ist es allerdings nicht. Kein Blut, keine zerfetzte Kleidung, keine verkohlten Gliedmaßen.

»Wer sind Sie? Und was mache ich hier?«

Fred sieht sich um. Betonboden. Kahle Wände unter einem offenen Himmel. Aber wo sind die Untoten, die seinen Weg gesäumt haben?

»Winterberg, Polizei. Wir hatten schon mal das Vergnügen, wenn ich mich recht erinnere. Fred Hübner, stimmt doch, oder?«

Fred nickt. Richtig, der schmächtige Bulle. Diesmal ohne Walross. Ob er wohl ahnt, was sein Kollege gerade treibt?

»Was hatten Sie hier zu suchen«, will der Bulle jetzt wissen.

Fred sieht sich um. Nein, eine Straße ist dies nicht, sondern ein Rohbau. Aber was, zum Teufel, macht er hier?

»Weiß nicht so genau … hab hier mal gewohnt.«

Jetzt ist die Erinnerung wieder da. Fred rappelt sich auf, bis er schwankend steht. Er bemüht sich um Höflichkeit, um Verbindlichkeit. Vielleicht kann der Bulle ihn ja nach Hause fahren. Doch fürs Erste sieht es so aus, als wolle er sich noch eine Weile mit Fred unterhalten.

»Ein Auto hatten Sie ja nicht, wenn ich mich richtig erinnere.«

Fred nickt. Was soll das werden? Eine Vernehmung wegen Alkohols am Fahrradlenker?

»Dann frage ich mich doch, wie Sie mitten in der Nacht hergekommen sind. Oder halten Sie sich schon länger hier versteckt?«

»Nein, natürlich nicht. Ich bin mit dem Fahrrad gekommen.«

Zweifelnd lässt der Bulle den Strahl seiner Taschenlampe kreisen.

»Hier ist keins zu sehen. Und vor dem Haus stand auch keins.«

»Ich hab's irgendwo verloren. Weiß auch nicht. Bin abgestiegen, und dann war es plötzlich auch schon weg.«

»Aha.« Der Bulle glaubt ihm kein Wort.

»Hören Sie mal, Herr Winterthur, ich …«

»Winterberg.«

»Bitte?«

»Winterberg ist mein Name. Aber reden Sie nur weiter, ich höre Ihnen zu.«

»Ja, also ich …«

Freds Hirn ist wie ausgedörrt. Was hat er sagen wollen? Wie soll er diesem schmächtigen Kripohengst überhaupt erklären, was er hier in Kampen gesucht hat, wenn er es längst selbst nicht mehr versteht. Und außerdem geht es den nun wirklich nichts an. Er, Fred Hübner, hat schließlich nichts verbrochen. Entschieden steckt er die Hände in die hinteren Taschen der Jeans. Vor dreißig Jahren sah das immer sehr cool aus. Jetzt ist eine der beiden Taschen durch die gefaltete Straßenkarte blockiert.

»Was haben Sie denn da?«, erkundigt sich die strenge Polizistenstimme.

»Ein Plan von Sylt. Ist uralt, habe ich zufällig gefunden.«

»Und wo haben Sie den gefunden, wenn ich fragen darf?«

»Na, bei mir zu Hause …«

Noch bevor er den Gesichtsausdruck des Bullen sieht, be greift Fred, dass er einen kapitalen Fehler gemacht hat. Und nachdem Sven Winterberg mit einer schnellen Bewegung den Plan an sich gebracht, ihn aufgeklappt und die Kreise gemustert hat, wird die Atmosphäre plötzlich ausgesprochen eisig.

»Das ist also Ihr Plan. Dann darf ich wohl davon ausgehen, dass Sie es auch waren, der diese Kreise hier eingezeichnet hat.«

Fred nickt.

»Die schwarzen und auch die blauen? Nur damit wir uns richtig verstehen.«

»Ja, aber die schwarzen sind uralt, die habe ich …«

»Herr Hübner, ich muss Sie leider unterbrechen. Und zwar aus zwei Gründen. Erstens muss ich Sie auffordern mitzukommen. Wir werden uns in den Räumen der Dienststelle noch ausführlich unterhalten. Und zweitens muss ich Sie darauf hinweisen, dass alles, was Sie jetzt noch sagen, gegen Sie verwendet werden kann.«

Montag, 27. Juli, 6.40 Uhr, Alte Dorfstraße, Westerland

Silja rennt durch die Dünen, tritt die empfindlichen Gräser nieder, scheucht Vögel und Kleintiere auf. Atemlos hetzt sie diesem Schatten hinterher, dessen Silhouette breit und bullig direkt in die sinkende Sonne hineinzulaufen scheint. Längst weiß sie nicht mehr, wo und wann dieser ungleiche Wettkampf begonnen hat. Sie weiß auch nicht, ob sie die einzige Verfolgerin ist. Ihre verzweifelten Rufe verhallen in der Weite der Küstenlandschaft, eine Antwort kommt nicht. Nur die schwache Stimme ihrer kleinen Schwester Franziska, eine Stimme, die nie älter als elf Jahre geworden ist, schafft es ab und an bis zu Siljas Ohren.

»Hilf, Silli, hilf. Hilf, Papa, hilf. Hilf, Mama, hilf.«

»Wo bist du?«, will Silja rufen, aber es kommen nur Luftblasen aus ihrem Mund, sie sind bunt und schillernd wie Seifenblasen, und sie zerplatzen ebenso schnell im Wind. Verzweifelt stürzt sich Silja den letzten Hügel hinunter, direkt auf den Strand zu, der verlassen vor ihr im Licht der Abendsonne liegt. Verlassen bis auf die muskulöse Silhouette des Mannes, den sie verfolgt hat und der nun kurz vor der Wasserkante im Laufen innehält und sich mit einem Ruck zu Silja umdreht.

Sie muss blinzeln, um das Gesicht im Gegenlicht auszumachen. Und als es ihr endlich gelingt, wünscht sie nichts mehr, als dass die Silhouette im Meer verschwunden wäre, ohne sich zu erkennen zu geben. Denn es ist niemand anderes als der Kollege Bastian Kreuzer, der jetzt mit gefletschten Zähnen und einem Raubtiergrinsen auf sie zukommt.

Wie gelähmt klebt Silja an ihrem Platz unterhalb des Dünenkamms. Längst ist die Stimme der Schwester verstummt, und nur das regelmäßige Klatschen der Wellen bildet die Hintergrundmusik für die Frage, die sich zögernd von Siljas Lippen löst.

»Was hast du mit Franziska gemacht?«

Silja erwacht von ihrer eigenen Stimme, die röchelnd im Schlafzimmer verhallt. Ihr Körper ist schweißüberströmt. Ruckartig richtet sie sich in ihrem Bett auf, blinzelt ins Licht und schaut verwirrt um sich.

Nichts. Kein zweiter Körper liegt neben ihr, keine Männerklamotten sind im Raum verstreut.

»Bastian?«, ruft sie trotzdem vorsichtshalber mit lauter Stimme in die Wohnung hinaus.

Niemand antwortet. Und jetzt fällt es ihr auch wieder ein. Sie hat den Kollegen gestern Abend nicht mit nach Hause genommen. Die Erleichterung darüber führt unverzüglich zu einem zweiten Schweißausbruch. Silja erinnert sich nun sehr deutlich daran, dass sie während des nächtlichen Spazierganges in den Dünen immer wieder mit dem Gedanken gespielt hat, ihn zu fragen, ja, dass sie sich manchmal gar nicht auf die Unterhaltung konzentrieren konnte, weil sie ständig neue Sätze in ihrem Kopf erprobte, die Bastian Kreuzer einladen sollten.

Bei ihrem Abschied auf dem Parkplatz hat er sie lange in den Armen gehalten, aber als sie endlich den Mut fand, zu der entscheidenden Frage anzusetzen, hat er ihr sanft die Hand auf den Mund gelegt.

»Schlaf schön«, war alles, was er sagte, bevor er in sein Auto stieg, ohne sie auch nur zu küssen.

Mit wackligen Beinen verlässt Silja das Bett und wankt

ins Bad. Aus dem Spiegel blickt ihr ein verzweifeltes Gesicht entgegen, in den Augen steht die Angst eines Kindes vor dem Vergewaltiger. Silja wendet sich ab, sie kann diesem Blick unmöglich standhalten. Und noch viel weniger wird sie einer Konfrontation mit Bastian Kreuzer gewachsen sein. Nicht nach dieser Nacht und diesem Traum.

Mit zitternder Hand greift Silja zum Telefon, um sich krankzumelden. Zum Glück meldet sich Sven. Auf seine irritierte Nachfrage, was sie genau habe, bleibt sie vage. Sie fühle sich fiebrig, und ihr sei schlecht, sie müsse dringend zum Arzt. Möglicherweise habe sie einen Virus, und sie wolle nicht die ganze Truppe anstecken.

Montag, 27. Juli, 9.05 Uhr, Möwengrund, List

Bastian Kreuzer betätigt zum dritten Mal die hochglänzende Messingklingel des Lister Einfamilienhauses. Diesmal lässt er den Finger einfach auf dem Drücker. Während es im Inneren des Hauses vernehmlich schellt, versucht er, die Gedanken an Silja zu verdrängen. Vielleicht ist sie wirklich krank, vielleicht ist ihr das Essen nicht bekommen. Vielleicht ist aber auch alles ganz anders. Bastian Kreuzer flucht leise.

Leo Blum, der zwei Schritte hinter ihm wartet, interpretiert den Fluch falsch. »Keine Bange, die kommt schon. Eben hat sich die Gardine am Küchenfenster bewegt.«

Als laut schimpfend eine ältere Dame an der Haustür erscheint, deutet Kreuzer eine leichte Verbeugung an.

»Guten Morgen, Frau Manthey. Bastian Kreuzer ist mein

Name. Von der Kriminalpolizei Westerland. Verzeihen Sie bitte die Störung, aber mein Kollege Herr Blum und ich haben ein dringendes Anliegen und brauchen Ihre Hilfe.«

Mit wenigen Blicken aus ihren faltenumkränzten Augen erfasst Gisela Manthey die Situation.

»Was hat er jetzt wieder angestellt, mein feiner Untermieter?«

»Das wollen wir gerade herausfinden. Und dazu würden wir uns gern ein wenig in Fred Hübners gepflegtem Heim umsehen.«

»Gepflegt. Machen Sie Witze? Ich muss schon dankbar sein, wenn er die Miete mit dreimonatiger Verspätung zahlt und sich nicht in der Zwischenzeit die eigene Bleibe über dem Kopf anzündet. Oder Ähnliches.«

»Frau Manthey, wir haben hier einen Durchsuchungsbefehl für das Haus hinten auf Ihrem Grundstück, in dem Fred Hübner polizeilich gemeldet ist. Wenn Sie mal schauen wollen. Nur damit alles seine Ordnung hat.«

»Stecken Sie das weg, ich glaube Ihnen auch so. Es kann gar nichts schaden, wenn die Polizei mal bei diesem Hübner nach dem Rechten sieht.«

»Sie halten nicht viel von Ihrem Untermieter?«

»Na ja, der Mann war ja mal berühmt. Journalist, eher wohl so eine Art Skandalreporter, er hat aber auch für den *Spiegel* geschrieben. Als er sich bei mir einmietete, konnte ich ja nicht ahnen, dass er so verkommen würde. Sie können sich gar nicht vorstellen, wie er sich gehenlässt …«

»Vielleicht wollen Sie es uns kurz beschreiben.«

»Kommen Sie doch rein.«

»Danke, aber wir müssen ja noch nach hinten. Trotzdem wären wir Ihnen für eine kurze Einschätzung dankbar.«

»Was hat der Hübner denn ausgefressen?«

»Dazu würde ich mich jetzt ungern äußern.«

»Na gut. Schweigepflicht, das kann ich schon verstehen. Auch wenn ich natürlich ein bisschen neugierig bin. – Was wollten Sie noch mal von mir wissen?«

»Beschreiben Sie uns Ihren Untermieter einfach kurz. Wie regelmäßig ist er zu Hause, hat es in den letzten Tagen Besonderheiten in seinem Verhalten gegeben, hat sich sein Lebensrhythmus irgendwie verändert?«

»Tja, das kann ich nicht so genau sagen. Wissen Sie, ich glaube, er geht mir lieber aus dem Weg. Wir treffen uns fast nie vor dem Haus. Auch nicht hinten auf dem Grundstück. Aber ich sehe oft, dass bei dem Hübner das Licht ausgeht und er rauskommt, wenn ich gerade nach Hause gekommen bin.«

»Und hat er manchmal auch Besuch?«

»Frauen, meinen Sie?«

»Nicht unbedingt.«

»Also, ich habe niemanden gesehen. Seit Jahren nicht. Keine Frauen, keine Männer, keine Kinder. Wobei es darum ja wahrscheinlich sowieso nicht geht.«

Es entsteht eine merkwürdige Pause in der Unterhaltung. Irritiert blickt Gisela Manthey von Bastian Kreuzer zu Leo Blum und wieder zurück. Dann begreift sie.

»Sie meinen, er hat etwas mit den entführten Mädchen zu tun?«

»Wir meinen gar nichts. Aber wir ermitteln auf sehr breiter Basis, das werden Sie verstehen. Und es kann sein, dass Herr Hübner uns auf eine wichtige Spur bringen kann. Oder irgendetwas, was wir bei ihm finden. Aber da habe ich Ihnen schon mehr verraten, als ich darf.«

»Sie können unbedingt auf meine Verschwiegenheit zählen, Herr Kommissar.«

Flink wandern die Augen der alten Dame zu den Eingangstüren der gegenüberliegenden Häuser. Zwei stehen schon einen Spaltbreit offen. Kein Wunder, schließlich parkt nicht jeden Tag ein Einsatzfahrzeug der Polizei in dieser ruhigen Wohnstraße.

Gisela Manthey sieht dem Kriminalbeamten vertrauensvoll in die Augen, als könne sie kein Wässerchen trüben.

»Wie war noch gleich Ihr Name?«

Wenn sie nachher die Neuigkeit verbreiten wird, wäre es doch dumm, wenn ihr ausgerechnet der Name des ermittelnden Kommissars nicht geläufig wäre.

»Kreuzer, Bastian Kreuzer. Und jetzt entschuldigen Sie uns bitte, wir müssen uns beeilen.«

»Ja, natürlich. Und ich habe ja auch zu tun.«

Montag, 27. Juli, 9.15 Uhr, Braderuper Weg, Kampen

Die Teekanne in Anjas Hand zittert, als sie ihrer Tochter die Tasse füllt.

»Mami, das reicht. Es läuft doch gleich über.«

»Entschuldige, Mette, ich habe an etwas anderes gedacht.«

Anja wendet sich ab und stellt die Kanne auf das Stövchen.

»Willst du denn nichts trinken, Mami?«

»Ich? Ach so, ich hab ja noch gar nichts.«

»Was ist denn mit dir los? Du hast doch gesagt, jetzt müssen wir uns keine Sorgen mehr machen.«

»Das stimmt auch. Der Papa hat heute Nacht jemanden festgenommen, der sich sehr verdächtig gemacht hat.«

»Das Monster aus meinem Zimmer?«

»Nein, das war wohl nur geträumt. Aber er hat auf der Baustelle nebenan einen Mann gefunden, der wahrscheinlich etwas über die entführten Mädchen weiß.«

»Wo sie sind?«

»Ja, vielleicht.«

»Hier in der Nähe?«

»Ich glaube nicht.« Anja zwingt sich dazu, ein Brötchen aufzuschneiden, und beginnt, es mit Butter zu bestreichen. »Wie kommst du darauf, dass die Mädchen hier in der Nähe sind?«

»Ich habe Lise gesehen.«

Scheppernd fällt das Messer aus Anjas Hand zu Boden.

»Lise? Wann denn?«

»Gestern Nacht. Aber das war kein Traum.«

Mettes Stimme klingt beschwörend.

Anja bückt sich langsam und hebt das Messer wieder auf. Sie muss Zeit gewinnen. Ihre Hand zittert jetzt noch stärker. Das arme Kind wird ihr noch verrückt werden. Anja nimmt sich vor, mit ihrer Tochter zu einer Therapeutin zu gehen, sobald dieser Wahnsinn vorbei ist. Das Mädchen hat einen Schock, so viel kann sogar sie erkennen. Mit mühsam ruhig gehaltener Stimme fragt sie: »Woher weißt du, dass es kein Traum war?«

»Ich habe am Fenster gestanden. Man träumt doch nicht im Stehen.«

»Ich denke, du hast dich gar nicht aus dem Bett getraut.«

»Aber später schon. Papi ist doch extra nach draußen gegangen, um aufzupassen, dass das Monster nicht wiederkommt.«

»Ja, das stimmt.«

»Und dann bin ich zum Fenster geschlichen. Ich wollte nur sehen, was er macht. Aber er war nicht da. Und das Monster auch nicht. Nur die Engel.«

»Welche Engel?«

»Drei kleine Engel. So groß wie ich. Eine war Lise.«

»Mette, das bildest du dir ein.«

»Nein!«

Wütend knallt Mette ihre Tasse auf den Unterteller. Der Tee spritzt über den Tisch.

»Kind, pass doch auf.«

»Aber wenn ich sie doch gesehen habe.«

»Mette, es laufen keine Engel mitten in der Nacht durch Kampen. Vielleicht hast du Angst gehabt, dass die Mädchen tot sein könnten, und hast deshalb geglaubt, sie als Engel zu sehen.«

Anja fühlt sich unsicher. Wahrscheinlich ist es falsch, Mettes Ängste zum jetzigen Zeitpunkt beim Namen zu nennen. Vielleicht sollte sie lieber gleich mit dem Kind zu einer Psychologin gehen. Nicht dass Mette sich in irgendwelche Angstphantasien hineinsteigert. Aber die Stimme ihrer Tochter klingt seltsam ruhig.

»Lise war nicht tot. Sie hat mir doch zugewinkt.«

»Im Traum.«

»Nein, in echt. Es ist gemein, dass du mir das nicht glaubst.«

»Okay. Dann erzähl mal von Anfang an.«

Fieberhaft überlegt Anja, wer ihr eine vertrauenswürdige Kinderpsychologin nennen könnte. Der Hausarzt hält nicht viel von dem »Psychoquark«, wie er es nennt. Die Erzieherinnen sind während der Kindergartenferien alle verreist.

Und sie kann doch schlecht einfach zu irgendjemandem gehen, den sie im Internet gefunden hat.

»... und dann habe ich gerufen, ganz, ganz leise, um das Monster nicht anzulocken. Und damit Papi mich nicht hört, weil er doch gesagt hat, dass ich im Bett bleiben soll. Aber Lise hat mich gehört, und sie hat sich umgedreht und hochgeguckt, und dann hat sie gewinkt.«

Anja bemüht sich, ihre Stimme ruhig zu halten. Mette darf auf keinen Fall merken, wie sehr sie sich sorgt.

»Und dann?«

Anstelle einer Antwort schlägt sich Mette die flache Hand vor den Mund und reißt erschrocken die Augen auf.

»Auweia, Mami, ich darf das gar nicht erzählen!«

»Warum denn nicht?«

»Na, du hast doch eben selbst gefragt, was dann passiert ist. Ich habe auch gewinkt, und dann hat Lise ganz streng geguckt und den Finger über die Lippen gelegt. Guck: so.« Mit weit aufgerissenen Augen ahmt Mette die Geste nach. »Das heißt doch, dass man nichts weitersagen darf. Und jetzt habe ich Lises Geheimnis verraten.«

»Darüber musst du dir keine Sorgen machen, mein Schatz. Jetzt wissen wir eben beide über das Geheimnis Bescheid. Und ich verspreche dir, dass ich es niemandem auf der ganzen Welt erzählen werde.«

»Auch Papi nicht.«

»Nein, auch Papi nicht.«

»Und wenn er fragt?«

»Er fragt nicht. Ich glaube, er hat im Moment ganz andere Sorgen.«

Montag, 27. Juli, 10.12 Uhr, Kriminalpolizei Westerland

Sven Winterberg fährt sich unruhig mit beiden Händen durch die frisch gegelten Haare. Immer wieder gehen ihm die drei Wochentage durch den Sinn. Mittwoch, Freitag, Samstag. Die Tage, an denen die Mädchen entführt worden sind. Heute ist Montag, und Sven kann sich nicht gegen den Gedanken wehren, dass wieder ein Mädchen fällig ist. Wie ein Tiger im Käfig rennt er durch sein Büro. Die Passivität, zu der er verdammt ist, macht ihn aggressiv. Aber er hat Bastian versprochen, hier die Stellung zu halten, nachdem Silja sich krankgemeldet hat. Außerdem muss endlich eine Entscheidung darüber gefällt werden, was mit den Phantombildern zu geschehen hat. Kann man es verantworten, alle neun Bilder zu veröffentlichen, die von den Hörnumer Parkplatzzeugen erstellt worden sind? Wird es dann nicht noch mehr Fälle wie den mit dem Berufszauberer Lothar Menek geben? Sein Alibi für den Samstag hat sich als absolut stichhaltig erwiesen und ist in allen Teilen von der Pensionswirtin bestätigt worden. Schon am frühen Morgen ist er entlassen worden.

Jetzt ist Fred Hübner ihr Hauptverdächtiger. Sven hofft inständig, dass Bastian mit dem Spurenspezialisten in Hübners Wohnung genügend Belastungsmaterial findet, das wenigstens diese Verhaftung im Nachhinein rechtfertigt. Denn wenn sich herumspricht, dass die Polizei schon zum zweiten Mal einen Unschuldigen verhaftet hat, dann gnade ihnen Gott. Wobei es gar nicht nötig ist, so hoch zu greifen.

Es reicht schon, sich vorzustellen, was die Presse mit ihnen anstellen würde.

Als es klopft, fährt Sven zusammen. Doch es ist nur der Kollege, der die Zeichnung hereinreicht, die gestern mit Anja erstellt worden ist. Die Zeichnung des Mannes, der ihr am Strönwai geholfen hat, Mette in der Rosenhecke zu entdecken. Die Zeichnung eines Zeugen, keines Verdächtigen. Kann man diesen Mann in der Öffentlichkeit suchen lassen, nur weil er zur richtigen Zeit am richtigen Ort war und vielleicht unbewusst etwas von der Entführung beobachtet hat? Bastian war dafür, das Wagnis einzugehen, aber Sven ist ziemlich sicher, dass ihnen das Ärger einbringen wird. Von Kompetenzüberschreitung wird die Rede sein, und wenn sie besonderes Pech haben, könnte sogar der gesuchte Zeuge sie wegen Eingriffs in seine Persönlichkeitsrechte verklagen. Denkt nicht jeder automatisch an einen Täter, wenn ein Phantombild durch die Presse und die Medien geht? Und wenn dann das Bild auch noch von der Ehefrau eines der Ermittler initiiert worden ist, wird ein solches Vorgehen besonders angreifbar.

Jetzt klopft es zum zweiten Mal. Diesmal ist Sven dankbar für die Störung, denn er spürt, wie seine Gedanken beginnen, sich im Kreis zu drehen. Doch als der eintretende Kollege anfängt zu reden, weicht die Erleichterung schnell einem ungläubigen Entsetzen.

»Wir haben eine neue Vermisstenmeldung.«

»Das darf nicht wahr sein!«

»Doch, leider. Beim Pförtner hat sich eine junge Frau gemeldet …«

»… deren Tochter verschwunden ist.«

»Nein, zum Glück nicht. Ihre Chefin ist heute früh nicht

im Büro erschienen, und da dachte sie wohl, sie müsste zu uns kommen und sie suchen lassen.«

»Ihre Chefin. Wie alt ist die denn?«

»So um die dreißig.«

»Gott sei Dank, warum haben Sie das denn nicht gleich gesagt?«

»Aber Sie sind mir doch ins Wort gefallen.«

»Schon gut, es ist ja nichts passiert. Ich komme in zwei Minuten nach vorn und kümmere mich um die Sache. Sagen Sie der jungen Frau, sie soll sich noch einen Moment gedulden.«

Montag, 27. Juli, 10.17 Uhr, Möwengrund, List

Neben Fred Hübners ungemachtem Bett befinden sich mehrere hüfthohe Bücher- und Zeitschriftenstapel. Gerade schüttelt Bastian Kreuzer einen leeren Umzugskarton vor seinem Körper aus. Heraus rieseln dicke Staubflocken und ein quadratischer Notizzettel, der an den Kanten stark vergilbt ist. Kreuzer bückt sich, hebt das Papierstück auf und wirft einen kurzen Blick darauf.

»Und?«

Leo Blum, der bisher vorsichtig den Inhalt des Badezimmerschrankes untersucht hat, steckt den Kopf durch die Türöffnung.

»Hast du da irgendwas Interessantes?«

»Glaub nicht. Nur verschimmelte Zeitungen und stinkende Taschenbücher. Und eine steinalte Notiz. ›Engelsstreben‹. Kann aber auch ›Eselssterben‹ heißen. Oder ›Elendsleben‹.

Hat eine Sauklaue, dieser Hübner. Wenn er es überhaupt selbst geschrieben hat.«

»Lass mal sehen.«

Kreuzer geht zu Blum hinüber und hält ihm den Zettel vors Gesicht.

»›Engelsstreben‹, würde ich sagen. Aber der Wisch hat sicher zwanzig Jahre auf dem Buckel. Da sind sogar die Eltern der entführten Mädchen noch zur Schule gegangen. Kannst du also gleich vergessen.«

»Und bei dir hier im Bad?«

»Nichts Auffälliges. Aber ich muss natürlich noch die Fingerabdrücke nehmen. Bisher hab ich nur mal geschaut, ob mir was ins Auge springt.« Während Leo Blum beginnt, den Spiegelschrank mit dem feinen Pulver zu bestäuben, redet er weiter. »Und sonst? Irgendwas in den Klamotten?«

»Muss ich erst mal nachsehen.« Kreuzer öffnet die Türen des klapprigen Kleiderschrankes und wühlt sich durch dessen Inhalt. »Nö, nichts. Außer Motten wahrscheinlich. Ich bin auch gleich fertig, will nur noch die Schuhe checken.«

In schneller Folge fliegen zwei Paar abgetretene Sneakers, ein Paar Laufschuhe und ein Paar Lederslipper, die auch schon bessere Tage gesehen haben, aus dem Schrankinneren auf die Dielen.

»Scheint ein Sportschuh-Fan zu sein, dieser Hübner. Wird wahrscheinlich seit Jahren zu keiner offiziellen Veranstaltung mehr eingeladen. Smokingschuhe braucht der bestimmt nicht«, brummt Kreuzer, während er den Raum durchquert und vor dem Schuhhaufen in die Knie geht. Wenig später ruft er mit heiserer Stimme ins Badezimmer: »Sag mal, Leo, kannst du dich an die Abdrücke in der Dünenkuhle erinnern?«

»Neben den Mädchenkleidern? Meinst du die?«

»Genau die. Wir haben doch da dieses Foto auf dem Revier.«

»Das mit dem Knick im Sohlenprofil.«

»Das mit dem Knick im Sohlenprofil, ganz genau. Und jetzt sieh mal, was ich hier gefunden habe.«

Mit einem Sprung ist Leo Blum neben Bastian Kreuzer und beugt sich über den Sportschuh in dessen Hand.

»Hey, Bingo, das ist ja ein Volltreffer.«

»Du siehst also auch, was ich hier sehe?«

»Klar. Der Knick im Profil ist doch eindeutig. Das gibt's nicht zweimal.«

»Tja, wenn du das auch so siehst, dann haben wir hier wohl das erste handfeste Indiz. Dieser Hübner hat nicht nur eine Liste mit Entführungsorten angelegt, sondern auch die Mädchenklamotten in den Dünen vergraben. Ich fress 'nen Besen, wenn der nicht auch weiß, wo die Lütten sind.«

Montag, 27. Juli, 10.25 Uhr, Kriminalpolizei Westerland

»Ich habe Ihnen doch schon tausendmal gesagt, dass ich mit dieser ganzen Scheiße nichts zu tun habe!«

Um seine Worte zu unterstreichen und seiner unglaublichen Wut ein Ventil zu geben, fegt Fred mit der rechten Hand in großer Geste über den Vernehmungstisch. Der Pappbecher mit dem heißen Kaffee fällt um.

»Jetzt reißen Sie sich aber mal zusammen.«

Eine derart kräftige Stimme hätte Fred diesem Sven Winterberg gar nicht zugetraut. Bisher war der schmächtige

Bulle erstaunlich ruhig und gelassen, obwohl dieses Gespräch, das offensichtlich eine Vernehmung sein soll, bereits seit mehr als zwei Stunden läuft.

»Wer hat Ihnen überhaupt das Recht gegeben, mich einfach so mitten in der Nacht zu verhaften?«

»Wie ich vorhin schon erklärt habe, gehören Sie zum Kreis der Verdächtigen. Da könnte sogar jeder Bürger Sie festhalten, wenn Gefahr im Verzug ist.«

»Gefahr im Verzug. Sehr witzig. Was soll an einem schlafenden Mann gefährlich sein?«

»Beispielsweise die Tatsache, dass er einen Inselplan mit den markierten Entführungsorten in der Tasche trägt. Und etlichen anderen Markierungen noch dazu, die möglicherweise auf weitere Entführungen hindeuten.«

»Das ist doch lächerlich.«

»Das werden wir herausfinden. Und je bereitwilliger Sie uns helfen, desto schneller kommen wir zu einem Ergebnis.«

»Helfen! Sie sind gut. Können Sie sich vorstellen, wie es mir geht? Ich bin völlig fertig. Mein Kopf platzt, mein Herz rast, ich bin übernächtigt, und dieser Kaffee, mit dem Sie mich seit Stunden abfüllen, hat mich völlig aufgeputscht. Wenn Sie mich jetzt nicht mal in Ruhe lassen, dann breche ich Ihnen hier zusammen.«

»Wir lassen Sie sofort in Ruhe, wenn Sie uns sagen, wo die Mädchen sind.«

»Woher zum Teufel soll ich denn das wissen?«

Winterberg steht auf, zieht aus einem Spender an der Wand einige graugrüne Papiertücher und tupft die Kaffeelache von der Tischplatte.

»Herr Hübner, wir haben erdrückende Beweise gegen Sie.

Nicht nur, dass Sie sich in völlig ungeklärter Absicht nachts in leerstehenden Häusern rumtreiben. Nicht nur, dass Sie sich in unmittelbarer Nähe des ersten Entführungsvorgangs aufgehalten haben. Sondern man hat auch ihre Fußspuren neben der vergrabenen Kleidung des ersten Entführungsopfers gefunden.«

»Was soll das denn jetzt werden? Das haben Sie sich doch gerade ausgedacht.«

»Mitnichten.«

Sven Winterberg zieht aus einem dunkelgrünen Klapphefter, der vor wenigen Minuten von einer uniformierten Beamtin hereingereicht worden ist, zwei DIN-A4-Seiten und schiebt sie über den Tisch. Eine zeigt ein stark vergrößertes Foto eines Schuhabdrucks im Dünensand. Auf der zweiten befinden sich mehrere Aufnahmen von einem Sportschuh, Profil, Seite und Draufsicht, neben dem eine säuberlich beschriftete Karte liegt: Nike-Laufschuh, rechts, Größe 44. Fundort: List, Möwengrund 32 a.

»Und?«

»Diesen Schuh hat mein Kollege Bastian Kreuzer heute Vormittag in dem von Ihnen gemieteten Haus gefunden. Das ist doch Ihr Schuh, Herr Hübner, oder?«

»Und wenn schon.«

»Ist er's oder nicht?«

»Sieht ganz so aus.«

»Na also. Leugnen hätte auch wenig Zweck gehabt, jede DNA-Analyse kann diese Frage klären.«

»Meinetwegen. Aber vielleicht erklären Sie mir mal, wie Ihr Kollege in mein Haus gekommen ist. Hätte er mich da nicht fragen müssen?«

»Nicht, wenn Gefahr im Verzug ist.«

»Und was soll an meinen alten Tretern so gefährlich sein?«

»Die Dünenkuhle, Herr Hübner, in der wir letzte Woche die Kleidung von Ann-Kathrin gefunden haben, war übersäht mit Sohlenabdrücken genau dieses Schuhs.«

Es gelingt Fred Hübner nur unzureichend, die Überraschung zu signalisieren, die jetzt angebracht wäre. Seine Anwesenheit in der Kuhle zuzugeben hält er allerdings auch nicht für besonders schlau. Aber noch gibt es einen Ausweg.

»Diese Abdrücke helfen euch auch nicht viel weiter. Oder sehe ich vielleicht so aus, als könne ich mir Maßschuhe leisten? Den Schuh gibt's doch tausendmal.«

»Diesen hier nicht. Denn dort vorn links ist ein Teil des Profils abgeknickt, sehen Sie? Und genau das haben wir auch beim Abdruck in den Dünen festgestellt. Die Übereinstimmungen von Schuh und Abdruck sind also eindeutig. Darum frage ich Sie jetzt zum letzten Mal: Was haben Sie mit den drei Mädchen gemacht, verdammt nochmal!«

»Nichts, weil ich sie nicht entführt habe. Ich kenne sie nicht und habe sie nie gesehen. Nicht eines von ihnen. Und sie interessieren mich auch nicht die Bohne. Meinetwegen können sie zum Teufel gehen.«

Winterberg springt auf. Er wirkt, als wolle er Fred Hübner im nächsten Moment an die Kehle gehen.

»Sorry, das habe ich nicht so gemeint. Und wenn Sie es genau wissen wollen, ja, ich war in den letzten Tagen in einer der Sandmulden. Bin da öfter, meist am Abend, erinnert mich an früher, hab da manchmal 'ne schnelle Nummer geschoben. Aber das ist schon ewig her, und man wird sich ja wohl noch an die eigene Jugend erinnern dürfen. Und jetzt lassen Sie mich in Ruhe, ich hab einen solchen Kater, das können Sie sich im Leben nicht vorstellen. Das ist ja Folter, was Sie hier mit mir machen.«

»Folter, Herr Hübner, ist etwas ganz anderes.«

»Wollen Sie mir drohen?«

»Ich will wissen, wo die Mädchen sind.«

»Wissen Sie was? Ich sage kein Wort mehr. Besorgen Sie mir einen Anwalt, und dann sehen wir weiter.«

»Sie sagen also nichts mehr?«

»Genau.«

»Das werden Sie bereuen.«

»Das werden wir ja sehen.«

Montag, 27. Juli, 12.25 Uhr, Kriminalpolizei Westerland

Seit zehn Minuten steht Sven Winterberg am offenen Bürofenster. Von draußen dringt stickige, benzingeschwängerte Mittagsluft hinein. Doch ihm scheint, als stehe seit der Vernehmung immer noch dieser Geruch nach Schweiß und Halbwahrheiten im Zimmer. Sven beugt sich weit aus dem Fenster und lässt den Blick über den Parkplatz neben dem Backsteingebäude schweifen.

Als kurz darauf der Wagen Bastian Kreuzers von der Straße her einbiegt, atmet Sven erleichtert auf. Endlich geht es weiter. Es muss einfach weitergehen. Bastian und der von allen als Genie bezeichnete Leo Blum von der Spurensicherung dürfen nicht versagt haben. Sicher konnten sie noch mehr entdecken. Indizien, die die Spur, die der Sportschuh weist, erhärten und ausbauen. Irgendetwas, das endlich zu einem Fahndungserfolg führen wird. Es kann doch einfach nicht sein, dass das gesamte Team seit Tagen im Dunkeln tappt. Erwartungsvoll läuft Sven dem Kollegen entgegen.

»Gibt's noch was Neues von diesem Hübner?«

»Na, du hast ihn doch vernommen. Das müsste ich eigentlich dich fragen. Komm, wir gehen ins Büro.«

Als sie die Tür hinter sich geschlossen haben, lässt sich Kreuzer auf seinen Schreibtischstuhl fallen. Sven, der die Luft immer noch abgestanden findet, tritt wieder ans Fenster.

»Also, die Sache mit dem gemailten Foto von dem Sportschuh war natürlich großartig. Sah wie ein echtes Archivfoto aus, nicht wie ein nur Minuten vorher gemachter Fund, den ihr mit dem Handy verewigt habt.«

»So sollte es auch sein. Schließlich müssen wir hier mal ein bisschen Tempo in die Angelegenheit bringen. Also sag schon: Wie hat Hübner reagiert?«

Angespannt blickt Kreuzer seinem Kollegen ins Gesicht. Sven Winterberg wirft einen verzweifelten Blick auf die grüne Mappe, die jetzt direkt vor Kreuzer auf dessen Schreibtisch liegt.

»Er leugnet.«

»Alles?«

»Von vorn bis hinten. Ich bin beinahe wahnsinnig geworden. Am liebsten hätte ich ihn geschlagen.«

»Das ist nicht dein Ernst.« Kreuzer sieht den Kollegen zweifelnd an, dann zieht sich ein Grinsen über sein Gesicht. »Nicht schlecht, Herr Specht. Übrigens – willst du auch 'ne Pizza?« Mit diesen Worten zieht er einen zerknickten Werbezettel aus seiner Hosentasche und greift zum Telefon.

»Unbedingt. Frische Tomaten, Sardellen und Champignons, wenn's geht.«

Während Kreuzer mit dem Pizzadienst verhandelt, schlägt Winterberg die Mappe auf und mustert stirnrunzelnd die beiden Fotos. Kreuzers Stimme reißt ihn aus seinen Gedanken.

»Pizza kommt in zwanzig Minuten. Bis dahin haben wir uns geeinigt, wie weiter zu verfahren ist, okay?«

»Meinst du, Zeitdruck hilft beim Denken?«

»Genau das meine ich. Außerdem will ich mit dem Denken fertig sein, wenn ich mit dem Kauen anfange.«

»Also gut. Fassen wir zusammen: Die Spuren in der Dünenkuhle sind eindeutig von diesem Hübner. Und er war zur Zeit der ersten Entführung am Tatort. Für die Zeit der zweiten Entführung hat er allerdings ein Alibi. Leider.«

»Vielleicht war er's doch nicht.«

»Du glaubst ihm?« Fassungslos starrt Winterberg den Kollegen an.

Aber Bastian Kreuzer lässt sich nicht aus der Ruhe bringen. Er lehnt sich weit in seinem Schreibtischstuhl nach hinten. Federnd gibt die Lehne nach. Dann legt er beide Arme hinter den Kopf, schließt die Augen und sagt leise:

»Oder er war es doch und hat einen Komplizen.«

»Das überzeugt mich nicht, Bastian. Solche Sachen sind fast immer ein Alleingang, das weißt du so gut wie ich.«

»Schon, aber es gibt Ausnahmen.«

»Es gibt auch noch eine dritte Möglichkeit: Hübner hat das erste Mädchen entführt und jemand anderes die beiden anderen. Ach, übrigens: Es ist noch jemand Viertes verschwunden.«

Abrupt schnellt Bastian nach vorn. »Und das sagst du jetzt erst?«

»Reg dich ab. Es ist eine Frau Anfang dreißig. Arbeitet

als Maklerin in Kampen und wohnt auch dort. Sie ist heute früh nicht im Büro erschienen und geht zu Hause nicht ans Telefon. Ihr Handy ist auch tot. Eine Mitarbeiterin von ihr war vorhin hier. Vorschnell, wenn du mich fragst.«

»Hört sich ein bisschen so an. Was hast du gemacht?«

»Was wohl? Ich habe die Anzeige aufgenommen, denke aber, wir sollten noch einen Tag warten, bevor wir etwas unternehmen. Wahrscheinlich taucht die Maklerin bald wieder auf. Auch ohne unsere Hilfe. Sie lebt allein. Vielleicht musste sie dringend zum Arzt, oder jemand aus der Familie ist gestorben und sie hat in der Aufregung vergessen, im Büro anzurufen.«

»Wie lange ist sie denn schon weg?«

»Im Büro war sie am Samstagnachmittag noch, aber das heißt ja nichts. Wir müssten jetzt erst mal irgendwelche Freunde oder Bekannte ausfindig machen, die sie am Wochenende gesehen haben. Oder eben nicht. Dafür haben wir aber weder die Zeit noch das Personal. Wenn wir der Öffentlichkeit nicht bald den Entführer präsentieren, wird man uns in der Presse steinigen.«

»Und was ist, wenn die verschwundene Maklerin genau die Spur ist, die uns fehlt? Könnte es nicht sein, dass unser Entführer die Zielgruppe geändert hat?«

»Das glaubst du doch wohl selbst nicht.«

Bastian Kreuzer denkt einen Moment nach, dann schüttelt er langsam den Kopf.

»Du hast recht. Ich glaube es selbst nicht. War auch nur so eine Idee. Aber zurück zu deinem Vorschlag mit dem Nachahmungstäter. Das ist der gleiche Quatsch. Reines Wunschdenken, damit es einfacher für uns wird. Außerdem liegen die Entführungen zu nah beieinander. Jeder Nachahmungstäter muss sich doch erst mal mit der Sache befassen, muss unendlich viel organisieren. So was passiert nicht nach zwei Tagen. – Es sei denn ...«

»Was?«

»Ich weiß, dass du als Vater das nicht gern hörst, aber eigentlich sind alle Ermittler davon überzeugt, dass die Mädchen nicht mehr leben. Und das Verstecken von Leichen muss nicht unbedingt aufwendig organisiert werden.«

Sven Winterberg vergräbt das Gesicht in den Händen. Seine Gestalt scheint alle Spannung zu verlieren, so schnell sackt sie in sich zusammen.

»Sorry, ich habe nicht geahnt, dass dir das so nahegehen würde.«

»Meine Tochter hat jetzt schon Albträume. Sie sieht ein Monster nachts in ihrem Zimmer. Was soll erst werden, wenn sie erfährt, dass die Mädchen umgebracht worden sind.« Winterbergs Stimme kommt gepresst zwischen den Fingern hervor. Seine Schultern zucken.

»Mensch, Sven, vielleicht spinnen wir alle. Vielleicht tauchen die Lütten doch wieder auf.«

»Lass stecken, Bastian, du hast ja recht.«

Als es plötzlich an der Bürotür klopft, sieht Kreuzer irritiert auf die Uhr.

»Scheiße. Wir hatten doch noch zehn Minuten zum Denken. Jetzt müssen wir die Pizza kalt werden lassen. Herein.«

In der Tür erscheint nicht der Pizzabote, sondern der Pförtner. Sein Gesicht ist blass, in der Hand schwenkt er ein aufgerissenes Kuvert.

»Ich glaube, das ist für Sie. Hat bestimmt was mit den Mädchen zu tun.«

»Was heißt hier, Sie glauben? Wenn der Brief für mich ist,

warum haben Sie ihn dann aufgemacht?«, schnauzt Kreuzer.

»Er ist nicht mit der normalen Post gekommen. Er muss von jemandem in den Briefkasten geworfen worden sein. Und weil auf dem Umschlag keine Adresse stand …«

Kreuzer springt auf, zieht ein Papiertaschentuch aus der Schreibtischschublade und ergreift mit dem Taschentuch über den Fingern vorsichtig das Kuvert.

»Hat das außer Ihnen noch jemand angefasst?«

»Nö.«

»Und wann haben Sie den Brief gefunden?«

»Na, so vor ein oder zwei Stunden.«

Kreuzer stöhnt leise und zieht mit Hilfe eines zweiten Taschentuchs einen DIN-A4-Bogen aus dem Umschlag. Sven Winterberg schiebt den Pförtner beiseite, um seinem Kollegen besser über die Schulter schauen zu können. Was beide sehen, lässt sie erbleichen.

Mit ausgeschnittenen Zeitungsbuchstaben sind zwei kurze Sätze auf den Bogen geklebt. Einige Buchstaben scheinen sich gelöst zu haben, so dass die Sätze unvollständig sind.

S geHt unS U
wir SinD jeT T eng L

Unter den beiden aufgeklebten Zeilen gibt es noch drei weitere Worte. In ungelenker Kinderschrift befinden sich dort mit Filzstiften in Rot, Grün und Blau mehr gemalt als geschrieben die drei Namen der entführten Mädchen.

Ann-Kathrin
Paula
Lise

Hektisch greift Sven Winterberg nach dem Briefumschlag und schüttelt ihn über der Schreibtischplatte. Es gleiten fünf weitere Buchstaben heraus:

Z, E, t, G, e.

Kreuzer legt den Briefbogen auf den Tisch, und Winterberg schiebt mit dem Griff eines Kugelschreibers die losen Buchstaben an ihren Platz. Dann starren beide auf den Bogen, bis Winterberg mit heiserer Stimme das Schweigen unterbricht.

»Es geht uns gut, wir sind jetzt Engel.«

»Engel«, brüllt Sekunden später Bastian Kreuzer und schlägt mit der flachen Hand auf den Schreibtisch, dass die Buchstaben fliegen. »Engel, verdammt nochmal, die sind tatsächlich tot. Das Schwein hat sie umgebracht, und jetzt macht es sich über uns lustig.«

»Verzeihung?«

Ein ratloses und zwei wütende Augenpaare fixieren den Pizzaboten, der plötzlich in der Tür steht.

»Eine Capricciosa und einmal extra mit Sardellen.«

»Hinstellen und verschwinden«, faucht Kreuzer.

»Macht dreizehn achtzig.« Der Bote rührt sich nicht vom Fleck.

Mit fliegenden Fingern fummelt Winterberg einen Zwanziger aus der Hosentasche und stopft dem Boten den Geldschein in die Hand.

»Ist schon okay, Knut. Geht nicht gegen dich persönlich.«

»Oh, danke. Immer wieder gern.«

Während der Pizzabote pfeifend den Raum verlässt, wechseln Kreuzer und Winterberg einen Blick, um dann gemeinsam den Pförtner anzusehen. Er versteht die Frage, bevor sie gestellt wird.

»Ich weiß es nicht. Keine Ahnung.«

»Das ist nicht Ihr Ernst«, schnaubt Kreuzer.

»Doch. Leider. Ich habe wirklich nicht gesehen, wer den Brief in den Kasten geworfen hat. Ich weiß nur, dass es nach zehn Uhr gewesen sein muss, denn da habe ich zum letzten Mal nach der Post geschaut.«

»Scheiße, verdammte!« Wütend reißt Kreuzer den Pizzakarton direkt neben dem Briefbogen auf. »Ich denke, wir brauchen Sie erst mal nicht mehr. Aber sagen Sie sicherheitshalber Bescheid, bevor sie am Nachmittag nach Hause gehen, okay?«

»Mach ich.«

So schnell wie möglich verlässt der Pförtner den Raum. Unter den erstaunten Blicken Sven Winterbergs greift Bastian Kreuzer sich das erste Stück seiner Pizza und beißt herzhaft hinein.

Kauend erklärt er: »Setz dich, Sven. Setz dich einfach hin und iss deine Pizza. Und schön das Gehirn abschalten dabei. Danach reden wir weiter. Und vor allen Dingen werden wir hier im Haus jemanden finden, der gesehen hat, welches verdammte Schwein diesen Umschlag direkt neben der Pförtnerloge in den Briefkasten geworfen hat. Wir finden ihn, und wenn wir jeden Kollegen, jede Sekretärin, jede Putzfrau einzeln ausquetschen müssen. Und dann schnappen wir uns das Schwein, wer auch immer es sein sollte.«

Montag, 27. Juli, 16.00 Uhr, Wattvilla, Kampen

Mona beißt ein letztes Mal von dem Apfel ab. Jetzt ist nur noch der Gripsch übrig. Sie öffnet die Plastiktüte und lässt ihn hineinfallen. Knisternd schieben sich die Verpackungen der Schokoladenriegel und der Würstchen zusammen, die schon in der Tüte liegen. Mit einer heftigen Bewegung knüllt Mona das Plastik zwischen den Händen, als würde sie der Tüte den Hals umdrehen. Irgendwann wird deren Inhalt anfangen zu stinken. Irgendwann wird sie selbst anfangen zu stinken, weil sie den Kotdrang nicht mehr wird zurückhalten können. Irgendwann werden die Coladosen alle und die Seltersflaschen ausgetrunken sein. Irgendwann wird es keine nächtlichen *Rewe*-Tüten-Lieferungen mehr geben. Irgendwann wird sie hier unten bei lebendigem Leib vergammeln wie ein überfälliges Stück Fleisch, das man versehentlich aus der Kühltheke genommen hat.

Irgendwann. Aber jetzt noch nicht.

Mona bemüht sich, ruhig zu bleiben. Sie sieht auf die Uhr. Vier am Nachmittag. Sie sitzt jetzt schon fast achtundvierzig Stunden hier fest. Wann werden die Kollegen im Büro zur Polizei gehen? Aber selbst wenn man sie als vermisst gemeldet hat, ist es fraglich, ob die Polizei hier nach ihr suchen wird.

Da ist sie wieder, die Panik. Ein großer dunkler Vogel mit ausladenden Schwingen, die sich zeitlupengleich über sie senken, die alles unter sich begraben, die ihr gesamtes Leben zudecken werden, es einfach vernichten. Vielleicht nicht ihr gesamtes Leben, korrigiert sie sich, aber in jedem Fall das, was noch davon übrig ist.

Sie muss sich ablenken. Aber wie? Hat sie nicht schon den ganzen Raum durchsucht? Mit Blicken immer wieder, und einige Ecken auch auf Händen und Füßen. So hat sie die Sporttasche gefunden, die Cola und die Schokolade. Und natürlich die Zeitschriften, deren Artikel sie mittlerweile fast auswendig kennt. Aber es gibt selbst in diesem übersichtlichen Raum noch Stellen, an die sich Mona nicht herangewagt hat. Warum auch?

Doch darum geht es jetzt nicht mehr. Sie braucht einen Plan, sie braucht ein Vorhaben, sie muss sich beschäftigen. Und nicht nur das. Sie will, bevor sie untergeht, alles getan haben, um ihren Untergang zu verhindern. Vielleicht steckt ja in einem der Bettgestelle ein Messer, denkt Mona höhnisch. Oder zwischen Matratze und Federung liegt ein Zweitschlüssel verborgen. Könnte ja sein. Jetzt lacht auch der schwarze Vogel der Verzweiflung, er lacht keckernd und laut, er schüttelt sich vor Vergnügen, und einzelne Federn stauben herab.

Mona, die gerade damit begonnen hat, die Bettdecken abzuziehen, um die Inletts zu untersuchen, hält inne. Nein, die Federn sind nicht schwarz, sie sind weiß, und es sind nur wenige, die da um sie herumfliegen und sanft zur Erde gleiten. Und natürlich kommen sie aus dem Federbett, das Mona gerade aus dem Bezug geholt hat. Der Vorgang wiederholt sich bei den anderen Betten. Ein leichter Flaum bedeckt jetzt den Boden. In einer Ecke des Kellerraumes liegen die Bezüge auf einem kleinen Haufen. Neben dem mickrigen Berg aus gelbgewürfelter Baumwolle erhebt sich der stattliche Hügel mit den Federbetten und den Kopfkisseninletts. Mona zieht nun auch die Laken ab und wirft sie über die Bettbezüge. Jetzt liegen die Matratzen blank vor ihr. Glänzende Matten, cremefarben mit hellblauen Linien darauf. Als Mona sie von den Bettgestellen wuchtet, bricht ihr der Schweiß aus. Sie beginnt, sich vor dem eigenen Körpergeruch zu fürchten. Und sie beginnt, an ihrem Vorhaben zu zweifeln. Der Kellerraum wirkt verwüstet und zerschlagen. Der Rest jeder Ordnung ist dahin. Vielleicht wird sie die Kraft gar nicht mehr aufbringen, die Ordnung wiederherzustellen. Und warum auch? Schließlich ist der Anblick der drei Matratzen, die jetzt übereinandergestapelt sind, gar nicht so erschreckend. Sie könnte auch auf diesem Stapel schlafen. Nur die vierte, die verhasste Matratze des Bettes, in dem der Besitzer des Schlafanzuges gelegen hat, muss sie jetzt noch hinzufügen. Dann ist die Verwüstung komplett.

Als Mona auch diese Matratze vom Bettgestell ziehen will, gibt es ein ungewohntes Geräusch. Ein Knacken, leise und hohl. Im ersten Augenblick denkt Mona, jemand sei an der Tür. Sie lässt die Matratze fahren und läuft hinüber. Doch da ist nichts. Kein Ton, keine Bewegung. Mona schlägt gegen die Tür, heftig und ausdauernd. Wie oft hat sie das eigentlich schon getan? Wann wird sie lernen, dass dies eine überflüssige Handlung ist? Wann wird sie aufgeben und sich in ihr Schicksal fügen?

Mona dreht der verhassten Tür den Rücken zu und lässt sich langsam zu Boden sinken. Direkt neben ihr steht das Männerbett an der Wand. Die Matratze hängt halb vom Gestell herunter und liegt mit einer Ecke schon am Boden. Die Sprungfedern des Bettgestells sind aus glänzendem Metall, sie wirken stark und unbenutzt. Sie wirken bedrohlich, denkt Mona jetzt. Sie könnten eine Waffe abgeben, falls es gelänge, eine von ihnen aus dem Bett zu lösen.

Sie zwingt sich zum Aufstehen und dazu, die Matratze von der Federung zu ziehen. Das Geräusch von vorhin wiederholt sich. Ein hohles Knacken, fast als würde eine Coladose geöffnet. Und es kommt vom Bett, nicht von der Tür.

Als es Mona gelingt, die Matratze mit einem letzten Schwung zu Boden zu reißen, offenbart sich auch der Ursprung des Geräuschs. Es kommt ein ziemlich zerrupfter weißer Flügel zum Vorschein, der in heilem Zustand vermutlich Assoziationen an Weihnachten und Christkinder geweckt hätte. In sanftem Schwung sind goldüberstäubte Federn auf einem Drahtgestell angeordnet gewesen, die sich jetzt allerdings durch die reißenden Bewegungen Monas zwischen den Sprungfedern verkeilt haben, so dass es wirkt, als sei ein Engel in den Metallspiralen stecken geblieben und als habe sich der abgebrochene Flügel in einer letzten Regung von Protest zwischen den Spiralen aufgerichtet.

Entsetzt starrt Mona auf das Menetekel. Ein toter Engel, verlorene Unschuld, Kindesmissbrauch hämmert es in ihrem Hirn. Als hätte sie diese Gedanken nicht auch schon vorher gehabt. Als wäre nicht die ganze Insel mit diesen Gedanken schwangergegangen. Mona fühlt, wie ihr Widerstand bricht, ihre Kraft schmilzt, ihre Kampfbereitschaft erlahmt. Soll der Wahnsinn doch nach ihr greifen. Was sie sieht, ist nicht real, kann es nicht sein, so viel weiß sie noch. Und doch ist es da. Zögernd macht Mona einige Schritte auf den Flügel zu, langsam streckt sie die Hand aus und streicht über die Federn. Sie kann alles fühlen, den weichen Staub ebenso wie die körnigen Goldplättchen zwischen den Härchen. Der Wahnsinn hat Kontur und Gestalt.

Und Mona ist ihm wehrlos ausgeliefert.

Montag, 27. Juli, 17.02 Uhr, Kriminalpolizei Westerland

Bastian Kreuzer hat den Kopf in beide Hände gestützt und schimpft halblaut vor sich hin, während Sven Winterberg am Schreibtisch nervös einen dicken Stapel mit Akten durchblättert. Als er findet, wonach er gesucht hat, stellt er resigniert fest: »In dem Haus von diesem Hübner gab es tatsächlich nur dessen eigene Fingerabdrücke. Dein genialer Leo hat jede Menge Proben genommen. Und? Was findet er? Immer nur Hübner selbst.«

»Tja, Sven, das heißt wohl, dass du den falschen Vogel gefangen hast«, kommentiert Kreuzer, ohne den Kopf zu heben.

»Es heißt nur, dass Hübner nicht so blöd war, mit den Mädchen in dieses Haus zu kommen, wo seine Vermieterin ihn sofort verpfiffen hätte.«

»Steigerst du dich da nicht in etwas hinein?«

»Na hör mal, schließlich hat der Kerl nachweislich die gesamte Dünenmulde plattgetrampelt, in der wir die Kleidung von Ann-Kathrin gefunden haben.«

»Was sagt er eigentlich dazu?«

»Kannst du gleich vergessen. Der gibt den reinsten Schwachsinn von sich.«

»Geht's etwas genauer?«

Winterberg seufzt.

»Also gut. Er behauptet, er sei aus alter Gewohnheit an einem der letzten Abende dort gewesen. Volltrunken, nehme ich mal an. Und dann hat er noch was von süffigen Erinnerungen an vergangene Liebesabenteuer gemurmelt.«

»Klingt verrückt genug, um wahr zu sein.«

»Na, ich danke. Aber da kommen wir jetzt sowieso nicht weiter. Also lass uns die Baustelle wechseln: Habt ihr inzwischen irgendeinen Zeugen für den Briefeinwurf?«

»Komplette Fehlanzeige. Der Typ, der den Engelsbrief hier deponiert hat, muss entweder unsichtbar gewesen sein oder …«

Kreuzer richtet sich ruckartig auf, als belebe ihn eine plötzliche Idee. Winterberg, der immer noch in dem Aktenstapel blättert, fragt unkonzentriert: »Oder?«

»Oder einer von uns.«

»Bist du verrückt?« Jetzt ist auch Sven Winterberg ganz bei der Sache. »Hör mal, Bastian, wenn wir jetzt anfangen, uns gegenseitig zu verdächtigen, können wir gleich einpacken.«

»Aber der Pförtner schwört heilige Eide, dass er seine Loge nie verlassen hat.«

»Der beschwört alles, was du von ihm verlangst. Allein im letzten Jahr stand er schon zweimal kurz vor dem Rausschmiss. Der hat einfach die Hosen voll.«

»Ihr seid ja mit phantastischem Personal ausgestattet. Wie soll man denn da arbeiten, verdammt nochmal?«

Winterberg zuckt resigniert mit den Schultern.

»So gut es eben geht. Darum tue ich mich doch so schwer damit, Hübner wieder laufen zu lassen. Er ist der Einzige, den wir haben. Und er verbirgt etwas vor uns, das spüre ich einfach.«

»Dann brauchen wir einen Haftbefehl vom Staatsanwalt. Und das bei dieser wackligen Beweislage. Wenn der uns mal nicht auslacht.«

»Versuchen könnten wir's«, schlägt Winterberg vor und beugt sich wieder über die Akten.

»Sag mal, suchst du eigentlich etwas Bestimmtes?«

»Nö, mir ist nur langweilig.« Sven lacht unfroh. »Weißt du vielleicht, ob die Auswertung der Fingerabdrücke auf dem Engelsschreiben schon hier ist?«

»Ist sie nicht. Aber warte mal, jetzt ist es kurz nach fünf, das Schreiben kam mittags. Ich ruf da mal an, die müssten eigentlich längst was wissen.«

Während Kreuzer telefoniert, steckt Winterberg den Kopf aus der Tür und wechselt ein paar Sätze mit dem wachhabenden Beamten. Als der Telefonhörer mit Wucht zurück in die Ablage geschmettert wird, fährt er zusammen.

»Bastian, was ist los?«

»Rate, welche Abdrücke auf dem Schreiben sind!«

»Also hör mal, wir sind hier doch nicht im Sonntagabend-Quiz.«

»Na komm, tu mir den Gefallen.«

»Wenn du schon so fragst, dann sind es wahrscheinlich die von Hübner. Er hat den Brief fertiggemacht, und ein Komplize hat ihn eingeworfen, nachdem wir ihn hopsgenommen haben.«

»Irrtum. Auf dem Brief sind die Abdrücke einer unbekannten ausgewachsenen Person, nicht zu identifizieren, da in keinem Register vorhanden – und die von allen drei entführten Mädchen.«

»Nein!«

»Doch.«

»Ich wusste gar nicht, dass die Kollegen bei den Mädchen zu Hause Vergleichsproben genommen haben.«

»Haben sie am Freitag schon, gleich nachdem wir die Kleidung gefunden hatten. Und am Samstag bei dem dritten Opfer. Bisher haben die Proben nur nichts genutzt, denn auf der Kleidung war nichts Brauchbares zu finden, du weißt ja, wie schwierig das bei Stoffen ist, jedenfalls wenn es keine Knöpfe oder Schnallen oder so gibt. Außerdem hat der Sand ganz schön an dem Zeug geschabt.«

»Nett, dass du mich immer wieder an unsere Fehlschläge erinnerst.«

»Jetzt tu nicht so, als sei es deine Schuld. Du nimmst dir die Sache zu sehr zu Herzen.«

»Du bist gut. Wenn du eine Tochter zu Hause hättest, die nachts schreiend aus dem Schlaf schreckt, weil sie glaubt, von einem Monster gefressen zu werden, würdest du dir die Sache auch zu Herzen nehmen.«

»Was hat sie eigentlich genau geträumt?«

Sven Winterberg seufzt und fährt sich mit beiden Händen durchs Haar, das längst verschwitzt an seinem Kopf klebt.

»Okay, die Kurzform. Aber nur, weil du es bist. Mette hat ein Geräusch gehört, dann ist ein grünes Monster ins Zimmer geklettert und hat ihr seine Finger in alle möglichen Körperöffnungen gesteckt. Brauchst du's noch genauer?«

»Entschuldige, ich will dich echt nicht fertigmachen. Aber meinst du nicht, dass wir uns den Traum noch mal detailliert schildern lassen sollten? Immerhin hat deine Tochter den Entführer gesehen. Kann es da nicht sein, dass sie irgendeine wichtige Information in ihrem Traum verarbeitet hat?«

»Willst du jetzt nach einem Marsmenschen fahnden?«

»Nein will ich nicht. Aber vielleicht hast du das Wort ›Tagesrest‹ schon mal gehört. Also pass auf, ich mache dir einen Vorschlag: Du gehst jetzt nach Hause, isst mit Frau und Tochter zu Abend und sorgst für eine möglichst entspannte

Stimmung. Und nach dem Abendessen machst du mit deiner Tochter einen kleinen Ausflug zu uns, und dann kann ich mich ein bisschen mit ihr unterhalten.«

»Ich weiß zwar nicht, was das bringen soll, aber wie du willst. Nur solltest du dann lieber zu uns kommen.«

»Du meinst ein harmloses Gespräch mit einem harmlosen Onkel am heimischen Esstisch?«

»Hör auf, Bastian! Du redest, als wärst du selbst der Entführer.«

Bastian Kreuzer verzieht das Gesicht zu einer ironischen Grimasse. »Wäre doch gar nicht schlecht. Dann könnten wir wenigstens Feierabend machen.«

»Wir schaffen es auch so, wart's ab. Wenn du um halb sieben bei uns bist, kannst du mitessen. Ich erkläre Anja, was wir vorhaben. Hoffentlich regt sie sich nicht auf.«

»Sag ihr nichts, Sven. Sei nicht blöd. Bitte sag ihr nur, dass ich zum Essen komme. Und vorher drehe ich diesen Hübner noch mal eigenhändig durch die Mangel.«

Montag, 27. Juli, 17.21 Uhr, Kriminalpolizei Westerland

Fred erwacht von einem Schmerz im Ellenbogen. Es dauert Minuten, bis er weiß, wo er sich befindet. Und auch dann ist die Erinnerung nur fetzenweise verfügbar. Ein harter Fahrradsattel in seinem Schritt. Die nächtliche Landstraße von List nach Kampen. Eine Baustelle mit einem Rohbau, eine Betontreppe, der grelle Strahl einer Taschenlampe. Wenig später Blaulicht auf der Straße. Eine Zelle. Diese Zelle, in der er immer noch liegt. Die Pritsche mit dem harten Seitenholm, an dem er sich vermutlich gerade den Ellenbogen gestoßen hat. Im Schlaf.

Aber vor dem Fenster ist es taghell. Warum hat er ausgerechnet jetzt geschlafen? Und warum hat er diese marternden Kopfschmerzen, wenn er doch ausgeruht sein müsste? Der Alkohol, natürlich, er hat wieder zu viel getrunken. Aber hier ist kein Alkohol. Fred seufzt. Was würde er jetzt für einen winzigen Schluck gegen den Schmerz geben! Und um die Erinnerung aufzufrischen. Denn zwischen der nächtlichen Szene auf der Baustelle und seinem unruhigen Zellenschlaf ist noch etwas anderes vorgefallen. Etwas, an das er sich erinnern sollte. Etwas Wichtiges. Verdammt!

Fred fühlt sich, als sei jemand mit einer Fräse durch sein Gehirn gegangen und habe alles aus dem Kopf geschleudert. Alles, bis auf diesen menschenunwürdigen Schmerz. Er presst die Hände an die Schläfen und kneift beide Augen zusammen. Es hilft nicht gegen den dröhnenden, pochenden, unerträglichen Kopfschmerz. Und es hilft auch seiner Erinnerung nicht auf die Sprünge. Oder doch? War da nicht dieser schmächtige Bulle, der ihn stundenlang bedrängt hat? Aber was genau wollte der wissen? Was hat er ihm vorgeworfen?

Als krachend die Zellentür auffliegt, fährt Fred zusammen. Im Türrahmen steht ein Beamter in Uniform.

»Können Sie nicht anklopfen?«

»Wir sind hier nicht im Hilton.«

»Was Sie nicht sagen. Wäre ich von selbst jetzt nicht drauf gekommen.«

»Sehr witzig. Kommen Sie mit, Kommissar Kreuzer will sich noch einmal mit Ihnen unterhalten.«

»Ist das das Walross?«

»Noch so eine Bemerkung, und Sie haben eine Klage wegen Beamtenbeleidigung am Hals.«

»Jetzt sei mal nicht so humorlos, Kumpel. War nicht bös gemeint. Sag mal, habt ihr hier nicht irgendwo 'ne kleine Bar für den Nachmittagsdrink?«

»Klar doch. Und die Haremsdamen stehen auch schon bereit.«

»Wie ist es mit einem Anwalt?«

»Weiß ich nichts von.«

»Okay, war nur ein Versuch. Ich regele das mit diesem Kommissar. Wie hieß er noch gleich?«

»Kreuzer.«

Während er dem Beamten einen Flur entlang folgt und in einem stickigen Treppenhaus eine Etage höher steigt, versucht Fred verzweifelt, sich zu erinnern. Wie ist das letzte Gespräch ausgegangen? Hat er nach einem Anwalt verlangt? Und wenn, was hat dieser schmächtige Bulle ihm geantwortet? Wie hieß der noch gleich? Winterthur, genau.

Bastian Kreuzer erwartet Fred schon vor der Tür. Gerade nimmt er von einem Kollegen einen DIN-A4-Bogen, der in eine Klarsichtfolie gehüllt ist, entgegen. Fred will einen neugierigen Blick auf den Bogen werfen, aber Kreuzer rollt das Papier sofort zusammen.

»Ich zeig's Ihnen später, keine Sorge. Kommen Sie erst mal rein.«

Kreuzer weist auf einen Armlehnstuhl, der neben seinem Schreibtisch steht.

»Nehmen Sie den, der ist bequemer als die üblichen Verhörstühle. Kaffee? Wasser?«

»Ist auch Aspirin im Angebot?«

Kreuzer kramt kurz in seinem Schreibtisch, dann zieht

er eine zerknickte Tablettenschachtel heraus, wirft sie Fred in den Schoß und gießt ihm ein Glas Wasser aus der bereitstehenden Seltersflasche ein. Fred drückt drei Tabletten aus der Packung und spült sie mit gierigen Schlucken herunter.

»Besser?«

»Noch nicht, aber hoffentlich bald.«

Fred reicht Kreuzer die Tablettenpackung zurück. Der Kommissar wirft sie wie achtlos in die Schublade, aber seine Worte zeigen, dass er das Geschehen aufmerksam verfolgt hat.

»Drei sind eine ordentliche Dosis. Scheint ein beachtlicher Kater zu sein, den Sie da mit sich rumschleppen.«

»Sie haben nicht zufällig …« Fred macht eine kippende Handbewegung.

»Nein. Bedaure.«

»Vergessen Sie's. War auch nicht ernst gemeint.«

»Umso besser. Herr Hübner, erinnern Sie sich komplett an die letzte Nacht?«

»Leider nein.«

»Da bin ich aber froh, dass wir Ihr Vernehmungsprotokoll vom Vormittag haben.«

»Wieso? Was steht da drin?«

»Müssen wir jetzt nicht wiederkäuen. Ich wollte Sie etwas anderes fragen.«

Fred rutscht unruhig auf seinem Ledersitz herum. Der Kopf dröhnt, der Magen rebelliert, und sein Kreislauf beginnt auch zu spinnen.

»Was haben Sie gesagt?«

»Ich wollte Sie etwas fragen.«

Kreuzers Stimme ist ruhig, bedächtig und eindringlich.

Er sieht Fred konstant in die Augen, als sei er ein begriffsstutziges Kind.

»Schießen Sie los.«

Kreuzer verzieht den Mund zu einem knappen Lächeln.

»Bei der Polizei sollten Sie mit solchen Wortspielen vielleicht vorsichtiger sein.«

»Hören Sie mal, wenn Sie hier mit mir Smalltalk machen wollen, dann suchen Sie sich gefälligst jemand anderen. Mir geht es echt schlecht. Also, was wollen Sie?«

Freds Magen stülpt sich in einem plötzlichen Reflex um. Vielleicht hätte er das Wasser nicht trinken dürfen. Aber noch verbietet es sein Stolz, sich für einen Gang zur Toilette zu verabschieden.

»… wir sind jetzt Engel.«

»Wie: Engel? Was haben Sie gesagt? 'tschuldigung, aber ich habe wohl gerade nicht so ganz zugehört.«

»Kein Problem. Ich wiederhole mich gern. Hab ja auch sonst nichts zu tun.«

»Pardon. Soll nicht wieder vorkommen.«

Freds Stimme klingt devot. Er wäre auch vor dem Kommissar auf die Knie gefallen. Nichts ist ihm plötzlich wichtiger, als zu erfahren, was das Walross gerade gesagt hat.

»Sie wollten doch vorhin diesen Zettel hier sehen. Es ist ein Brief, der heute Mittag in unseren Briefkasten geworfen worden ist. Wir haben gute Gründe zu der Annahme, dass der Urheber des Briefes auch der Entführer der drei Mädchen ist.«

»Warum?«

»Ihre Fingerabdrücke sind drauf.«

»Meine?«

»Nein, Ihre nicht. Überrascht Sie das? Es sind die Fingerabdrücke der drei Mädchen.«

»Und in dem Brief steht etwas über Engel?«

»Ganz recht. Der Brief besteht nur aus zwei Sätzen. Und die sind ebenso knapp wie rätselhaft. Da steht: Es geht uns gut. Wir sind jetzt Engel.«

Fred spürt förmlich die saugenden Blicke Bastian Kreuzers auf seiner Haut. Keine Regung, keine winzige Veränderung seiner Mimik wird dem Kommissar entgehen. Trotz seines Magenflatterns und der zunehmenden Übelkeit gelingt es Fred, wenigstens für die ersten Sekunden der größten Aufmerksamkeit sein altes Pokerface aus der Schublade zu ziehen. Denn die sehr speziellen Bilder, die ihm gerade zum Thema »Engel« durch den Kopf schießen, wird er ganz bestimmt nicht vor dem Walross ausbreiten.

»Fällt Ihnen dazu nichts ein?«

Der Kommissar bemüht sich sichtbar, seine Enttäuschung zu verbergen.

»Was soll mir dazu einfallen? Ich habe den Brief doch nicht geschrieben. Und mit den Mädels habe ich schon gar nichts zu tun. Aber das habe ich vermutlich gelegentlich erwähnt.«

»Ja, das sagten Sie bereits.«

Ein ratloses Schweigen breitet sich im Raum aus. Kreuzer wirkt, als habe er sein letztes Pulver verschossen und nicht getroffen. Jetzt klopft er seine Hosentaschen ab, als suche er dort nach Reservemunition. Aber die Taschen sind leer.

»Es geht uns gut. Wir sind jetzt Engel«, wiederholt der Kommissar mit eindringlicher Stimme, schweigt einige Sekunden und redet dann sehr leise weiter. »Sind die Mädchen jetzt tot, oder leben sie noch? Was meinen Sie?«

»Fragen sie mich was Leichteres. Oder besser noch, beantworten Sie mir zur Abwechslung mal eine Frage. Und glauben Sie mir, es ist ziemlich dringend. Wo waren noch mal Ihre Klos? Ich müsste nämlich mal kotzen.«

Montag, 27. Juli, 19.09 Uhr, Braderuper Weg, Kampen

Anja stellt Wurst, Schinken und Käse auf den Tisch. Zum Glück hat sie am Nachmittag ein frisches Brot besorgt. Und eine Reserveportion Geflügelsalat steht auch im Kühlschrank. Ihre Begeisterung darüber, dass Sven zu dem ersten Abendessen, das sie seit vier Tagen gemeinsam mit Mette einnehmen können, gleich noch seinen Kollegen vom Festland eingeladen hat, hält sich wahrlich in Grenzen. Aber sie will nicht unhöflich sein, auch wenn sie sich nervlich langsam am Ende fühlt.

»Wann kommt der Papa denn? Ich habe Hunger.«

»Gleich, mein Schatz. Er hat vorhin angerufen, er bringt noch einen Kollegen mit.«

»Kenne ich den?«

»Es ist der, mit dem du auf dem Revier gesprochen hast.«

»Der, der auch mit Steinen nach Autos wirft?«

»Geworfen hat. Jetzt tut er das bestimmt nicht mehr.«

»Ja, hat er gesagt. Aber vielleicht heimlich. Natürlich nur, wenn ganz böse Männer in dem Auto sitzen.«

»Ach Kind, was du dir immer ausdenkst.«

Anja lässt sich auf einen der Küchenstühle fallen und gießt sich eine Tasse Tee ein.

»Bist du traurig, Mami?«

»Ein bisschen erschöpft. Aber das wird schon wieder.«

»Dabei musst du dich doch freuen. Der Papa hat ja schließlich den bösen Mann festgenommen.«

»Na, das hast du nicht ganz richtig verstanden. Es gibt einen Verdächtigen, und der wird gerade verhört.«

»Dann kann der böse Mann nachher doch noch kommen und mich holen?«

Bevor Anja eine passende Antwort einfällt, geht die Tür auf, und Sven betritt mit Bastian Kreuzer die Küche.

»Niemand holt dich, mein Engel, darauf kannst du dich verlassen.«

Mette springt auf und wirft sich ihrem Vater an den Hals. Sie schlingt beide Arme um ihn, als wolle sie sich auf ewig mit ihm verbinden.

»Versprichst du mir das, Papa?«

»Aber klar doch.«

Während Sven seine Tochter durch die Luft schwenkt, wird er von seinem Kollegen kritisch beobachtet. Anja verscheucht die Irritation über den Blick und gibt Kreuzer die Hand zur Begrüßung.

»Nett, dass Sie mitgekommen sind. Auch wenn es nur ein ganz normales Abendbrot ist.«

Kreuzer löst seinen Blick von dem Kollegen und lässt ihn über den gedeckten Tisch wandern.

»Das sieht doch sehr lecker aus. Und danke für die Einladung.«

Während des Essens herrscht Schweigen. Zunächst ist es ein einvernehmliches, gemütliches Schweigen, immer wieder unterbrochen von kurzen Bemerkungen und Bitten.

»Reichst du mir den Käse?«

»Kann ich noch etwas Tee haben?«

»Möchten Sie noch eine Scheibe Brot?«

Doch dann wird das Schweigen lastend, und die Blicke, die insgeheim über den Tisch laufen, fallen auf. Kreuzer, der seinen Kollegen mustert. Anja, die ihre Tochter beobachtet. Mette, die die Augen nicht von Kreuzer nehmen kann.

Mette ist es auch, die schließlich das Schweigen bricht.

»Habt ihr denn den bösen Mann jetzt gefunden oder noch nicht?«

Dankbar wendet sich Kreuzer ihr zu.

»Wir haben jemanden, der sich auffällig benommen hat. Aber wir wissen noch nicht genau, ob er die Mädchen entführt hat.«

»Warum fragt ihr ihn nicht?«

»Er würde es nicht zugeben.«

»Und jetzt?«

»Vielleicht kannst du uns ja helfen.«

»Ich?«

Mette reißt die Augen auf und blickt von ihrer Mutter zum Vater und wieder zurück. Anja reagiert alarmiert, während Sven die Augen niederschlägt. Kreuzer ignoriert beide Eltern und bemüht sich um Blickkontakt zu dem Kind.

»Du hast den bösen Mann doch letztens im Traum gesehen, oder?«

»Woher weißt du das?«

»Hat mir dein Papa erzählt.«

»Ja, das stimmt. Aber es war doch nur ein Traum, hat Mama gesagt.«

»Ich weiß wirklich nicht, ob es so gut ist, das jetzt hier beim Abendessen zu besprechen.«

Anjas Stimme klingt gepresst, sie macht eine abwehrende Geste. Am liebsten würde sie Mette hinausschicken, um diesem übereifrigen Kriminalbeamten in aller Deutlichkeit zu sagen, was sie wirklich meint.

»Bitte machen Sie sich keine Sorgen, Frau Winterberg. Wie wissen doch alle, dass Mette hier gut geschützt ist, dass ihr gar nichts passieren kann.«

»Aber das grüne Monster weiß das nicht«, erklärt Mette im Brustton der Überzeugung.

»Doch vermutlich schon. Ich nehme an, dass dein Vater es ganz schön erschreckt hat«, wiegelt Kreuzer ab. Bevor er weiterredet, denkt er kurz nach. »Das Monster war also grün. Am ganzen Körper oder nur im Gesicht?«

»Ich habe nur auf das Gesicht geguckt, es war ja dunkel, aber das Gesicht hat geleuchtet.«

»Aber es war ein Menschengesicht?«

»Nein, ein Monstergesicht, das habe ich doch schon gesagt.«

»Ich wollte ja nur wissen, ob es vielleicht Ähnlichkeit mit einem Tier hatte.«

Anja springt auf und geht mit schnellen Schritten hinüber zum Küchentresen, um noch ein paar Scheiben von dem großen Brotlaib abzuschneiden. Ohne aufzusehen, schimpft sie: »Also wirklich, jetzt bringen Sie Mette doch nicht noch auf solche Gedanken!«

»Sei doch mal ruhig, Mami. Haben Tiere eigentlich Warzen?«, erkundigt sich Mette ernsthaft bei Kreuzer.

»Ich weiß nicht. Das Monster hatte also welche?«

»Ja, ganz furchtbar. Wie die Hexe aus meinem Märchenbuch. Nur viel mehr. Es ist ja auch noch böser.«

»Jetzt reicht es aber …«, setzt Anja an, doch dann rutscht sie mit dem Messer von dem Brotlaib ab und schneidet sich in den Daumen, der den Laib von unten gehalten hat. Es schmerzt fast gar nicht, aber ein Schwall Blut läuft auf die Arbeitsplatte, während Anja das Messer aus der Hand gleitet, an der Tischkante abprallt und klirrend zu Boden fällt.

Erschrocken springt Mette auf.

»Mami, hast du dir weh getan?«

»Ist nicht so schlimm, mein Schatz, nur ein kleiner Schnitt.«

Die Tränen in Anjas Augen strafen ihre Worte Lügen.

»Lass mal sehen.« Sven durchquert die Küche, legt schützend den Arm um seine Frau und führt sie zu ihrem Stuhl zurück. Dann tupft er vorsichtig mit einem sauberen Taschentuch um den Schnitt herum, ohne dass es ihm gelingt.

»Wenn da mal keine Narbe bleibt. Vielleicht sollten wir das besser nähen lassen.«

»Frau Winterberg, es tut mir wirklich leid, wenn ich durch meine Fragen das jetzt verschuldet haben sollte.«

»Ach, seien Sie doch still!«

Als sie den scharfen Ton ihrer Mutter hört, fährt Mette zusammen. Forschend, fast ängstlich blickt sie Anja ins Gesicht. Dann wandert der Blick des Kindes hinunter zu der Wunde.

»Aber wenn ein Arzt das näht, dann bleibt da doch auch eine Narbe. Wie bei mir am Knie nach dem Fahrradunfall.« Mette schiebt den Rock ihres Sommerkleides hoch und präsentiert das Knie wie ein Beweisstück.

»Ja, aber sie ist viel kleiner und kann auch besser heilen, weil der Arzt die Haut zusammenzieht«, erklärt Sven.

»Mit so Fäden, das weiß ich noch. Aber die Striche von den Fäden auf meinem Knie sieht man immer noch, das ist …«

Plötzlich hält Mette inne. Schreck spiegelt sich in ihrem Gesicht, auf das jetzt alle Augen gerichtet sind.

»Ja?«, ermuntert Kreuzer sie vorsichtig.

»So eine Narbe, so eine mit Strichen dran, so eine hatte das Monster auch.«

»Bist du sicher?«

Mette nickt. Dabei kaut sie an ihrer Unterlippe, als müsse sie sich konzentrieren.

»Mette?« Sven Winterbergs Stimme ist leise und eindringlich. »Ich gehe jetzt mit Mami ins Bad und mache einen Druckverband, damit es aufhört zu bluten. Wir sind gleich wieder zurück. Kannst du so lange hier bei Bastian bleiben und überlegen, wo genau die Narbe war und ob du vielleicht eine solche Narbe schon mal gesehen hast?«

»Da muss ich gar nicht überlegen, das weiß ich auch so ganz genau. Die Narbe war oben an der Stirn. Da, wo bei den alten Männern die Haare ausfallen.«

»Das Monster hatte Haare?«, erkundigt sich Kreuzer ruhig.

»Nein, das Monster doch nicht, dann müsste es ja regelmäßig zum Friseur gehen, das wäre vielleicht komisch.«

Mette bricht in ein hysterisches Lachen aus und kann kaum aufhören.

»An wessen Haare hast du denn gedacht?«

»Na an die von dem Mann im Auto. Der neben Lise. Der hatte auch so Haare, die schon ausgefallen sind. Eigentlich hat er eine Kappe getragen, aber dann ist er ja so schnell weggefahren, weil ich die Steine geworfen habe. Und dabei ist ihm die Kappe vom Kopf gerutscht.«

Anja und Sven stehen immer noch an der Tür. Aufmerksam sehen sie erst ihre Tochter und dann Bastian Kreuzer an. Kreuzer nickt ihnen ruhig zu, bevor er die entscheidende Frage stellt:

»Und er hatte eine Narbe?«

»Ja, hatte er. Ganz vorn oben auf der Stirn. Sie war groß und irgendwie buckelig.«

»Kannst du sagen, wie groß?«

»Vielleicht so.«

Mette zeigt mit beiden Händen einen Abstand von etwa sechs Zentimetern.

»Das ist aber lang für eine Narbe«, gibt Kreuzer zu bedenken.

»Ja, so war das aber. Ich habe das vergessen, vielleicht weil der Mann seine Kappe gefangen und gleich wieder aufgesetzt hat. Aber jetzt fällt es mir wieder ein. Wirklich. Es sah eklig aus, ich wollte gar nicht hingucken. Ich habe noch gedacht, dass ich Lise fragen muss, was ihr Onkel sich da getan hat.«

»Ihr Onkel?«

»Ich habe doch gedacht, das ist ihr Onkel. Das habe ich dir aber schon erzählt.«

»Ja, stimmt, jetzt erinnere ich mich wieder.«

Kreuzer fährt sich mit der Hand übers Gesicht, es ist eine Geste, die die Anspannung der letzten Sekunden wegzuwischen scheint. Als er die Hand sinken lässt, strahlen seine Züge eine ruhige Sicherheit aus.

»Mette, kann ich dir einen Vorschlag machen?«

»Ja klar.«

»Würdest du morgen zusammen mit deinem Papa zu uns aufs Revier kommen und einem Zeichner den Mann in dem offenen Auto ganz genau beschreiben?«

Mette nickt eifrig, fragt dann aber besorgt: »Und er malt ihn, und dann können ihn alle Leute im Fernsehen sehen?«

»Ja, genau.«

»Aber das Fernsehen darf nicht sagen, dass ich ihnen den Mann verraten habe, sonst kommt das Monster wieder.«

»Nein, Mette, das sagt das Fernsehen ganz bestimmt nicht.«

Mette schaut zweifelnd. Sie reibt sich die Nase, dann gibt sie sehr kleinlaut zu bedenken: »Ich weiß aber immer noch nicht, wie der Mann ausgesehen hat. Nur das mit der Narbe ist mir wieder eingefallen.«

»Okay, dann lassen wir das mit der Zeichnung. Trotzdem hast du uns unglaublich geholfen«, erklärt Bastian Kreuzer mit energischer Stimme. Dann fügt er leise und nur für Sven Winterbergs Ohren bestimmt hinzu: »Und wir sollten sehen, dass wir diesen Hübner so schnell wie möglich laufenlassen. So verdächtig er sich auch gemacht haben mag, eine Narbe auf der Stirn hat der jedenfalls nicht.«

Montag, 27. Juli, 23.40 Uhr, Kriminalpolizei Westerland

»Hey, das könnt ihr doch nicht mit mir machen! Es ist schon fast Mitternacht.«

Empört dreht sich Fred Hübner vor dem spärlich beleuchteten Portal des Kommissariats nach dem Beamten um, der ihn bis vor die Tür begleitet hat.

»Seien Sie mal lieber froh, dass Sie überhaupt freigekommen sind. Eine Anklage wegen Hausfriedensbruch wäre immer noch drin gewesen. Schließlich hatten Sie auf der Baustelle nichts zu suchen.«

»Und wie soll ich jetzt nach List kommen? Mitten in der

Nacht? Du glaubst wohl, mein Chauffeur wartet hier irgendwo. Ich kann mir noch nicht mal ein Taxi leisten. Ich bin völlig blank, Mann.«

Der Polizist deutet um die Ecke des Gebäudes.

»Schauen Sie mal da, was wir gefunden haben. Das ist doch sicher Ihr Fahrrad. Sieht jedenfalls auch so aus, als hätte es seine besten Tage hinter sich.«

Fred schenkt sich jeden Kommentar zu dieser Beleidigung. Es ist tatsächlich sein altes Fahrrad, das an der Ecke lehnt. Und als er mit langsamen Schritten darauf zugeht, stellt er fest, dass ihm körperlich wohler ist als seit vielen Wochen. Gern wüsste er, was dieser Arzt ihm gespritzt hat, den das Walross nach seinem Zusammenbruch auf der Toilette geholt hat. Freds Erinnerungen an den Zusammenbruch selbst sind lückenhaft. Zittern, Schweiß, Panikattacken. Stammeln, Weinen, Flehen. Nur einen Schluck Alkohol hätte er gebraucht, dann wäre alles besser geworden. Stattdessen war der Mediziner gekommen und hatte Fred dieses Zaubermittel verabreicht. Selbstverständlich wäre er jetzt trotzdem einem kleinen Ermunterungsschluck nicht abgeneigt, aber die Sehnsucht hält sich in Grenzen. Noch, wie Fred sich insgeheim eingestehen muss.

Als er auf sein Fahrrad steigt und beginnt, in die Pedale zu treten, tut die frische Nachtluft ein Übriges, um für Klarheit in seinem Kopf zu sorgen. Während er rhythmisch tritt, schraubt sich stakkatoartig ein Text in sein Hirn. Fred braucht ein wenig, um die Worte zu erkennen und die Bezüge zuordnen zu können.

Es geht
Uns gut.
Wir sind

Jetzt En
Gel. Es
Geht uns
Gut. Wir
Sind jetzt
En Gel.
Engel. Etwas rührt sich in seiner Erinnerung. Endlich.
Es geht
Uns gut.
Wir sind
Jetzt
Engel.

Fred Hübner tritt und tritt und tritt. Das alte Westerland mit seinen buckligen Häusern liegt still und friedlich in der Nacht. Langsam formt sich ein ganz bestimmtes Bild in seinem Kopf. Weiße Flügel und Federn überall. Nur wo war dieses Überall? Warum zum Teufel haben ihm die Bullen die Straßenkarte mit den Kreisen nicht zurückgegeben? Er sollte umkehren und nach dem Syltplan verlangen. Aber würde er sich dadurch nicht wieder verdächtig machen?

Also weiter. Es wird ihm schon noch einfallen, wo die Federn und die Engel hingehören. Die große Straße nach Kampen ist mäßig befahren, aber auf dem perfekt geteerten Radweg, der parallel zu der Straße verläuft, ist niemand unterwegs. Fred kommt zügig voran. Und seine Gedanken schweifen weit aus. Die ganze Vergangenheit wird lebendig. Partys am Strand. Mädels in den Dünen. Orgien im *Pony*. Und Katastrophenberichte in den Morgenzeitungen. Autsch, da liegt eine Flasche auf dem Fahrradweg, fast wäre Fred drübergefahren. Aber einen Platten kann er sich jetzt unmöglich leisten. Er ist der Lösung des Rätsels ganz nah, das spürt er genau. Wenn er sich nur besser konzentrieren könnte. Tief atmet Fred Hübner die Nachtluft ein und stößt sie im Rhythmus seiner Tritte wieder aus.

Rechts der Flughafen ist hell beleuchtet. Links die Wohngebiete zwischen Westerland und Wenningstedt liegen im Dunkeln. Vorn nähert sich die große Kreuzung mit dem Abzweig nach Braderup. Ein später Bus brettert über die Straße und wirft an der Wenningstedter Haltestelle eine einsame Figur auf den Asphalt. Torkelnd überquert der Nachtschwärmer den Radweg und bringt Fred ins Straucheln.

»Hey, Kumpel, pass doch auf, wo du hinläufst.«

»Lass mich in Ruhe sterben, Alter.«

Schwankend verschwindet die Figur in der Nacht.

Abrupt bremst Fred sein Fahrrad.

Der Tod. Die Unfälle, die Kreuzung.

Federn überall.

Tote Engel, so stand es damals in der Presse.

Fred spürt, wie sein Herz hämmert. Wie viele Kilometer sind es von Westerland nach Wenningstedt? Egal, für seine bescheidene Kondition sind es entschieden zu viele. Wenn er nicht mit einem Herzkasper auf der Strecke bleiben will, sollte er eine Pause machen. Und zwar genau hier, an dieser Kreuzung, die es auch vor dreißig Jahren schon gegeben hat, nur dass man damals nach rechts abbiegen musste, wenn man aus Kampen kam und nach Westerland wollte. Mit steifen Beinen lässt sich Fred auf die Bank an der Bushaltestelle sinken. Jetzt wäre ein Ermunterungsschluck doch ganz angebracht. Aber woher nehmen, wenn nicht stehlen?

Als wenig später ein dunkler Wagen auf den Parkplatz des Supermarktes gegenüber einbiegt und dort anhält, ist Fred sicher, dass die Polizei ihm gefolgt ist. Logisch. Die werden ihn doch nicht einfach freilassen. Sie haben ihn weiter unter Verdacht und denken, er wird sich jetzt verraten. Sollen Sie. Fast amüsiert blickt er dem durchtrainierten Kerl entgegen, der zielstrebig auf seine Bank zuläuft und sich neben ihm fallen lässt.

»Hallo, auch nichts zu tun?«, grüßt Fred lässig.

Der andere antwortet nicht.

»Also, wenn ich so ein schickes Auto hätte, würde ich mich nicht auf diese miesen Busse verlassen wollen. Und dazu noch mitten in der Nacht.«

Schweigen.

»Hey, Mister, jetzt seien Sie mal nicht so arrogant! Wenn wir schon zusammen hier verrecken müssen, dann können wir uns die Zeit durchaus mit einer gepflegten Unterhaltung versüßen.«

Fred spürt, wie die gesammelte Wut über die unverschämte Behandlung bei der Polizei in ihm aufsteigt. Und jetzt hängen sie ihm auch noch so einen schnöseligen Typen an. Mit einem Ruck wendet er dem Kerl seinen ganzen Körper zu und bemüht sich, dessen Gesichtsausdruck in der Dunkelheit zu erkennen.

Aber dann muss Fred Hübner dreimal hinschauen, bis er glauben kann, was er sieht.

Der Mann weint.

Dicke Tränen kullern ihm über die Backen und tropfen auf das Streifenhemd. Seine Augen starren ins Leere.

Fred fehlen die Worte. Nur eines weiß er plötzlich genau. Ein Bulle in Zivil ist das ganz bestimmt nicht.

Dienstag, 28. Juli, 8.42 Uhr, Kriminalpolizei Westerland

Hektisch läuft Sven Winterberg den Gang vor seinem Dienstzimmer entlang. An der Treppe stößt er fast mit Silja Blanck zusammen.

»Hoppla. Wo kommst du denn her?«

»Wo soll ich schon herkommen? Bin ganz normal zum Dienst erschienen. Das gestern war wahrscheinlich nur eine Magenverstimmung. Ich hoffe, ihr seid ohne mich klargekommen. Gibt's Neuigkeiten?«

»Jede Menge. Eine dreißigjährige Maklerin ist am Wochenende verschwunden. Und wir haben ein sehr merkwürdiges Bekennerschreiben bekommen. Hast du Bastian schon gesprochen?«

»Nein …«

Siljas Antwort kommt zögernd und leise, so, als wolle sie noch etwas hinzufügen, habe es sich aber in letzter Minute anders überlegt. Sven mustert die Kollegin nachdenklich. Sie wird rot unter seinem Blick.

»Hör mal, Mädchen, gibt es da etwas, das ich wissen müsste?«

»Nein, nein, alles in Ordnung.«

»Dann komm mit, wir gehen zu ihm. Er brütet über irgendetwas. Den ganzen Morgen schon. Und ich will, dass er es endlich ausspuckt.«

Wieder wird Silja rot, setzt sich aber folgsam in Bewegung.

Als die beiden das Büro betreten, telefoniert Bastian Kreuzer gerade an seinem Schreibtisch. Er sitzt mit dem Rücken zur Tür.

»Ja, natürlich kümmern wir uns darum. Nein, nach vierundzwanzig Stunden muss etwas geschehen, das sehe ich auch so. Kommen Sie noch mal vorbei wegen der Personenbeschreibung? Noch besser wäre natürlich ein Foto.«

Während er der Entgegnung seines Gesprächspartners lauscht, dreht er sich um, streift Sven mit einem knappen Blick und nickt ihm zu. Silja bekommt ein sehr intensives Lächeln, bei dem sich die Falten wie ein Strahlenkranz um Kreuzers Augen legen.

Neugierig beobachtet Sven die Reaktion der Kollegin. Ihr plötzlicher Atemstoß klingt, als entspanne sich ihr ganzer Körper.

»Auch gut«, Bastian Kreuzer redet immer noch ins Telefon. »Ja klar, das Foto können Sie uns mailen, und wir schneiden dann die anderen beiden Personen weg. Nein, dann ist nicht das ganze Maklerteam auf der Vermisstenmeldung. Natürlich geht das an die Presse, dafür brauchen wir es ja. Wie?«

Er lauscht und bedeutet gleichzeitig Sven und Silja mit einer ungeduldigen Geste, im Raum zu bleiben. Als er anschließend seinem Telefonpartner antwortet, klingt seine Stimme reichlich aggressiv.

»Also, Sie wollen nicht ins Gerede kommen. Na bestens. Jetzt hören Sie mir mal gut zu. Ihre Kollegin ist seit zwei Tagen verschwunden. War doch so, oder? Was? Ach so, Chefin, meinetwegen auch das. In jedem Fall müssen wir diese Mona Hofacker suchen, da sind Sie doch meiner Meinung, oder?«

Bastian Kreuzer macht eine abschätzige Bewegung zum Telefonhörer und verdreht die Augen. Silja verschlingt den Kollegen mit ihren Blicken, während Sven immer mehr Mühe hat, sich das Grinsen zu verkneifen. Wer hätte gedacht, dass ausgerechnet der handfeste Kollege vom Festland die eiserne Inseljungfrau knackt.

»Okay, so machen wir das. Und wenn Sie darauf bestehen, nennen wir natürlich Ihre Firma nicht mit Namen, auch wenn ich das, mal ganz unter uns gesagt, nicht besonders hilfreich finden kann.«

Energisch unterbricht Bastian Kreuzer die Verbindung.

»Also, die Maklerin ist immer noch weg. Wir geben ihr Foto an die Presse, sobald wir es haben. Den Rest habt ihr ja mitgekriegt. Die stellen sich vielleicht an!«

Kreuzer fährt sich nervös mit beiden Händen übers Gesicht. Dann wird er laut.

»Was ist das verdammt nochmal für eine Scheißwelt, in der die Sorge um den Ruf eines Maklerbüros größer ist als die um das Wohlergehen einer Kollegin? Die haben doch tatsächlich Angst, dass ihr Name in der Presse landet. Jetzt steht hier nicht so rum, das macht mich ganz wirr, sondern setzt euch endlich. Wir müssen was besprechen.«

Mit einer ausholenden Geste weist er auf zwei Stühle. Allerdings rudert Kreuzers Arm weiter und landet in seinem eigenen Schoß. Es wirkt, als wolle er Silja einladen, direkt dort Platz zu nehmen. Natürlich reagiert sie nicht auf die stumme Aufforderung. Ein Lächeln fliegt über Bastian Kreuzers Gesicht, dann tippt er auf ein Blatt Papier, das auf seinem Schreibtisch liegt, und erklärt mit nüchterner Stimme: »Es gibt noch etwas Neues. Die Mediziner haben ein Fax geschickt.«

»Welche Mediziner?«

Silja ist froh, dass sie eine neutrale Frage stellen kann.

»Von der Uniklinik. Wegen der Narbe.«

»Narbe?«

»Ich war gestern Abend bei Sven zum Essen. Es gab einen kleinen Unfall mit dem Brotmesser, und seine Tochter hat sich an den Entführer erinnert. Beziehungsweise an eine Narbe auf dessen Stirn.«

Bastian Kreuzer sieht Silja Blanck konzentriert in die Augen. Die Botschaft ist deutlich. Hör mir gut zu und denk nur an den Job. Über den Rest reden wir später. Als Silja kaum merklich nickt, spricht er etwas leiser weiter.

»Die Ärzte haben zwei Erklärungen für eine derart ausgeprägte Narbe auf dem Oberkopf, wie sie Svens Tochter beschrieben hat. Entweder eine große Kopf-OP, das müsste dann in irgendwelchen Krankenhausakten zu finden sein. Oder ein Unfall, der allerdings auch in einer Klinik behandelt worden wäre. Dass ein Arzt ambulant eine so große Wunde näht, ohne den Patienten zum Röntgen in ein Krankenhaus zu schicken, halten sie für fahrlässig, also für wenig wahrscheinlich.«

»Das hieße für uns, alle Kopfwunden der letzten Jahrzehnte in allen deutschen Krankenhäusern zurückzuverfolgen. Glaubst du, das bringt was?«, wirft Sven ein.

»Wir haben nichts anderes.«

»Vielleicht doch. Es könnte immerhin sein, dass das Verschwinden dieser Maklerin etwas mit unserem Fall zu tun hat.«

Silja räuspert sich. Ihre Stimme ist etwas wacklig, wird aber zunehmend fester.

»Sie ist doch schon um die dreißig, oder? Dann passt sie nicht wirklich ins Engelsschema, finde ich.«

»›Engelsschema‹ ist klasse«, entgegnet Sven und will gerade auf die Analyse des Entführerbriefes zu sprechen kommen, als eine rüde Bewegung Bastians ihn innehalten lässt.

»Stopp mal, Sven. Hast du ›Engelsschema‹ gesagt, Silja?«

»Ja?«

Wieder ist da diese Verunsicherung in ihrer Stimme.

»Hej, jetzt weiß ich, was bei mir im Hirn den ganzen Morgen schon rumort hat, ohne dass es richtig deutlich werden konnte.«

»Und?«

»Es war bei der Hausdurchsuchung von diesem Hübner, dem Journalisten, ihr wisst schon. Ich habe da einen Zettel gefunden. Leo und ich konnten ihn beide nicht lesen, und er war schon uralt. Vergilbt und brüchig. Billiges Papier. Ich fand es nicht der Mühe wert, die Sauklaue von diesem Hübner zu entziffern, aber das war, bevor wir den Engelsbrief bekommen haben.«

»Aber was stand auf dem Zettel? Ungefähr wirst du es ja noch wissen.«

Sven Winterberg spürt, wie sich ein Kribbeln in seiner Magengrube regt. Ist das der Durchbruch? Der Moment, auf den sie alle sehnsüchtig seit Tagen warten?

»Auf dem Zettel? Wartet mal. Es war ein Kompositum, ein zusammengesetztes Wort. Etwa vier bis fünf Buchstaben am Anfang, dann noch mal sechs oder sieben. Es begann mit einem ›E‹, so weit war noch alles klar. Erst dachten wir: ›Esel‹, dann ›Engel‹. Irgend so etwas. Der zweite Teil begann mit einem ›st‹ und endete mit ›en‹. Ein Verb. Stehen, sterben, streben, stillen, irgend so was.«

»Das müsste man doch genauer herausfinden können, oder nicht?«, insistiert Sven.

»Sicher. Nur müssen wir dazu erst den Zettel wiederfinden.«

»Ich denke, ihr hattet ihn schon.«

Siljas Stimme klingt ungeduldig. Ein Umstand, den Sven mit Erleichterung wahrnimmt. Offenbar hat sie zu ihrer Professionalität zurückgefunden.

»Tja, wir haben nur mitgenommen, was wir für wichtig gehalten haben. Den Rest haben wir wieder in die Kisten gepackt.«

»Kisten?« Eine steile Falte erscheint auf Siljas Stirn.

»Na, du warst ja nicht mit bei diesem Hübner zu Hause, wenn man das denn so nennen will. Aber Sven erinnert sich vielleicht. Da gibt's ein Bett und einen Korbstuhl, eine Glotze und einen wackligen Kleiderschrank und sonst nur Umzugskisten, die an einer schimmeligen Wand gestapelt waren.«

»Klingt verlockend.«

Silja räkelt sich in ihrem Stuhl, als wolle sie eine weniger ironische Bedeutung des Wortes unter Einsatz ihres ganzen Körpers illustrieren. Sven verdreht die Augen. Dann wird er betont energisch.

»Also, dann wissen wir doch, was zu tun ist. Endlich kommt Tempo in die Sache. Am besten, Bastian fährt nach List und sucht nach diesem Zettel. Ich kümmere mich inzwischen hier um die Vermisstenanzeige für diese Maklerin.«

»Und ich?«, fragt Silja leise.

»Dich nehme ich mit«, erklärt Bastian, steht auf und greift nach ihrer Hand.

Dienstag, 28. Juli, 11.43 Uhr, Kurverwaltung Kampen

Das Foyer des Kurhauses ist voller Menschen. Vielleicht war das Gedränge in den Wochen vor den Entführungen noch stärker, aber es reicht immer noch, um Karoline vollauf zu beschäftigen. Die Karten für das nächste Sommerkonzert in der Keitumer Dorfkirche sind ebenso gefragt wie die Termine für die Vorstellungen des Kinderzirkus. Und die Kampener Dorfführungen sind für den ganzen August ausgebucht.

Karoline ist seit über einer Stunde allein hinter dem Tresen. Ihre Kollegin Doreen musste dringend zum Arzt. Aber obwohl die Warteschlange der Kurgäste immer länger wird, bemüht sich Karoline, ihre Ruhe nicht zu verlieren. Geduldig geht sie auf die Fragen, Wünsche und Bedürfnisse der Wartenden ein. Ihr kommt die Ablenkung nach dem unruhigen Wochenende, das sie hinter sich hat, ganz recht. Nur nicht zu viel an das Watthaus denken. An die Hexe, die sich immer wieder eingeschlichen hat. Oder an die drei kleinen Mädchen, die seit Tagen in großer Gefahr sind. Lieber Galerien empfehlen und Konzertkarten verkaufen.

»Moin, moin. Was kann ich für Sie tun?«

Immer höflich sein. Dezent und gleichzeitig herzlich. Engagiert.

»Bedaure, für diese Woche gibt es leider keine Karten mehr.«

Sich konzentrieren. Nur auf das Hier und Jetzt.

»Aber natürlich können Sie sich das Gastgeberverzeichnis mitnehmen, dafür liegt es ja hier.«

Die Albträume der letzten Nächte vergessen. Und die Lieder, die Kinderlieder, die sich so schlecht verdrängen lassen.

»Wie bitte? Was haben Sie gesagt?«

»Der Kinderzirkus. Ich wüsste gern, wann die Nachmittagsvorstellung beginnt.«

»Moment bitte. Ich schau mal nach.«

Der Kinderzirkus gastiert jeden Sommer auf der Insel, und er ist immer wieder ein Hit. Karoline müsste die Anfangszeiten längst auswendig wissen, und gestern wusste sie sie auch noch, aber sie kann sich plötzlich nicht mehr erinnern. Die Zirkusartisten scheinen ihre angestammte Manege verlassen zu haben und jetzt tolle Sprünge in Karolines Kopf zu vollführen. Ein Looping und gleich im Anschluss einen gewagten Seiltanz. Alles auf ihren Nerven, die ebenso gespannt sind wie die Drahtseile im Zirkus. Und die Artisten in Karolines Kopf sind auch keine Erwachsenen, sondern Kinder, kleine Mädchen wohlgemerkt, etwa so alt wie ihre drei Schwestern aus dem Watthaus.

Mein Haus, das hat drei Mädchen, drei Mädchen hat mein Haus.
Und hätt es nicht drei Mädchen, dann wär es nicht mein Haus.

Nicht singen, nicht nachdenken. Schön bei der Sache bleiben.

»Die Nachmittagsvorstellungen beginnen um 15.00 und um 17.00 Uhr. Außerdem gibt es noch eine am Abend um 19.30 Uhr.«

»Danke.«

»Gern doch. Und viel Spaß im Zirkus!«

Wenn nur die Mädchen in Karolines Kopf nicht wären. Sie führen ihre Kunststücke vor, und dabei singen, hüpfen und tanzen sie, als sei nichts geschehen, als schwebten sie nicht in höchster Gefahr.

Mann, du hast das Kind gestohlen,
gib es wieder her, gib es wieder her,
sonst wird dich der Jäger holen mit dem Schießgewehr.

Seine große, lange Flinte
schießt auf dich den Schrot, schießt auf dich den Schrot,
dass dich färbt die rote Tinte, und dann bist du tot.

Das Radio läuft leise im Hintergrund. Es kann sich kaum durchsetzen gegen das Lachen, Rufen und Fragen der Kurgäste. Sogar die Stimme des Nachrichtensprechers hat es schwer, dagegen anzukämpfen, doch Karoline gelingt es, einige Wortfetzen zu erhaschen. »Vermisst«, »sachdienliche Hinweise« und die Telefonnummer der Polizeieinsatzzentrale versteht sie.

Ist wieder ein Mädchen verschwunden? Nein, das kann nicht sein, es waren doch nie mehr als drei Schwestern im Haus. Gerade verliest der Nachrichtensprecher eine Personenbeschreibung. Karoline dreht sich um und stellt das Radio lauter. Die Touristen gucken verstört. Niemand erwähnt ihnen gegenüber die entführten Mädchen. Karoline hätte das Radio besser ganz ausschalten sollen, aber jetzt ist es zu spät.

»Die Vermisste ist etwa dreißig Jahre alt, ein Meter fünfundsechzig groß, hat schulterlange hellblonde Haare, die sie meist zu einer sogenannten ›Banane‹ am Hinterkopf hochgesteckt trägt. Sie ist schlank und hat blaue Augen.«

Die Hexe, erkennt Karoline. Jetzt suchen sie nach ihr.

»Hören Sie mal, junge Frau, geht's hier vielleicht mal weiter?«

Die Stimme ist sehr leise, denn eine vertraute Melodie drängt sich in den Vordergrund. Karoline summt mit. Dann kommen die Worte wie von selbst.

Mädchen in der Grube, saß und schlief, saß und schlief.
Liebes Mädchen bist du krank, dass du nicht mehr hüpfen kannst?
Mädchen hüpf. Mädchen hüpf …

»Hallo! Ich rede mit Ihnen.«

»Ja, natürlich. Moment bitte, ich muss nur gerade das Radio ausschalten.«

Aus dem Apparat ist die Melodie jedenfalls nicht gekommen, denn der Nachrichtensprecher redet immer noch. »Foto im Internet unter …«, hört Karoline gerade, dann dreht sie dem Sprecher die Luft ab. Karoline braucht kein Foto, sie weiß auch so ganz genau, wie die blonde Hexe aussieht. Und sie weiß, dass sie ihren Schwestern helfen muss. So schnell wie möglich. Sie muss das Watthaus verteidigen.

Drei kleine Mädchen mit dem Kontrabass
saßen auf der Straße und erzählten sich was.
Da kam die Polizei: »Ja was ist denn das?«
Drei kleine Mädchen mit dem Kontrabass.

Als die Tür des Kurhauses aufgeht und Doreen erscheint, ist Karoline unendlich erleichtert. Doreen hat eine dicke Backe und nuschelt ein wenig beim Sprechen, aber das ist Karoline egal. Jetzt muss die Kollegin den Laden übernehmen. Nur für eine Stunde, nur bis Karoline im Watthaus gewesen ist und nach dem Rechten gesehen hat.

»Bis zur Mittagspause bin ich wieder zurück. Versprochen!«

Doreen nickt und reibt sich die betäubte Wange.

Draußen ist es schwül und trüb, die Sonne steht hinter einem weißen Schleier, der ihre Strahlen schluckt, aber die Hitze durchlässt. Karoline beginnt schon nach wenigen Metern zu schwitzen, trotzdem verfällt sie bald in einen trabenden Schritt. Nur schnell das Watthaus erreichen, schneller sein als die Hexe, schneller auch als alle anderen. Vor allem schneller als dieser Mann im Cabrio, nach dem die ganze Insel sucht und der es zweifellos auf ihre kleinen Schwestern abgesehen hat.

Ein Mädchen liegt im Walde, ganz still und stumm,
es hat vor lauter Purpur ein Mäntlein um.
Sagt, wer mag das Mädchen sein,
das da liegt im Wald allein,
mit dem purpurroten Mäntelein.

Dienstag, 28. Juli, 12.30 Uhr, Wattvilla Kampen

Monas Uhr zeigt halb eins. Aber ist es Nacht oder Tag? Mona kann sich nicht erinnern, dabei ist sie doch noch gar nicht so lange eingesperrt. Seit zwei Tagen vielleicht. Oder seit dreien? Am liebsten würde sie mit dem Kopf gegen die Tür schlagen vor Verzweiflung. Immer wieder, immer kräftiger. So lange, bis diese verdammte Tür endlich aufgeht. Falls sie das überhaupt jemals wieder tun wird. Falls sie nicht verschlossen bleibt bis in alle Ewigkeit.

Nein, so wird es schon nicht kommen, schließlich will Markus Rother doch sein Haus verkaufen. Er wird sich im Maklerbüro erkundigen, wenn er in den nächsten Tagen nichts von ihr hört. Im schlimmsten Fall wird er einen zweiten Schlüssel abliefern müssen, denn der erste ist ja hier, im Keller dieses Hauses, in Monas Lederbeutel. Und wenn der zweite Schlüssel erst einmal eingetroffen ist, dann werden sie kommen, Monas Kollegen, und sie werden ihren Interessenten das Haus zeigen, und irgendwann wird einmal jemand auf die Idee kommen, den verschlossenen Kellerraum aufzubrechen.

Und dann wird man sie finden. Oder das, was von ihr übrig ist. Stinkendes, faulendes Fleisch.

Es stinkt jetzt schon. Urin und Kot. Schweiß und Angst.

Und die Kekse sind aufgegessen. Die Äpfel auch. Es gibt nur noch wenig zu trinken. Und Mona hat Durst, großen Durst, unerträglichen Durst.

Aber vielleicht weiß dieser verteufelte Steingart auch, dass ihre Vorräte zur Neige gehen. Er hat sie immerhin schon einmal mit Nachschub versorgt. Vielleicht tut er es wieder. Sie darf nur nicht einschlafen, sie muss wach bleiben, sie muss ihn überraschen und überwältigen. Sie muss gegen ihn kämpfen und gewinnen.

Aber wie?

Mona sieht sich um, zum sie-weiß-längst-nicht-mehr-wievielten Mal, seit die Tür hinter ihr ins Schloss gefallen ist. Eine Waffe muss her. Etwas Spitzes, Scharfes, Starkes.

Aber hier ist nichts dergleichen. Monas Blicke wandern über den Matratzenstapel, auf dem sie selbst geschlafen hat, dann über die vier Betten, die sie längst bis auf die Sprungfedern zerfleddert hat.

Und wenn sie eine der Sprungfedern lösen könnte? Es sind alte Bettgestelle, und die großen spiralförmigen Federn sind trotz des Rostes robust und hart, allerdings nur noch wenig elastisch. Mit viel Mut und dem richtigen Winkel, mit etwas Geschicklichkeit und sehr viel Glück könnte man damit jemanden niederstrecken. Björn Steingart niederstrecken, verbessert sich Mona, denn warum soll sie nicht ihren Feind mit Namen nennen. Das macht ihn menschlich, und wer menschlich ist, wird auch angreifbar.

Ein Geräusch reißt Mona aus ihren Gedanken. Da ist jemand im Haus.

Schritte, Husten. Türenschlagen.

Hastig beugt sich Mona über eines der Betten und zieht und rüttelt an allen Sprungfedern. Ihr Ziel ist es, eine zu finden, die vielleicht abgenutzter ist als andere und die sich daher leichter aus ihrer Verankerung wird lösen lassen. Mona arbeitet mit hektischer Eile, denn sie fürchtet jetzt nur noch eines: Dass ihr Kerkermeister vor der Zeit kommen wird, dass er erscheinen wird, während sie noch bei der Arbeit ist, dass er sie überraschen und ihren Plan vereiteln wird.

Als sie eine der Sprungfedern gelockert und endlich ganz gelöst hat, ist Mona so erleichtert, dass sie für kurze Zeit die Augen schließt. Doch dann nimmt sie zwei Dinge gleichzeitig wahr. Zum einen die Feuchtigkeit, die ihre Hände benetzt und die sich bei näherem Hinsehen als Blut entpuppt, das aus ihren geschundenen Fingerspitzen tritt. Und zum anderen die Geräusche auf dem Kellergang, die sich ihrem Verlies von außen nähern.

Jenseits der Tür ist jemand, und er kommt mit harten, entschiedenen Schritten näher.

Dienstag, 28. Juli, 12.35 Uhr, Wattvilla, Kampen

Endlich ist Karoline angekommen. Ihre Hand zittert so stark, dass sie den Schlüssel kaum im Schloss drehen kann. Und als sie die Tür anhebt, kommt sie ihr so schwer vor, als habe sich jemand von innen an die Klinke gehängt. Eine ihrer Schwestern vielleicht?

Vorsichtig schiebt Karoline die Tür auf.

Doch im Flur des Watthauses ist niemand. Oder doch? Kommen da nicht merkwürdige Töne aus dem Keller? Ein Schlagen und Stampfen. Toben die drei Schwestern vielleicht auf der Treppe herum? Und kichern sie nicht dort hinten an der Kellertür? Vorsichtig schleicht Karoline sich näher. Durch die Diele, in die Küche hinein. Die Tür zum Keller steht offen. Und tatsächlich, da sind trippelnde Schritte auf den Stufen. Hell, fast metallisch klingen die Töne.

Zip, zap, zip, zap, die Stufen hinab.
Was die Mädchen dort wohl treiben?

Karoline tastet sich die Treppe hinunter. Von Stufe zu Stufe wird das Tageslicht aus der Küche schwächer. Aber Karoline sucht nicht nach dem Schalter. Obwohl sie befürchtet, dass die Schwestern sich noch die Beine auf der rutschigen Stiege brechen werden, will sie ihnen das Versteckspiel nicht verderben. Vorsichtig setzt sie ihre Schritte. Die linke Hand liegt auf dem Geländer, die rechte streift an der Wand entlang. Putz löst sich und bröckelt zu Boden. Ein Ton wie von platzenden Puderstücken. Karoline fährt bei jedem dieser Geräusche zusammen. Die metallischen Laute von unten sind inzwischen verstummt. Die Schwestern stehen still und erwarten Karoline. Leise beginnt sie, die Mädchen beim Namen zu rufen.

»Ann-Kathrin. Paula. Lise.«

Aber die Schwestern antworten nicht. Nur das Trappeln ihrer kleinen Füße ist wieder zu hören, fein und metallisch, als trügen sie goldene Schuhe. Die Laute kommen aus dem Raum ganz hinten am Ende des Ganges, sie kommen von dort her, wo es am allerdunkelsten ist. Natürlich haben sich die Schwestern dort versteckt, das hätte Karoline gleich wissen müssen. Noch zwei Schritte, dann ist sie an der Tür, dreht den Schlüssel im Schloss und stößt sie auf.

Die Schwestern haben den ganzen Raum in Unordnung gebracht.

Und mitten in der Unordnung steht die blonde Hexe und lacht meckernd über Karolines erschrockenes Gesicht.

Dienstag, 28. Juli, 12.37 Uhr, Möwengrund, List

Verschlafen liegt der Ortsteil mit den Einfamilienhäusern in der Vormittagssonne. Die meisten Fenster sind mit Gardinen verhängt, trübe Augen, die uninteressiert auf eine Straße blicken, auf der nichts geschieht. Auch im Haus von Gisela Manthey regt sich nichts. Als Bastian Kreuzer nach einer eigentümlich schweigsamen Fahrt den Wagen parkt, stößt Silja Blanck schnell ihre Tür auf. Doch der Kollege hält sie am Arm fest.

»Teil zwei«, erklärt er, nicht ohne Wärme in der Stimme.

»Wie meinst du das?«

Silja zieht die Tür wieder zu.

»Jedes Verhör besteht aus zwei Teilen. Im ersten sagt der Verhörte freiwillig aus, im zweiten Teil hilft man ein wenig nach. Solltest du eigentlich wissen.«

»Und was hat das mit mir zu tun?«

»Ich habe während der ganzen Fahrt darauf gewartet, dass du etwas Nettes zu mir sagst. ›War schön mit dir am Sonntagabend.‹ Oder: ›Gut, dass du nicht das Gleiche gegessen hast wie ich. Sonst wäre es dir gestern auch schlechtgegangen.‹ Irgendetwas in dieser Art.«

»Entschuldige, aber …«

»Nichts aber. Und du musst dich auch nicht entschuldigen. Darum geht es nicht. Wenn du auf meine Fragen antwortest, reicht mir das schon.«

Silja wirft Bastian einen zweifelnden Blick zu. Ist er sauer, oder meint er es ironisch? Aber Bastian sieht sie vollkommen ernsthaft an, langsam arbeitet sich sogar ein Lächeln auf sein Gesicht.

»Hör mal, Silja, ich bin nicht blöd. Nach dem, was du mir vorgestern erzählt hast, ist mir schon ziemlich klar, dass es ein paar Bereiche geben wird, mit denen du Schwierigkeiten hast. Darum das Folgende nur zu deiner Information: Ich mag dich gern, und ich finde dich wunderschön. Und ich bin gern bereit, mich auf dich mitsamt all diesen Schwierigkeiten einzulassen. Aber nur unter einer Bedingung. Rede mit mir. Sag mir, was los ist. Nur dann kann die Sache mit uns beiden eine Zukunft haben.«

Silja beißt sich auf die Lippen und sieht Bastian schweigend an. Er wartet einen Moment, dann redet er leise weiter.

»Es sei denn, dein Verhalten gestern und eben im Auto ist deine Art, mir zu sagen, dass der ganze Sonntagabend ein Irrtum war, der sich nicht wiederholen sollte. War es so?«

Sie schüttelt den Kopf.

»Also?«

Silja schluckt. Ihre Stimme ist so leise, dass sie kaum zu verstehen ist.

»Du machst mir ein bisschen Angst.«

»Nur ein bisschen? Oder ein bisschen zu viel?«

»Weiß ich nicht.«

»Okay. Dann frage ich anders. Was genau macht dir Angst?« Bastian greift nach Siljas Hand und hält sie fest. »Das?« Sie schüttelt den Kopf. Er lässt ihre Hand los und streicht ihr leicht mit den Fingerrücken über die Wange. »Oder das?« Wieder schüttelt sie den Kopf. »Aber wenn ich mich jetzt zu dir herüberbeugen, dich fest umarmen und gleichzeitig versuchen würde, dich zu küssen, dann hättest du Angst.«

Sie nickt.

»Du würdest dich küssen lassen, nehme ich an, aber du hättest Angst.«

Wieder nickt Silja.

Bastian streicht ihr noch einmal mit den Fingern über die Wange. Als er seine Hand wegziehen will, hält Silja sie fest und sieht ihn forschend an.

»Du findest mich nicht lächerlich?«

»Nein. Überhaupt nicht. Das, was du sagst, und das, was du tust, diese beiden Dinge passen sehr gut zueinander …«

Er stockt einen Moment, als wolle er noch etwas hinzufügen, doch dann überlegt Bastian Kreuzer es sich anders. Er dreht die Hand, die immer noch auf Siljas Wange liegt, und greift mit ihr nach Siljas Hand, zieht sie an seine Lippen und küsst ihren Handrücken.

»So weit okay?«

Sie nickt lächelnd und weist auf einen Herrn, der in Begleitung seines Setters eben das Haus Nummer 19 verlassen hat.

»Was wird der jetzt wohl von uns denken?«

»Dass Frau Manthey Besuch von einem äußerst wohlerzogenen Pärchen bekommt, nehme ich an. Und jetzt los, schöne Frau, wir haben schließlich noch einen Job zu erledigen.«

Die beiden Ermittler verlassen gleichzeitig den Wagen, nicken dem Herrn mit dem Setter zu und klingeln anschließend bei Frau Manthey. Die Tür springt fast sofort auf, als habe Fred Hübners Vermieterin den zweiten Besuch der Beamten bereits ungeduldig erwartet.

»Oh, hallo, Frau Manthey. Sie sind aber schnell.«

»Hallo, Herr Kommissar. Haben Sie etwas vergessen?«

»Könnte man so sagen. Darf ich vorstellen, meine Kollegin, Kommissarin Silja Blanck.«

»Ich wollte gerade raus.« Gisela Manthey zeigt auf ihren Einkaufsbeutel. »Milch und Obst besorgen, bevor es allzu heiß wird. Aber kommen Sie nur herein, so dringend ist mein Einkauf nun auch wieder nicht.«

»Nicht nötig, Frau Manthey. Wir wollen Sie nicht aufhalten. Und wir müssen es auch gar nicht. Es geht noch einmal um den Herrn Hübner, das können Sie sich wahrscheinlich schon denken.«

»Er ist nicht da.«

»Wir müssen trotzdem noch einmal in seine Wohnung.«

Bastian Kreuzer nestelt an der Brusttasche seiner dünnen Jacke, als wolle er einen neuen Durchsuchungsbefehl herausholen, während Silja Fred Hübners Vermieterin vertrauensvoll lächelnd ins Gesicht blickt. Sie weiß genau, dass es in Kreuzers Brusttasche nur das zusammengefaltete Fax einer Kieler Klinik gibt, in dem sich ein eifrig bemühter Arzt über Kopf-OPs auslässt. Informativ, aber in der Sache wenig hilfreich. Oder doch?

Schon bevor Bastian das Papier aus der Tasche gezogen hat, winkt Gisela Manthey ab.

»Ach, lassen Sie nur stecken. Ich glaube Ihnen auch so.«

Eilfertig holt sie den Schlüssel zu Fred Hübners Behausung aus einer Schublade und reicht ihn dem Ermittler.

»Sagen Sie, Frau Manthey, Sie wissen nicht zufällig, wann Fred Hübner heute früh das Haus verlassen hat? Ich habe eigentlich gedacht, wir treffen ihn noch an. Er wirkt nicht unbedingt wie ein Frühaufsteher.«

Gisela Manthey schüttelt den Kopf.

»Wieso verlassen? Er war doch gar nicht hier. Seit, warten Sie mal, seit zwei Tagen habe ich ihn nicht mehr gesehen. Vorgestern Abend war noch Licht in seinem Fenster. Und in der Nacht habe ich das alte Fahrrad klappern hören. Am nächsten Tag bin ich sogar nachschauen gegangen, ob er wohl zurückgekommen ist. Bei seinem Alkoholkonsum weiß man ja nie.«

»Und? War er da?«, erkundigt sich Kreuzer, obwohl er die Antwort genau kennt. Schließlich hat Hübner diesen Tag in der Arrestzelle verbracht.

»Nein, war er nicht. Und er ist auch in der letzten Nacht nicht hier gewesen.«

»Sind Sie sicher?«

»Absolut.«

»Sie haben wieder nachgesehen?«

»Na ja, ich hatte ein bisschen Angst um meine Miete. Ich meine, wenn der jetzt ganz verschwindet, dann möchte man das als Vermieterin natürlich nicht als Letzte erfahren.«

»Verstehe.«

Kreuzer wechselt einen langen Blick mit Silja Blanck. Es ist nicht der erste, seit sie das Polizeigebäude in Westerland verlassen haben. Aber es ist der erste Blick, der nur beruflich motiviert ist. Silja räuspert sich, bevor sie das Wort ergreift.

»Nur damit wir das richtig verstehen, Frau Manthey. Sie sind sich also sicher, dass Fred Hübner die letzte Nacht nicht in dem Haus da hinten auf Ihrem Grundstück verbracht hat? Er könnte schließlich auch spätnachts erst gekommen sein …«

Gisela Manthey seufzt. »Ach, wissen Sie, als alleinstehende Frau hat man ja viel Zeit, und wenn dann so ein schräger Vogel wie der Hübner unglücklicherweise schon mal bei einem wohnt, dann kriegt man doch sehr viel von dessen Gewohnheiten mit. Er denkt vielleicht, dass er leise ist, wenn er nachts nach Hause kommt. Aber das ist er nie. Ich höre ihn immer, das können Sie mir glauben. Ich schlafe schon seit Jahren nicht mehr besonders gut. Und letzte Nacht war Fred Hübner ganz bestimmt nicht hier, und heute Vormittag auch nicht, das kann ich beschwören, falls es nötig sein sollte.«

»Danke, Frau Manthey, wir glauben Ihnen auch so. Und wir werden wohl oder übel nach Ihrem Mieter suchen müssen. Aber zunächst haben wir noch etwas in seinem Häuschen zu erledigen.« Kreuzer schwenkt den Schlüsselbund in seiner Hand. »Ob wir den wohl bis morgen behalten dürfen?«

»Von mir aus.«

Gisela Mantheys Antwort kommt zögernd und klingt nicht gerade begeistert. Der Grund dafür ist nicht schwer zu erraten. Vielleicht kann es sich die Vermieterin nicht verkneifen, ab und an selbst in Fred Hübners Zimmer zu stöbern.

»Ich will ja nicht neugierig sein, aber er hat doch etwas ausgefressen, oder?«

»Wir haben jedenfalls Gründe, ihn genauer unter die Lupe zu nehmen, so viel darf ich sagen. Und ich möchte das auch gleich mit einer Bitte verbinden: Falls Ihr Mieter sich hier zeigen sollte, und sei es auch nur ganz kurz, rufen Sie mich bitte sofort an. Ich darf Ihnen doch meine Handynummer geben?«

Gisela Manthey atmet tief durch. Die Handynummer eines Kriminalkommissars zu besitzen – wenn das keine Auszeichnung ist. Als sie die Karte entgegennimmt, wird sie sogar ein wenig rot.

»Sie können sich absolut auf mich verlassen. Ich erledige am besten gleich meine Einkäufe, dann bin ich vielleicht schon zurück, bevor Sie da hinten fertig sind, und kann gleich aufpassen, dass er uns nicht entwischt.«

»Das wäre nett von Ihnen.«

Während Bastian Kreuzer und Silja Blanck ihrer neuen Mit-Ermittlerin hinterhersehen, finden sich wie zufällig ihre Hände. Siljas Finger sind kalt, trotz der Hitze.

»Was ist mit dir?«, will Bastian wissen. »Aufgeregt?«

»Ja klar. Aber nicht deinetwegen.« Sie lacht leise.

»Sondern?«

»Ich habe einfach einen Schreck bekommen. Wegen diesem Hübner. Wieso ist der jetzt weg? Das gibt doch alles keinen Sinn. Ich meine, ihr haltet ihn vierundzwanzig Stunden fest, das wird ihm ja wohl nicht gleichgültig gewesen sein. Dann lasst ihr ihn frei – und er geht gar nicht nach Hause. Was hat er so Wichtiges zu tun, dass er es gleich nach seiner Freilassung mitten in der Nacht erledigen muss?«

»... und dass es bis jetzt andauert«, setzt Bastian Siljas Satz fort.

»Ihr habt einen Fehler gemacht, oder?«

»Sieht ganz so aus.«

»Ihr hättet ihn einfach nicht gehen lassen dürfen.«

»Da irrst du dich. Aber wir hätten ihn beschatten müssen. Wir hätten uns an seine gottverdammten Fersen heften müssen. Scheiße! Entschuldigung, aber ist doch wahr.«

Wortlos zieht Silja den Kollegen ums Haus herum und nimmt ihm den Schlüsselbund für das Gartenhaus aus der Hand. Während sie aufschließt, fragt sie leise: »Was meinst du? Ob wir vielleicht für fünf Minuten die Vorhänge zuziehen könnten?«

»Damit uns niemand beim Suchen nach diesem Engelszettel zusieht?«

»So ähnlich«, antwortet Silja und schiebt den Kollegen in Fred Hübners bescheidenes Heim, um ihn in aller Ruhe zu küssen.

Dienstag, 28. Juli, 13.22 Uhr, Kriminalpolizei Westerland

Sven Winterberg sitzt an seinem Schreibtisch vor einem Kaffeebecher, dessen Inhalt längst kalt geworden ist. Winterberg hat die Ellbogen auf die Tischplatte gestützt und den Kopf zwischen beide Hände gelegt. Sein Blick klebt auf der Oberfläche des Getränks, wo sich eine dunkelgelbe Milchschicht gebildet hat, die unregelmäßige Risse aufweist.

Drei verschwundene Mädchen, denkt Winterberg und korrigiert sich sofort. Drei spurlos verschwundene Mädchen, wenn man einmal von den Kleidungsstücken des ersten Opfers absieht, die in der Dünenkuhle gelegen haben. Und jetzt diese Maklerin, die ebenfalls vom Erdboden verschluckt zu sein scheint.

Nach allem, was er gehört hat, handelt es sich hier um eine verantwortungsvolle Person, die nicht eben mal untertaucht. Es ist also davon auszugehen, dass auch in diesem Fall ein Verbrechen vorliegt – oder ein Unfall. Wobei Letzteres unwahrscheinlich ist, schließlich zeichnen sich Unfälle in der Regel dadurch aus, dass Schäden entstehen, die eher sichtbar als unsichtbar sind.

Also kein Unfall. Aber vielleicht ein Zufall, vielleicht hat dieses Verschwinden rein gar nichts mit dem der drei Mädchen zu tun? Diese Maklerin hat sich in einem völlig anderen Umfeld bewegt. Das Büro ihrer Firma befindet sich an Kampens Schickimicki-Meile, und die Klientel entspricht so gar nicht den Kreisen, in denen sie bisher ermittelt haben.

Die beiden Haupt-Tatverdächtigen waren schließlich ein Berufszauberer und ein arbeitsloser Journalist, nicht gerade das Publikum, das für die sicher eindrucksvollen Tantiemen von *Zöllner-Immobilien* sorgt.

Andererseits gibt es im Leben weniger Zufälle als gemeinhin angenommen, davon ist Sven Winterberg schon lange überzeugt. Seufzend greift er zum Telefon, um seinen Besuch in dem Maklerbüro anzukündigen. Es wird ihm wohl wenig anderes übrigbleiben, als sich durch die Akten der Maklerin zu wühlen. Denn die mageren Auskünfte über ihr Privatleben haben absolut keine Anhaltspunkte für einen Anfangsverdacht ergeben. Während Winterberg die Nummer von *Zöllner-Immobilien* wählt, rekapituliert er die Informationen, die sie über die Maklerin besitzen.

Mona Hofacker lebt ganzjährig auf der Insel, ist ungebunden, hat nach Auskunft ihrer Mitarbeiter kaum Freunde und keine Familie, bis auf eine alte Tante, die in einem Hamburger Seniorenstift wohnt. Typischer Fall von Karrierefrau, denkt Winterberg. Dazu passt es auch, dass niemand weiß, wann diese Maklerin wirklich verschwunden ist. Seit dem Samstagnachmittag, als sie sich von ihren Kollegen ins Wochenende verabschiedet und das Büro verlassen hat, um angeblich nach Hause zu fahren, hat sie einfach niemand gesehen.

Während Winterberg noch darauf wartet, dass am anderen Ende der Leitung abgehoben wird, klingelt sein Handy. Sofort werden seine Hände feucht. Anja, denkt er, wie so oft in den letzten Tagen, wenn ihn der Handyton überraschte. Die Angst um Mette ist ein wildes Tier, jederzeit sprungbereit.

Sven Winterberg unterbricht das Festnetzgespräch gerade in dem Moment, als sich am anderen Ende eine Frauenstimme meldet. Dann beruhigt ihn ein Blick auf sein Handydisplay.

»Hallo, Bastian. Was gibt's?«

»Ihr scheint hier irgendwo auf der Insel ein kosmisches Loch zu haben.«

»Wie bitte?«

»Irgendetwas, das Menschen ansaugt und zum Verschwinden bringt.«

»Was du nicht sagst. Habt ihr beiden auch was Neues rausgekriegt?«

»In der Tat. Erstens: Wir haben diesen alten Zettel wiedergefunden. In einem der stinkenden Kartons. Sei also froh, dass es noch keine Geruchsübertragung per Telefon gibt.«

»Und?«

»Tja, was soll ich sagen? Siljas Einsatz als Graphologin hat beeindruckende Resultate gezeigt.«

»Lass mich raten. Auf dem Zettel steht weder ›Eselsstreben‹ noch irgendein anderer Quatsch, sondern ›Engelssterben‹.«

»Bingo. Du taugst als Hellseher.«

»Danke für die Blumen. Und zweitens?«

»Zweitens, genau. Jetzt halt dich fest, Sven.«

»Ich sitze bereits, also leg los.«

»Hübner ist weg.«

»Was heißt weg? Vielleicht ist er spazieren oder auf einer Sauftour.«

»Er ist in der letzten Nacht gar nicht erst nach Hause gekommen. Gleich nachdem wir ihn entlassen haben, muss er untergetaucht sein. Hat seine Vermieterin ausgesagt.«

»Diese neugierige Tante, die ihre Nase in alles stecken muss?«

»Genau die. Sie hat die ganze Nacht wach gelegen und ist bereit zu beschwören, dass Hübner seinem trauten Heim nicht einmal nahe gekommen ist.«

»Und wir haben ihn nicht überwacht«, stöhnt Sven.

»Du sagst es. Wir haben ja gedacht, der Säufer ist harmlos. Außerdem haben wir keine Fahrradpolizisten, die wir ihm hätten hinterherschicken können.«

»Scheiße.«

»Das habe ich auch schon festgestellt. Es hilft uns aber nicht wirklich weiter.«

»Was jetzt?«

»Ich weiß es nicht. Der Staatsanwalt reißt uns den Kopf ab.«

»Aber der hätte uns doch nie im Leben einen Haftbefehl für Hübner ausgestellt.«

»Tja, das wissen *wir*. Aber gefragt haben wir ihn eben auch nicht.«

»Mensch, Bastian, langsam stehen wir da wie die Deppen vom Dienst.«

»Wir müssen die ganze Sache noch mal von vorn aufrollen. Irgendeine verdammte Kleinigkeit haben wir übersehen.«

Sven Winterberg seufzt. Dann schlägt er vor: »Die Maklerin. Entweder sie ist eine völlig abwegige Spur, oder sie führt uns auf das Missing Link. Was hältst du von einem Lokaltermin?«

»Zweites Frühstück mit den arroganten Schnöseln aus der Millionärsecke? Das ist genau das, was diesem beschissenen Tag noch seine Restwürze geben kann. Okay, Sven. Meldest du uns an? Und wir sehen uns dann dort?«

»Mach ich. Zwanzig Minuten?«

»Zwanzig Minuten.«

Beim zweiten Anruf im Immobilienbüro meldet sich eine Männerstimme. Oskar Neumann ist ganz und gar nicht erbaut über die Aussicht, die Räume von *Zöllner-Immobilien* von der Sylter Kriminalpolizei durchsuchen zu lassen. Aber seine Argumente kommen nicht gegen Sven Winterbergs Entschiedenheit an.

»Sie haben die Wahl, Herr Neumann. Sie können uns freiwillig die relevanten Unterlagen zur Verfügung stellen, oder wir kommen mit einem Durchsuchungsbefehl. Wir haben einige Kollegen in der Truppe, die auf Ihre mangelnde Unterstützung durchaus mit besonderer Gründlichkeit reagieren könnten.«

»Sie meinen, die nehmen mir dann den Laden auseinander.«

»Genau. Und zwar gründlich, wie ich schon sagte.«

»Also, kommen Sie vorbei. Sind Sie in Zivil oder in Uniform?«

»Wenn wir gleich kommen dürfen, bleibt uns vielleicht keine Zeit, die Kollegen in den Uniformen mitzubringen.«

»Okay. Dann beeilen Sie sich.«

Als Sven Winterberg sein Büro verlässt, ist auf dem Korridor alles still. Die Ruhe nach dem Sturm, nennt er diese

Phase der Ermittlungen insgeheim. Und jeder Kollege weiß, was das bedeutet. Alle Spuren sind ausgewertet. Die Hinweise strömen nicht mehr, sondern tröpfeln nur noch, in der Regel sind sie sogar kurz vorm Versiegen. Wenn jetzt nichts geschieht, dann ist der Fall so gut wie tot. Und die Beerdigung nicht mehr fern. Auflösung der Sonderkommission, letzter Bericht, Ablage der Akten im Kellerarchiv.

Und in fünf Jahren findet ein Hundebesitzer vielleicht einen Haufen Mädchenknochen unter einer Krüppelkiefer am Waldrand. Oder auch nicht.

Deprimiert steigt Winterberg die Treppe hinunter. Die Kollegen von der Schutzpolizei grüßen verhalten. Auch sie hat die Mutlosigkeit erfasst. Ohne ein weiteres Wort steuert Winterberg die Außentür an. Auf den Eingangsstufen kommt dem Kommissar ein Herr im Leinenjackett entgegen. Sein Gesicht unter dem Strohhut ist blass, und auf seiner Stirn steht der Schweiß. Sven Winterberg drängt sich an ihm vorbei. Als er das fremde Auto auf dem Polizeiparkplatz sieht, groß, schwer und teuer, ist sein erster Gedanke, dass das wieder einer ist, dem man das wertvolle Navi aus dem Cabrio gestohlen hat. Auch jetzt steht der Wagen offen auf dem Parkplatz. Ein geübter Kleinkrimineller braucht fünf Minuten für so einen Eingriff.

Im nächsten Moment denkt Sven Winterberg gar nichts mehr, denn jetzt setzen sich die Eindrücke der vergangenen Sekunden zu einem Bild zusammen. Das offene Auto, der tief in die Stirn gezogene Strohhut. Eine Narbe darunter?

Winterberg macht auf dem Absatz kehrt. Der Herr im Leinenjackett steht noch am Empfangstresen und wird gerade laut, um den zeitunglesenden Portier auf sich aufmerksam zu machen.

»Ich weiß nicht, wie lange Sie mich hier noch warten lassen wollen, aber ich kann es Ihnen ja schon mal zurufen: In meinem Haus am Watt liegt ein toter Engel.«

Dienstag, 28. Juli, 13.33 Uhr, Kampener Heide

Zitternd sitzt sie in der Heide, weitab von jedem Spazierweg und gut verborgen in einer Senke. Ein wilder Apfelbaum spendet Schatten und schützt sie gleichzeitig vor fremden Blicken. Ihre Hände und ihre Kleidung sind voller Blut, das an ihrer Haut klebt und in alle Poren einzudringen scheint. Es trennt sie von der Welt, und vielleicht ist ihr darum so kalt, obwohl es doch auf der Insel seit Tagen heiß und stickig ist und die Luft über der Heide auch jetzt in der Mittagssonne zu flimmern scheint. Überhaupt, diese Sonne. Ein riesiger Ballon, der vom Himmel zu fallen droht. Er wird sie unter sich begraben wie ein weiches, aber tödliches Kissen, er wird ihren Körper matt und blass machen, ebenso matt und blass, wie es die Tote im Watthaus war, die sie in deren eigenem Blut zurückgelassen hat.

Sie schließt die Augen und lehnt sich an den Stamm. Ihr Puls rast, ein irrer Druck scheint ihren Kopf von innen sprengen zu wollen. Nur zu, denkt sie, nur zu. Es ist ihr vollkommen egal, was mit ihrem Körper geschieht, die Hauptsache ist, dass sie hier sitzen bleiben kann und nicht reden muss. Eingeigelt in ihr kleines, jämmerliches Selbst. Zurückgeworfen auf dieses eine grässliche Bild, das sie ständig vor sich sieht. Die schreckstarren Augen und der zusammensackende Körper. Und über allem das Blut, das rot und viel zu schnell diesen sterbenden Körper verlässt, eilig, pulsierend, drängend, endgültig.

Dienstag, 28. Juli, 13.43 Uhr, Lister Straße

In gemächlichem Tempo steuert Bastian seinen Wagen über die große Inselstraße Richtung Kampen. Der Himmel ist seit zwei Stunden strahlend blau, und die Temperaturen liegen bei hochsommerlichen 28 Grad. Bastian Kreuzers rechter Arm findet immer wieder den Weg zu Siljas Schulter, zu ihrem Hals und manchmal auch zu ihrer Wange. Seine Berührungen sind sanft, ohne vorsichtig zu sein. Sie sind nachdrücklich, ohne fordernd zu sein.

»Glaubst du, die Maklerin hängt mit drin?«

»Was meinst du damit? Als Opfer oder als Täterin?«, erkundigt sich Silja.

»Täterin«, antwortet Bastian und ist selbst überrascht von seiner Entscheidung.

»Eine Frau, die kleine Mädchen entführt. Gab's das denn schon mal?«

»Nicht dass ich wüsste. Aber im Wandel der Zeiten und der sexuellen Ausrichtungen müssten wir vielleicht in diese Richtung ermitteln.«

»Ist dir das gerade eingefallen, oder denkst du schon länger darüber nach?«

»War so eine Eingebung. Denn irgendwas an dem Fall ist doch schief, das glaube ich schon seit Tagen. Alle Mädchen sind tagsüber und auf offener Straße verschwunden, keine hat sich auch nur ansatzweise gewehrt. Da sollten wir uns langsam von der Theorie des bösen Onkels entfernen. Außerdem machen alle drei Elternpaare sehr wohl den Eindruck, dass sie ihre Töchter in dieser Hinsicht gewarnt haben.«

»Ich habe sie danach gefragt. Natürlich war den Mädchen eingeschärft worden, dass sie unter keinen Umständen mit irgendwelchen Männern mitgehen dürfen.«

»Na siehst du. Wenn sich trotz der Warnungen eine nicht daran hält, will ich gar nichts sagen. Aber gleich alle drei Mädchen – und das bei diesem Medienhype nach der ersten Entführung. Da stimmt was nicht.«

»Deswegen warst du so hinter diesem Zauberer her, stimmt's?«

»Ja klar. Ich bin immer noch nicht sicher, ob wir uns von ihm nicht haben täuschen lassen. So viel nur zum Stichwort ›Zauberer‹. Im Nachhinein finde ich sein Alibi eine Spur zu wacklig, aber vor allem könnten die Mädchen Vertrauen zu ihm gehabt haben. Schließlich sind sie ihm im geschützten Raum ihrer Kindergärten begegnet.«

»Nicht alle, nur zwei.«

»Das ist auch wieder wahr. Und nur ein weiterer Grund, jetzt bei dieser Maklerin genau hinzuschauen. Denn eines ist doch klar. Sie hat die Schlüssel zu jeder Menge leerstehender Häuser hier auf der Insel. Sie kann sich das Versteck für was auch immer auf dem freien Markt aussuchen.«

»›Was auch immer‹ ist deine Umschreibung für tote Mädchen, oder?«

»Ich fürchte, ja. Denn wenn es die Maklerin war, kann sie sich kaum um die Kinder gekümmert haben, schließlich war sie in der ganzen letzten Woche im Büro. Für eine nächtliche Blutorgie oder auch drei dürfte sie allerdings die Zeit gehabt haben.«

Silja schluckt. Doch bevor Bastian sich entschuldigen kann, siegt ihre Professionalität.

»Das heißt, dass wir so schnell wie möglich alle freien Objekte durchsuchen sollten, die *Zöllner-Immobilien* im Moment im Angebot hat?«

»Genauso machen wir's. Und hier müssen wir auch schon abbiegen, oder?«

Während Bastian seinen Wagen an der nördlichen Kampener Ampelkreuzung zum Stehen bringt und den Blinker setzt, klingelt sein Handy. Nach einem knappen Blick aufs Display nimmt Bastian den Anruf an.

»Hallo Sven. Wir sind schon an der Ecke, gib uns noch zwei Minuten. – Was?«

Während die Ampel grün wird und die Wagen auf der Abbiegerspur hinter Bastian ein wütendes Hupkonzert veranstalten, lauscht er mit zusammengekniffenen Augen der Stimme seines Kollegen. Dann greift Bastian Kreuzer mit der freien Hand nach dem mobilen Blaulicht, setzt es durch das geöffnete Fenster hindurch aufs Dach und stellt es an. Sofort erlischt das Hupkonzert, der Wagen, der Bastian gerade links überholen wollte, stoppt, und sogar die Autos auf der Gegenfahrbahn halten an.

»Geht doch«, murmelt Kreuzer, fährt mit quietschenden Reifen geradeaus und ruft der verblüfften Silja zu: »Die Recherche bei den Immobilienfuzzis müssen wir aufschieben. Wir haben die erste Tote. In einem Haus am Watt, das bei *Zöllner-Immobilien* zum Verkauf steht.«

Dienstag, 28. Juli, 13.44 Uhr, Wattvilla, Kampen

Die weibliche Gestalt liegt auf dem Rücken in einer Blutlache, die ihren Körper komplett umgibt und, grob betrachtet, die Form der Insel Sylt hat. Der linke Arm der Toten ist weit ausgestreckt und ragt in die östliche Ausbuchtung der Blutinsel hinein. Der rechte Arm ist nicht zu sehen. Vermutlich befindet er sich unterhalb des grotesk wirkenden Engelsflügels, der Kopf und Schultern der Toten fast vollständig bedeckt. Auch die Federn sind blutbenetzt, allerdings nur an ihren Spitzen, die zusätzlich zum Blut mit einem feinen Goldstaub überzogen scheinen.

Sven Winterberg, der als Erster die Kellertreppe hinuntergerannt ist, tritt oberhalb des linken Arms an den Körper heran, beugt sich weit nach vorn und berührt das Stück des linken Schlüsselbeins, das unter dem Engelsflügel hervorschaut, mit dem Handrücken. Wie er es nicht anders erwartet hat, gibt es keinen Puls. Außerdem beginnt die Haut bereits abzukühlen. Winterberg richtet sich wieder auf und tritt bis auf einen Abstand von etwa zwei Metern zurück. Hier bleibt er stehen und wendet sich nach Leo Blum um, der ihn begleitet hat. Die Stimmen der restlichen Beamten klingen gedämpft aus der oberen Etage herunter.

»Das ist keines von den Mädchen«, ist das Erste, was Sven Winterberg über die Lippen bringt.

»Sieht eher nach einer zierlichen Frau aus«, bestätigt Blum und zieht sich die Latexhandschuhe über. Dann dreht er sich zur Treppe und ruft nach dem Fotografen.

Wenig später sind sie zu dritt in dem schmalen Kellergang. Während der Polizeiblitz die Szene immer wieder in sein kaltes Licht hüllt, drängeln die Beamten von der Spurensicherung schon auf der Treppe.

»Einen Moment noch«, ruft Winterberg ihnen zu, bevor er, jetzt auch mit Handschuhen über den Fingern, gemeinsam mit Blum den Engelsflügel vorsichtig anhebt. Die Tote blickt ihm mit erschrockenen Augen direkt ins Gesicht. An ihrer rechten Schläfe befindet sich ein Loch in der Größe eines Frühstückseis, und auch die rechte Hand, die sie immer noch wie zum Schutz erhoben hat, weist eine große Wunde im Bereich der Schlagader auf.

»Entweder hat da ein Profi zugeschlagen oder ein Ungeübter hat genau die richtigen Stellen erwischt. Wenn das Blut aus zwei solchen Wunden gleichzeitig herauspulst, hast du quasi keine Chance mehr«, murmelt Blum.

»Jetzt verstehe ich auch, warum dieser Typ sich so sicher war, dass sie tot ist. Ich hätte ihn ja vorhin fast gelyncht, weil er nicht direkt nach Entdeckung der Frau Hilfe geholt hat, sondern stattdessen zu uns nach Westerland gefahren ist.«

»Hat er einen Grund genannt?«

»Der Akku an seinem Handy war leer. Sagt er jedenfalls.«

»Hat das jemand überprüft?«

»Bis jetzt noch nicht. Aber der Typ sitzt oben in einem Streifenwagen. Die Kollegen haben Anweisung, ihn nicht aus den Augen zu lassen. Ihn und sein Handy.«

Leo Blum nickt und wirft anschließend den Kollegen auf der Treppe einen einladenden Blick zu. Sven Winterberg tritt zur Seite und macht den Weg zu der Frauenleiche für die Männer in den hellen Overalls frei.

Dienstag, 28. Juli, 13.47 Uhr, Wattvilla, Kampen

Als Bastian Kreuzer mit seinem Wagen die letzte Kurve vor der Hauseinfahrt nimmt, steht Sven Winterberg schon wartend auf den Stufen, die zu der Wattvilla emporführen. Sein Gesicht drückt Ratlosigkeit aus.

»Und? Welches von den Mädchen ist es?«, fragt Bastian, kaum dass er das Auto verlassen hat.

»Keines.«

»Also die Maklerin.«

»Auch nicht.«

»Was?«

»Die Tote hat dunkles Haar und nicht die geringste Ähnlichkeit mit dieser Mona Hofacker.«

»Aber wer …?«

»Wir wissen es nicht. Vermisst wird niemand. Bis jetzt jedenfalls nicht.«

»Wie lange ist sie schon tot?«, will Bastian wissen.

»Sie ist noch warm.«

Bastian schweigt einen Moment, dann sagt er leise: »Gut für uns. Hast du die Straßen sperren lassen? Züge und Fähren blockiert?«

»Gerade eben. Es gibt jetzt schon einen Kordon um ganz Kampen und einen zweiten, der die Zugangswege zur Insel umfasst. Die Kollegen mobilisieren jeden Mann.«

»Okay. Dann haben wir eine reelle Chance, den Kerl diesmal zu erwischen.«

»Wenn es überhaupt ein Kerl ist«, wirft Silja ein, die gerade das Auto verlassen hat und sich jetzt neugierig umblickt. »Wer hat die Tote eigentlich gefunden? Hat sie in dem Haus hier gewohnt?«

»So einfach ist es leider nicht«, antwortet Sven. »Das Haus steht leer, und *Zöllner-Immobilien* soll es verkaufen. Genauer gesagt, Mona Hofacker, also die vermisste Maklerin, hat den Auftrag an sich gezogen. Ihre Mitarbeiter waren ein wenig verwundert über dieses Verhalten der Chefin. Es ist wohl sonst nicht ihre Art.«

»Woher weißt du das so schnell?«

»Ich habe eben mit ihnen telefoniert. Die beiden haben den Besitzer der Villa noch nicht einmal zu Gesicht bekommen.«

»Warum ist das wichtig?«

»Er war es, der die Tote gefunden hat, als er heute Vormittag nach dem Rechten sehen wollte.«

»Dann hat Bastian mit seiner Hypothese, dass das alles zusammenhängen muss, ja ganz richtiggelegen«, erklärt Silja, wird aber sofort von Sven unterbrochen.

»Das war noch nicht alles. Es gibt auch einen deutlichen Hinweis auf den Engelfall. Ein weißes Flügelpaar lag nämlich über dem Gesicht der Toten. Es sah aus wie drapiert.«

»Eine Warnung vielleicht?«, schlägt Silja vor.

»Oder ein spöttischer Kommentar zu unseren Ermittlungen. So wie dieser verdammte Brief.«

Sven rauft sich die Haare, dann sieht er Bastian auffordernd an. Dieser hat dem ganzen Dialog stumm, aber aufmerksam gelauscht. Jetzt scheint es, als verfertige er seine Gedanken beim Reden.

»So wichtig sind wir nicht. Der Schlüssel muss woanders verborgen sein. Wartet mal. Die Tote ist nicht als vermisst gemeldet, hast du gesagt. Das kann möglicherweise heißen, dass sie gar nicht entführt worden ist, sondern gewissermaßen außer der Reihe getötet worden ist. Vielleicht hat sie etwas gesehen, was sie nicht sehen sollte.«

»Aber was hatte sie in diesem Haus überhaupt zu suchen?« Silja wendet sich mit ihrer Frage direkt an Sven.

»Wenn ich das wüsste. Um weiterzukommen, müssen wir die Identität der Toten so schnell wie möglich klären. Allerdings gibt es ein Problem. Wir können schlecht ein Foto von ihrem jetzigen Zustand veröffentlichen. Das Loch in ihrem Schädel ist fast faustgroß und das Gesicht voller Blut. Am besten wird es sein, wenn ihr noch einmal mitkommt und sie euch selbst anseht.«

»Wo liegt sie denn?«, erkundigt sich Silja.

»In der hintersten Kellerecke, direkt vor einer Stahltür.« Bei seinen letzten Worten beginnt Sven Winterberg bereits, schneller zu laufen. »Verdammt, die Stahltür! Ich Hornochse! Wir haben noch nicht mal in den Raum dahinter geschaut.«

»Dann aber los.«

Mit polternden Schritten stürmen die drei Ermittler die Kellertreppe hinunter.

Dienstag, 28. Juli, 13.48 Uhr, Kampener Heide

Mona Hofacker hat sich ganz nah an den Stamm des Apfelbaums gedrängt. Ihr Rücken ist gekrümmt, der Kopf hängt zwischen den Knien, die Hände sind seitlich an die Ohren gedrückt. Nichts sehen, nichts hören, nicht reden müssen.

Aber dann sind da knirschende Laute außerhalb ihres Panzers. Die Schale wird brüchig, Schritte nähern sich, harte, feste, energische Schritte. Die Polizei war im Watthaus und hat die Tote gefunden, denkt Mona, und jetzt haben sie mich auch entdeckt. Nun ist alles vorbei. Als eine Hand ihre Schulter berührt, schreit sie auf, obwohl sie die Berührung erwartet hat.

»Ich war an der Villa und habe das Blut gesehen, ich bin Ihren Spuren gefolgt«, sagt eine Stimme, die leise, fast einschmeichelnd und doch drängend ist. »Sind Sie vor der Polizei geflohen? Was ist überhaupt passiert?«

Mona wagt einen winzigen vorsichtigen Blick, und schon hallt ihr Schrei über die Heide. Sie fegt die Hand von ihrer Schulter und rappelt sich auf. Ein Fuß knickt um, der Knöchel schmerzt. Wie soll sie jetzt fliehen und wohin überhaupt?

Die Hand packt fester zu, die Stimme raunt: »Jetzt werden Sie schön vernünftig und bleiben hier. Ich kümmere mich um Sie.«

»Nein!« Der zweite Schrei.

Die Hand legt sich über ihren Mund.

»Sind Sie wahnsinnig! Sie reißen mich da auch noch mit hinein. So haben wir nicht gewettet.«

Er hebt sie hoch und schleppt sie den Sandweg entlang, zurück zu dem Haus, vor dem sie geflohen ist, so scheint es zunächst. Doch dann biegt er ab, stapft quer durch die Heide, so dass sich das Watthaus, die Polizeiwagen, die Stimmen und die Hektik entfernen. Am Rand eines schmalen Fahrweges steht sein Wagen. Er setzt sie auf dem Boden ab und lehnt ihren Rücken gegen einen der Reifen. Sie will aufstehen und fliehen, aber wohin sollte sie laufen? Apathisch sieht sie zu, wie er eine Decke aus dem Kofferraum nimmt und über den Beifahrersitz breitet. Als er sie anschließend hochzieht und zu dem Sitz schiebt, geht sie willenlos mit. Der Knöchel schmerzt bei jedem Schritt.

»Ganz ruhig jetzt. Ich sorge dafür, dass alles in Ordnung kommt.«

Er schnallt sie an. Sie wehrt sich nicht. Dann schlägt er ihre Tür zu, spurtet um das Auto und wirft sich neben sie auf den Fahrersitz. Als er den Wagen anlässt und das Verdeck sich über dem Cabrio schließt, wird alles dunkel. Sie kauert sich in den Sitz, richtet ihren Blick nach innen und legt die Hände wieder über die Ohren.

Nichts hören, nichts sehen, nicht sprechen müssen.

Der Mann startet den Wagen.

Dienstag, 28. Juli, 13.52 Uhr, Braderuper Straße, Kampen

Die Bilder sind bunt. Eine Studiokulisse, die eine Wüstenlandschaft darstellen soll. Ein Brunnen aus Sperrholz. Palmen, deren Stämme aus Styroporbrocken und deren Blätter aus giftgrünem Plastik bestehen. Und ein lebensgroßes Plüschkamel mit beweglichem Unterkiefer, das einen endlosen Monolog zu halten scheint.

Anja wendet sich schnell von dem Fernsehschirm ab. Mette sitzt seit zwei Stunden vor dem Apparat, obwohl draußen bestes Wetter ist. Am Nachmittag wird Anja mit der Tochter zum Strand gehen, das hat sie ihr fest versprochen. Aber noch muss sie sich um den Haushalt kümmern. Und Mette darf seit Tagen nicht mehr allein nach draußen.

Dafür haben die Eltern das strikte Fernsehverbot gelockert. Jetzt zappt sich Mette durch die Sender und taucht tief in die Banalitäten der medialen Welt ein. Anja mag gar nicht mehr hinschauen, und doch zwingt es sie immer wieder an die Wohnzimmertür, um zu prüfen, ob das Kind wirklich anwesend ist, ob nicht gegen alle Wahrscheinlichkeit die plappernden Stimmen aus dem Fernseher eine Entführung überdeckt haben könnten.

Natürlich ist Mette da. Gebannt verfolgt sie die Litanei des sprechenden Kamels, das umständlich eine lange Wüstenreise inklusive Sandsturm und Wassermangel schildert. Mit offenen Mündern lauschen eine als Springmaus verkleidete Schauspielerin und ein Kameltreiber mit Turban der Geschichte. Sie sitzen vor dem Brunnen auf der Erde und stoßen in schöner Regelmäßigkeit erstaunte Rufe aus. Als auch noch ein nachlässig als Igel kostümierter Moderator die Szene betritt und beginnt, dümmliche Fragen zu stellen, wendet Anja sich ab und geht in die Küche.

Die Bügelwäsche macht sich schließlich nicht von allein, und die Liste für den nächsten Großeinkauf ist auch noch nicht fertig. Während Anja die Temperatur des Bügeleisens prüft, horcht sie immer wieder auf die Geräusche aus dem Wohnzimmer. Die eintönige Stimme des Kamels, das Kichern der Springmaus und ab und an ein kleines Lachen von Mette, das ihr zeigt, dass alles in Ordnung ist.

Trotzdem kann Anja die Nervosität nicht abschütteln. Jedes draußen vorbeifahrende Auto treibt ihren Puls nach oben. Jeder auch nur in der Nähe parkende Wagen wird von ihr misstrauisch gemustert. Die Furcht um Mette hat in den letzten Tagen ein Ausmaß erreicht, das an Panik grenzt und das Anja sogar vor Sven verheimlicht.

Mit zitternden Fingern breitet Anja die erste Bluse auf dem Bügelbrett aus. Im Nebenraum setzt der Igel zu einer längeren Belehrung an. Seine Stimme klingt auf sehr prägnante Weise hoch und näselnd. Draußen rauscht ein Auto heran, bremst ab und parkt vor der Baustelle auf dem Nachbargrundstück. Mette lacht lauthals über eine der Bemerkungen des Igels, bricht aber plötzlich mitten im Ton ab. Der Igel redet weiter. Anja hebt das Bügeleisen von der Bluse, um aus dem Fenster zu sehen. Die Straße scheint menschenleer. Wer auch immer aus dem parkenden Fahrzeug gestiegen ist, kann nicht in Richtung des Winterberg'schen Hauses gelaufen sein. Anja bügelt weiter.

Plötzlich tönt ein entsetzliches Schreien aus dem Wohnzimmer. Mette.

»Mami, Mami, komm schnell, der böse Mann ist hier.«

Anja lässt die Bluse auf dem Bügelbrett und das Bügeleisen auf der Bluse liegen und stürzt in den Nebenraum.

Aber dort ist alles wie vorher. Außer Mette, die nach wie vor gebannt auf den Bildschirm starrt, ist niemand zu sehen. Alle Fenster sind geschlossen, die Tür zum Esszimmer auch. Der Igel im Fernsehen redet immer noch.

»Hast du mich aber erschreckt, Kind. Bitte lass das bleiben, ja?«

Schnell läuft Anja zurück in die Küche. Der Abdruck des Bügeleisens hat sich bereits in scharfem Gelb auf dem Blusenrücken eingebrannt. Anja kann einen leisen Fluch nicht unterdrücken.

Mette ruft aus dem Wohnzimmer ein zweites Mal nach ihrer Mutter.

»Mami, du hast mich falsch verstanden. Komm doch noch mal. Der böse Mann ist im Fernsehen, nicht im Zimmer.«

Anja nimmt die verunstaltete Bluse vom Bügelbrett und stopft sie in den Abfalleimer. Die hölzernen Dialoge aus dem Fernseher sind ebenso verstummt wie Mettes Lachen. Anja zieht den Stecker des Bügeleisens aus der Dose und geht langsam zurück ins Wohnzimmer. Die Sendung wird zu Ende sein, denkt sie, und in den Nachrichten zeigen sie jetzt vielleicht eines der vielen Phantombilder, die Mette bereits kennt. Vermutlich hält ihre Tochter den gesuchten Verdächtigen für den wirklichen Entführer.

Doch als Anja den Wohnraum betritt, muss sie feststellen, dass sie sich geirrt hat. Auf dem Bildschirm sind immer noch das Kamel, die Springmaus, der Nomade und der Igel zu sehen. Nur dass Mette dem Igel, dessen Lippen sich unaufhörlich bewegen, den Ton abgedreht hat.

»Was ist los?«

»Mami, der Igel, das ist der böse Mann. Ich will gar nicht hören, was er sagt.«

»Das ist doch Blödsinn, Mette. Du konntest dich doch noch nicht mal richtig an sein Aussehen erinnern. Und jetzt willst du ihn plötzlich im Fernsehen erkennen. Du hast wahrscheinlich schon viel zu lange vor der Mattscheibe gesessen. Jetzt ist Schluss damit.«

Energisch will Anja nach der Fernbedienung greifen, gleichzeitig wandern ihre Augen zu dem Bildschirm. Sie braucht einige Sekunden, um zu sortieren, was sie sieht. Denn auch sie kennt das Gesicht unter den tief in die Stirn frisierten Igelborsten. Entsetzt starrt sie darauf. Der Star aus dem Kinderfernsehen ist niemand anderes als der Badegast mit der goldenen Rolex, der ihr noch vor wenigen Tagen geholfen hat, Mette hinter den Rosenbüschen zu finden.

»Und du bist ganz sicher, dass das der Mann war, der mit Lise im Auto gesessen hat?«

»Das ist er, Mami, wirklich. Ich habe ihn ganz genau erkannt. Der böse Mann aus dem offenen Auto sitzt hier im Fernsehen und erzählt den Kindern Märchen.«

Dienstag, 28. Juli, 13.53 Uhr, Wattvilla Kampen

Bastian Kreuzer, Sven Winterberg und Silja Blanck stürmen durch den engen Gang im Keller des Watthauses. Sie haben keinen Blick für die Kollegen von der Spurensicherung, die zu mehreren neben der Leiche knien. Nur die Tür am Ende des Ganges interessiert die Ermittler.

Die Tür steht jetzt offen, und der Anblick des dahinterliegenden Raumes lässt alle drei abrupt stehen bleiben.

»Seht ihr auch, was ich da sehe?«, ruft Bastian seinen beiden Kollegen über die Schulter zu.

»Drei Betten für die Mädchen, eines für die Entführerin«, stellt Silja fest.

»Nur dass hier jemand ganz schön gewütet haben muss«, fügt Sven hinzu.

»Ein Kampf vielleicht?« Mit vorsichtigen Schritten betritt Silja den Raum.

»Nichts anfassen«, ruft Leo Blum ihr aus dem Gang hinterher.

»Schon klar. Nur gucken, nicht fummeln«, beruhigt ihn Bastian. »Die Kollegin ist ja nicht blöd.«

»Sicher ist sicher«, murmelt Blum und beugt sich wieder über die Tote auf dem Kellerboden.

»Hier also waren die Mädchen die ganze Zeit über versteckt.«

Auch Sven steht jetzt mitten im Raum. Sein Blick ruht auf den leeren Kekspackungen, den Mädchenzeitschriften und den Wasserflaschen, die als wüster Haufen in einer Ecke liegen.

»Da bleiben uns eigentlich nur noch drei Dinge zu klären.« Bastian baut sich vor Sven und Silja auf. »Erstens: Wo sind die Mädchen jetzt? Zweitens: Wo ist die Maklerin? Drittens: Wer ist diese junge, tote Frau da draußen im Gang, die der Maklerin ganz offensichtlich in die Quere gekommen ist?«

»Für jeden von uns eine Frage, wie passend«, witzelt Sven.

Silja und Bastian lachen nicht.

»Wir sollten so schnell wie möglich mit dem Besitzer des Hauses reden. Er ist draußen in einem unserer Wagen, oder? Also lasst uns hochgehen. Hier unten stehen wir nur den Puderquasten im Weg, und aufs Foto wollen wir ja auch nicht unbedingt. Wenn das alles erledigt ist, können wir immer noch hier rumkramen. Die Mädchen sind jetzt wichtiger.«

»Glaubst du, es gibt noch Hoffnung für sie?«

Siljas Stimme ist sehr leise, als sie diese Frage stellt.

»Das weiß niemand. Aber die Tote auf dem Flur ist noch nicht mal ganz kalt, und es sieht doch ganz danach aus, als sei die Maklerin mit den Kleinen gerade erst geflüchtet. Also, wenn wir uns beeilen, vielleicht …«

Im Laufschritt stürmen die drei die Treppe wieder hinauf. Oben deutet der vor dem Watthaus postierte Polizist auf einen der Streifenwagen, die in der Einfahrt stehen.

»Da sitzt der Besitzer drin und macht ganz schön Rabatz.

Warum weiß ich nicht, aber vorhin hat er hier rumgeschrien, dass er noch einen wichtigen Termin um zwei hat.«

Bastian sieht auf seine Uhr. »Fünf vor zwei. Der Mann muss Hellseher sein. Sein Termin sind nämlich wir.«

Der Beamte zuckt die Schultern.

»Er hat zwar was von der großen Kreuzung in Wenningstedt gefaselt, aber wie Sie meinen.«

»Wir fragen ihn«, erklärt Bastian und geht mit festen Schritten über den Kies. Als er gerade die Tür des Streifenwagens öffnen will, klingelt sein Handy. Fast hätte Bastian den Anruf weggedrückt, aber dann nimmt er ihn doch an.

»Wir haben sie«, tönt es aufgeregt aus dem Apparat. »Die Maklerin ist uns in die Fänge gegangen?«

»Wo?«

Bastian stellt sein Handy auf Freisprechen, damit Sven und Silja mithören können.

»An der Kreuzung vor dem Wenningstedter Supermarkt. Ein Typ im dunklen Cabrio hat sie gefahren. Er wollte durch die Straßensperre brechen, aber wir haben ihn gestellt. Die Maklerin ist übrigens voller Blut, allerdings selbst unverletzt. Sieht gar nicht gut aus.«

»Und die Mädchen?«

»Keine Spur.«

»Wir kommen sofort. Bleibt mit den beiden, wo ihr seid, okay?«

Bastian stellt das Handy aus und blickt seine beiden Kollegen triumphierend an. »Das ist der Durchbruch, Freunde. Es scheint doch eine größere Bande zu sein. Die Maklerin ist in Begleitung. Und wenn der Typ hier im Wagen auch nach Wenningstedt will, dann können wir ihm doch den kleinen Gefallen tun und ihn mitnehmen.«

Dienstag, 28. Juli, 14.00 Uhr, Hauptstraße zwischen Westerland und Wenningstedt

Fred ist schon ewig nicht mehr Auto gefahren. Dafür ist es gut, dass der Mercedes, an dessen Steuer er jetzt sitzt, auch nicht mehr ganz frisch ist. Nach Freds Schätzung müsste der Wagen um die vierzig Jahre auf dem Buckel haben. Er hat noch nicht mal Sicherheitsgurte, dafür aber auch nichts von dieser ganzen neuen Elektronik, mit der Fred vielleicht gar nicht auf Anhieb klargekommen wäre. So aber ist alles easy. Gas geben, lenken, bremsen. Gute alte Automatik.

Die Polsterung ist ziemlich durchgesessen, aber das Radio funktioniert tadellos. Als Fred in den Vierzehn-Uhr-Nachrichten die Suchmeldung nach seiner eigenen Person hört, muss er grinsen. Immerhin wird er morgen auf allen Titelseiten zu sehen sein. Mit Foto, damit das schon mal klar ist.

Gern würde Fred einen kleinen bescheidenen Freudenspurt hinlegen, aber leider ist die Straße von Westerland nach Wenningstedt dafür zu voll. Die Wagen rollen schön in Reih und Glied mit ziemlich genau sechzig Sachen über den Asphalt, links und rechts sind die Heide, einzelne Wiesen und Felder, kleine Siedlungen, der Inselflughafen und der Kinderzirkus zu sehen, dann folgen der Golfplatz und die Nordseehalle. Alles rauscht vorbei wie im Film. Nicht nur für Fred, auch für die anderen Autofahrer. Es ist ein stiller, sonniger Nachmittag auf Deutschlands nördlichster Insel. Autobrummen, Möwenschreie, eine Sirene in weiter Ferne. Nichts von Belang, alles scheint wie immer zu sein, die Wagen rollen gemächlich von der Inselmitte in Richtung Norden, niemand schert aus, niemand achtet auf die anderen Fahrzeuge, schon gar nicht auf Fred Hübner in dem alten Daimler.

Eigentlich sollte das anders sein.

Immerhin erntet Fred jetzt von dem Fahrer des entgegenkommenden Autos einen kurzen irritierten Blick, wobei nicht ganz zu klären ist, ob der alte Mercedes oder seine ungewöhnliche Fracht auf der Rückbank und dem Beifahrersitz den Blick ausgelöst haben. Na bitte, geht doch, denkt Fred und stellt das Radio lauter. Die Bässe des Stones-Hits *I can't get no satisfaction* rollen durch den Innenraum und dringen durch die offenen Fenster nach draußen.

Jetzt werden schon mehr Wagen auf Fred am Steuer des silberfarbenen Oldtimers aufmerksam. Und da greift der erste Fahrer auf der Gegenspur auch schon zum Handy. Natürlich kann Fred nicht sagen, ob der Typ auch wirklich die Polente anrufen wird, aber die Hoffnung stirbt bekanntlich zum Schluss. Außerdem kann man vielleicht noch ein wenig nachhelfen. Die Taste für die Warnblinkanlage ist schließlich nicht zu übersehen.

Nun gucken fast alle Insassen der entgegenkommenden Fahrzeuge zu Fred hinüber. Und weil sie, um genau hinzusehen, ihr eigenes Auto ein wenig abbremsen müssen, übermitteln sie die Botschaft auch gleich an ihre Hintermänner. Und von denen greifen jetzt etliche zum Handy. So ist es recht. Fred lehnt sich zufrieden zurück und klopft im Takt des Stones-Hits auf sein Lenkrad. Dann sieht er auf die Uhr.

Drei nach zwei am Mittag. Er ist ein wenig zu spät, aber das macht ihm keine Sorgen. Ein echter Star lässt eben manchmal auf sich warten. Dann kann der Empfang nur umso herzlicher sein.

Fred lehnt sich zurück, hebt den rechten Arm und dreht an der Kurbel für das Schiebedach. Es gibt einen winzigen Widerstand zu überwinden, aber dann öffnet sich Freds kleine heile Autowelt nach oben und ermöglicht es ihm, direkt in den strahlend blauen Himmel über der schönen Insel Sylt zu blicken. Bereitwillig flutet die Sonne den Innenraum und legt ihr Licht auf die blonden Haare der drei Mädchen, die reglos und sehr aufrecht auf Beifahrersitz und Hinterbank platziert sind.

Dienstag, 28. Juli, 14.03 Uhr, Braderuper Weg, Kampen

Ungeduldig trommelt Anja auf die Tischplatte. Warum geht Sven nicht endlich an sein Handy? Immer wieder gleitet Anjas Blick hinüber zu Mette, die zusammengekauert auf einem der Küchenstühle sitzt und ihre Tränen nicht mehr zurückhalten kann. Das kleine Gesicht ist rot und geschwollen, ab und an wird der ganze Körper des Mädchens von Schluchzern geschüttelt. Mette ist eindeutig an der Grenze ihrer psychischen Belastbarkeit angekommen. Hilflos streichelt Anja ihrer Tochter über das Haar, als Sven endlich den Anruf annimmt.

»Hallo, Anja, was ist denn? Ich habe gerade gar keine Zeit, denn wir …«

»Sven, hör mir zu, um Gottes willen«, unterbricht Anja ihren Mann. »Mette hat den Entführer identifiziert, sie hat ihn gerade …«

»Mette hat was? Weißt du, dass in den letzten zehn Minuten mindestens drei Kandidaten für diesen Job aufgetaucht sind?«

»Was? Das verstehe ich nicht, aber es ist jetzt auch nicht wichtig. Was du wissen musst, ist, dass Mette einen Fernsehmoderator, der eine Kindersendung leitet, erkannt hat. Das ist der Typ, den sie in dem Cabrio gesehen hat.«

Anja spricht sehr schnell, fast verhaspelt sie sich dabei. Aber sie muss diese Information doch loswerden, Sven muss das doch wissen, es ist doch wichtig, um den Kerl, der immer noch seine verführerischen Sprüche über die Bildschirme der Nation verbreiten darf, endlich dingfest zu machen.

»Anja. Jetzt hör mir gut zu. Ich habe noch etwa zehn Sekunden, dann muss ich auflegen. Ruf auf dem Revier an und sag denen, was Mette gesehen hat. Und bleib auf jeden Fall mit dem Kind im Haus. Mach niemandem auf, auch keiner Frau, merk dir das, hörst du, niemandem …«

Sven holt tief Luft, und Anja ist sicher, dass er noch einen erklärenden Satz hinterherschicken wird. Aber dann hört sie im Handy einen Schrei aus dem Hintergrund.

Eine Frauenstimme ruft: »Aber da sind ja die Engel!«

Dann wird die Verbindung unterbrochen.

Dienstag, 28. Juli, 14.04 Uhr, Braderuper Straße, Wenningstedt

Bastian Kreuzers Wagen rast mit mehr als achtzig Stundenkilometern aus Braderup kommend auf die große Kreuzung in Wenningstedt zu. Als die Ampel gelb wird, bremst Bastian heftig. Silja, die neben Markus Rother im Fond sitzt, wird ebenso nach vorn geschleudert wie Sven, der gerade einen Anruf von seiner Frau erhalten hat.

Als Bastian den Wagen knapp vor der Ampel zum Stehen gebracht hat, nutzt er die Pause, um die Situation an der Kreuzung zu checken. Mitten auf der Straße stehen zwei Streifenwagen, die die aus Kampen kommenden Fahrer einzeln kontrollieren und erst dann durchwinken. Am Straßenrand parkt ein weiterer Streifenwagen neben einem geschlossenen dunklen Cabriolet. Beide Türen des Cabrios stehen offen, die Beamten haben die Insassen ganz offensichtlich zum Aussteigen gezwungen und halten sie nun seitlich des Wagens fest. Ein gutaussehender Mann mittleren Alters redet gestenreich auf die Beamten ein. Eine blutüberströmte Frau kann sich kaum auf den Beinen halten. Ihre hellblonden Haare hängen wirr um ihr Gesicht. Es ist die gesuchte Maklerin.

»Das ist doch Frau Hofacker«, murmelt jetzt auch Markus Rother, der sich auf der bisherigen Fahrt vollkommen ruhig und unauffällig verhalten hat. Auch die Szene am Straßenrand scheint ihn nicht besonders zu interessieren, denn ohne ihr noch weitere Aufmerksamkeit zu widmen, schiebt er seinen Oberkörper weit zwischen die beiden Vordersitze, um einen möglichst ungehinderten Blick auf die Ampelkreuzung zu haben.

Doch dort geschieht nichts, was seine Aufmerksamkeit rechtfertigen könnte. Der Asphalt flimmert im Sonnenlicht, die Blätter und Zweige des niedrigen Strauchwerks am Straßenrand bewegen sich im leichten Sommerwind. Vom Parkplatz des großen Supermarktes auf der anderen Seite der Kreuzung hört man Kinderstimmen und das Anlassen der Autos. An der Parkplatzausfahrt stauen sich die Wagen, was sicher auch mit den Polizeimaßnahmen auf der Kreuzung zu tun hat. Die aus Kampen kommenden Wagen werden nach wie vor einzeln kontrolliert und erst dann zur Weiterfahrt durchgewinkt. Die vordere Fahrspur, auf der die Wagen aus Westerland eintreffen müssten, ist allerdings seit etwa dreißig Sekunden wie ausgestorben.

Sven, der immer noch mit Anja telefoniert, ermahnt diese gerade. »Mach niemandem auf, auch keiner Frau, merk dir das, hörst du, niemandem …«, als auf der Kreuzung etwas sehr Merkwürdiges vor sich geht.

Der von rechts kommende, eben erst abgefertigte Wagen rollt zwar in Richtung Westerland an, bleibt aber gleich darauf wieder stehen. Auch die kontrollierenden Polizisten haben ihre ganze Aufmerksamkeit der bisher leeren Gegenspur zugewandt.

»I can't get no – no, no, no …«, tönt Mick Jaggers einzigartige Stimme durch die Sträucher, scheucht die Möwen auf und erzwingt die Aufmerksamkeit der Menschen. Etwas blitzt durch die Büsche, die den weiteren Verlauf der Fahrbahn verbergen. Und dann schiebt sich von links ein silberner Mercedes aus den sechziger Jahren auf die Kreuzung. Der Wagen fährt sehr langsam und wird immer langsamer. Alle vier Fenster sind heruntergelassen. Der Fahrer und die hinter ihm sitzende Person sind im Schatten verborgen, aber hinter den beiden rechten Fensteröffnungen sind deutlich erkennbar zwei blonde Engel platziert. Vollkommen bewegungslos und mit starr nach vorn gerichteten Gesichtern kleben sie auf den Sitzen wie festgebunden. Es fällt nicht schwer, in den Engeln zwei der drei entführten Mädchen zu erkennen.

Eine umfassende Stille breitet sich aus. Nicht nur, weil

der Song aus dem Kassettenradio gerade zu Ende gegangen ist. Sogar die Sträucher am Straßenrand scheinen in ihrer Bewegung innezuhalten. Alle Anwesenden wenden sich dem Wagen zu. Aufmerksam, stumm, alarmbereit, aber noch verhalten. Ein kollektives Luftholen vor dem entscheidenden Schlag.

»Das darf doch nicht wahr sein«, flüstert Sven auf dem Beifahrersitz des Dienstwagens.

Dann erst reagieren Silja und Bastian. Sie reißen die Autotüren auf und spurten auf den silbernen Mercedes zu, vorbei an dem dunklen Cabriolet neben seinen verstörten Insassen und den verblüfften Polizisten, die sie festhalten. Jetzt ziehen auch die Beamten auf der Kreuzung die Waffen und entsichern sie. Vom Parkplatz des gegenüberliegenden Supermarktes kommen diverse Journalisten und drängen sich dreist zwischen die Einsatzkräfte der Polizei und den silbernen Mercedes, um ihre Teleobjektive auf Auto und Insassen zu richten. In Sekundenschnelle ist der Wagen umzingelt. Auch Sven läuft jetzt los. Ein Hubschrauber steigt vom nahe gelegenen Flughafen auf, nähert sich in großer Geschwindigkeit und senkt sich gleich darauf tief über den silbernen Wagen. Ob es ein Scharfschütze oder ein Fotoreporter ist, der gefährlich weit aus dem Fenster hängt, ist nicht auszumachen.

Die Rotorgeräusche des Hubschraubers, die lüstern in Richtung der reglosen Mädchen gebrüllten Aufforderungen der Journalisten und die Befehle der Polizei liegen jetzt wie eine Lärmkapsel über der Szene. Und obwohl die ganze Kreuzung unter dieser Kapsel in hektischer Bewegung zu sein scheint, ist um den silbernen Wagen herum eine merkwürdige Bannmeile entstanden.

Niemand nähert sich dem Auto auf mehr als zwei Meter. Und niemand achtet auf Markus Rother, der jetzt ebenfalls den Wagen der Kriminalbeamten verlässt.

Alle Blicke sind nur auf den silbernen Mercedes gerichtet.

Silja, die sich inzwischen bis zur ersten Reihe des Menschenpulks um den Daimler durchgekämpft hat, verharrt wartend. Die Waffe hält sie im Anschlag. Bastian Kreuzer lässt sie nicht aus den Augen und versucht, sich vorsichtig und möglichst unauffällig ebenfalls durch den Menschenauflauf zu schieben.

Jetzt öffnet sich die Fahrertür des Mercedes. Mit ernstem Gesicht entsteigt Fred Hübner dem Wagen und schaut sich suchend um. Es dauert einige Sekunden, bis seine Blicke zur Ruhe kommen. Mit fast magischer Kraft scheinen sie eine Gasse für Markus Rother zu erzwingen, der sich langsam zu dem Fahrer des Mercedes durchdrängt.

Silja ruft mit lauter Stimme: »Keine Bewegung da vorn«, und entsichert ihre Waffe. Die drei entführten Mädchen blicken immer noch aus starren Augen ins Ungewisse. Silja kann ihre weißen Kleider erkennen und auch die Engelsflügel, die auf ihre Rücken geschnallt sind. Nur die wichtigste Frage, ob die Mädchen leben oder tot sind, die kann sie nicht beantworten. Wie Puppen, blass und starrgesichtig, thronen die zierlichen Körper hinter den Fensterausschnitten. Nein, Silja ist sich plötzlich sicher, diese Mädchenkörper sind nur noch Hüllen, ihre Seelen weilen längst an anderen Orten.

»Zugriff«, hallt plötzlich die Stimme Bastian Kreuzers über die Szene. In die Beamten kommt Bewegung. Gleich vier von ihnen stürzen sich auf Fred Hübner, während sich

Silja auf Markus Rother konzentriert. Langsam nähert sie sich dem Villenbesitzer von der Seite. Es gibt irgendetwas in seiner Ausstrahlung, das sie vorsichtig bleiben lässt.

Und tatsächlich tut Rother etwas gänzlich Unerwartetes. Mit leicht belegter, fast schon heiserer Stimme, die trotzdem laut und klar zu vernehmen ist, wendet er sich an die reglosen Engel.

»Danke, Mädels, das war es schon. Habt ihr toll gemacht. Ihr könnt jetzt aussteigen.«

Er ist verrückt, denkt Silja im ersten Augenblick. Wir haben einen Mörder gesucht und einen Irren gefunden. Doch dann sieht sie, wie Bewegung in die Mädchen kommt. Schlagartig begreift Silja, dass in diesem ganzen verzwickten Fall alles vollkommen anders gelaufen sein muss, als sämtliche Kollegen, sie selbst eingeschlossen, es die ganze Zeit über vermutet haben. Doch noch ist die Gefahr nicht gebannt.

»Bleiben Sie stehen«, fordert sie Rother auf. »Ich komme zu Ihnen, und dann gehen wir gemeinsam zu den Mädchen.«

»Wie Sie meinen«, antwortet Rother, wobei seine Worte fast in dem Lärm des Hubschraubers untergehen, der sich immer tiefer über das Geschehen auf der Kreuzung senkt. Deutlich ist nun zu erkennen, dass kein Zielfernrohr, sondern ein Teleobjektiv aus dem Fenster gehalten wird. Ausgesprochen bereitwillig streckt Fred Hübner, der gerade von den Uniformierten abgeführt wird, dem Kameramann sein Gesicht entgegen.

Bastian flucht, kann aber im Augenblick nichts gegen die Belästigung unternehmen. Dazu muss er auch noch mit ansehen, wie die Mädchen nicht etwa auf Silja zulaufen, sondern auf diesen Rother.

Drei Engel als perfektes menschliches Schutzschild gegen Siljas Waffe?

Nein.

Wenn überhaupt, dann bin ich es, die ihnen Angst macht, denkt Silja. Und als wollten sie genau diese Angst bekämpfen, wenden sich alle drei Mädchen deutlich hilfesuchend dem Besitzer der Wattvilla zu. Dabei sehen die Kindergesichter stolz und zutraulich aus. Von Angst keine Spur. Im Gegenteil. Aus freien Stücken schmiegen sie sich an ihn und werfen ihm fast schon anhimmelnde Blicke zu.

Und dann kann Silja hören, wie eines der Mädchen den Villenbesitzer zutraulich flüsternd fragt: »Sind wir jetzt berühmt und kommen zu dir ins Fernsehen, so wie du es versprochen hast?«

Mittwoch, 29. Juli, 19.45 Uhr, Pizzeria Tino, Westerland

»Er hat sie gar nicht entführen müssen. Die Mädchen sind freiwillig mit ihm gegangen, oder?«

Fragend blickt Silja ihre beiden Kollegen an. Die drei sitzen bei dem Stammitaliener der Sylter Kriminalpolizei um einen abgeschiedenen Ecktisch und haben gerade ihre Bestellung aufgegeben.

»Danach haben wir bei der Vernehmung natürlich als Erstes gefragt«, antwortet Sven. »Und die Erklärung war ziemlich verblüffend. Markus Rother hat jedes der Mädchen mit seiner Igelstimme aus dem Fernsehen angesprochen und ihr einen Auftritt in seiner Sendung in Aussicht gestellt. Selbstverständlich wüssten die Eltern bereits Bescheid.«

»Und das haben sie ihm geglaubt?«

»Rother war sehr vertrauenerweckend und ein bisschen geheimnisvoll. Das ist eine magische Mischung, und es hat den Mädchen gefallen. Nur Lise, die ja mit ihrer Tante unterwegs war, befürchtete, die Tante könne nicht eingeweiht sein. Rother musste also improvisieren. Während Lise im Wagen wartete, übrigens ganz öffentlich auf dem kleinen Parkplatz beim *Hermès*-Laden, sagte Markus Rother angeblich der Tante an der Kasse von *Leysieffer* Bescheid. Dabei hat er Anja getroffen, und als er erfuhr, dass sie nach ihrer Tochter sucht, bekam er Panik, sie würde die Polizei einschalten, bevor er Lise verstecken konnte. Deshalb hat er ihr schnell Mette gezeigt.«

»Und wie hat er den Mädchen erklärt, warum das alles so heimlich ablaufen musste?«

»Ganz einfach. Sie sollten vorher unter Ausschluss der Öffentlichkeit in diesen Engelskostümen üben. Ihr Auftritt im Fernsehen würde eine Überraschung werden. Mädchen in diesem Alter haben viel Phantasie, und Rothers Geschichte entsprach ihren Denkmustern. Damit kennt er sich schließlich aus. So ist übrigens auch die Kleidung von Ann-Kathrin in die Dünen gekommen. Er hat sie gleich mit dem Kostüm geködert. Ein Auftritt als Engel im Fernsehen, welches Mädchen könnte dem widerstehen?«

»Aber das Kostüm ist doch sehr auffällig. Hat sie niemand gesehen?«

»Rother hatte seinen Wagen weiter vorn an der Straße geparkt. Er ist zu Fuß zum Parkplatz gelaufen und hatte die Engelsmontur in der Dünenkuhle versteckt. Dort hat Ann-Kathrin sich umgezogen. Dann sind die beiden quer durchs Naturschutzgebiet zurück zur Straße. Das Mädchen dachte ja, es sei wichtig, sich zu verstecken, damit der Fernsehauftritt eine Überraschung würde. Deswegen hat sie auch keinen Verdacht geschöpft, als die beiden sich vor den Autos der heimwärts fahrenden Strandbesucher versteckt haben. So hat sie natürlich niemand gesehen.«

»Okay, das habe ich begriffen. Aber warum hat Rother die Mädchen nicht in seiner Wattvilla untergebracht, wenn er die schon mal zur Verfügung hatte?«

Bastian räuspert sich. »Ich habe vorhin kurz mit dem Polizeipsychologen reden können. Und es scheint so, als habe Rother die Idee mit der Kaperung erst gehabt, nachdem er bereits mit der Maklerin in der Villa war. Es sind ihm wohl die vier Betten im Keller wieder eingefallen. Dort hat er als Kind manchmal mit seinen Schwestern geschlafen, wenn die Eltern oben in der Villa Logiergäste hatten.«

»Ach so, ich habe mich schon gewundert, wie er so schnell den Keller für seine Bedürfnisse einrichten konnte.«

»Musste er nicht, das war alles schon da. Es fehlten eben nur die drei toten Schwestern. Und Ann-Kathrin, das erste Entführungsopfer, hat Rother auch tatsächlich dorthin gebracht. Deshalb kam der Schlüssel erst später im Maklerbüro an. Aber Ann-Kathrin war die Umgebung unheimlich. Sie hat Angst bekommen und sich sogar übergeben. Das war natürlich nicht das, was Rother wollte. Das Mädchen sollte sich ja wohl fühlen. Die zweite Nacht haben die beiden dann irgendwo im Auto verbracht. Es war Rother sowieso nicht ruhig genug in der Villa.«

»Weil die Maklerin Interessenten herumgeführt hat?«, erkundigt sich Silja mit nüchterner Stimme, während sie mit der Hand unter dem Tisch nach Bastians Hand tastet.

»Das wohl nicht. Jetzt kommt diese Karoline ins Spiel.«

»Die Tote aus dem Keller«, wirft Sven ein und nimmt den ersten großen Schluck von seinem Bier.

»Genau.« Bastian erwidert unter dem Tisch den Druck von Siljas Hand. »Aus Gründen, die wir noch nicht kennen, hatte sie einen Schlüssel für das Watthaus. Gestern Nachmittag hat Leo überall ihre Fingerabdrücke gefunden. Sie muss dort aus und ein gegangen sein.«

»Ihre Arbeitskollegin hat sie als sehr introvertiert und fast schon verschroben beschrieben. Vielleicht hat sie sich von der plötzlichen Anwesenheit der Maklerin gestört gefühlt.« Mit dem Handrücken wischt sich Sven den Bierschaum vom Mund, bevor er weiterredet. »Jedenfalls musste Mona Hofacker denken, dass diese Karoline sie im Keller eingesperrt hat. Kein Wunder, dass die Maklerin zugeschlagen hat, als sie plötzlich in der Tür stand.«

Silja schließt schaudernd die Augen. »Und dabei hat sie verdammt gut gezielt.«

»Tragisch, aber wahr«, pflichtet ihr Bastian bei. »Und das wirklich Tragische ist natürlich, dass das Opfer vollkommen unschuldig war. Es war nicht sie, sondern Markus Rother, der die Maklerin eingesperrt hat. Er kam zu der Wattvilla, um die Puppen und die Reisetasche aus dem Keller zu holen, und sah, wie die Maklerin die Betten im Keller entdeckte. Es war eine völlig spontane Aktion, sie einzuschließen. Rother hat hinterher einfach nicht mehr gewusst, wie er wieder aus dieser Situation rauskommen soll. Er musste jetzt nicht nur die Mädchen verstecken, sondern auch noch seine Gefangene versorgen. Und als er sich entschlossen hatte, ihr alles zu erklären, weil die Inszenierung mit Fred Hübner unmittelbar bevorstand und die Maklerin ihm nichts mehr hätte verderben können, da hat er an ihrer Stelle diese tote junge Frau in seinem Keller gefunden.«

»Und der Typ, der mit der Maklerin abgehauen ist? Wie passt der ins Bild?«, erkundigt sich Sven.

»Das ist Björn Steingart. Er hat sich für die Villa interessiert, und für die Maklerin wohl auch. Jedenfalls hatten die beiden ein Date. An dem Abend des Tages, an dem die Maklerin von der Bildfläche verschwand.« Bastians kurzes Lächeln geht eindeutig in Siljas Richtung. »Als Mona Hofacker nicht auftauchte, dachte dieser Steingart zunächst, sie habe ihn versetzt, und schmollte aus lauter verletzter männlicher Eitelkeit. Aber als er zwei Tage später die Suchmeldung im Radio hörte, ist er ganz spontan an den Ort gefahren, wo er Mona Hofacker zum letzten Mal gesehen hatte. Nämlich in besagte Wattvilla.«

»Da hatten wir aber die Leiche schon gefunden, und alles war voller Polizeiwagen«, setzt Sven Bastians Ausführungen fort.

»Genau. Und weil wir uns so auf das Innere des Hauses konzentriert haben, sind uns die Blutspuren nicht gleich aufgefallen, die in die Heide führten. Steingart hat sie aber entdeckt, ist ihnen gefolgt und hat auf diese Weise die völlig verstörte Maklerin gefunden.«

»Und weil ein echter Kavalier immer von der Unschuld seiner Angebeteten ausgeht, hat er sie gleich in Sicherheit bringen wollen und die Polizeiabsperrung durchbrochen, oder wie?«

Silja bemüht sich gar nicht erst, den Spott in ihrer Stimme zu verbergen.

»Tja, auch wenn du das nicht glauben willst, so war es wohl tatsächlich. Vielleicht sind ihm auch einfach nur die

Sicherungen durchgebrannt. Jedenfalls hat er nachweislich nichts mit der ganzen Angelegenheit zu tun. Keine Fingerabdrücke, keine DNA-Spuren, perfekte Alibis«, fasst Bastian den Stand der Ermittlungen zusammen.

Silja greift jetzt auch oberhalb des Tisches nach seiner Hand.

Sven grinst und bemerkt trocken: »Ich dachte, ihr traut euch nie.«

Bastian kann sich ein Lächeln nicht verkneifen, wird aber gleich wieder ernst. »Bei zwei Dingen muss ich noch mal nachhaken. Erstens: Wie kam dieser Rother auf die geniale Idee, die Mädchen ausgerechnet in Paulas Kindergarten zu verstecken, der gerade wegen der Sommerpause geschlossen war?«

Sven räuspert sich. »Ich habe mit allen drei Mädchen geredet. Und soweit ich das mitbekommen habe, hat Paula selbst vorgeschlagen, dass der Kindergarten ihr Versteck sein soll. Du darfst nicht vergessen, dass die Mädchen nicht nur einverstanden, sondern sogar begeistert von der Idee mit dem Fernsehgastspiel waren. Sie hatten gemeinsam mit Rother großes Interesse daran, dass sie ihren ersten Auftritt als Engel auf der Kreuzung im Geheimen üben konnten. Es war ein Abenteuer. Was sollten ihre Eltern schon dagegen haben? Schließlich erlaubten sie ihnen ja jede Woche wieder, die Sendung mit dem Igel im Fernsehen anzuschauen. Der Igel war auf jeden Fall einer von den Guten.«

»Das kann ich alles nachvollziehen. Und deine eigene Tochter hat sie ja sogar in der Sonntagnacht, als du Hübner verhaftet hast, beim »Üben« gesehen. Aber wie ist Rother zu dem Kindergartenschlüssel gekommen?«

»Auch über Paula. Sie hat vor ein paar Wochen mal einen Schlüssel zum Pipi-Machen bekommen, als alle draußen spielten, die Tür abgeschlossen war und keine der Erzieherinnen sie begleiten konnte. Sie ist dann rein und auf die Toilette gegangen, danach wieder raus, und als die Erzieherin sie nach dem Schlüssel fragte, hatte Paula ihn bereits verbummelt. Irgendwo abgelegt und konnte sich nicht mehr erinnern, wo. Wie Kinder eben so sind. Natürlich gab es ziemlichen Ärger deswegen. Und als Paula ein paar Tage später wieder einfiel, wo sie den Schlüssel hingelegt hatte, nämlich in ein Beet neben der Schaukel, weil sie beide Hände zum Festhalten gebraucht hat, wollte sie das lieber für sich behalten. Kinderlogik. Sie dachte wahrscheinlich, sie kriegt noch mal Ärger.«

»Okay, Sven, das habe ich verstanden. Was ich aber echt nicht begreifen kann, ist, warum wir so dämlich gewesen sind und nie im Kindergarten gesucht haben.«

»Es lag zu nahe. Du weißt doch, wie das ist.«

Sven greift wieder nach seinem Glas. Bevor er es an die Lippen setzt, hält er noch einmal inne.

»Jetzt bin ich dran mit blöden Fragen, okay?«

Bastian und Silja nicken.

»Also: Warum in drei Teufels Namen hat dieser ja nicht gerade arme und außerdem unbescholtene Fernsehmoderator diese ganze Engelskiste inszeniert? Das ist doch krank, oder nicht?«

»Es *ist* krank, beziehungsweise *er* ist krank. Er hat ein Kindheitstrauma zu verarbeiten versucht«, antwortet Bastian.

»Hat dir der Psychologe erklärt, oder? Und du glaubst diesen Scheiß auch noch.«

Bastian streichelt Siljas Hand diesmal ganz offen auf dem Tisch. Dabei sieht er Silja tief in die Augen, bis eine Bewegung hinter Svens Schulter seinen Blick fängt.

»Unsere Pizzen kommen. Und, Kumpel, du weißt doch noch, was das heißt. Erst essen, dann denken.«

»War das nicht mal umgekehrt?«

»Schon, aber das galt für die Ermittlungen. Damit sind wir jetzt durch. Was der Psychofritze genau erzählt hat, erkläre ich euch lieber nach dem Essen. Reine Sicherheitsmaßnahme, damit es euch nicht auf den Magen schlägt. Wäre doch schade um die leckeren Pizzen.«

Donnerstag, 13. August, 17.00 Uhr, Wattvilla, Kampen

Zufrieden lehnt Fred Hübner sich zurück und lässt den Blick aus dem Runderker weit über die Heide schweifen. Seit zwei Wochen wohnt er jetzt in Markus Rothers Domizil. Mietfrei. Und er hat die Zusicherung, dass er so lange bleiben darf, bis er Rothers Lebensgeschichte aufgeschrieben hat. Es ist die Geschichte eines Unfalls, der weit zurückliegt. Es ist die Geschichte dreier kleiner Mädchen, die sich eines Tages als Engel verkleidet haben. Es ist die Geschichte des Zerfalls einer Familie nach einer tragischen Katastrophe. Es ist eine Geschichte, aus der Bestseller gemacht werden. Und Fred Hübner hat die Exklusivrechte daran.

Denn als er in der Nacht seiner Entlassung aus der Untersuchungshaft auf der Bank der Wenningstedter Bushaltestelle mit dem vollkommen verzweifelten Markus Rother ins Gespräch kam, erinnerte er sich bald an die Geschehnisse von vor dreißig Jahren. Er erinnerte sich an einen dieser Unfälle, den er damals zu einem Teil seiner Serie hatte machen wollen. Und das war genau der Unfall, der Markus Rother so schwer traumatisiert hatte, dass er jetzt, Jahrzehnte später, als er nach dem Tod seiner Mutter das Watthaus erstmals wiedersah, alles riskierte, Karriere und guten Leumund, nur um die Schlüsselszene seiner Kindheit noch einmal zu erleben, allerdings mit gutem Ausgang. Darum hatte Rother die Mädchen entführt, darum hatte er sie tagelang versteckt gehalten, ohne genau zu wissen, wie er die Szene, mit der alles begonnen hatte, wiederholen könnte.

Fred hatte Rother noch in der Nacht auf der Bank einen ebenso einfachen wie genialen Vorschlag gemacht. Rother war ihm unendlich dankbar gewesen. Und Fred hatte die ganze Chose perfekt inszeniert. Und die Presse informiert. Rother hatte nur noch zusehen müssen. Und das hatte er getan.

Doch dazu würde Fred später kommen. Jetzt galt es erst einmal mit dem Anfang zu beginnen. Mit jenem sonnigen Sommertag im Juli 1979, an dem das Unglück seinen Lauf nahm.

Fred klappt seinen nagelneuen Laptop auf, startet das Programm und beginnt niederzuschreiben, was Markus Rother ihm erzählt hat.

Epilog
Das Haus am Watt, Juli 1979

Über der Heide liegt der Glanz eines Sommernachmittags. Die Luft ist erfüllt vom Duft der Kräuter, vom Salz des Meeres und vom Modergeruch des Schlicks am Wattrand. Die Stille wird nur vom Triumphgeschrei der Möwen unterbrochen. Und von den Rufen eines fünfjährigen Mädchens.

Susanne wartet ungeduldig an der geöffneten Eingangstür des Friesenhauses, das in bevorzugter Lage an Kampens Wattseite auf einem Hügelkamm steht. Das Mädchen hat die Tür zwischen beide Beine genommen, drückt mit den Händen die innere und die äußere Klinke gleichzeitig hinunter und lässt sich nach hinten fallen. Dann setzt sie die Tür mit Schwung in Bewegung und lässt sie zwischen den Knien pendeln. Susannes Stimme hallt laut über die Heide, obwohl ihre Worte an die beiden Schwestern in der ersten Etage des Ferienhauses gerichtet sind.

»Hallo, ihr Schlafmützen da oben! Vero! Anni! Jetzt macht doch mal! Mutti und Markus sitzen schon im Wagen.«

Während der Wind die Worte über die Heide trägt, wirft das Mädchen sichernde Blicke zum Auto hinüber. Es ist verboten, an der Tür zu schaukeln, schon zweimal musste der Vater den Schlosser kommen lassen, weil der Schnapper verklemmt war. Aber die Mutter schaut nicht zum Haus, sie erklärt Markus, dem zehnjährigen Bruder, die Handhabung der Sicherheitsgurte in dem neuen Auto.

Jetzt antwortet Veronikas Stimme von oben.

»Wir kommen ja gleich. Aber Annis Flügel fällt immer

wieder ab, und wenn ich ihn anschnallen will, hält sie nicht still ...«

Veronika klingt aufgeregt und heiser, sie hat sich vor zwei Tagen beim Baden in der Nordsee erkältet. Nur ihrem ausdauernden Betteln am gestrigen Abend ist es zu verdanken, dass sie überhaupt mit zu Mareikes Geburtstagsparty darf.

Mareike ist die Ferienfreundin der Schwestern. Sie kommt nicht wie die sechsjährige Veronika und die ein Jahr jüngeren Zwillinge Susanne und Annika aus Düsseldorf, sondern aus München. Aber auch ihre Eltern besitzen ein Haus an der Wattseite der Insel, wo sie jeden Sommer verbringen. Die vier Mädchen sehen sich in den Ferien fast täglich, und Mareikes Geburtstagseinladungen sind der alljährliche Höhepunkt. Immer steht ein Motto auf dem Programm, diesmal ist es »Himmel und Hölle«.

Die drei Schwestern haben sich als Engel verkleidet. Seit Tagen fiebern sie dem Ereignis entgegen. Nur Markus, der zwar auf Drängen seiner Schwestern eine Teufelskappe aufgesetzt hat, wird nicht müde zu betonen, dass ein solcher Kinderkram weit unter seiner Würde sei. Kostümpartys außerhalb der Karnevalszeit taugten nur für Babys, hat er noch gestern beim Abendessen verkündet und ein dreistimmiges Wutgeheul provoziert. Heute war davon nicht mehr die Rede, schließlich ist ein Schiffsausflug auf eine der Halligen geplant, und den will sich auch der Zehnjährige nicht entgehen lassen.

Aus der oberen Etage des Friesenhauses tönt plötzlich sirenenschrill Annis Weinen. Kurz darauf trommeln die Schritte der beiden säumigen Schwestern die Treppe hinunter. Veronika, die ältere, hat die hellblonden Haare zu zwei steifen Zöpfen geflochten. Sie hält sich sehr aufrecht und versäumt es selbst unter Zeitdruck nicht, einen Kontrollblick in den Dielenspiegel zu werfen. Wohlgefällig streicht sie über ihr weißes Hängerkleid, an dem auf Höhe der Schulterblätter zwei fedrige Flügel befestigt sind. Susannes Zwillingsschwester Annika dagegen trägt einen der Flügel in der Hand, und der zweite hängt schief auf ihrem Rücken. Ihre Zöpfe fassen höchstens zwei Drittel der Haare, der Rest schwebt wie ein Glorienschein um ihr vom Weinen aufgequollenes Gesicht. Als Susanne die Schwester sieht, beginnt sie unwillkürlich zu kichern, was ihr zunächst einen bösen Blick und dann eine schallende Ohrfeige einträgt.

Jetzt weint auch Susanne.

Auf der Garageneinfahrt fällt eine Autotür ins Schloss, anschließend nähern sich die Schritte Bettina Rothers auf dem Kies.

»Seid ihr endlich fertig? Glaubt ihr denn, das Schiff wartet ewig auf euch? Wir kommen sowieso zu spät, und wenn es jetzt nicht bald losgeht, können wir gleich hierbleiben …«

Die Mutter der Mädchen schnappt nach Luft, eigentlich will sie weiterschimpfen, aber dann entdeckt sie das Malheur auf Annikas Rücken.

»Wie konnte das denn passieren?«

»Weiß ich nicht«, heult Anni.

»Die blöde Kuh hat mir eine geklebt«, beschwert sich Susanne.

»Jetzt lasst uns doch endlich, endlich fahren, vielleicht kann Markus ja den Flügel im Auto festmachen.« Schon ist die pragmatische Veronika auf dem Weg zur Garagenauffahrt. Vor dem Wagen bleibt sie stehen und winkt ungeduldig. »Jetzt kommt doch mal.«

Bettina Rother seufzt und blickt von Anni zu Susanne und wieder zurück.

»Also vertragt euch wieder, und dann geht es los. Vero hat recht, Markus soll sich um den Flügel kümmern.«

Am Auto ist Veronika schon damit beschäftigt, ihren Bruder vom Beifahrersitz zu vertreiben.

»Du musst nach hinten, los, mach schon.«

»Quatsch, wer soll denn dann vorn sitzen. Doch nicht etwa du kleines Engelsbaby. Kannst ja noch nicht mal lesen und schreiben.«

»Kann ich wohl, jedenfalls meinen Namen und deinen auch, der ist wirklich popeleinfach. Und nach den Sommerferien komme ich sowieso in die Schule, dann weiß ich bald alles besser als du!«

»War ja nur Spaß, Vero. Von mir aus kannst du nach vorn.«

Gutmütig räumt Markus seinen Sitz, der sofort von Veronika okkupiert wird.

»Ich schnall mich aber nicht an, sonst geht mein Flügel auch noch ab.«

Kaum haben Susanne und Annika, die gerade den Wagen erreicht haben, Veronikas Worte gehört, erklären sie unisono: »Wir wollen uns auch nicht anschnallen!«

»Und warum haben wir dann das neue Auto mit den Sicherheitsgurten auf den Rücksitzen überhaupt gekauft? Kann mir das mal eine von euch neunmalklugen Mädels verraten?«

Die Stimme Bettina Rothers soll streng klingen, aber die Mädchen kennen ihre Mutter gut genug, um zu erkennen, dass sie sich bereits auf halbem Weg zur Kapitulation befindet.

»Och, Mami, das geht doch gar nicht mit den Flügeln auf dem Rücken«, versucht es Susanne mit Vernunft.

Und Annika fällt ein: »Ich muss mich sowieso zu Markus umdrehen, damit der die Schnalle wieder festmacht. Außerdem haben wir in unserem alten Auto da hinten in der Garage doch auch keine Gurte für die Kinder. Da konnten wir uns gar nicht anschnallen.«

»Also gut. Aber nur dieses eine Mal.«

Während Bettina Rother den Wagen wendet, knirscht der Kies unter den Reifen. Sie fährt so schnell an, dass die Steinchen in die Beete mit den Heckenrosen fliegen. Der Treffpunkt für die Geburtstagsgesellschaft ist der Hörnumer Hafen, und wenn man es nachmittags von Kampen bis an die Südspitze der Insel in einer halben Stunde schaffen will, darf man nicht trödeln.

Zum Glück sind bei diesem traumhaften Wetter fast alle Badegäste am Strand. Die Landstraße liegt wie ein gleißendes, leeres Band im Licht. Bettina Rother tritt das Gaspedal des neuen Wagens durch. Polizeikontrollen gibt es in der Regel nur am Abend und nachts, wenn die Ausbeute an angetrunkenen Fahrern den Einsatz lohnt.

Auf dem Rücksitz müht sich Markus mit dem losen Engelsflügel ab.

»Hör endlich auf zu zappeln, Anni. Im Gegensatz zu dir bin ich angeschnallt und kann mich nicht vorbeugen. Verdammt, ich glaube, die Befestigung ist kaputt.«

»Heißt das, du kriegst den Flügel nicht wieder ran?«

»Tja, wahrscheinlich. Bist du eben nur ein halber Engel.«

»Nein, dann will ich gar nicht mit! Das ist ja peinlich.«

Anni boxt nach ihrem Bruder, während ihr die Tränen übers Gesicht laufen.

Darauf hat Susanne nur gewartet: »Heulsuse, Heulsuse!«

»Das ist ja der reinste Affenzirkus da hinten. Sofort seid ihr still.«

»Mutti, Markus haut mich.« Annikas Stimme.

»Aber das Anni-Baby hat angefangen.« Markus' Stimme.

»Na und? Du bist ein Junge und außerdem viel älter.« Annikas Stimme, schon wieder tränenerstickt.

»Heulsuse, Heulsuse.« Susannes Stimme.

»Selber Suse, blöde Suse.« Annikas Stimme.

»Sofort seid ihr ruhig, oder ich fahre auf der Stelle zurück.«

Zur Verstärkung ihrer Worte wirft Bettina Rother einen strengen Blick nach hinten.

»Mutti, die Ampel ist rot!«

Veronikas Stimme.

Danach: Scheppern, Krachen, splitterndes Glas. Quietschende Reifen, die qualmende Gummispuren auf dem heißen Asphalt hinterlassen. Ein VW-Käfer, der an einen Ampelpfeiler gedrückt wird. Ein schwerer Daimler, dessen Schnauze die Distanz zwischen den Seitentüren des Käfers auf ein Lächerliches minimiert. Eine Mutter und ihr Sohn, die in den Sicherheitsgurten des Daimlers hängen. Weiße Daunen, die durch geöffnete Seitenfenster segeln und langsam auf die Straße niedersinken. Eine Kreuzung im Sonnenlicht, übersät mit reinen, weißen Federn, die von den Flügeln dreier sterbender Engel stammen.

Textauszug aus dem nächsten Sylt-Krimi von

Eva Ehley

Frauen lügen

Seit mehr als zwei Stunden sitzt Fred Hübner allein an seinem Tisch auf der Terrasse des angesagten Restaurants *Rauchfang* mitten im Trubel des berühmt-berüchtigten Kampener Strönwai. Die Gäste dieses Abends haben nur ein Thema: die beiden Brände der letzten Nacht. Die Fakten, die die Polizei herausgegeben hat, sind spärlich, umso schillernder sind die Gerüchte, die auf der Insel kursieren. Von Brandstiftung ist immer häufiger die Rede, und so mancher spekuliert bereits über eine Sylter Bürgerwehr, die das Luxushotel und den Bahnhof in Brand gesetzt haben soll, um gegen den Ausverkauf der Inselimmobilien an die Reichen der Republik zu protestieren. Anderen Gerüchten zufolge sollen sich linke Kräfte aus der Hamburger Besetzerszene jetzt auch auf der Insel betätigen. Sogar von einer Einwanderung Berliner Chaoten ist die Rede, denn wer in Kreuzberg teure Autos anzündet, für den müsse Sylt mit seinem allsommerlichen Aufgebot an Nobelkarossen ein wahres Paradies des Zündelns sein.

Fred Hübner lauscht den Gerüchten aufmerksam. Er ist viel zu sehr Journalist, um nicht das Potenzial der Ereignisse der letzten Nacht zu erkennen. Der Bahnhof ist nur leicht beschädigt, aber der Anbau des Rantumer Hotels *Friesenhof* ist bis auf die Grundmauern niedergebrannt. Immerhin konnte ein Übergreifen der Flammen auf das Hauptgebäude verhindert werden. Doch vorher sind alle Gäste, unter ihnen einige illustre Persönlichkeiten, in eine Halle des Sylter Flughafens evakuiert worden. Die Fotos einer desorientierten Gruppe von Pyjamaträgern vor dem brennenden Speisesaal waren in jeder Gazette der Republik zu sehen.

Normalerweise würde sich auch Fred leidenschaftlich für die Hintergründe der Brände interessieren, doch heute Abend ist er abgelenkt. Seit zwei Stunden schon starrt er hinüber auf die andere Seite der Terrasse. Dort steht eine Frau, die seiner Jugendliebe Susanne zum Verwechseln ähnlich sieht. Alles stimmt. Die blonden Haare, der schlichte Knoten im Nacken. Die knochigen Schultern und die etwas eckigen Bewegungen, die hochgewachsene Frauen manchmal haben und die sie unerwartet rührend wirken lassen – wie frisch geborene Giraffen. Fred ist sich fast sicher, dass sie es ist, auch wenn er weiß, dass sie sich seit dem Ende ihrer Affäre nie wieder auf der Insel hat sehen lassen. Dabei erbte sie nach dem Tod ihrer Eltern zwei lukrative Sylter Hotels, die mittlerweile Millionenerträge abwerfen müssten.

Fred Hübner stutzt, dann holt er sein i-Phone aus der Jacketttasche. Eine schnelle Recherche ergibt, dass eines der Hotels ebenjener *Friesenhof* ist, der in der vergangenen Nacht Feuer gefangen hat.

Ist Susanne vielleicht deshalb zurückgekehrt?

Fred Hübners Annahme erweist sich als richtig. Doch schon bald ist er selbst der Grund für Susanne Michelsens Anwesenheit auf der Insel. Die alte Liebe zwischen den beiden schlägt erneut Fun-

ken. Und während die Sylter Ermittler Silja Blanck und Sven Winterberg dem Feuerteufel auf der Spur sind, müssen Fred und Susanne feststellen, dass der Brandstifter ihre Nähe zu suchen scheint.

Fred Hübners Misstrauen richtet sich bald auf Susannes Ehemann, den vermögenden Hamburger Immobilienunternehmer Jonas Michelsen. Fred schützt Susanne gegenüber einen beruflichen Termin in Hamburg vor, um insgeheim Jonas Michelsen vor dessen Blankeneser Villa aufzulauern und ihn einen Tag lang zu beschatten. Tatsächlich scheint der Hotelier Geheimnisse zu haben. Warum sonst sollte er sich im Verborgenen mit einem anscheinend minderjährigen Mädchen treffen und darüber hinaus ohne Wissen seiner Ehefrau eine kostspielige Wohnung ausstatten?

Als Hübner am Abend nach Sylt zurückkehrt, läuft er der Polizei direkt in die Arme. Es hat auf der Insel einen brutalen Mord gegeben, der in vielen Einzelheiten einer Hinrichtung gleicht.

Die Sylter Kommissare Sven Winterberg und Silja Blanck, zu denen sich wieder Bastian Kreuzer als Verstärkung vom Festland gesellt, suchen den Verdächtigen im direkten Umfeld des Ehepaares Michelsen. Als Jonas Michelsen vorgibt, kein Alibi für die Tatzeit zu haben, gerät er schwer unter Druck. Fred Hübner könnte ihn entlasten und von Michelsens Date mit dem jungen Mädchen berichten, doch auch er zieht es vor zu schweigen – und sich selbst auf die Fährte des Mörders zu begeben …

Der neue Fall für das Westerländer Ermittlerteam Winterberg, Blanck und Kreuzer – ab Mai 2012 überall da, wo es Bücher gibt.